TODOS SOMOS VILLANOS

Primera edición: junio de 2022

Título original: All of us villains
Copyright © 2021 by Amanda Foody and Christine Lynn Herman.
Translation rights arranged by Taryn Fagerness Agency and Sandra
Bruna Agencia Literaria, SL.

© De esta edición: 2022, Editorial Hidra, S.L.
red@editorialhidra.com
www.editorialhidra.com

Síguenos en las redes sociales:

 EdHidra    editorialhidra   editorialhidra

© De la traducción: Patricia Henríquez Espejo

BIC: YFH

ISBN: 978-84-18359-97-2
Depósito Legal: M-2567-2022

TODOS SOMOS VILLANOS

AMANDA FOODY

CHRISTINE LYNN HERMAN

TRADUCCIÓN DE
PATRICIA HENRÍQUEZ ESPEJO

*A todos mis lectores de Fiction Press,
por estar conmigo desde el principio y quedaros
conmigo mucho después del final.
Gracias por todo.*

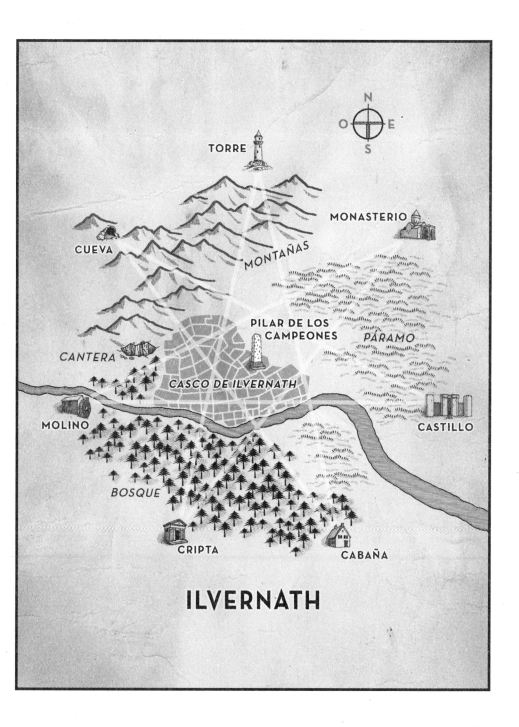

ILVERNATH

ALISTAIR LOWE

«Para los Lowe, la crueldad es una corona y
saben bien cómo lucirla».

*Una trágica tradición: La verdadera historia de la ciudad
que envía a sus hijos a morir*

Los Lowe siempre habían sido los villanos por excelencia de la historia antigua y manchada de sangre de su ciudad, y nadie lo entendía mejor que los hermanos Alistair y Hendry Lowe.

La familia vivía en una propiedad aislada de piedra desgastada por el paso de los siglos, cubierta de musgo y ensombrecida por unos sauces llorones. En las noches de fechorías, a veces los niños de Ilvernath se acercaban hasta sus altas verjas de hierro forjado y retaban a sus amigos a tocar el famoso candado de la puerta, aquel que tenía una guadaña grabada.

«Sonrisa de trasgo» es lo que murmuraban estos niños, que adoraban los cuentos, sobre todo aquellos que eran reales. «Pálidos como un muerto y silenciosos como un fantasma. Te rajarán el cuello y se beberán tu alma».

Todas esas historias no iban desencaminadas.

En aquel momento, los hermanos Lowe sabían que era mejor no provocar la ira de la ciudad, pero eso no les impedía saltar la verja en mitad de la noche dándose el gusto de cometer alguna temeridad.

—¿Oyes eso? —El mayor, Hendry Lowe, se puso en pie, se sacudió la hojarasca de su camiseta gris e hizo crujir sus nudillos, uno a uno—. Es el sonido que hacen las normas al romperse.

Hendry Lowe era demasiado atractivo como para preocuparse por las normas. Tenía la nariz plagada de pecas por pasarse las tardes echando la siesta bajo el sol. Sus rizos morenos, demasiado largos tras meses sin cortárselos, le rozaban las orejas y los pómulos. Su ropa desprendía un olor dulce a pastas del desayuno, que a menudo solía llevar en los bolsillos.

Hendry Lowe también era demasiado encantador para desempeñar el papel de villano.

Su hermano pequeño, Alistair, saltó desde el otro lado de la verja y cayó de forma torpe al suelo. No le gustaba prescindir de la magia porque sin ella no se le daba bien nada, ni siquiera algo tan simple como aterrizar. Pero esa noche no podía desperdiciar ni un ápice.

—¿Oyes eso? —repitió Alistair, dedicándole una sonrisa burlona mientras se ponía en pie—. Es el sonido que hacen los huesos al romperse.

Aunque ambos hermanos se parecían físicamente, las facciones de los Lowe en el rostro de Alistair nada tenían que ver con las de Hendry. Este tenía la piel pálida, fruto de pasarse la vida en interiores, los ojos del color de las colillas de un cigarrillo y un pico de viuda tan afilado como la hoja de un cuchillo. Aunque era septiembre, se había puesto un jersey de lana porque el frío era algo innato en él. En el bolsillo llevaba el crucigrama del domingo porque aburrirse también le era innato. Tenía un año menos que Hendry, pero era mucho más poderoso y mucho más malvado.

Alistair Lowe era el villano perfecto. No porque fuera cruel por instinto u orgulloso sin reservas, sino porque, en ocasiones, le gustaba serlo. Muchas de las historias que murmuraban los niños de Ilvernath eran de su cosecha.

—Es una pésima idea —le dijo Alistair a su hermano—. Lo sabes, ¿verdad?

—Siempre dices lo mismo.

Alistair se estremeció y metió las manos en los bolsillos.

—Esta vez es distinto.

Hacía dos semanas que la luna en Ilvernath había adquirido un tono carmesí, penetrante y brillante, como una herida abierta en el cielo. Era conocida como la Luna de Sangre e indicaba que, tras veinte años de paz, se aproximaba una vez más el torneo. Solo quedaba una quincena para que cayera el Velo de Sangre y ninguno de los hermanos quería pasar esos días entre los silenciosos y siniestros muros de su hogar.

El paseo hasta el centro de la ciudad era largo, pero era un desperdicio vaciar un anillo sortilegio con el hechizo Desplazamiento tan cerca de la fecha del torneo, y ninguno de los dos conducía. Ambos se sumieron en sus pensamientos. Hendry parecía estar fantaseando con conocer a una chica mona, a juzgar por la forma en la que no paraba de juguetear con sus rizos y alisarse las arrugas de las mangas.

Alistair estaba pensando en la muerte. En concreto, en provocarla.

La arquitectura sombría y de piedra de Ilvernath llevaba en pie desde hacía unos mil seiscientos años. Sin embargo, en las últimas décadas, había sido reformada con escaparates de cristal impoluto y restaurantes modernos al aire libre. A pesar del desorientador laberinto de calles adoquinadas de un solo sentido, instalaciones cuestionables y escaso aparcamiento, esta pequeña ciudad era considerada un lugar prometedor para el panorama artístico y de la magia.

Las siete familias malditas de Ilvernath no le prestaban mucha atención al mundo moderno. Aunque, desde hacía poco, este hubiera comenzado a prestarle atención a ellas.

La Urraca era la taberna preferida de los hermanos, aunque nadie lo diría, dado lo poco que la visitaban. Decidido a mantener sus identidades en secreto y evitar que su fotografía apareciera en los periódicos, Alistair insistió en ir cambiando el lugar elegido para sus excursiones nocturnas. No podían permitir que la gente conociera sus rostros. Por ese mismo motivo habían sido educados en casa. Y por cómo hablaba su abuela parecía que, a la más mínima mención de su apellido, la ciudad se lanzaría a las calles con las horcas en alto.

Alistair echó una mirada sombría hacia La Urraca, cuyo letrero era una sombra oscura bajo la luz rojiza de la luna, y se preguntó si merecía la pena correr el riesgo.

—No tienes que entrar si no quieres —le dijo Hendry.

—Alguien tiene que cuidar de ti.

Hendry se metió la mano por debajo de la camiseta y sacó un pedazo de cuarzo que colgaba de una cadena. Su interior emitía una luz escarlata. Era el color de una piedra sortilegio completamente cargada con alta magia.

Alistair le agarró de la muñeca y volvió a guardarle la piedra debajo de la camiseta antes de que alguien la viera.

—Estás buscando problemas.

Su hermano se limitó a guiñarle un ojo.

—Estoy buscando algo de beber.

La magia era el recurso más valioso de todo el mundo, algo que debía ser hallado y recolectado para luego transformarlo en un hechizo o maleficio específico. Antaño existían dos tipos de magia: la alta magia, aterradoramente poderosa, y la magia común, abundante y más débil. A lo largo de la historia, los imperios habían luchado con codicia por el control de las reservas de alta magia y, para cuando la humanidad inventó el telescopio y aprendió a embotellar la cerveza, habían agotado por completo sus existencias.

O eso creían.

Había pasado cientos de años desde que siete familias se habían enfrentado por el control de la alta magia en Ilvernath. Y fue así como alcanzaron un terrible acuerdo, una maldición que las familias se echaron a sí mismas. Una maldición que se había mantenido en secreto… hasta hacía un año.

Cada generación de cada una de las siete familias debía presentar a un campeón para participar en un torneo a muerte. El vencedor conseguía para su familia el derecho exclusivo sobre la alta magia de Ilvernath. Un derecho que expiraría al comenzar el siguiente ciclo, cuando el torneo volviera a celebrarse.

A lo largo del tiempo, los Lowe eran quienes más veces se habían coronado vencedores. De cada tres torneos, ganaban dos. En el último ciclo, veinte años atrás, la tía de Alistair había asesinado a toda su competencia en cuatro días.

Antes de conocer la existencia del torneo, el resto de Ilvernath creía que la riqueza y la crueldad de los Lowe eran las razones por las que esta misteriosa y retraída familia inspiraba tanto respeto a los legisladores y los artífices de hechizos. Ahora sabían exactamente lo peligrosos que eran en realidad.

Por eso, con el augurio de la Luna de Sangre flotando en el ambiente, esa noche era un momento arriesgado para que a los dos únicos Lowe en edad de participar en el torneo se les antojara escuchar música en directo y tomarse una cerveza.

—Solo hemos salido a tomar algo —apuntó Hendry, dedicándole una débil sonrisa.

Aunque la familia Lowe aún no había elegido de manera oficial a su campeón, los hermanos siempre habían sabido que ese sería Alistair. Para ellos, esa noche significaba mucho más que solo salir a tomar algo.

—Muy bien. —Alistair abrió la puerta de par en par.

La taberna era un lugar estrecho y desordenado. El ambiente estaba cargado de humo de tabaco y de la música *rock* que emitía la gramola ubicada en una esquina. Los manteles de cuadros rojos y blancos cubrían todas las mesas. Para los más sociables, había mesas de billar y, para los que querían pasar desapercibidos, una máquina de *pinball* con los botones pegajosos a causa del contacto con dedos manchados de *whisky*.

La Urraca estaba hasta arriba de cazadores de maldiciones. Estos recorrían el mundo para poder observar de cerca anomalías mágicas similares a las de Ilvernath. Como la maldición en Oxacota, que sumió a toda la ciudad en un profundo sueño y duró cerca de un siglo, o la de las ruinas de Môlier-sur-Olenne, que condenaba a sus intrusos a sufrir una muerte violenta en nueve días exactos. Ahora los forasteros estaban reunidos en grupo, mientras cuchicheaban sobre sus copias desgastadas de *Una trágica tradición*. El reciente éxito de ventas había dado a conocer el torneo a muerte y los resquicios de alta magia que seguían existiendo en Ilvernath, lo que había puesto a su remota ciudad en el punto de mira internacional.

—No creía que la Luna de Sangre fuese realmente escarlata. —Escuchó Alistair murmurar a uno de ellos—. Creía que solo era un nombre.

—El torneo es una maldición de alta magia y esta siempre es roja —le respondió otro.

—O puede… —intervino una tercera— que se llame Luna de Sangre porque unos críos se pasan tres meses matándose entre ellos bajo su resplandor. ¿No se os había ocurrido?

Alistair y Hendry evitaron a los forasteros mientras se abrían paso por la taberna.

—¿Comenzará la abuela a recibir cartas de sus admiradores? —preguntó Hendry en tono jocoso—. He oído que en el primer capítulo aparece una foto de toda nuestra familia. Espero salir guapo.

—Siento tener que decírtelo, pero esa foto es de hace diez años —le contestó Alistair en un tono categórico.

Por un momento, Hendry pareció decepcionado, pero enseguida mostró una expresión divertida.

—¿Así que todo el mundo sabe que llevabas un corte de pelo a tazón?

Alistair puso los ojos en blanco y se dirigió a la barra. Aunque era un año menor que Hendry, su mirada vacía siempre le hacía parecer mayor, lo suficiente como para evitar que le pidieran el carnet.

Tras pedir en la barra, tuvo que esperar al lado de un par de chicas que discutían entre ellas.

—¿De verdad has venido sola? —preguntó la primera. Desprendía un fuerte olor a cerveza barata y, como todos los clientes de esa taberna, llevaba en cada dedo un anillo sortilegio que emitía el fulgor blanco de la magia común. Alistair sospechó que estarían cargados con hechizos simples: un Cura Antirresaca, un Antigranos, un Enciendecerillas... Lo que fuera más oportuno para salir a tomar algo un viernes por la noche.

—Claro que no —le respondió la otra chica, alisándose los rizos de un tono pelirrojo intenso—. Mis amigos están por allí. —Señaló vagamente a todo el local.

—Ya decía yo —se mofó la primera, ya algo borracha—. Ahora eres famosa, ¿sabes? Sale una foto tuya en la portada de una de las revistas que lee mi madre. En ella llevas puestos unos pantalones de chándal.

—Suele pasarme de vez en cuando —refunfuñó la pelirroja.

—He oído que los Darrow también han elegido ya. Así que, por ahora, hay tres campeones: Carbry Darrow, Elionor Payne y tú —la chica sonrío con malicia, de una forma que a Alistair le hizo pensar que ambas habían sido amigas en el pasado—, pero nadie quiere que ganen los Macaslan.

Alistair cayó en la cuenta por fin: ya sabía de qué le sonaba la pelirroja. Era la Macaslan que había sido nombrada campeona muchos meses antes de que apareciera la Luna de Sangre y, desde entonces, los paparazis la habían convertido en el rostro visible del torneo. No le sorprendía que los Macaslan se rebajaran a ese nivel solo para llamar la atención. Su abuela siempre los había descrito como las sanguijuelas de las siete familias, dispuestos a emplear cualquier método repugnante para saborear aunque fuera un poco de poder. Pero, con ese bolso de marca y su bonito rostro, la joven Macaslan no parecía dar la impresión de ser alguien que tuviera que esforzarse para conseguir llamar la atención.

Al escuchar la conversación, varios cazadores de maldiciones se quedaron mirando hacia ellas. Macaslan carraspeó y les dio la espalda.

—Bueno, a mí me da igual lo que la gente opine de mí —afirmó. Pero Alistair no creía que fuese así. Nadie se ponía zapatos de tacón para ir a un tugurio como ese si no le importaba su reputación—. En las noticias ya nos consideran rivales al campeón de los Lowe y a mí. Porque seré yo quien gane.

La chica que ya iba borracha puso los ojos en blanco.

—Los Lowe ni siquiera han anunciado todavía a su campeón. Y quienesquiera que sean, seguro que no son tan impresionantes.

Mientras el camarero servía a Alistair, este fantaseó con la rapidez con la que la campeona de los Macaslan mudaría ese gesto confiado si él extendiera la mano, mostrando el anillo brillante sobre sus nudillos, cargado con un maleficio, y le demostrara lo impresionante que podía llegar a ser.

Pero ya habría tiempo para eso una vez que comenzara el torneo.

No obstante, cuando se giró con las cervezas en la mano, se topó cara a cara con ella. Por un instante, se sostuvieron la mirada, evaluándose mutuamente. Pero, como no quería ser reconocido, se alejó de allí.

En la máquina de *pinball*, Hendry aceptó la cerveza que le ofrecía y meneó la cabeza.

—Creía que ibas a liarla. —Un hechizo refulgía alrededor de sus orejas, seguramente un Escuchar a Hurtadillas—. Me alegro de que no lo hayas hecho.

—Quizá debería haberlo hecho. —Alistair tomó un sorbo y sonrió muy a su pesar. No debería emocionarle que se acercara el torneo, pero desde niño lo habían preparado para ello. Y estaba listo para ganar.

—Por supuesto que no. ¿Cómo es eso que vas diciendo por ahí de nuestra familia? ¿«Sonrisa de trasgo. Te rajarán el cuello y se beberán tu alma»? No tienes remedio. No sabes controlarte. —Aunque parecía que Hendry le estaba regañando, su sonrisa burlona indicaba lo contrario.

—Y lo dice el que ha traído una piedra sortilegio a una taberna.

—Alguien tiene que cuidar de ti —murmuró Hendry, repitiendo las mismas palabras que había pronunciado su hermano antes.

Alistair resopló y dirigió su atención hacia la máquina de *pinball*. Las ilustraciones se asemejaban a las de los cuentos con los que se había criado: un príncipe que rescataba a una princesa de un castillo, un caballero cabalgando hacia la batalla, una bruja riéndose inclinada sobre un caldero y, su favorito, el dragón con las fauces abiertas para emitir un rugido, que otorgaba cien puntos si la bola tocaba sus colmillos.

Mientras Alistair insertaba una moneda en la ranura, Hendry suspiró y cambió de tema:

—Hoy he tenido un sueño...

—Suele ser lo normal por las noches.

—Mientras me echaba una siesta en el panteón. —A pesar de su encanto y su nariz pecosa, Hendry seguía siendo un Lowe. En su interior tenía una pequeña parte de villano. El panteón de la familia era su lugar favorito, plagado de epitafios vagos e inquietantes dedicados a aquellos que habían muerto siendo jóvenes. Además de los fallecidos en el torneo, su familia había sufrido una extraordinaria cantidad de tragedias a lo largo de su historia—. En el sueño, eras un monstruo de los de verdad.

Alistair resopló y pulsó con fuerza los botones del juego.

—¿Qué aspecto tenía?

—El mismo que ahora.

—Entonces, ¿qué es lo que me hacía un monstruo?

—Recolectabas los anillos sortilegio de niños muertos y los escondías en tu armario mientras te reías a carcajadas por las almas que había atrapadas dentro de ellos.

—No seas ridículo —le respondió Alistair—. Ese es el tipo de cosas que haría ahora.

—Deberías hacer como esa Macaslan e intentar caer mejor. Este torneo es distinto. La maldición ha dejado de ser un secreto. ¡Fíjate en todos estos turistas! ¡En Ilvernath! Si pretendes sobrevivir, tendrás que crear alianzas con otros campeones y llegar a acuerdos con los artífices de hechizos. Necesitarás tenerlos a todos de tu parte.

Alistair le dedicó a su hermano una intensa mirada. Hendry estaba rompiendo su regla tácita de no hablar sobre el torneo y no era normal en él ponerse tan serio. Además, daba igual que *Una trágica tradición* hubiera transformado la peculiar luna roja de Ilvernath y su historia sangrienta en un escándalo mundial. Los Lowe tenían a su disposición artífices que hacían cola para ofrecerle sus servicios a Alistair. La desgracia siempre hallaba la forma de dar con aquellos que desafiaban a la familia Lowe. Los famosos maleficios de su abuela se aseguraban de ello.

—¿Estás preocupado por mí? —preguntó Alistair.

—Pues claro.

—La familia no lo está.

—Soy tu hermano mayor. Tengo que preocuparme por ti.

El primer impulso de Alistair, como siempre, era hacer un chiste. Pero, aunque se sintiese seguro de sí mismo, costaba encontrarle la gracia al torneo.

Matar o morir. Era un evento lúgubre.

Alistair no temía por su vida, sino por su mente. Hasta los vencedores Lowe más perversos salían del torneo cambiados, hechos trizas. Pero él se negaba a aceptar ese destino. Daba igual lo brutal y despiadado que tuviera que ser, no podía dejar que eso le importara. Tampoco el resto de los campeones. Ni su alma.

Debía ser el más villano de todos.

Seguía dándole vueltas a qué responderle a Hendry cuando alguien le tocó el hombro.

—No nos conocemos —dijo Macaslan mientras Alistair abandonaba el juego y se daba la vuelta. Sus palabras no eran una afirmación…, sino una acusación. Detrás de ella, el resto de los lugareños y cazadores de maldiciones cuchicheaban, con la mirada fija en los dos chicos que habían llamado la atención de la célebre campeona.

Hendry desplegó su sonrisa más cálida y extendió la mano.

—No somos de por aquí. Hemos venido a comprobar si lo del libro es cierto. Lo de la Luna de Sangre es algo digno de ver.

Su sonrisa no funcionó con la chica, que no se la devolvió. Dirigió la mirada desde la mano extendida hasta los anillos con piedras sortilegio de cristal que le adornaban los dedos.

—Sharma, Aleshire, Walsh y Wen —señaló—. Es impresionante que siendo un turista hayas podido comprarle a la mitad de los artífices de hechizos de la ciudad.

Hendry retiró la mano y soltó una risa incómoda.

—Lo impresionante es que puedas identificar de dónde procede cada anillo sortilegio con solo mirarlo.

Le dio un codazo a su hermano para que dijera algo. Por desgracia, a pesar de las advertencias de su abuela sobre llamar la atención, Alistair no tenía la intención de seguir con la farsa. De todas formas, los cazadores de maldiciones ya los estaban observando…, así que les daría algo que mereciera la pena mirar.

«Sonrisa de trasgo». Alistair sonrió.

—¿Qué tenemos que hacer para que nos dejes en paz? —le preguntó a la chica, aunque esperaba que hiciera todo lo contrario.

Esta se cruzó de brazos.

—Decidme vuestros nombres.

«Pálidos como un muerto y silenciosos como un fantasma».

Alistair dio un amenazador paso al frente, aunque ella era más alta que él con los tacones puestos. Eso le gustó.

—A mí me gustaría saber el tuyo. —Y le extendió la mano.

—Soy Isobel Macaslan —le contestó con firmeza.

«Te rajarán el cuello y se beberán tu alma».

Entonces, ella le estrechó la mano. La tenía fría, pero la de Alistair lo estaba aún más.

—Creo que antes me has llamado «tu rival».

Un maleficio salió disparado de uno de sus anillos en dirección a la muñeca de Isobel, retorciéndose y reptando hasta llegar a su brazo, como si fuera una serpiente. Clavó los dientes en su cuello, dejándole dos marcas de punción sobre la clavícula. La piel color marfil enseguida se volvió violeta.

Isobel emitió un grito ahogado y retrocedió, cubriéndose la herida con la mano. Pero, en lugar de chillarle, enseguida recuperó la compostura, transformando ese malestar en una cruel sonrisa. Este gesto la hacía parecer increíblemente atractiva.

—Pues el placer es mío, Alistair Lowe.

Alistair sintió una punzada en la muñeca. Bajó la mirada con el ceño fruncido y detectó una marca allí donde le latía el pulso: unos labios pálidos. La marca del Beso Divinatorio.

No era un maleficio como el que él le había lanzado. Era peor. Había entrado en su mente y le había sacado su nombre. Un hechizo ingenioso y astuto. ¿Qué más había descubierto? Sintió que la vergüenza se apoderaba de él, pero pronto se desembarazó de ella.

«No puede haber descubierto mucho», pensó. «Si no, estaría aterrorizada».

Isobel sonrió con aire de suficiencia.

—Tal vez seas tú el que deba estar aterrorizado de mí.

Alistair maldijo en silencio. Era evidente que el hechizo seguía activo.

Y sin más, Isobel se dio la vuelta, haciendo ruido con sus tacones sobre el suelo de baldosas. Alistair la observó mientras desaparecía por la puerta, extrañamente decepcionado al verla irse. Sus excursiones nocturnas no solían ser tan entretenidas.

Cuando se hubo marchado, Alistair sintió las miradas de todo el local como un hierro candente sobre la piel. De pronto, deseó no haberse puesto un jersey tan abrigado. Escuchó algunos murmullos: «espantoso», «despiadado», «cruel». Bajo las luces de neón y el humo, esas palabras le parecieron más reales que las historias para dormir que solía contarle su familia. Más duras. Intentó no inmutarse.

Hendry apretó los labios.

—¿El Colmillo del Áspid? Se encontrará mal durante días, y es una de las campeonas. —Su hermano lo miró con recelo—. Hay quienes llamarían a eso hacer trampas.

Alistair se encogió de hombros y se terminó su cerveza. Al contrario que Isobel, a él sí que le daba igual lo que el mundo opinara de él.

—Ella se lo ha buscado, si no, que no me hubiera dado la mano. —Se bajó la manga del jersey para ocultar la marca del hechizo que le había dejado. Aunque nunca lo habría imaginado, puede que hubiese otra campeona tan astuta como él. O casi.

—Sí que eres un monstruo. —Hendry se bebió de un trago lo que le quedaba en el vaso y le dio hipo—. Corrupto hasta la médula.

Aunque Alistair sabía que su hermano estaba bromeando, ya no se sentía con ganas de reírse.

—Vas a hacer que me sonroje.

—Eres ridículo.

—Estás borracho. —Y encima solo con una cerveza.

Cuando Alistair se dio la vuelta, se topó de frente con el fogonazo brillante de una cámara desechable que estaba en las manos grasientas de un cazador de maldiciones.

La rabia se apoderó de él. El resto del mundo no le había prestado la más mínima atención a Ilvernath en cientos de años. Tampoco a sus inexplicables fenómenos naturales. Ni a sus cuentos narrados en voz baja. Ni a las salpicaduras de sangre que manchaban las páginas secretas de su historia.

Hasta ahora.

—Odio ese maldito libro —gruñó Alistair. Entonces, agarró a Hendry por los hombros y lo dirigió hacia la salida. Si esa foto aparecía en los periódicos al día siguiente, su abuela lo mataría.

Puede que fuera la furia que emanaba de la voz de Alistair lo que hizo que Hendry se detuviera una vez que estuvieron fuera.

—Al —le dijo en voz baja—, si alguna vez quieres hablar sobre el torneo, hablar de verdad, aquí estoy. Te escucho.

Alistair tragó saliva. Los Lowe lo habían estado preparando para este torneo durante toda su vida, fomentando el miedo y alimentando la crueldad, enseñando a un niño a transformar las historias que le asustaban en relatos sobre sí mismo. Su familia no aceptaba la flaqueza en un campeón. Hendry era, y siempre había sido, el único en quien podía confiar.

Alistair quería ganar el torneo por muchos motivos. Por supuesto, quería seguir viviendo. Quería que su familia se sintiese orgullosa. Quería poder pasar más noches como esa con su hermano, jugando al *pinball* borrachos y compartiendo secretos en la taberna local, fingiendo llevar la vida normal que nunca tendrían.

Pero, sobre todo, odiaba tener que imaginar a su hermano llorando por él. Nunca habían estado el uno sin el otro.

—Hablaremos de ello —murmuró Alistair—, pero esta noche no.

No había por qué arruinar esa noche de libertad tan poco frecuente. Sobre todo, cuando podía ser la última.

—Si eso es lo que quieres… —respondió Hendry.

Alistair sonrió con malicia.

—Lo que quiero es otra ronda. Busquemos otra taberna con menos turistas.

Y así, dos horas más tarde, con las cabezas dándoles vueltas y aquel beso pálido aún marcado sobre la muñeca de Alistair, los hermanos Lowe volvieron a casa, a aquella propiedad inhóspita.

Cada uno, a su manera, soñó con la muerte.

ISOBEL MACASLAN

«Pese a que fueron siete las grandes familias que fundaron el torneo, cabe recordar que ha pasado mucho tiempo desde entonces. No todas ellas han seguido siendo grandes».

Una trágica tradición

El cortejo fúnebre se arremolinaba alrededor de la tumba mientras los porteadores depositaban el ataúd bajo tierra. El tiempo era gris y húmedo. Los zapatos de tacón se hundían en el barro. La hierba estaba pisoteada y encharcada. Los paraguas negros se elevaban hacia el cielo. Los funerales en Ilvernath eran solemnes, una ocasión en la que era costumbre lucir velos, perlas y pañuelos. Había familias que llevaban tanto tiempo viviendo allí que tenían adjudicados sus lugares de sepultura, donde sus descendientes podían ser enterrados al lado de sus ancestros.

Sobre la colina, mirando hacia el cementerio, la familia Macaslan observaba, relamiéndose.

Los Macaslan eran una familia infame, con su fina cabellera pelirroja y sus marcadas venas violetas. Siempre apestando a la colonia más cara y, aun así repulsiva, que el dinero pudiera comprar. No había ningún funeral en Ilvernath al que no acudieran. Pero no lo hacían para dar sus condolencias.

Acudían para recolectar.

Antes de que la magia alta o común pudiera almacenarse en el interior de un anillo sortilegio o un anillo maleficio, esta era considerada magia pura. Y la magia pura era difícil de encontrar. Aparecía sin más: al romperse un espejo por accidente, oculta entre las páginas de un libro polvoriento, revoloteando alrededor de un trébol de cuatro hojas horas después del ocaso. Por aquel entonces, la mayoría se producía en masa, se cultivaba y embotellaba como si fuera jarabe de maíz con alto contenido en fructosa. Y se empleaba como ingrediente principal en todo, desde un pintalabios hasta productos de limpieza doméstica. Pero no así en Ilvernath, donde se empeñaban en seguir recolectándola a la vieja usanza.

Isobel Macaslan examinó la magia común pura que resplandecía por todo el cementerio como purpurina atrapada en la lluvia. Las personas también contenían magia en su interior. Y cuando se le daba sepultura a alguien, esa magia vital se dispersaba. Si no se recolectaba, el viento la arrastraba y se la llevaba para que acabase acumulada en algún lugar olvidado.

Era un panorama precioso.

Isobel intentaba con todas sus fuerzas no vomitar.

Se frotó las dos marcas de punción que tenía en la base del cuello, donde le había mordido el Colmillo del Áspid. Se había pasado toda la mañana con el estómago revuelto. Un hechizo curativo lo habría solucionado, pero se negaba a malgastar magia por culpa de Alistair Lowe.

Sonrió al recordar la foto de Alistair frunciendo el ceño y con cara de fastidio que había aparecido en la edición matinal del *Ilvernath Eclipse*. Y lo que era aún mejor: la ira reflejada en su rostro cuando se había adentrado en su mente. Alistair no tenía ni idea de cuánto había descubierto.

Sabía lo del crucigrama que guardaba en el bolsillo, lo de la palabra que no había podido descifrar y que le había puesto de mal humor para todo el día (la respuesta era «elixir». Isobel lo había sabido de inmediato). Se equiparaba a sí mismo con un monstruo debido a las historias que su madre le había contado de niño, esas que aún le provocaban escalofríos. Isobel le había parecido atractiva y ella se preguntaba qué habría pensado del beso pálido que su hechizo le había dejado en la piel, con la forma de sus propios labios.

No es que hubiese descubierto todos sus secretos, solo había accedido aquellos pensamientos que flotaban en la superficie.

Pero, aunque Isobel quisiese considerar una victoria lo de aquella noche, solo había una victoria que importase. Una que todo el mundo esperaba que alcanzara el campeón de los Lowe.

Y ahora ella se había convertido en su objetivo.

—Pareces nerviosa —comentó su padre a su lado. Tenía una voz profunda y ronca, producto de fumar durante décadas. Le clavó sus uñas quebradizas en la piel cuando posó la mano sobre su hombro—. No tienes por qué estarlo.

—Lo sé —contestó Isobel, obligándose a que su tono pareciera seguro. Eso se le daba bien.

—Eres la campeona más poderosa que ha tenido nuestra familia desde hace generaciones —le recordó por enésima vez, o eso le pareció a ella—. Y esta tarde, te asegurarás una alianza con el artífice de maleficios más respetado de toda la ciudad.

Deseaba poder ser tan optimista como su padre, pero desde la publicación el año pasado de *Una trágica tradición,* su vida se había desmoronado. Nunca quiso ser una campeona. Aun así, la prensa la había presentado como tal hacía ya once meses, sin el conocimiento de su familia y mucho antes de que se anunciara a cualquier otro de los competidores. Parecía que, de la noche a la mañana, había sido coronada la asesina más querida de Ilvernath.

Los periodistas comenzaron a acampar frente a la casa de sus padres para tener la oportunidad de conseguir una fotografía escandalosa. Sus compañeros del instituto privado le habían dado de lado, como si fuera una tendencia de la temporada pasada. Y la única amiga que creyó que lo entendería mejor que nadie la había traicionado y se había cambiado de instituto solo para no ser asociada con los Macaslan.

En el funeral, el resplandor blanco de la magia común pura adquiría más fuerza alrededor de la tumba, disipándose por el terreno en un suspiro.

Los Macaslan esperaron hasta que se dispersaron los asistentes al funeral para bajar de la colina. Algunos rezagados, la mayoría seres queridos del fallecido, los contemplaban con ira mientras trabajaban. Una mujer con un impecable traje de chaqueta negro rondaba por entre el gentío, observando a Isobel en particular. Puede que fuera por el contraste entre la vestimenta ostentosa de su familia y la minifalda de charol que llevaba Isobel. O tal vez la mujer fuese una periodista.

Isobel los ignoró a todos mientras introducía una pizca de magia en un frasco. La selló en el interior, caliente y titilante.

—No deberías estar aquí —gruñó otra mujer a su espalda.

Se dio la vuelta para encontrarse con uno de los familiares del fallecido. La mujer se envolvió con sus propios brazos y se quedó observándola. El rímel le corría por las mejillas.

Isobel apretó los labios. De todos los desafortunados métodos que empleaba su familia para recolectar magia, los funerales eran, sin duda, el peor. Para la mayoría era inconcebible recolectar magia pura de un entierro. Pero, para los Macaslan, simplemente era algo práctico. No es que los muertos fueran a seguir usando esa magia.

Isobel dirigió la mirada hacia sus familiares, esperando a que alguno intercediera por ella. Lo cierto era que no solía acudir a estas reuniones familiares hasta hacía poco. Pero toda su familia estaba demasiado ocupada como para darse cuenta del enfrentamiento que se estaba produciendo..

—Lo lamento —le respondió Isobel—, pero...

—Eres una maldita carroñera. Todos vosotros lo sois.

Una vez dicho eso, la mujer salió corriendo e Isobel apretó en un puño el medallón de plata que siempre llevaba metido debajo de la camisa. Detrás de su base de maquillaje de larga duración, seguía teniendo la piel extremadamente fina.

El desprecio de la ciudad había sido más llevadero antes de la publicación de ese libro. Antes de que extraños pintaran obscenidades con espray en la puerta de Isobel. Antes de que fotos suyas sacando la basura se volvieran carnaza para los tabloides.

Pero era la campeona más fuerte con la que contaban los Macaslan desde hacía cientos de años.

Y no iba a avergonzarse por hacer lo que fuera necesario para sobrevivir.

Para ganar.

La tienda de maleficios MacTavish se hallaba en el peor barrio de la ciudad, plagado de antiguas fábricas reconvertidas y complejos de viviendas en ruinas. Los tacones de Isobel resbalaban peligrosamente entre los adoquines mientras caminaba junto a su padre en dirección a la puerta. La tienda no contaba con ningún cartel que indicara su nombre, solo con un letrero en un tono naranja neón con una libélula en la ventana, carente de brillo bajo la luz del crepúsculo.

—¿Seguro que es aquí? —preguntó Isobel. El resto de los artífices de la ciudad contaban con escaparates más limpios y modernos, con piedras sortilegio que refulgían sobre elegantes expositores tras los cristales.

Toda la población del mundo empleaba la magia. Pero, por lo general, la gente solía comprar hechizos de marcas reconocidas en grandes almacenes o frecuentar a los artífices de su zona en lugar de encargarse ellos mismos de elaborar los encantamientos. Las familias artífices de hechizos contaban con sus propias dinastías y secretos, que pasaban de padres a hijos durante siglos, fragmentos de sabiduría que recolectaban por todo el mundo. Los artífices de Ilvernath puede que no participasen directamente, pero ellos también jugaban un papel clave en el torneo.

El *Glamour Inquirer* los llamaba los traficantes de armas.

Como la propia madre de Isobel era una respetada artífice, ya se había ofrecido a proveer a su hija con todos los hechizos para el torneo. Pero para asegurarse la victoria también necesitaría maleficios, encantamientos diseñados para hacer daño. Y su madre no estaba especializada en ellos.

Sin embargo, los MacTavish eran los mejores artífices de maleficios de Ilvernath.

—Esta tienda lleva aquí desde hace unos seiscientos años —le respondió su padre.

—Ya. —Isobel contempló el marco astillado de la puerta—. Se nota.

Antes de que pudieran acceder al interior, una furgoneta se detuvo a sus espaldas. Bajó la ventanilla y apareció un hombre con una cámara de vídeo. Isobel maldijo para sus adentros. Nunca la dejaban en paz.

—¡Isobel! —le abordó el periodista—. Soy de *SpellBC News*. Conseguir que Reid MacTavish te patrocine sería un gran logro para cualquier campeón. ¿A eso has venido aquí hoy?

—No es un buen momento —contestó.

—Venga —intercedió su padre, alisándose las solapas de su traje a rayas de importación—, sonríe para la cámara. Dale al hombre su historia.

31

El año anterior, cuando se halló sin quererlo en el punto de mira, su familia aprovechó la oportunidad con la esperanza de que su fama la ayudase a conseguir el respaldo de más artífices. Así que Isobel sonrió apretando los dientes.

—Hoy he venido a hacerles una visita a los MacTavish para hablar sobre su patrocinio, sí —le dijo al periodista—. Y espero conseguirlo. Eso es todo...

—No seas modesta —la interrumpió su padre—, lo obtendrás.

—¿Algún comentario sobre la fotografía de Alistair Lowe que ha aparecido esta mañana en los periódicos? Llevan meses considerándolo tu rival, pero a tan solo trece días del enfrentamiento, ¿qué...?

—Mi hija no le teme en absoluto, ni a él ni a nadie —prosiguió su padre—. Añade eso a tu artículo.

Lista para acabar con la entrevista, Isobel se giró sobre sus tacones y entró en la tienda. En el interior, a diferencia de muchas otras tiendas de hechizos en las que los mostradores refulgían, en esta había piedras nimias de nivel uno y dos apelotonadas en cuencos de porcelana y hechizos de la temporada anterior desechados en la sección de rebajas. El lugar estaba tan poco iluminado que Isobel tuvo que entrecerrar los ojos para ver. Todo estaba abarrotado de manuscritos, plumas, baratijas y polvo. Se aferró a su bolso para evitar que arañara ninguna superficie y roció un poco de su perfume de peonía por el ambiente para intentar enmascarar ese olor a papel enmohecido.

Un joven con la tez clara se encontraba sentado detrás del mostrador, estudiando detenidamente un grimorio de hechizos adivinatorios encuadernado en piel. Llevaba encima más de una docena de collares. De cada uno colgaban anillos sortilegio de corte ovalado, cuyas piedras estaban partidas, y dejaban a estos sin brillo y vacíos. Su vestimenta era negra y parecía de segunda mano, a juego con su cabello oscuro, sucio y sin peinar. Hubiera sido un chico atractivo si llevara puesto menos lápiz de ojos.

Isobel carraspeó.

—¿Trabajas aquí? Estamos buscando a Reid MacTavish.

El joven levantó la cabeza y sonrió sin ganas.

—Ese soy yo.

No esperaba que fuese tan joven. Solo tendría un par de años más que ella. No se parecía en absoluto a ninguno de los colegas artífices de su madre, así que no se sintió avergonzada de su error. Si quería que la gente lo tomase en serio, debería haberse quitado el *piercing* de la lengua.

—Usted debe ser Cormac Macaslan. —Extendió la mano manchada de tinta hacia su padre, quien la aceptó con demasiado entusiasmo—. Y tú debes ser la famosa Isobel.

—Los medios adoran a Isobel. Nunca se cansan de ella. —Su padre le dio una palmadita en la espalda—. Cuando hablamos por teléfono, dijiste que trajéramos magia pura. Así que aquí está. Más que suficiente para la receta de la que hablamos.

El Armazón de Cucaracha. Era el único hechizo antiguo que se pasaba de generación en generación en la familia Macaslan y que protegía temporalmente de la muerte a quien lo lanzaba. No era infalible, pero sí potente. Y muy tradicional. Todo campeón Macaslan había contado con ese hechizo.

Tampoco es que les hubiera servido de mucho a sus predecesores. La familia de Isobel llevaba sin ganar un torneo desde hacía trece generaciones.

—Puedo tenerlo listo en una hora —dijo Reid—, si no os importa esperar.

—No hay problema —respondió su padre—. Aquí dentro tienes una colección fascinante. —Examinó los anillos apilados de forma descuidada sobre el mostrador. Eran peculiares. Contaban con más piedras sortilegio ovaladas incrustadas en un metal retorcido y bien trabajado. A los MacTavish les gustaba que los demás reconocieran sus maleficios con solo verlos.

Tras examinar con avidez un anillo en particular, su padre lo soltó y le entregó a Reid sus frascos de magia pura, recolectada de todos los queridos difuntos de Ilvernath de la última semana. Isobel se quitó su medallón y también se lo entregó.

—Isobel, ¿por qué no observas cómo prepara Reid el hechizo? Será un buen aprendizaje. A no ser... ¿Te importa, Reid?

—En absoluto —respondió con prontitud y de manera profesional.

Isobel y su padre habían planeado este momento. Por eso le habían encargado este hechizo a un artífice de maleficios. Isobel se frotó los labios para asegurarse de que seguía teniéndolos bien pintados. Podía con esto.

Siguió a Reid a través de un par de cortinas de terciopelo negro hasta un taller estrecho en la trastienda. Este rebuscó en los armarios, que estaban plagados de piedras sortilegio de cristal vacías, mientras Isobel merodeaba incómoda en una esquina.

—¿La tienda es tuya? —le preguntó.

—Sí —le respondió de manera brusca. Colocó sobre el escritorio un tablero de hechizos, fabricado con una lustrosa madera de caoba y con un septagrama tallado. Los tableros de hechizos creaban un campo energético que dirigía la magia pura al interior de los cristales.

—¿Desde cuándo?

—Desde que murió mi padre. Deberías saberlo. Estuviste en su funeral.

La sonrisa de Isobel flaqueó, pero solo por un momento.

—Es verdad. Lo siento —le respondió, aunque no guardaba ningún recuerdo en particular de los funerales de la ciudad. Desde que su familia había comenzado a llevarla a rastras a estos, había aprendido a obviar cada detalle—. Me han hablado muy bien de tu padre y de tu familia.

Reid se limitó a responder con un gruñido evasivo. Isobel se acercó un poco más, echando un vistazo por encima de su hombro. En cada punta del septagrama había colocado los repulsivos ingredientes para el Armazón de Cucaracha. Estos constaban de una sola vértebra, el exoesqueleto de una cigarra tras su muda, un puñado de abrojo, un terrón de mineral de hierro, una cucharada de tierra de una tumba, el ala de una mosca y las mortajas de una tumba profanada. Su familia había convertido en un hábito confiar en aquellos hechizos que requerían ingredientes que nadie más quería tocar. El medallón de Isobel permanecía abierto en el centro del tablero de hechizos, con el cristal blanco que guardaba en su interior a la vista.

En ese momento, Reid quitó los tapones de corcho que cerraban cada uno de los frascos de magia pura. Las brillantes motas blancas salieron de su interior, tan en calma como la luz de las estrellas, como si no quisieran ser perturbadas. Con cuidado, extrajo la magia con un golpecito alrededor de la boca del frasco, susurrando palabras amables a tan poca distancia que su aliento empañaba el cristal.

Poco a poco, la magia se extendió sobre el septagrama, como si fueran un montón de luciérnagas que iluminaran la sombría habitación. Una vez que hubo vaciado todos los recipientes, se inclinó y besó el tablero, algo común a la hora de elaborar algún hechizo o maleficio que estuviese relacionado con la muerte. De pronto, la magia comenzó a removerse.

—No me gusta tener a nadie encima mientras trabajo —soltó con brusquedad.

Aunque Isobel había elaborado encantamientos en innumerables ocasiones, estaba tan cautivada observándolo que tardó varios segundos en darse cuenta de que le estaba hablando a ella.

—Has dicho que podía mirar.

—No estás aquí para mirar.

Tal y como temía, su padre había sido demasiado optimista al esperar una alianza con Reid.

Aun así, no estaba dispuesta a rendirse tan fácilmente. Sobre todo después de que su padre se mostrara tan seguro ante la prensa. Isobel recorrió la habitación con la mirada buscando otro tema de conversación. Posó la vista en un libro de tapa blanda sobre una estantería que hacía esquina, con el lomo desgastado de tanto abrirlo y cerrarlo.

—*Una trágica tradición* —leyó, intentando mantener un tono desenfadado aunque las palabras le dejaran un sabor amargo en la boca—. No se ve a muchos habitantes de Ilvernath con ese libro.

—Alguien de Ilvernath fue quien lo escribió —señaló Reid.

—Lo escribió un Grieve —apuntó ella. Aunque no es que eso importara. La familia Grieve era un hazmerreír.

—¿Te parece mal que hayan aireado los trapos sucios de Ilvernath?

Isobel sabía que debía guardar las formas, pero le costaba no expresar su opinión acerca de ese libro.

—Es una falta de respeto. Y justo cuando parece que toda la publicidad se desvanece, llega la Luna de Sangre. Ahora la ciudad está aún más abarrotada de manifestantes que nos gritan, periodistas que nos molestan, cazadores de maldiciones que nos miran embobados…

—Mira quién habla. He visto el numerito que has montado ahí fuera para ese periodista.

Isobel intentó no sentir vergüenza.

—Bueno, eso no significa que me parezca bien que nos conviertan en un circo.

—Cada veinte años, enviamos a siete adolescentes a una masacre y recompensamos al que acaba con más sangre en las manos —se limitó a decir Reid, sin apartar la mirada de su trabajo—. Debería preocuparte más el hecho de que seamos despreciables.

Isobel nunca había esperado oír a un miembro de una de las familias de artífices de maleficios más respetadas de la ciudad criticar el torneo. Los MacTavish se ganaban la vida causando daño a los demás, cruzando los límites establecidos por la estricta legislación de hechizos de su país. Eran de los pocos que, junto con las familias competidoras, conocían la existencia del torneo desde antes de que se publicara ese libro. Puede que para ellos fuese un negocio, pero también una tradición. Algo de lo que sentirse orgulloso.

Al menos eso era lo que le había dicho su padre el invierno pasado, cuando sus familiares la nombraron campeona.

«¿Cómo que no quieres?», la regañó su padre, a pesar de sus lágrimas. «Es tu deber, Isobel. ¿Qué importa que los medios se hayan enterado un poco antes? Por fin tenemos a una campeona de la que podemos sentirnos orgullosos en esta familia».

—Entonces, ¿por qué estás preparándome este hechizo? —le preguntó Isobel, intentando olvidar ese desagradable recuerdo—. Sabes que tengo planeado usarlo en el torneo.

—Nunca he dicho que yo no sea despreciable.

Su repuesta pilló a Isobel por sorpresa, pero antes de poder preguntarle nada más, añadió:

—No eres la primera campeona que me visita. Ya me he reunido con Carbry Darrow y Elionor Payne. La familia de Carbry sabe más que nadie sobre los anteriores torneos. Elionor ha pospuesto ir a la universidad solo para ser campeona. Y quienquiera que sea el elegido de los Thorburn, ya tendrá experiencia venciendo a otros competidores de su familia incluso antes de que empiece el torneo. En cambio, es a ti a quien alaban en los periódicos. ¿Por qué será?

Aquello se debía a que, después de que los medios le echaran el lazo a Isobel, su familia había comenzado a venderles historias. Fotografías en las que salía lanzando hechizos complejos. Boletines de calificaciones que se remontaban a cuando cursaba primaria. Incluso declaraciones de su padre sobre qué se sentía al criar a una niña prodigio.

—Porque soy competente —respondió Isobel.

—Todos los campeones que se han anunciado hasta ahora lo son.

—Yo soy la mejor de mi clase. Soy mejor conjuradora y artífice de hechizos que cualquiera de ellos.

Reid no respondió.

Isobel se esforzó por intentar encontrar otro tema del que hablar, algún otro motivo para poder seguir en aquella habitación. Un grimorio amarillento descansaba al otro lado del mostrador. Llevada por la curiosidad, Isobel abrió una página al azar, por una receta para un maleficio mortal llamado el Abrazo de la Parca. No lo había oído antes. Recorrió con los dedos las instrucciones desgastadas, entrecerrando los ojos para descifrarlas.

El texto afirmaba que el maleficio mataba poco a poco a su víctima... y de manera definitiva. El encantamiento era del nivel más alto que existía para hechizos y maleficios: el nivel diez. Isobel ya contaba con innumerables maleficios mortales de nivel medio que le había comprado su familia para el torneo, pero era fácil contrarrestarlos con hechizos escudo. Costaba mucho encontrar maleficios potentes, incluso por un precio justo.

—Un medallón con una piedra sortilegio incrustada en su interior. Muy de la vieja escuela —comentó Reid—. ¿De dónde lo has sacado?

—Me lo dio mi madre. —Había pasado de generación en generación por parte de su familia materna, que en su mayoría vivían en grandes ciudades al sur. A veces Isobel olvidaba que más allá de Ilvernath existía un mundo entero, uno lleno de encantamientos e historias propias.

—Demasiado elegante para una Macaslan, ¿no crees? —Se dio la vuelta y la miró a los ojos. La mano de Isobel quedó suspendida en el aire sobre el hechizo del Abrazo de la Parca. Pero la habitación estaba tan desordenada que Reid pareció no darse cuenta de que estaba husmeando entre sus cosas—. Dime, princesita... —comenzó a burlarse Reid. La postura de Isobel se tensó al oír el apodo. Al contrario que los niños de las familias más respetadas del torneo, ella no había tenido el lujo de criarse con cuentos de hadas—. Si ganas, ¿de verdad crees que tu familia administrará la alta magia mejor que los Lowe?

«La próxima vez que los Blair o los Thorburn nos llamen sanguijuelas...», había dicho su padre con su peculiar voz ronca, «lo lamentarán. Ahora nos toca a nosotros ostentar de nuevo el verdadero poder».

—Cualquiera lo hará mejor que los Lowe —respondió Isobel, evadiendo la pregunta.

La risa de Reid sonó hueca.

—Pero ¿no habías venido hasta aquí para convencerme de que te escoja precisamente a ti?

—Así es, pero no lo harás.

—Al menos los Macaslan no os andáis con tonterías. Eso te lo reconozco.

Isobel ya se había preparado para llevarse una decepción, pero dolía igualmente. Reid había tomado la decisión mucho antes de que ella pusiese un pie en su tienda.

—Entonces, si no es a mí, ¿a quién has escogido? —le preguntó.

Reid volvió a girarse hacia el tablero de hechizos, aparentemente molesto por su pregunta.

—Siete familias despreciables en una ciudad insignificante que luchan por la magia más poderosa que queda en el mundo. ¿Por qué ibais a merecérosla alguno de vosotros?

Isobel no tenía una respuesta para él, igual que tampoco la tenía para la infinidad de periodistas que le habían hecho la misma pregunta. Pensaba que su familia también era despreciable.

«¿Para qué te hemos criado si abandonas a tu propia sangre cuando te necesita?».

—Gracias por dejarme mirar —dijo Isobel, tapando con su voz el sonido que hacía al arrancar el hechizo del Abrazo de la Parca del grimorio y meterse la página en el bolso.

GAVIN GRIEVE

«Mi familia es la prueba de que hasta las historias más deprimentes necesitan un buen remate al final».

Una trágica tradición

Callista Grieve no vistió de blanco en su boda. Iba de negro, y lo llevaba con orgullo. Las capas de seda color ceniza de su vestido de novia eran muestra de que, a partir de aquel día, dejaría de ser una Grieve.

Gavin la observó caminar hacia el altar desde su asiento en la primera fila del salón de banquetes de Ilvernath. Se sentía hortera y estúpido con su traje de segunda mano y el cabello rubio aplastado hacia atrás. Otros miembros de las familias del torneo de Ilvernath solo perderían su apellido por un matrimonio que les otorgara la más poderosa de las alianzas. Pero Callista había pasado toda su vida soñando con el día en que pudiese desprenderse del suyo.

No podía culparla.

Fergus, su hermano de trece años, se movía inquieto a su lado. Gavin le dio una patada en la parte baja de la pantorrilla para recordarle que dejara de encorvarse. La multitud detrás de ellos no dudaría en burlarse del más mínimo percance o situación embarazosa de su familia. Y aunque a la mayoría de los Grieve ya les traía sin cuidado la mala opinión que tenían de ellos en Ilvernath, a Gavin no le ocurría lo mismo. Este haría todo lo que estuviera en su mano para asegurarse de que esa boda no le daba a la ciudad otro motivo para reírse de ellos.

Las sillas estaban ocupadas por miembros de las familias Grieve y Payne, sobre todo de los Payne. Unos daban pena y otros inspiraban respeto. No hacía falta señalar quiénes causaban qué. Hubiera sido fácil distinguir a ambas familias entre ellas aunque no hubieran estado sentadas en lados opuestos del salón de banquetes. Los Grieve eran un linaje reducido y amargado. Estos se hallaban sentados despatarrados mientras que la postura de los Payne era tan erguida como un palo.

Los Grieve parecían nerviosos. Los Payne, altivos. Callista estaba radiante.

El novio, Roland Payne, parecía a punto de vomitar todo el almuerzo a los pies del elaborado arco de flores.

Pese a todo eso, era una de las bodas menos deprimentes de la familia Grieve.

La novia llegó hasta el altar, donde el padre de Gavin la empujó con decisión hacia Roland. Al final de la ceremonia, Gavin no le quitó ojo a los invitados mientras Callista rodeaba con los brazos el cuello del novio y lo besaba. Percibió algunas miradas prejuiciosas de los Payne y de los pocos vecinos de la ciudad que estaban al fondo del salón, pero nadie expresó su descontento en voz alta.

La luz se filtraba por las ventanas del salón de banquetes mientras Callista y Roland bajaban del altar, cogidos del brazo. Gavin los observó marcharse, aliviándose al fin la tensión que había estado sintiendo sobre sus fornidos hombros.

Los hijos nacidos de padres pertenecientes a distintas familias del torneo solo podían ser nombrados campeones de una de ellas. Las familias competidoras en Ilvernath consideraban que el matrimonio era un juego, una forma de conseguir poderosas alianzas entre ellos con el fin de hacerse con el control de la alta magia. Al entrar en otra familia a través del matrimonio, uno de ellos perdía su apellido y adoptaba el de su pareja. Callista había abandonado el barco sin mirar atrás porque, después de muchos siglos de torneo, nunca había ganado ningún Grieve. Y la familia de Gavin ya hacía mucho que había dejado de esforzarse.

Por su parte, a Gavin no le quedaba otra que importarle. Era el campeón, casi por defecto. Callista era demasiado mayor y Fergus era el favorito de su madre porque no se sentía avergonzado de ser un Grieve. Nadie quería tanto a Gavin como para protegerlo de una muerte inminente. Por eso hacía mucho que había aprendido a depender de sí mismo. Sacaba las mejores notas de su clase y pasaba los fines de semana en el gimnasio, entrenando para llegar a tener la fuerza y resistencia necesarias para el torneo.

Era capaz de grandes cosas. Pero solo él podía verlo.

En el exterior del salón de banquetes, el cielo estaba gris con las nubes cerniéndose en la línea del horizonte. Tras salir junto con el resto de los invitados, Gavin entrecerró los ojos, de un color verde ciénaga como una botella de vidrio barata, y su mirada se dirigió hacia el gigantesco pilar de piedra que se erigía en el centro de la plaza, de al menos tres metros de altura. De él sobresalían cristales irregulares como si se tratara de dientes, con cientos de nombres grabados repartidos por la cara frontal. Todo competidor en la historia de Ilvernath había grabado su nombre en el Pilar de los Campeones la noche en la que había comenzado su torneo. Después de su muerte, aparecía un tachón sobre su grabado.

Cada uno de los nombres de los Grieve estaba tachado.

Ese era el legado de su familia: siglos de niños olvidados enterrados bocabajo, tal y como era costumbre hacer con los campeones fallecidos. Un legado que ahora el mundo entero conocía bien gracias a *Una trágica tradición*.

Gavin contempló a los periodistas y a los cazadores de maldiciones que miraban boquiabiertos hacia el extremo de la plaza. Desde la llegada de la Luna de Sangre se habían vuelto cada vez más osados. Al principio, acudían en tropel a los Grieve porque el autor anónimo del libro se había identificado como alguien de la familia de Gavin. Pero pronto los medios pasaron a centrarse en los campeones más llamativos, en historias más escabrosas. Sin embargo, Gavin seguía con la atención puesta en el libro, en los detalles que había entre sus páginas que solo un miembro de las familias competidoras podría haber sabido. Había pasado el último año leyendo y releyéndolo, intentando averiguar quién de su familia estaba tan resentido como para ponerlos a todos en peligro. Seguía sin estar seguro, pero tenía sus sospechas, y la presunta culpable estaba ahora rebosante de alegría al lado de su nuevo marido.

La alta magia no era solo un reclamo para turistas. Puede que la magia común llegara a ser formidable en las manos adecuadas, pero la alta magia era la más pura esencia del poder, el recurso que había dado forma a la mayor parte de la historia del mundo. Gavin había aprendido todo sobre ella en el colegio: cómo el rey había hecho uso de esa magia para aniquilar por completo al ejército rebelde; cómo unos valientes conjuradores la habían empleado para detener un terremoto.

Y cómo el mundo había creído que esta se había agotado, desaparecido.

Hasta ahora.

La mañana siguiente a la publicación del libro, el Parlamento de Kendalle convocó a sus padres y abuelos para interrogarlos. Regresaron del interrogatorio visiblemente afectados. Todo lo que Gavin logró sonsacarles fue que el primer ministro había decidido no ejecutar a cada miembro de las familias competidoras para romper la maldición. No solo se había vuelto un tema demasiado público como para ejercer tal brutalidad, sino que eso también significaría que la alta magia de Ilvernath podría ser usada por cualquiera. Y aunque al Gobierno no le entusiasmaba dejar que una panda de asesinos de niños ostentaran ese poder, era mucho más fácil controlar a siete familias que al mundo entero.

Al otro lado de la plaza, Elionor, la campeona de los Payne, posaba para una multitud de periodistas y fotógrafos que clamaban por su atención. Elionor era una mezcla de contrastes, con su cabello teñido de negro contra la piel blanca como el papel y unos profundos ojos azules.

—¡Elionor! —exclamó un hombre a su izquierda—. ¿Es cierto que eres capaz de elaborar maleficios de nivel seis?

—Por supuesto que soy capaz —respondió ella—. Igual que lo es cualquier verdadero competidor del torneo.

Gavin sintió cómo el resentimiento se apoderaba de él, ya que solo dominaba hasta los de nivel cinco.

—¡Elionor! ¡Aquí, Elionor!

La joven se dio la vuelta. Las piedras sortilegio, que llevaba en el hueco de las dilataciones de las orejas, relucían ante las luces de las cámaras. Era una forma completamente innecesaria de cargar con sus encantamientos, aunque parecía que a la prensa le encantaba su elección de accesorios vanguardistas. Era evidente que estaba intentando quitarle la corona de campeona favorita de los medios a Isobel Macaslan. Como si a la opinión pública fuese a importarle una vez que cayera el Velo de Sangre. Tal vez creyera que eso la ayudaría a ganarse el patrocinio de los artífices.

A nadie le interesaba tanto Gavin como para querer fotografiarle. Su anuncio se había hecho público esa misma mañana, con la publicación de un perfil en el *Ilvernath Eclipse* que había sido bochornosamente escueto y en el que lo nombraban el cuarto miembro de lo que los tabloides llamaban «los Siete Sanguinarios». Daba igual lo bien que le fueran los estudios o que pudiera levantar en peso muerto ciento cuarenta kilos. Seguía siendo un Grieve.

Se apresuraba a recorrer la acera para alejarse de los periodistas cuando una voz bramó detrás de él.

—¡Tú! —dijo alguien de forma brusca—. El joven Grieve.

Gavin se dio la vuelta. El hombre se había separado de un grupo formado por los artífices de la ciudad. Entre ellos se encontraba Bayard Attwater, un hombre anciano y pálido con un pretencioso monóculo. También estaba Fang Wen, que llevaba una piedra sortilegio en un intrincado broche sobre su larga cabellera morena. Y Diana Aleshire, una mujer de piel oscura y diseñadora de bolsos cuya tienda en el centro tenía un tamaño comparable al de unos grandes almacenes.

Gavin los conocía bien a todos. Al fin de cuentas, había visitado cada una de sus tiendas y todos lo habían rechazado.

Gavin era capaz de elaborar hechizos rudimentarios del mismo modo que podía, en teoría, coser su propia ropa. Pero necesitaba un mejor equipamiento si quería tener alguna posibilidad una vez que cayera el Velo de Sangre. El torneo podía durar un máximo de tres meses o hasta que solo quedara un campeón, lo que fuera que sucediera antes. Los Grieve no solían durar más de una semana. Que un artífice accediera a darle su apoyo ayudaría a solventar ese problema. Le permitiría competir con personas a la altura de Elionor e Isobel.

Por desgracia, ningún artífice quería patrocinar a un Grieve.

—¿Sí? —respondió Gavin con cautela, pero también esperanzado.

—Soy Osmand Walsh de Hechizos Walsh —dijo el hombre de forma pomposa, extendiendo la mano. Gavin percibió un hedor a cigarrillo y ginebra cuando se la dio. Osmand Walsh era un hombre grande, vestido de forma ostentosa con un traje de color lavanda. Por encima de las orejas le brotaban mechones de pelo canoso, estratégicamente peinados para disimular la calva que tenía en la cabeza—. Eres el campeón de tu familia, ¿no?

—Así es. —A Gavin no le pasó desapercibido el tono jocoso con el que pronunció «campeón».

—Entonces deberías saber —prosiguió Osmand Walsh, con el rostro rosado enrojeciéndosele levemente— que existen normas sobre cómo debes comportarte las semanas previas al torneo.

—¿Cómo dice? —Le recordó de inmediato a los abusones del colegio, que se habían burlado de él de muchas formas distintas y solo lo habían dejado tranquilo cuando fue lo suficientemente fuerte como para devolverles los maleficios.

—No puedes entrar así sin más en mi tienda pidiendo formar una alianza. Nuestra clientela espera encontrarse un determinado ambiente al acudir a nuestra tienda. ¿Y tenerte a ti allí interrumpiéndolos? En fin, debes entender la impresión que da eso. Ningún artífice se ha aliado nunca con tu familia. ¿De verdad crees que vamos a empezar ahora, después de que hayáis arrastrado a nuestra ciudad por el fango?

Gavin sintió cómo se acumulaba la rabia en su interior. Se concentró en la piedra sortilegio que llevaba en el dedo corazón izquierdo.

El maleficio Fauces del Diablo haría que a Osmand Walsh se le quedara la lengua pegada a la pared inferior de la boca y que, durante un día, cada vez que hablase fuera increíblemente doloroso. Hubiera sido un buen escarmiento para un hombre tan cruel e imprudente con sus palabras, aunque este no dudara en contraatacar con otro maleficio.

Aun así, Gavin se obligó a relajar el puño. No podía hacer eso allí, en la boda de su hermana. Ganar el torneo sería su venganza.

—Por supuesto, lo comprendo —dijo tan educadamente como le fue posible para luego marcharse. Intentó no dejar que nada le afectase. Ni la gente ni el barullo. Era el único método que se le ocurría para mantener la calma.

Por eso, cuando se desató la pelea, tardó unos segundos en darse cuenta de que su hermano pequeño había sido el que la había provocado.

Por el rabillo del ojo divisó el revelador resplandor blanco de un hechizo y se giró a tiempo para ver a Fergus lanzarse hacia uno de los Payne de pelo moreno en los escalones cubiertos de musgo del salón de banquetes, a plena vista de todos, olvidándose de la magia y haciendo uso de unos buenos puños a la antigua usanza.

—¡Retíralo! —gritó Fergus, agarrando al chico por las solapas de su traje.

—Tu hermana no es una Payne —le contestó el otro en un tono cargado de desprecio—. Y nunca lo será.

Fergus placó a aquel Payne mientras emitía un gruñido y ambos rodaron hasta la acera formando un borrón de hechizos a medias y puños en el aire, abriéndose paso entre la multitud. Los cazadores de maldiciones observaban la escena con un vil regocijo, coreando y dando alaridos como si se tratara de un deporte. Varias cámaras dispararon sus *flashes*.

Gavin sabía que, una vez que acabara todo aquello, Ilvernath culparía a los Grieve, al igual que había sucedido cuando se dio a conocer la ciudad en el resto del mundo. Ya podía imaginarse cómo se contaría la historia: una pelea en una boda, otra vergüenza, otra deshonra.

A no ser que él cambiara el desenlace.

Contempló el gran sello dorado que llevaba en el dedo corazón. Este tenía engastado un llamativo cristal que emitía el resplandor blanco de la magia común. Toda la ira que había sentido hacía apenas unos minutos le recorrió el cuerpo mientras lanzaba el hechizo de su interior.

Era un simple Detención Instantánea de nivel tres, una versión genérica de otro hechizo que estaba más de moda, el Imagen Congelada. Pero cumplió su propósito. Ambos chicos se quedaron inmovilizados de cuello para abajo y volutas de magia blanca refulgieron a su alrededor, dejándolos suspendidos mientras estaban paralizados.

—¡Oye! —soltó Fergus. Su piel clara, igual que la de Gavin, se había enrojecido y le salió un moratón debajo del ojo—. ¿Esto es cosa tuya?

—¡No! —el chico Payne le lanzó una mirada—. Creía que los Grieve casi no sabíais ni usar la magia.

Gavin se interpuso entre ambos y miró fijamente a Payne.

—Pues te equivocas.

El hechizo había requerido un gran esfuerzo, ya que ninguno de los dos quería quedarse quieto, pero mereció la pena por la reticente mirada de respeto que le dedicaron. El nudo que había sentido Gavin en el pecho se aflojó mientras Roland Payne tomó la mano de Callista y le murmuró algo que hizo que esta relajara la postura.

A su alrededor, todos los invitados a la boda parecían soltar un suspiro de alivio colectivo mientras los cazadores de maldiciones parecían decepcionados. Gavin les lanzó una mirada de desprecio. La mayoría de ellos parecían los típicos turistas, pero entre ellos se hallaba una mujer que conseguía destacar. Llevaba un traje de pantalón azul marino, el cabello oscuro recogido en un moño bajo y lo estaba observando. Su mirada no era exactamente maliciosa. Más bien parecía que lo estaba evaluando. Gavin apartó la vista, sintiéndose extrañamente expuesto.

Estaba a punto de descongelar a los chicos, seguro de que la pelea a puñetazos había terminado, cuando un miembro de la familia Thorburn se acercó corriendo al lugar de la reyerta. No había ninguna fiesta en Ilvernath a la que no estuvieran invitados los Thorburn. La chica era alta y fornida, con la tez de un rosa pálido y pecosa y la melena castaña recogida en una larga trenza que le bajaba por la espalda. Briony Thorburn. Iba un curso por debajo de él en el instituto público más grande de Ilvernath. Era la capitana de la mitad de los equipos deportivos y estaba decidida a ser amiga de todos. Al igual que el resto de su familia, su reputación era tan impoluta que uno podía verse reflejado en ella. Los Thorburn aún no habían anunciado a su campeón, pero ella era una clara favorita.

—¿Hay algún problema? —preguntó en un tono empalagoso y segura de sí misma.

Ese era otro rasgo de su familia. A los Thorburn les encantaba meterse donde no les llamaban.

Gavin negó con la cabeza, fijándose en los caros anillos sortilegio que adornaban sus manos.

—Lo tengo todo bajo control.

—¿Estás seguro? No veo ninguna garantía de que los chicos no sigan con la pelea una vez que los liberes.

El anillo sortilegio de su dedo índice emitió un poderoso brillo.

Un instante después, Gavin gruñó a causa del dolor, mientras su hechizo se desvaneció. Era una sensación intensa y visceral, como doblarse una uña hacia atrás.

Los chicos se sacudieron. Podían volver a moverse, pero no arremetieron el uno contra el otro. En lugar de eso, ambos pusieron la misma expresión de corderito.

—Paso —murmuró Fergus—. Tampoco es que me importe.

—Sí —convino Payne—. A mí tampoco.

Un momento después, estos se marcharon a reunirse con sus familias.

Gavin miró a Briony, cuya petulancia era palpable.

—¿Qué les has hecho?

Esta se encogió de hombros, prácticamente bostezando.

—El hechizo Conoce a tu Enemigo que he lanzado les hace ver la pelea desde el punto de vista del otro. Se han dado cuenta de que estaban siendo unos idiotas, así que han parado. Si estudiaras magia con más atención, quizá tendrías una mayor variedad de piedras sortilegio entre las que elegir.

Gavin sintió una gran irritación que aumentaba cada vez más al darse cuenta de que la admiración de los espectadores, que antes iba dirigida a él, había pasado a Briony.

—Soy el campeón de los Grieve —declaró con vehemencia—. Sé cómo usar la magia.

Esperaba recibir otra mirada de respeto. Pero, en su lugar, lo único que percibió fue lástima.

—Bueno —murmuró Briony—, pues buena suerte.

Gavin se dio la vuelta para no ver cómo se alejaba Briony y volvió a recordar las mofas de los abusones del colegio, la rabia en el rostro del chico Payne y, sobre todo, el tono burlón que había empleado Osmand Walsh.

«Ningún artífice se aliará nunca con un Grieve».

Gavin no podía ganar ese torneo únicamente por sus propios méritos. Pero sin patrocinadores, alianzas o una formación en condiciones, hasta él sabía que no tenía posibilidades.

Echó la cabeza hacia atrás para contemplar el cielo brumoso.

En menos de dos semanas, esas nubes adoptarían el tono carmesí de la alta magia, como una mortaja teñida de rojo sobre Ilvernath, y comenzaría el torneo. El Velo de Sangre se iría aclarando un poco con la muerte de cada campeón, hasta que al final solo quedara uno. Entonces, volverían el día y la noche, borrando todo el recuerdo de la sangre. Así de simple.

Gavin necesitaba creer que esa sangre no sería la suya.

BRIONY THORBURN

«A la familia Thorburn nada le gusta más que su propio reflejo».

Una trágica tradición

El anfiteatro que se encontraba en el límite de la propiedad de su familia siempre había provocado en Briony Thorburn la sensación de estar subida a un escenario. Los bancos de piedras agrietadas se elevaban formando un círculo sobre el terreno mohoso salpicado de flores silvestres. La hiedra trepadora rodeaba la fila más alta, como si fuera un chal sobre los hombros de una mujer. Por lo general, esos asientos solían estar ocupados por familias con disputas, vecinos enfadados y parejas peleadas que esperaban que los Thorburn resolvieran sus problemas.

Pero desde la aparición de la Luna de Sangre hacía tres semanas, el anfiteatro se destinaba para algo muy distinto a la mediación. La familia Thorburn se había reunido para nombrar a un campeón.

Al comienzo, dieciocho primos y una hermana se habían interpuesto entre Briony Thorburn y el honor de competir en el torneo. Una serie de pruebas físicas y mágicas los había ido descartando uno a uno. Ahora, los únicos obstáculos que se interponían en su camino eran su hermana pequeña y un primo lejano. La primera se encontraba sentada a su lado en el banco, absorta en un libro. El segundo estaba detrás de ellas, con un gesto de profunda apatía.

Ese día tendrían su última prueba.

Briony tamborileaba con los dedos sobre sus muslos.

—¿Será esta la prueba definitiva? —le preguntó a Innes en voz baja—. ¿Dejarnos aquí a todos esperando hasta que muramos?

Parecía que habían pasado horas desde que habían tomado asiento, pero el consejo de ancianos que presidía las pruebas preliminares de los Thorburn para escoger a su campeón aún no había llegado. Detrás de sus primos, el resto de los integrantes de los Thorburn también comenzaba a impacientarse, parloteando de forma nerviosa entre ellos. Los miembros de algunas familias competidoras guardaban parecido entre ellos, pero la suya era demasiado especial para eso. Las únicas cualidades que todos ellos compartían eran su inclinación por ser el centro de atención y una amplia y encantadora sonrisa.

—Te dije que te trajeras algo para entretenerte —le respondió su hermana pequeña.

—Y lo he hecho —replicó Briony, propinándole un codazo—. Te he traído a ti, ¿no?

Innes sonrió desde detrás de su libro.

—Estoy leyendo.

—Pues vale, leeré contigo. —Briony se acercó para echar un vistazo por encima del hombro de su hermana, pero Innes se giró—. ¿Qué? ¿Otra vez has lanzado algún hechizo de enmascaramiento sobre una novela romántica?

—No. —Innes cerró el libro de golpe, pero ya era tarde. Briony vislumbró el encabezado del capítulo. Escondido tras una insulsa portada se encontraba *Una trágica tradición*.

—¿Estás leyendo eso? —No se lo podía creer. Ella no se había molestado en leerlo, pero había oído que era una mofa hacia todo aquello que le importaba a su familia. Una exposición escabrosa y sórdida con el objetivo de escandalizar de forma vulgar para entretener a sus lectores. Con su publicación, los Grieve habían encontrado un modo de caer aún más bajo.

—En él aparece gran parte de nuestra historia —dijo Innes—. Puede que el autor no sintiera mucha simpatía por nosotros, pero sí investigó a fondo.

Briony no tenía ningún interés por la investigación o los libros. Le daba mucha más prioridad a aspectos como el liderazgo y el instinto para la batalla, lo que la había convertido en capitana del equipo femenino de voleibol y *rugby*. En este último deporte tenía muchas posibilidades de acudir al encuentro internacional que se celebraría en Furugawa en noviembre. Se sentía algo decepcionada por tener que perderse la temporada de otoño a causa del torneo. Pero solo un poco.

—Tampoco es que toda esa investigación les haya servido a los Grieve para ganar nada —señaló.

Innes se encogió de hombros.

—Los Grieve no son la única familia a la que le importan esas cosas. La mejor forma de trazar una estrategia es estudiar lo que ha sucedido en el pasado.

—O ser tan fuerte que ninguno de ellos tenga la más mínima posibilidad de vencerte.

Innes miró fijamente a Briony. Puede que entre su familia no guardasen parecido, pero ellas dos sí lo hacían: el cabello castaño lo habían heredado de su padre, quien había fallecido cuando Briony tenía tres años e Innes, dos; la piel clara y pecosa la habían heredado de su madre, quien abandonó Ilvernath sumida en el duelo. No se llevó a sus hijas y nunca regresó a por ellas.

Las hermanas fueron criadas en la histórica y preciada propiedad de los Thorburn por distintas tías, tíos y primos.

Pero, sobre todo, se criaron escuchando las narraciones sobre la noble historia de los Thorburn. Sobre cómo usaban la alta magia para hacer de Ilvernath un lugar mejor cuando eran los vencedores del torneo. En esos cuentos, los Thorburn eran leyendas. Héroes.

Innes parecía estar del todo satisfecha reviviendo esas historias en las páginas de sus libros. En cambio, Briony estaba deseando grabar su nombre en el ilustre Pilar de los Campeones. Recibir su anillo de campeona. Tenía la forma física y la formación mágica necesaria para triunfar en aquel torneo. Y, tras salir victoriosa, toda la ciudad... No, el mundo entero contaría historias sobre ella.

—Detrás de cada torneo hay muchas más cosas que solo el vencedor, Bri —le dijo con solemnidad—. Cada campeón tiene un motivo para competir y todos merecen ser recordados. Aunque no hayan salido con vida.

Briony no sabía si estaba muy de acuerdo con ella. Mortificarse con las generaciones de campeones fracasados que la habían precedido parecía peligroso. Un recordatorio de que su camino hacia la grandeza estaría pavimentado por seis difíciles, pero necesarios, sacrificios.

Prefería centrar su atención en las posibilidades que le proporcionaría la alta magia. Entendía por qué las familias lo habían mantenido en secreto en el pasado. Pero ahora que había dejado de ser un secreto, ¿qué les iba a impedir que hicieran uso de ella? Los Thorburn podían hacer mucho bien con ese poder, no solo en Ilvernath, sino en todo el mundo. Cuando ganara el torneo, se aseguraría de ello.

—Familia Thorburn —pronunció una voz clara y tajante. Briony centró de nuevo su mirada en el anfiteatro, donde se encontraba ahora el consejo de ancianos. Los Thorburn eran la única familia lo suficientemente grande para contar con un órgano de gobierno de ese tipo. Ese era un gran motivo por el que la población de Ilvernath confiaba tanto en ellos para que los ayudasen con sus problemas. La anciana Malvina, más vieja que Matusalén, se apoyaba en su esposa, Jasmit, mientras arrastraba los pies hasta el podio—. Tenemos un anuncio.

A Briony se le aceleró el pulso ante la expectativa. Por fin había llegado su momento.

—Hemos tomado la decisión —anunció la anciana Jasmit con la voz algo temblorosa— de celebrar la última prueba a puerta cerrada.

La multitud comenzó a murmurar, confundida. Briony giró la cabeza con brusquedad hacia Innes, que estaba tan impactada como el resto.

—¿Había pasado esto alguna vez? —siseó.

—Lo dudo mucho. Nuestra última prueba siempre ha sido pública.

—¿Y por qué lo han cambiado? —Los Thorburn odiaban que se cambiaran hasta las tradiciones más triviales, así que mucho más esta.

—No lo sé. —Que Innes admitiera que no sabía algo parecía causarle hasta un malestar físico. A Briony eso le habría parecido gracioso bajo otras circunstancias distintas.

—Os presentaremos al campeón cuando acabe la prueba —prosiguió la anciana Malvina—. Por ahora, rogamos a los aspirantes que nos acompañen.

Los ancianos se marcharon sin decir ni una palabra más. Su primo Emmett tosió incómodo detrás de ellas mientras Innes se revolvía en su asiento. Como siempre, Briony fue la primera en ponerse en pie, la primera en hacerles señas a ambos para que la siguieran.

No importaba dónde se realizara la prueba. El resultado final sería el mismo.

Los ancianos los condujeron a través del terreno hasta el cenador. Allí era donde celebraban los juicios más íntimos o cotilleaban sobre sus muchos parientes. El espacio era pequeño, rodeado con ingenio con las vides que presentaban los últimos vestigios de la floración del verano y bordeado por un banco hecho de piedra. Un hechizo de insonorización cubría la zona con una sofocante red.

En la mesa que se encontraba en el centro del cenador se hallaba un reluciente espejo de mano con una piedra sortilegio incrustada en la parte superior del marco. El espejo era el artefacto mágico más preciado de los Thorburn. Era una réplica de una de las Reliquias, siete objetos que caían del cielo de forma aleatoria durante el torneo. Cada uno garantizaba al campeón que lo reclamaba tres excepcionales hechizos de alta magia. En el torneo, el Espejo permitía espiar a los oponentes, respondía a tres preguntas cualesquiera y lanzaba un poderoso hechizo reflector sobre el que rebotaban los hechizos en dirección a los enemigos.

El espejo que se encontraba en el cenador, aunque no era el Espejo Reliquia, rendía homenaje tanto al legado de la familia Thorburn como al último obstáculo que se interponía entre Briony y su futuro. Su cometido era poner a prueba la fortaleza de los Thorburn y dejar al descubierto sus verdaderas almas. Una vez que comenzara el torneo, las normas prohibían que nadie, ni siquiera las familias, tuvieran contacto con los campeones o accedieran al lugar donde se celebraba el torneo. Pero aun así cabía esperar que el campeón de los Thorburn actuara de acuerdo a sus valores una vez que estuviera separado de sus parientes.

Briony no estaba preocupada. No había ningún motivo para que su reflejo en el espejo mostrara algo que no fuera ella como campeona. O heroína.

Con la cabeza alta, Briony se sentó en el banco al lado de Innes, quien parecía estar absorta en sus pensamientos. Frente a ellas se encontraba Emmett, empapado en sudor.

—Mmm... —susurró este, aunque sonó tan alto como un grito entre el silencio del cenador—. ¿Quién es ella?

Briony levantó de inmediato la cabeza. Había estado tan concentrada en el espejo que no había visto que había alguien más allí. La recién llegada estaba sentada en el centro del consejo de ancianos, como si fuese una de ellos. Llevaba un traje de pantalón azul marino y les dedicaba una débil sonrisa. Parecía tener unos cuarenta y pico años. Tenía la piel clara, el cabello oscuro estirado en un moño perfecto en la base del cráneo y los labios pintados del mismo tono carmesí de la Luna de Sangre.

—Hola a todos —dijo la mujer, sosteniendo una especie de expediente sobre su regazo. Con la otra mano sujetaba una taza de café humeante—. Gracias por amoldaros habiéndoos avisado con tan poca antelación. Para aquellos que no lo sepáis, soy la agente Helen Yoo del Departamento de Maldiciones del Parlamento de Kendalle. Estoy aquí en calidad de representante del Gobierno para supervisar el torneo de este año.

A Briony se le encogió el estómago. Antes de que se publicara ese estúpido libro, el Gobierno apenas le prestaba atención a una ciudad tan pequeña y remota como Ilvernath. Pero desde su publicación, habían interrogado a cada una de las familias competidoras. La aprobación de la Cláusula Maldición evitaba que se enfrentaran a cargos legales por crímenes cometidos vinculados a encantamientos ancestrales. Sin embargo, el Gobierno estaba en su derecho de hacer preguntas. Briony había creído que ya habían terminado de entrometerse, pero, al parecer, estos no opinaban igual.

—Durante los últimos doce meses —prosiguió la agente Yoo— se ha puesto en nuestro conocimiento que esa luna y cielo rojos, que siempre creímos que se trataba de un fenómeno natural, son en realidad… algo de lo que las autoridades locales no nos habían informado debidamente. —Despacio, le dio un gran sorbo a su café.

—Está aquí… ¿para qué? ¿Para evaluarnos? ¿No lo habían hecho ya? —preguntó Briony. No solía hablar tan a la ligera delante de los ancianos, pero parecía que a la agente Yoo no le había molestado la pregunta. Contempló a Briony pensativa y bajó su café.

—Los Lowe y yo ya hemos llegado a un entendimiento sobre el modo en el que emplean la forma de magia más peligrosa del mundo. Pero, en algún momento de los próximos tres meses, puede que esta no siga estando en posesión de los Lowe. Así que, aunque por desgracia debemos permitir que el torneo se celebre, tenemos nuestras condiciones.

—¿Condiciones? —repitió Briony, intentando no sonar desconfiada.

—Os alegrará saber que esas condiciones benefician a vuestra familia —dijo la agente Yoo enérgicamente—. He estado observando a los posibles candidatos e informando a mis superiores en el Parlamento. Hemos decidido que preferimos que los Thorburn se alcen con la victoria este otoño.

Henchida de orgullo, Briony no pudo disimular su sonrisa. Era evidente que el resto de las familias no estaban tan bien preparadas para asumir el poder como la suya. El Gobierno se había dado cuenta de lo que ella ya sabía.

—Las reglas de la maldición solo permiten que haya ayuda externa hasta que arranca el torneo —continuó la agente Yoo—. Estamos dispuestos a emplear recursos del Gobierno para equiparos con todos los hechizos y maleficios que podríais necesitar para triunfar tras la caída del Velo de Sangre. Solo hay dos condiciones. La primera: que nos permitáis trabajar junto con vosotros y estudiar la alta magia una vez que obre en vuestro poder para así asegurarnos de que se realiza un uso seguro.

Esto no sonaba mal. Después de todo, ese premio tenía mucho potencial. Un potencial que no se estaba explotando.

—Y segundo: nosotros escogeremos a vuestro campeón.

Briony comenzó a sentir una gran inquietud. Ahora entendía por qué celebraban esa prueba en secreto, apartados del resto de la familia. No era ninguna prueba. Los ancianos habían sopesado los pros y los contras de la oferta de la agente Yoo y habían decidido que merecía la pena aceptarla. Miró a Innes y a Emmett, ambos parecían tan conmocionados como ella.

—Hemos decidido compartir la realidad de la situación con los tres para que entendáis bien nuestra decisión —les dijo la anciana Malvina, con un tono de advertencia—, pero tomaremos ciertas precauciones para asegurarnos de que esto no sale de aquí.

Extendió su arrugada mano, con uno de los anillos sortilegio rebosando un resplandor blanco. Motas de magia flotaron en el aire y Briony sintió cómo esta envolvía el cenador. Se trataba de un hechizo Juramento Secreto de, al menos, nivel ocho. Este no tenía nada que ver con los hechizos Guardasecretos, baratos y genéricos, que lanzaban sus amigas y ella cuando hablaban de sus ligues.

Briony se estremeció. Era extraño ver a los ancianos usar su poder de ese modo.

—Antes de proseguir, todos debéis jurar que nunca contaréis lo que ha pasado aquí a nadie que no esté presente.

Era evidente que no querían que se diese a conocer esta alianza. Y no era porque su familia fuese a disgustarse, sino porque los tabloides harían el agosto con una noticia así. Todos ellos eran unos buitres, dando vueltas alrededor de quienes pronto estarían muertos y sacándoles fotos de mal gusto.

Cuando los medios se les echaron encima, al principio creyó que serían una herramienta valiosa. Tanto que hasta los intentó emplear para ayudar a una amiga.

Las consecuencias de aquello la obligaron a cambiarse de instituto y a recibir una reprimenda de su familia. Esa fue la única ocasión en la que había cabreado al consejo de ancianos, aunque le aseguraron que aquello no influiría en el proceso de selección. Y había llegado hasta esas alturas, así que esperaba que fuese cierto. Quizá fuese una ventaja que la agente Yoo escogiera al campeón. No es que todo eso le importara.

—Lo juro —dijo Briony. Sintió el hechizo haciendo presión contra su piel, para luego disiparse un momento después. Innes y Emmett siguieron su ejemplo.

Briony intentó quedarse quieta y se esforzó aún más por guardar la calma. Toda su vida le había conducido hasta este momento. Emmett no tenía su forma física ni sus capacidades, e Innes nunca había querido pasar a la historia, solo leer sobre ella. Si la agente Yoo había sido lo suficientemente lista como para decantarse por los Thorburn, entonces también lo sería para elegir a Briony.

—Pues muy bien. —Abrió su expediente y con aire distraído presionó con un clic el extremo de un bolígrafo con una brillante piedra sortilegio en su interior—. Tras considerarlo detenidamente, he seleccionado a Innes Thorburn como vuestra campeona.

Por un momento, Briony no asimiló ninguna de las palabras que había pronunciado. Fue procesándolas una a una, mientras dejaba que atravesaran esa armadura invisible que se había construido durante toda su vida, esa certeza de que no existía nadie más preparado que ella para ocupar ese puesto. Que ella era importante y que todos a su alrededor eran conscientes de ello.

El frío y la rigidez la envolvieron. Movía los labios, pero no emitía ningún sonido. Le pitaban los oídos. No era capaz de mirar a Innes a la cara. En lugar de eso, se giró hacia los ancianos, rogándoles en silencio que intervinieran. Por un momento, vio su propia conmoción y decepción reflejados en la mirada de la anciana Malvina. Pero entonces, la anciana juntó las manos y comenzó a aplaudir. Los demás se le unieron un momento después, aunque algo vacilantes.

No iban a oponerse. El estupor que sentía Briony en el pecho comenzó a transformarse en pánico. Ese aplauso debería haber sido para ella.

—¡Esperad! —Casi no reconoció el sonido de su propia voz. Era brusco, casi desagradable.

—La elección está hecha —dijo la anciana Malvina en un tono amable pero firme.

Briony tragó saliva mientras el resto de los ancianos se giraban a mirarla. Por lo general, solía disfrutar siendo el centro de atención, pero no de ese modo.

El dictamen de los ancianos era definitivo e imparcial como el espejo que se hallaba delante de ellos. Briony nunca les había faltado al respeto, pero no le quedaba otra opción. No podían nombrar a Innes como su campeona, aún no. No cuando no le habían dado la oportunidad de demostrar su valía.

—Pero... la prueba final... —protestó Briony—. Puede que hubiese nombrado a otra persona...

—Esta era la prueba final —contestó secamente la anciana Malvina—. Nos hemos puesto de acuerdo y todos respetaremos el resultado.

Briony no sería recordada como una heroína. No sería recordada en absoluto.

—Bri. —Innes la agarró por la muñeca. Sabía lo mucho que Briony deseaba esto. Seguro que le cedía el puesto. Seguro que decía algo. Pero lo único que dijo fue—: Por favor, estás haciendo el ridículo.

—Muy bien. —La agente Yoo se puso en pie—. Pues ya está decidido. Id a presentarla, tal y como habíamos planeado.

—Con la misma rapidez con la que había aparecido, la agente Yoo desapareció. Como si se hubiera transportado a ese lugar solo para arruinarle la vida a Briony.

En los cuentos de los Thorburn, la historia del héroe comenzaba con una misión que cumplir. Eran los elegidos, por el destino o las circunstancias, para proteger a aquellos que eran buenos y vencer al mal.

Pero Briony no había sido elegida. Ahora solo quedaban miradas y sacudidas de cabeza por parte de personas que conocía de toda la vida y que ahora parecían desconocidos.

La mayor desconocida de entre todos ellos era la que estaba a su lado, agarrándola de la muñeca. Innes le había robado este momento.

—Enhorabuena —se limitó a decirle a su hermana. Mientras el resto abandonaba el cenador para presentar a la nueva campeona, Briony se quedó inmóvil, contemplando fijamente el espejo. Un espejo que sabía, sin lugar a dudas, que habría tomado la decisión correcta.

ALISTAIR LOWE

«La mayoría asocia la alta magia con atrocidades que
son cosa del pasado: saqueos, plagas y anarquía. Pero
en Ilvernath, un pedazo de esa historia sigue presente,
igual de amenazante que antes».

Una trágica tradición

Debajo de la propiedad de los Lowe se hallaba una cámara acorazada.

Sus muros de acero industrial tenían un metro de grosor,
y estaban rodeados por tres metros de tierra compactada para asegurarse de que no se produjera la más mínima fuga de alta magia.
La puerta estaba protegida contra hechizos y maleficios de todo
tipo. Nadie que no fuese un Lowe podía entrar y ni siquiera ellos
podían acceder sin la autorización expresa de su abuela.

Alistair nunca había puesto un pie en la cámara. Esa mañana, cerca del amanecer, había tomado asiento en su lugar
habitual en la biblioteca familiar para memorizar el mapa del
paraje que rodeaba la ciudad de Ilvernath, donde tendría lugar
la mayor parte del torneo. Al poco de comenzar su rutina de
estudio, su abuela Marianne Lowe apareció en la puerta para
pedirle que se tomara un descanso.

Más tarde, se encontró bajando la escalera de caracol que
llevaba desde la casa hasta la cámara, deslizando los dedos por

los muros húmedos e irregulares y arañando la piedra con las uñas. Uno de sus anillos sortilegio emitía un fulgor rojo para iluminarle el camino hasta que alcanzó el nivel más bajo, donde había una habitación que parecía una pequeña cueva, como la que una familia normal y corriente usaría para esconder un tesoro.

Alistair examinó su reflejo emborronado y distorsionado en las puertas metálicas de la cámara. Debido al efecto de la luz escarlata que emitían las linternas de alta magia a su alrededor, parecía que tenía la piel salpicada de sangre.

La cámara no tenía manivela ni código. Del metal sobresalía únicamente una piedra sortilegio, de un tono rojizo y latiendo como si se tratase de un corazón. Apoyó la mano contra ella y espero.

No sucedió nada.

Tampoco esperaba que pasase nada. Su abuela no le había dado instrucciones sobre cómo entrar. Ya que a simple vista no era evidente cómo abrir la puerta, eso quería decir que ese recado que le había encargado era algún tipo de prueba. A su abuela le encantaban las pruebas. La caída del Velo de Sangre y el arranque del torneo tendrían lugar dentro de una semana. Cinco familias habían anunciado ya públicamente a sus campeones, pero los Lowe aún lo mantenían en secreto. Se sintió embargado por la emoción.

Hoy demostraría su valía. Era la prueba definitiva.

Examinó el burdo corte de la piedra sortilegio, buscando alguna pista sobre el encantamiento que contenía en su interior. Pero era imposible averiguarlo con solo mirarla.

En la cámara se guardaba la provisión de alta magia de la familia. Era más valiosa para ellos que cualquier cosa porque les garantizaba su dominio sobre Ilvernath. Era la baza que tenía su abuela para que el alcalde de Ilvernath aceptase cada una de sus peticiones: prohibir la venta de *Una trágica tradición* en la ciudad, la exención a los Lowe de pagar impuestos, a pesar de su inmensa fortuna, e impunidad legal cuando Marianne llevara a cabo amenazas.

El lema de su familia, «La sangre por encima de todo», se encontraba grabado en las puertas.

«Sangre», por supuesto. Esa prueba era una pregunta y la sangre era la respuesta.

Alistair examinó las piedras sortilegio que llevaba en los nudillos. Ignoró las más simples que había escogido al vestirse ese día y que estaban destinadas a tareas como conseguir una mayor concentración, encontrar determinadas palabras escritas en un texto o hacer que su café supiese mejor... Todas ellas de magia común. No llevaba nada encima que pudiera provocar un corte. No solía cargar por su propia casa con maleficios. Pero no podía darse la vuelta y acudir a su abuela con las manos vacías, sobre todo después de la fotografía en la Urraca que había publicado el *Ilvernath Eclipse* y que circulaba por todos los tabloides. Incluso una semana después, la furia de Marianne se palpaba por los pasillos de la propiedad, perniciosa y fría. Todo porque Alistair y Hendry habían salido de casa para acudir a un lugar donde podrían haber acabado heridos o haber dejado a la familia en una situación vulnerable.

Alistair posó la mirada en el anillo que llevaba en su cuarto dedo. Tuvo una idea desagradable.

Sería duro. Era complicado conseguir que un hechizo hiciera algo distinto de para lo que estaba diseñado.

Pero podía funcionar.

Se quitó el jersey negro para no estropearlo y tiritó a causa del frío de la caverna. A continuación, se centró en la zona de piel que se encontraba unos centímetros por encima del codo y, con toda la concentración que fue capaz de reunir, lanzó el Pasapáginas.

Apretó los dientes.

No ocurrió nada.

«Mierda». No podía fracasar, y menos una semana antes del torneo. No es que temiera que nombraran campeón a Hendry, sino que sabía que su abuela estaba resentida con Alistair por ser la mejor opción que tenía la familia.

«Siempre supe que eras débil», solía decirle. «Te atemorizan las mismas historias que deberían darte fortaleza».

Invocó una mezcla de otros hechizos: Concentración Rápida, Café Expreso y Adiós Distracciones. Todos eran encantamientos baratos y de moda que les había comprado a los artífices de la ciudad para que le ayudasen a estudiar.

Con la energía y atención por las nubes, Alistair volvió a lanzar el Pasapáginas. Dio un alarido de dolor cuando una capa de piel en forma de tira, larga y fina, se le levantó del estómago. Había apuntado al brazo, no al abdomen, pero ya no podía hacer nada. Aunque el dolor era insoportable, no sangraba.

Aquello no era suficiente.

Profirió un segundo grito más alto, y un tercero. Las capas superiores de la piel se le levantaban como si fueran hojas de papel translúcidas, abriéndose una a una como un libro carnoso. Al lanzar el hechizo por cuarta vez, cuando la carga de la piedra Pasapáginas se hubo agotado, le salió un hilillo de sangre, manando desde el esternón hasta el ombligo.

Se mordió el labio y, con dos dedos, recogió con cuidado la sangre y la restregó por la piedra sortilegio de la cámara. Los mecanismos de esta comenzaron a activarse uno a uno. Con la mano en el estómago para sujetar sus colgajos de piel, se introdujo en el interior.

La cámara estaba ocupada por filas y filas de estanterías metálicas que abarcaban del suelo al techo. Cada una de ellas contenía cientos de frascos de cristal destinados a almacenar magia pura. Esta magia, motas de luz como polvo de estrellas, emitía un violento fulgor escarlata. Era asombrosa la cantidad que allí había y que suponía siglos de alta magia acumulada.

Curiosamente se había imaginado que sería algo más grandioso.

Si Alistair perdía el torneo, no importaba cuánto poder guardara su familia en esa cámara. La maldición del torneo impedía que nadie que no fuese de la familia vencedora pudiera siquiera sentir la alta magia. Los Lowe entrarían en la cámara y solo encontrarían frascos vacíos. El empleo de la alta magia de Ilvernath pasaría a manos de la familia del nuevo campeón durante veinte años, hasta que se celebrara un nuevo torneo. Claro que los Lowe podían gastarla toda de antemano, pero eran los Lowe. Estaban convencidos de que volverían a ganar.

Alistair agarró el primer frasco que vio en la estantería, recogió su jersey del suelo y volvió a ponérselo mientras subía a la casa.

Tal y como temía, su abuela se encontraba en lo alto de la escalera, como uno de esos monstruos que aparecían en los cuentos para dormir de su familia. Entrecerró sus ojos grises y fríos, del mismo color que los de Alistair, mientras inspeccionaba el frasco con alta magia cruda que llevaba en una mano y la forma en la que se sujetaba el estómago con la otra.

—Lo tengo. —Alistair logró ofrecerle el frasco manchado con su sangre.

Su abuela se acercó, pero en lugar de tomar la magia, le levantó el jersey. Alistair se quejó entre dientes del dolor cuando el tejido le rozó la herida. Aunque la sangre había comenzado a coagularse, la piel seguía en carne viva y destrozada, como las alas aplastadas de una polilla.

—Si hubieses llevado tus maleficios encima, esto no habría pasado —le dijo sin más—. Espero que esto sea una lección para que no vuelvas ponerte en una posición vulnerable.

Alistair se encogió, pero no dijo nada. Había logrado, al mismo tiempo, completar y suspender la prueba.

—¿Acaso necesitabas esto? —le preguntó, bajando el frasco.

—Quiero que la utilices para elaborar el Plaga del Vinicultor. —Se trataba de un maleficio nimio para los estándares de su abuela, el equivalente a una fuerte resaca. Pero si quería que lo elaborara con alta magia, Alistair sentía lástima por la posible víctima—. Esperamos invitados.

Una hora más tarde, se encogía de dolor mientras Hendry le lanzaba un hechizo curativo para coserle los cortes.

—Te quedará cicatriz —le dijo, apretando los labios en un gesto de desaprobación.

Alistair se encogió de hombros.

—Me gustan las cicatrices. Me hacen parecer amenazador.

Hendry resopló y dejó su piedra sortilegio sobre la mesa, donde se hallaba Alistair recostado de forma incómoda con un montón de papeles, libros y un tablero de hechizos debajo de él. El jersey manchado de sangre seca estaba apilado encima de la silla.

Su hermano se fijó en otra cicatriz, una que tenía bajo el hombro derecho.

—¿Amenazador? Esa te la hiciste golpeándote contra la pared.

Alistair puso los ojos en blanco y se sentó. Recorrió con el dedo la nueva marca blanca que le atravesaba el abdomen y que tenía aspecto de ser una herida de hacía muchos años.

—Gracias.

Había despertado a Hendry para eso. A su hermano se le daban extraordinariamente bien los hechizos curativos. Era en lo único que destacaba. Pero no le gustaba que lo despertaran antes del mediodía.

Hendry echó un vistazo a la página del grimorio que Alistair tenía abierta. Frunció el ceño.

—¿El Plaga del Vinicultor? No es del estilo de la abuela. El estilo de la abuela eran los maleficios letales.

—Es lo que me ha pedido —murmuró Alistair. Se sentó y se inclinó sobre el grimorio.

—¿Es fácil de elaborar? —Hendry ojeó la receta.

Alistair se encorvó sobre ella para taparla.

—Sí —respondió. No le gustaba admitirlo, pero no se le daba muy bien elaborar hechizos o maleficios. En ese momento intentaba averiguar cuánta magia debía emplear. Cuánto más alto fuese el nivel de un encantamiento, más magia requería este y menos cantidad podía albergar la piedra. El Plaga del Vinicultor requería tres o cuatro cargas antes de vaciarse.

—¿Por qué no lo hace ella misma?

—Es una prueba. Con ella todo lo es —respondió—. Y sigo fracasando.

—Al, todo lo que te exige... es mucho más de lo que se les exige al resto de campeones. Puedes lanzar hechizos a un nivel que muchos no alcanzan en la vida. Has demostrado que eres más que competente.

—Si lo fuera, dejaría de ponerme a prueba.

—Solo te presiona porque... —Hendry se mordió el labio.

Alistair resopló. Su hermano iba a decir «porque te quiere», pero él sabía perfectamente que su abuela no lo quería. Para ella, era antes un campeón que su nieto.

Por muy triste que fuera, para Alistair esto tenía sentido desde un punto de vista práctico. Puede que el resto de las familias procedieran de otro modo, pero ellas también preparaban a sus campeones para morir. Porque si no enviaban a nadie, un miembro al azar de su familia moriría de todos modos. Al menos su abuela no fingía que él era algo más que una herramienta útil para ella.

—Lo sé, lo sé. La sangre por encima de todo —masculló Alistair. Los hermanos se habían tomado a pecho el lema de su familia…, al menos en lo que a ellos dos concernía.

—¿Tienes miedo? —le preguntó Hendry en voz baja, igual que había hecho la semana anterior en La Urraca.

—No. —Aunque no era del todo cierto.

Cuando creces escuchando cuentos para dormir de los que dan pesadillas, cuando los miembros de tu familia merodean por tu casa advirtiéndote sobre tu propia muerte, cuando pasas las noches sin poder dormir y contemplando las estrellas, esperando que la luna se vuelva escarlata, no hay ni un solo momento en el que no sientas miedo.

—Si morirse fuera tan malo, nadie lo haría —bromeó Hendry, dedicándole su cálida sonrisa de costumbre.

—No voy a morir.

—Si no mueres, tendrás que vivir con la otra alternativa.

Alistair pensó en la tumba de su querida tía Alphina, que se encontraba en el patio trasero. La última vencedora de los Lowe se había suicidado tras finalizar el torneo, cuatro años antes de que naciera Alistair. Él tenía que ser más fuerte. Tenía que pasar esas pruebas, sin importar lo duras que fueran. Tenía que sobrevivir a aquello para al fin poder imaginarse una vida lejos de aquella casa, para descubrir si era algo más que un Lowe, el villano favorito de la ciudad, y en ese momento también del mundo entero.

—Es algo que debo hacer solo —le contestó, preparando el tablero de hechizos. Colocó una piedra sortilegio vacía en el centro y se acercó más el grimorio.

Hendry suspiró.

—Ojalá no tuviera que ser así.

Más tarde esa misma noche, Alistair se puso un jersey negro limpio. Cargaba con el maleficio Plaga del Vinicultor y, aunque al elaborarlo había acabado con dolor de estómago y un moratón oscuro a lo largo de la tráquea, por lo demás no estaba peor que cuando lo había empezado. La piedra emitía un resplandor color granate, como si fuera sangre cristalizada.

Su madre lo esperaba en el vestíbulo.

—Ni siquiera te has arreglado el pelo. —Cada palabra que pronunciaba sonaba grave y sombría, igual que un acorde menor.

—¿Qué le pasa a mi pelo? —Sopló para apartarse del ojo un rizo castaño despeinado.

Su madre frunció el ceño.

—Tienes un aspecto asilvestrado.

Alistair sonrió, imaginándose a sí mismo aullando en el bosque que había detrás de la casa.

—Bien. Bueno, ¿quiénes son esos invitados?

Los Lowe rara vez recibían a nadie.

—Ya lo verás. —Posó la mano sobre el hombro de su hijo y lo condujo por el pasillo.

La mansión de los Lowe parecía una de esas casas sacadas de un cuento de terror. El fuego crepitaba en todas las chimeneas, lo que provocaba que cualquier tapicería, cada habitación y todo miembro de los Lowe oliera a humo. Recargada con madera de pino color oscuro y candelabros de hierro, era de esos lugares donde las doncellas se pinchaban el dedo con el huso de una rueca y toda la fruta sabía a veneno y maldad. Los hermanos crecieron jugando a representar esas historias. Hendry interpretaba tanto a la princesa como al caballero, mientras que Alistair era única y exclusivamente el dragón.

Los retratos familiares con gestos ceñudos adornaban todas las paredes del salón. Su abuela se hallaba sentada en una postura rígida sobre un sofá tapizado. Un grupo de adultos se encontraba de pie cerca de la puerta, con aspecto incómodo, como si no quisieran acercarse a ella.

Hendry se apoyó contra la pared del fondo, con su tío y su melancólico primo de ocho años a su lado. Llevaba el cabello peinado y la ropa planchada. Alistair se unió a ellos y se remetió el jersey de manera discreta.

—Alistair, Hendry, acercaos y tomad asiento a mi lado —les ordenó su abuela. Los hermanos intercambiaron una mirada y se sentaron con reticencia a cada lado de su abuela. Esta le dio un cariñoso apretón a Hendry en el brazo y le dedicó una mirada severa a Alistair—. Estos son los dueños de todas las tiendas de hechizos y maleficios de la ciudad. Como ambos sois candidatos a ser elegidos campeón, han venido a mostraros su mercancía.

Los artífices de hechizos y maleficios les lanzaban miradas nerviosas. Era evidente que se consideraban más rehenes que invitados. Alistair los examinó a todos. La mayoría procedían de reputadas familias de artífices. Había una mujer de piel muy oscura y con el cabello recogido en unas elaboradas trenzas. Un hombre de piel clara que llevaba un monóculo. Un joven con demasiado lápiz de ojos. Y en una esquina, una mujer con un traje de pantalón marrón que lo observaba todo con un evidente desprecio.

—Y ella es la agente Helen Yoo —añadió su abuela—. ¿Recordáis su visita del año pasado?

Alistair la recordaba. La agente Yoo trabajaba para el Gobierno, en algún departamento militar, de seguridad o algo parecido. Su equipo y ella casi tiraron la puerta de los Lowe abajo cuando *Una trágica tradición* reveló que su familia tenía el control de la magia más peligrosa del mundo. Al principio, hasta Marianne Lowe había tenido miedo. Durante ocho siglos, la familia ganadora había sido responsable de emplear una parte de la alta magia para mantener el torneo en secreto, temiendo que llegara un momento como aquel. Le borraban la memoria a cualquier ciudadano que no se encontrara directamente involucrado con todo aquello.

Puede que el Gobierno hubiera hecho la vista gorda por el momento, pero Marianne se había visto obligada a reducir sus tiránicas amenazas en caso de que cambiaran de parecer. Ser un villano en la era moderna requería guardar un delicado equilibrio.

Por su parte, Alistair tenía el vívido recuerdo de un agente confiscando como posible prueba el diario que escondía en el cajón de la ropa interior. Se preguntaba si la agente Yoo lo habría leído y si sabía que una vez tuvo fantasías subidas de tono con uno de los villanos de un programa de dibujos llamado Mantícora.

Pero cuando la agente Yoo fijó su mirada en él, esta era severa.

—No me prestéis atención. Solo soy una mera observadora del torneo.

Su abuela sí que le prestaba atención. Pero se volvió hacia los artífices de hechizos y maleficios. Uno por uno, cada «invitado» colocó una caja envuelta para regalo sobre la mesa de centro, como si se tratara de su fiesta de bodas.

—Estos hechizos son la mejor protección que puede ofreceros el Emporio Aleshire —pronunció con frialdad la mujer de las trenzas—. El Yelmo del Guerrero puede bloquear cualquier maleficio de hasta nivel nueve. —Alistair dudaba mucho que cualquiera de los otros campeones fueran capaces de lanzar un maleficio superior al nivel siete—. Y el Bruma Divisoria puede reducir a la mitad los efectos de un maleficio. El Detrás de las Líneas Enemigas evita que los demás puedan detectar al conjurador con otro sentido que no sea el de la vista. —Alistair retorció los labios en una sonrisa, mientras le daba vueltas a la idea de que alguien no pudiera detectarle mediante el sabor y para qué iba a necesitar tal cosa.

—He traído un muestrario de mis maleficios favoritos —dijo el chico del lápiz de ojos. Su voz era plana y aburrida, pese a encontrarse en la guarida del lobo—. El Despertar del Infierno reducirá a cenizas cualquier cosa que se encuentre en un radio de nueve metros. El paquete del Cable Traicionero te permite preparar trampas mortales que tus enemigos solo percibirán si se fijan muy de cerca.

Cada vez que un artífice de hechizos o maleficios daba su discurso, Marianne asentía y les hacía señas para que añadieran su contribución a la pila. La agente Yoo, fiel a su palabra, observaba y no decía ni pío.

—He aquí una colección de hechizos de supervivencia —dijo el hombre del monóculo—. Incluye hechizos básicos para limpiar el agua, reponer comida, un par de hechizos curativos...

—Eres dueño de uno de los emporios de elaboración de hechizos más grandes de la ciudad —dijo su abuela en tono categórico—, pero lo único que nos ofreces son hechizos baratos que podríamos adquirir en cualquier parte y con muchas menos molestias. ¿Dónde están los hechizos distintivos de tu familia?

El artífice palideció, pero elevó más la barbilla.

—Ya le he cedido mi trabajo y mi patrocinio a la familia Thorburn. —Su campeona, quienquiera que fuera, había sido anunciada en la prensa esa misma mañana como la quinta de los Siete Sanguinarios. Alistair no tenía interés en aprenderse los nombres de las personas a las que estaba a punto de matar.

—No soy ninguna necia —le espetó Marianne—. Casi todos los que estáis aquí le habéis prometido vuestro patrocinio a otra familia. Solo lo permito porque no servirá de nada.

—No quiero tener que ver a mi hija acudiendo aquí antes del próximo torneo y humillándose ante tu familia solo por vuestra alta magia. —Las palabras del artífice de hechizos dejaron helado a Alistair. Nadie le hablaba de ese modo a su abuela—. No os daré más de lo que ya os he dado.

Su abuela echó una mirada hacia la agente Yoo. Luego, con calma, dijo:

—Durante veinte años, los Lowe hemos empleado la alta magia para mantener el orden en esta ciudad. Lo único que os hemos pedido a ti y a tu hija... —su tono amenazador al pronunciar esta última palabra— es una pequeña retribución.

El artífice se revolvió inquieto donde estaba. Sus ojos saltones iban de Marianne hacia la puerta.

Su abuela posó una mano huesuda sobre el hombro de Alistair y se lo apretó. Este se puso rígido.

—Si ataca —le susurró al oído—, haz tú lo mismo.

Durante varios minutos, hubo un silencio tenso y, como si hubieran escuchado las palabras de Marianne, sintió todas las miradas sobre él. La de su madre, su tío y su primo, contemplándolo todo de forma pasiva detrás de él. La de Hendry, que meneaba la cabeza de manera casi imperceptible. La del resto de artífices, que daban un paso hacia atrás asustados.

Los Lowe no les contaban historias de monstruos a sus hijos para que creyeran poder vencerlos.

Les contaban esas historias para que ellos mismos se convirtieran en monstruos.

Uno de los muchos anillos que llevaba puestos el artífice comenzó a brillar. Un momento después, un rayo de luz blanca en forma de estaca voló en dirección al corazón de Marianne.

Alarmada, la agente Yoo se puso en pie. Pero su reacción fue demasiado lenta.

No como la de Marianne y Alistair.

Con un chasquido de dedos de Marianne, un Piel de Tiburón, que era un hechizo escudo, envolvió el sofá en un tono rojo de alta magia. La estaca se desintegró y sobre el suelo cayó un polvo brillante.

Un segundo más tarde, Alistair se concentró e invocó el maleficio que había elaborado, decidido a hacer que su abuela se sintiese orgullosa.

El artífice se tambaleó, pero sin duda había anticipado que habría represalias. Estiró la mano e invocó un escudo propio. Los muros de la casa temblaron a causa de la fuerza del hechizo. Los candelabros tintinearon. Los retratos se estremecieron. El escudo emitía un brillo casi cegador. Era uno de los hechizos más poderosos que Alistair había visto. De nivel diez.

Fabricado con magia común, el Plaga del Vinicultor alcanzaba un nivel seis. Pero la alta magia multiplicaba por dos el nivel de cualquier encantamiento.

El maleficio salió disparado de su anillo en forma de nube de un pernicioso color rojo. Se extendió por toda la habitación, provocando que el resto de los artífices lanzaran sus propias defensas o se apartaran desesperadamente de su camino. Atravesó el escudo del hombre del monóculo como si desgarrara un pergamino.

Algo digno de mención fue que el hombre no gritó.

El color de su piel clara comenzó a oscurecerse y enrojecerse hasta alcanzar un tono de vino añejo. El blanco de los ojos se le arrugó como si fuera una pieza de fruta podrida. Se le hincharon las extremidades y se le cayeron uno a uno los anillos sortilegio a medida que comenzaban a estrangularle los dedos tumefactos. Estos hicieron ruido al caer contra el suelo de piedra.

Por un momento, el hombre se mantuvo en silencio, balanceándose como si fuera a desmayarse. Entonces, se estremeció y tosió, expulsando un extraño líquido violeta. El jugo comenzó a salirle por los ojos y las orejas para luego comenzar a gotearle del cuello hacia abajo. Estaba goteando, arrugándose. E incluso en medio de ese atroz castigo, levantó la cabeza y miró a Alistair Lowe a los ojos. Lo que le quedaba en las cuencas de los ojos parecían huesos de melocotón.

Alistair se quedó boquiabierto. Incluso con alta magia, solo se trataba de un hechizo para la resaca. No debería haber causado... eso.

A no ser que hubiera metido la pata al prepararlo.

Sin poder contenerse, se inclinó sobre el brazo del sofá y vomitó sobre la alfombra.

Cuando hubo terminado, el hombre se hallaba en el suelo. No estaba muerto. El pecho le subía y bajaba con cada respiración, pero se encontraba gravemente y era probable que permanentemente herido. Estaba tirado en una postura patética sobre un charco de sus propios fluidos corporales. La habitación apestaba a aquello y al vómito de Alistair.

La agente Yoo se agachó furiosa junto al hombre.

—Ha sido... grotesco. No teníais por qué...

—Ese hombre me ha atacado en mi propia casa —respondió su abuela—. Pero le aseguro... —le dedicó una mirada peligrosa a Alistair— que el maleficio no debería haberle causado tanto daño. Podrías haber muerto al lanzar eso.

Alistair no estaba del todo seguro de no haber muerto. El estómago volvió a darle un violento vuelco.

—No sé qué he hecho mal —dijo entre jadeos. Si no se tenía cuidado a la hora de elaborar un hechizo, este podía volverse volátil. Había tenido suerte de no haber hecho saltar toda la casa por los aires.

Creía haber hecho todo lo necesario para pasar aquella prueba. Pero ahora, tenía los labios manchados de vómito, y la agente Yoo y los artífices lo miraban, no como si fuera un monstruo, sino como si solo fuera un niño. Aquello era mucho peor.

—Gracias a todos por venir —dijo su abuela con brusquedad. Se levantó, pasó por encima del cuerpo tirado en el suelo y abandonó la estancia, dejando un camino de pisadas color violeta por el suelo.

ISOBEL MACASLAN

«Los artífices, aunque en la sombra, son el octavo
participante del torneo y eso también los convierte en
cómplices».

Una trágica tradición

Isobel se detuvo frente al escaparate de la tienda de hechizos de su madre, donde se anunciaban las rebajas de final de verano. Los hechizos cosméticos, una de sus especialidades, estaban rebajados a la mitad. Todas las piedras sortilegio tenían un corte marquesa o princesa, la última moda en las tiendas de lujo de Ilvernath. Estas refulgían en el interior de unas vitrinas giratorias, reflejando la luz de la tarde en todas direcciones.

Pero no estaba allí para admirar el buen gusto de su madre.

MATANIÑOS

El grafiti atravesaba todo el escaparate, de arriba abajo, chorreando una pintura color escarlata.

Se le erizó la piel en señal de alarma, así que echó un vistazo por encima del hombro hacia el barrio de tiendas de lujo en el que nadie le prestaba atención al vandalismo. ¿Y por qué iban a hacerlo? Aquello ya había pasado antes en innumerables ocasiones, desde que Isobel fue proclamada la primera campeona de los Siete Sanguinarios.

Entró en la tienda e inhaló profundamente el aire perfumado para calmar los nervios. El ambiente olía a chicle. Todo lo que había dentro de la tienda estaba diseñado para hacerte sentir bien. La pared de espejos con marcos dorados y elegantes, hechizados para que tu complexión fuera más brillante, y los tonos neutrales que contribuían a que la tienda de hechizos pareciera amplia y ordenada. Era todo lo contrario a la tienda de maleficios de Mac-Tavish, que había visitado con su padre hacía una semana.

—¿Mamá? —llamó, soltando su bolso y su mochila mientras echaba un vistazo en la trastienda. Era habitual encontrar a su madre sentada entre los cojines de ante en el suelo, rodeada de un mar de piedras sortilegio vacías y resplandecientes, de tableros de hechizos de madera y frascos llenos de magia común pura. Cuando algún otro artífice creaba algo nuevo y moderno, su madre se atrincheraba en aquella habitación durante horas, intentando confeccionar una receta propia que estuviera a la altura. Había mucha competitividad dentro del negocio de la elaboración de hechizos alternativo. Por inventar nuevos hechizos que llamasen la atención del público, por producir mejores versiones de los productos de la competencia, por vender suficientes hechizos básicos como para mantener la especialidad predilecta de su familia. La de su madre era la adivinación.

Al mirar todo aquello: los tonos rosas, el brillo y la belleza, era difícil imaginar que su madre vivió alguna vez en casa de su padre. Se habían divorciado cuando ella tenía ocho años. Guardaba recuerdos de su madre viviendo con ellos, de su madre asistiendo a una celebración de los Macaslan junto con sus primos y familiares, de sus padres enamorados. Aquellos recuerdos siempre le habían parecido impostados, como las piezas de un puzle que no encajan pero que unen a la fuerza.

Estaban en horario comercial y la tienda se hallaba abierta, por lo que su madre tenía que estar allí. Seguramente había subido al piso de arriba un momento. Puede que fuera lo mejor. El grafiti solo conseguiría disgustarla.

Isobel se agachó detrás del mostrador y rebuscó por los cajones donde había piedras sortilegio precargadas. Logró dar con un Limpia Estropicios en el interior de una turmalina muy de moda. La etiqueta indicaba que era de nivel dos.

Salió al exterior y lo lanzó sobre el aquel desastre. Tuvo que emplear el hechizo ocho veces para dejar el cristal completamente limpio, pero el escaparate arreglado y brillante no le produjo ninguna satisfacción. Con tan solo un par de días hasta el inicio del torneo, algún otro forastero indignado volvería a destrozarlo.

En cuanto entró de nuevo a la tienda, la siguieron dos clientes al interior. Isobel puso una mueca. Al igual que ella, ambos llevaban el uniforme verde del instituto privado de Ilvernath.

—Hola, Oliver —dijo—. Hola, Hassan.

—Vaya, eres tú —contestó Hassan—. No sabía que seguías trabajando para tu madre. ¿No eres ahora demasiado famosa para eso?

Como el resto de sus amigos y compañeros de clase, Hassan y Oliver habían dejado de hablarle tras la publicación de *Una trágica tradición* y su proclamación como campeona hacía once meses. A pesar de conocerla desde hacía años, decidieron que la atención que recibía de los medios la convertía en una farsante.

—No, sigo trabajando a media jornada —se limitó a contestar.

—Bueno, pues tengo una piedra sortilegio que querría devolver —dijo Oliver—. Está rota o algo.

Su madre no vendía piedras sortilegio que estuvieran rotas.

—Deja que la vea —le pidió, y un curioso gesto cruzó el rostro de Oliver—. ¿Qué?

—Está rota, ¿vale? Quiero devolverla...

—Si le pasa algo a la piedra —cosa que Isobel dudaba—, la arreglaré.

A regañadientes, Oliver le lanzó una mirada a Hassan, que estaba inspeccionando un perchero de camisetas en las que ponía APOYA A TU ARTÍFICE DE HECHIZOS. Entonces, deslizó el cristal por el mostrador. Emitía una débil luz blanca, así que no cabía duda de que contenía magia en su interior.

—¿Qué clase de hechizo contiene? —preguntó Isobel.

—Un Largo Cabello —respondió Oliver en voz baja.

Isobel frunció el ceño al ver la cabeza rapada de Oliver. No parecía que hubiese usado ningún hechizo crecepelo. Puede que de verdad estuviera rota.

Sacó el tablero de hechizos y colocó la piedra en el centro del septagrama. A continuación, cogió otra piedra con el hechizo Largo Cabello de la vitrina y comparó ambas.

—Tienes razón. A esta le pasa algo —admitió Isobel con rencor—. Qué raro. Es como si el octavo ingrediente estuviera... —Entrecerró los ojos—. ¿Has intentado manipularla? —preguntó, lo que provocó que Hassan alzara la vista con curiosidad.

—Pues... claro que no —murmuró Oliver.

—¡Sí que lo has hecho! Has intentado modificar el hechizo. Una vez que se introduce dentro de una piedra, se acabó. Solo puede modificarse eliminando el encantamiento y elaborándolo de nuevo desde cero... ¿Qué tipo de hechizo de alargamiento pretendías hacer?

—¿Tan mal te va con Mei? —se burló Hassan, dedicándole incluso una sonrisa divertida a Isobel, que la hizo sentirse esperanzada. Ellos tres nunca habían tenido una relación estrecha, pero habían acudido a las mismas fiestas. Quizá cuando se esfumara toda aquella fama, que ella nunca había querido, podría volver a ser la misma de antes. Cuando finalizase el torneo.

A Oliver se le enrojecieron las orejas.

—Mira, arréglala y ya está, ¿vale? Le dije a mi padre que estaba rota.

—Tranquilo —lo calmó Isobel—. No se lo diré a nadie. Pero deberías tener más cuidado la próxima vez. Podrías haberte hecho daño. Y no es fácil volver a unir miembros cercenados. Sobre todo uno… tan delicado.

Mientras Hassan se partía de risa, Isobel se puso a trabajar en el hechizo. Cogió uno de los grimorios de su madre y encontró la receta de Largo Cabello. Si conseguía replicarlo lograría borrar lo que fuera que Oliver había intentado hacer con él.

—Ya no eres la única campeona a la que han anunciado —dijo Oliver—. ¿Qué se siente?

No cabía duda de que las burlas de Isobel y Hassan lo habían puesto de mal humor.

—Preferiría no hablar del torneo —respondió inquieta.

—¿Has oído lo que ha hecho hoy el chico de los Lowe? Ha dejado ciego a un hombre y…

—Yo he oído que lo ha matado —intervino Hassan.

—Qué va. Mi tía, que es enfermera en el hospital, dice que sigue con vida. Al parecer, lo hizo con un solo maleficio. Qué pasada, ¿no? Incluso aunque haya sido con alta magia.

Isobel no tenía ni idea de qué estaban hablando. Parecía el tipo de rumor descabellado que les gustaba difundir a los cazadores de maldiciones.

Oliver tamborileó con los dedos sobre el mostrador y siguió:

—La única forma de que alguien lo venza es formando una alianza. Lowe no caerá hasta que sean al menos tres contra uno.

—No entiendo eso de las alianzas —siguió Hassan—. ¿De qué sirven si al final van a acabar matándose los unos a los otros de todas formas?

—Porque así sobrevives más tiempo —contestó Oliver—. ¿No has leído el libro?

Hassan frunció el ceño, confundido, un estado que compartía con Isobel. Nunca había visto a Oliver leer un libro en los once años que llevaban en la misma clase.

—¿Y tú lo has leído?

—He visto la docuserie.

Isobel odiaba las docuseries melodramáticas que abusaban de la música punk y el filtro rojo, así que hizo oídos sordos al resto de la charla entre ambos chicos. Pero el comentario de Oliver seguía fastidiándola. A lo largo de la historia, a los campeones que formaban alianzas les iba mucho mejor que a aquellos que no tenían ninguna. Pero, aunque ya hubiesen nombrado a cuatro campeones, Isobel no creía que ninguno quisiera aliarse con ella.

—¿Cómo te gustaría morir, Isobel? —le preguntó Oliver, interrumpiendo así sus pensamientos—. Si yo tuviera que elegir, el Corte Guillotina me parece un buen maleficio para ello. Certero y rápido. Aunque no parece del estilo del chaval de los Lowe…

—No seas gilipollas, tío —le increpó Hassan. El uso de esa palabra en particular pareció cabrear aún más a Oliver.

—Estoy deseando que toda la ciudad se presente en tu funeral —siseó—. Será una buena vuelta de tuerca.

Isobel lo ignoró y dispuso cada uno de los siete ingredientes del hechizo en las distintas puntas del septagrama, uno a uno. Todo encantamiento llevaba siempre siete componentes.

—¿Sabes? Creo que sería aún peor que ganaran los Macaslan en lugar de los Lowe. Al menos los Lowe se meten en sus asuntos. Pero ¿qué harían los Macaslan con ese poder? Ya sabes lo mucho que les gustan los funerales. ¿No crees que igual les apetece provocar que haya más?

Isobel flexionó los dedos. En el meñique derecho llevaba un maleficio de autodefensa, el Noqueador, que había añadido a su arsenal cuando los periodistas habían comenzado a seguirla hasta el instituto. No le importaría ver la cara que se le quedaba a Oliver cuando el encantamiento lo lanzara al suelo.

Pero entonces, Hassan dio un temeroso paso hacia atrás, alejándose de Isobel.

—En eso tiene razón —admitió, y la rabia de Isobel se transformó en un resentimiento amargo y desesperado hacia ellos dos, hacia Briony Thorburn, hacia toda su familia.

Decidida a no decir nada ni a llorar, que sería peor, se centró en su trabajo. Cuando hubo terminado, la piedra sortilegio emitía un brillo blanco. Estaba como nueva.

—De nada —dijo entre dientes, y los chicos se marcharon sin ni siquiera un adiós en voz baja.

—Llamaré a su madre —pronunció una voz a sus espaldas. Isobel se dio la vuelta para encontrarse cara a cara con su madre, apoyada en el marco de la puerta hacia la trastienda. Honora Jackson tenía la piel clara y el cabello rizado y rubio, que le llegaba casi hasta la cintura. Llevaba puesta una falda de flores a la altura de los tobillos. Su rostro, que solía tener un brillo especial gracias a varios hechizos cosméticos, estaba más blanco que de costumbre.

—¿Cuánto llevas ahí parada? —preguntó Isobel.

—Lo suficiente. ¿Podemos hablar? —La voz de su madre parecía vacilante. Aunque más tarde, cuando hablaran, acabaría en un concurso de gritos.

—No estoy de humor. —Isobel pasó por su lado, cogió sus pertenencias y subió las escaleras hasta el apartamento de su madre. Su dormitorio era el primero a la izquierda. Era muy distinto al que tenía en casa de su padre, donde todo era papel brocado, oro de imitación deslustrado y un olor a humedad que ningún ambientador podía enmascarar. Por el contrario, allí su dormitorio estaba ordenado y cargado de color. Cada una de las paredes era de un tono que variaba del dorado al rosa. Allí era donde celebraba fiestas de pijama y donde se preparaba para acudir a los bailes del instituto. Era su santuario.

Se desplomó sobre las sábanas de satén. Un momento después, se abrió el cerrojo de la puerta con un sonoro clic y entró su madre.

—¿Qué te he dicho sobre el hechizo de cierre automático en tu puerta? —le preguntó.

Isobel se apresuró a llegar junto a su mesilla de noche y metió una pila de revistas en el primer cajón. No quería admitir que había estado leyendo lo que había publicado sobre ella el *Glamour Inquirer*.

—Me gustaría que no entraras así en mi habitación —gruñó.

—Ya, bueno, la que pago el alquiler soy yo. —Honora se acercó al borde de la cama—. Hoy he ido a visitar a los Lowe.

—¿Qué? —Isobel nunca había oído que nadie que no perteneciese a la familia Lowe atravesara sus verjas de hierro forjado. A veces olvidaba que alguien vivía en esa casa en el bosque, que esta albergaba algo más que historias de fantasmas.

—No es que se pueda rechazar una invitación de Marianne Lowe —dijo con aspereza—. Convocó a todos los artífices de hechizos y maleficios de la ciudad, igual que hizo hace veinte años. Llevo bastante tiempo en Ilvernath como para saber cómo se debe proceder en estos casos.

—¿Marianne Lowe sigue viva? —Isobel arrugó la nariz. Por las historias que había oído de esa mujer, debía tener como unos mil años.

Su madre se rio.

—Por desgracia, sí. Y he conocido al campeón de los Lowe, el que salió en el periódico. Ese tal… —Se mordió el labio.

—Alistair —dijo Isobel—. Yo también lo conozco.

Ahora fue su madre la que se sorprendió.

—¿Cómo es posible? ¿Desde cuándo dejan los Lowe que sus hijos vean la luz del sol?

—Esa foto se la sacaron por la noche. Estábamos en la misma taberna. ¿Esto es por ese rumor de que atacó a alguien?

—¿Ya te has enterado?

—Oliver y Hassan lo estaban comentando —dijo con un nudo en la garganta—. ¿Por qué? ¿Qué ha pasado?

—Lo que ese chico hizo hoy… fue terrible. Dejó ciego a Bayard Attwater.

—¿Atacó al señor Attwater? —preguntó horrorizada. Bayard Attwater era un hombre poderoso.

—Fue en defensa propia, pero aun así… —Su madre respiró hondo—. Sé que cuando comience el torneo no será tan fuerte al no tener acceso a la alta magia. Pero, de todas formas, no me gusta. Es peligroso y está perturbado. Prométeme que no serás tú quien se enfrente a él.

El miedo que transmitía el tono de su madre le creó un nudo en el estómago. Pero no quería que se le notara. Después de un mes entero discutiendo, sabía que era mejor no mostrar ninguna debilidad delante de su madre. Si no, se aferraría a ella y la convertiría en un motivo más por el que Isobel no debería ser campeona. Y cuando no discutía con ella por eso, discutía con su padre. Era agotador.

—¿Podemos no hablar del torneo? —le pidió como si volviese a lidiar con Oliver. Buscó por entre el edredón su reproductor de CD, deseando estar sola.

—Es que no lo entiendo, Isobel —continuó su madre de manera irritante—. De verdad que no. Tienes toda la vida por delante. Hace un año, hablabas de acudir a la escuela de moda. No querías tener nada que ver con ese libro, con el torneo o con...

—He cambiado de parecer, ¿vale? —soltó Isobel—. Es mi decisión.

—Es que no es tu decisión. Sigues siendo menor de edad. Si tienes que someterte a un procedimiento médico, yo debo dar mi consentimiento. Si te vas de excursión, yo debo firmar la autorización.

Ya habían mantenido esta pelea muchísimas veces. Isobel la ignoró y comenzó a desenredar sus auriculares.

—Quiero saber qué es lo que te dijo tu padre —prosiguió—. Sé cómo es. Sé que te ha comido la cabeza.

La voz ronca de su padre inundó sus pensamientos:

«¿Vas a dejar tirada a tu propia sangre? ¿Después de todo lo que hemos hecho por ti? ¿Es porque tienes miedo? Tienes demasiado talento como para tener miedo. Los medios te adoran. ¿Es porque te avergüenzas de nosotros? Podrías ganar, Isobel. Sabes que podrías hacerlo».

—Puede que quiera ser campeona —mintió Isobel—. Puede que quiera ser recordada en la historia por haber ganado.

—Eso es lo que solía decir Briony, no tú —le respondió e Isobel dio un respingo al oír el nombre de su amiga, al recordar todo lo que esta le había hecho. Sabía que Briony estaría dolida cuando declararon campeona a su hermana, e Isobel se alegraba. Se alegraba de que a Briony Thorburn le hubieran negado lo único que siempre había querido.

—Cuando eras un bebé, no me preocupaba. Creía que como solo tendrías dieciséis años cuando llegara el momento, escogerían a uno de tus primos mayores. Tampoco es que te prestaran mucha tención desde que tu padre y yo nos divorciamos.

—Siempre han pagado mi matrícula del instituto —señaló Isobel—. Y me enviaban regalos de cumpleaños.

—Isobel, tus tías y tíos probablemente no sabían ni deletrear tu nombre hasta el año pasado. Tu padre se conformaba con visitarte una vez al mes. Pero, de pronto, salieron todos esos artículos y te convertiste en el orgullo y la alegría de la familia Macaslan. Para ellos eres una herramienta a su disposición, no una persona.

Sus palabras dolían. Puede que la mayoría de sus recuerdos infantiles con sus familiares fueran imágenes borrosas de relojes de pulsera de diamantes y humo de cigarrillos. Pero, al menos, cuando todo el mundo le había dado la espalda, los Macaslan la habían recibido con los brazos abiertos.

Aun así, Isobel sabía que las palabras de su madre encerraban algo más. Hacía casi una década que había pillado a su padre utilizando su negocio para desviar fondos a cuentas fraudulentas. De ahí su divorcio.

—Siguen siendo mi familia, ¿no? —replicó Isobel—. ¿No tienen derecho a aprovecharse de mí?

—¡No! —Su madre la cogió de la mano, pero Isobel se apartó—. No tienen ese derecho.

—¿Y a cuál de mis primos hubieras preferido que enviaran? ¿A Peter? ¿A Anita? ¿A Greg…?

—¡A cualquiera de ellos! ¡A cualquiera que no fuese mi hija! —Cuando intentó ponerse los auriculares, su madre le tiró del cable—. ¡No he terminado de hablar contigo!

Isobel sintió una repentina presión en la garganta y no sabía si era porque quería gritar o llorar.

—Muy… bien —balbuceó, al borde del llanto. Apretó con fuerza la almohada de piel sintética contra el pecho—. ¡Di lo que te dé la gana! Pero no servirá de nada. Ya soy…

—No serás la campeona hasta que grabes tu nombre en el pilar. Aún queda una semana. Puedes ir ahora mismo y decirle a tu padre y a esos malditos periodistas que has cambiado de opinión, que ya no quieres tener nada que ver con esto.

Isobel se imaginó cómo sería aquella escena. Odiaba cuando su madre le gritaba, pero la furia de su padre era mucho peor.

—Crees que voy a… morir. —El pecho le subía y bajaba mientras intentaba mantener la voz firme—. Crees que Alistair Lowe me matará. Pero no será así. Soy más fuerte que él.

—Supongamos que lo eres —le contestó en un tono que demostraba que no la creía—. ¿De verdad quieres ser una asesina? Solo porque sea técnicamente legal, no significa que…

—¡No! ¡Claro que no! Pero…

—Entonces, ¿cómo piensas hacerlo? Tendrías que matar a Innes, la hermana pequeña de Briony.

Unas cálidas lágrimas comenzaron a caerle por la cara. Odiaba llorar. Odiaba sentir que perdía tanto el control.

—Lo haré —dijo. Porque si algo había aprendido en el último año era que era una superviviente.

Su madre se puso en pie y la agarró por la muñeca.

—Muy bien, pues nos marchamos.

—¿Qué? —gruñó Isobel.

—Nos vamos a Keraktos. Nos quedaremos con mi hermana. Cogeremos un vuelo esta noche. Estarás demasiado lejos como para que puedan dar contigo antes de que comience el torneo.

Una parte de Isobel se sintió aliviada. Podía abandonar Ilvernath para siempre. Podía empezar de cero.

Pero entonces los Macaslan escogerían a uno de sus primos. ¿Sería capaz de hacerles algo así? ¿Condenar a muerte a Peter, Anita o a cualquier otro? Sabía que ella tenía un don. Con ella, los Macaslan tenían posibilidades de ganar, de conseguir el poder y la riqueza que cambiaría su reputación, sus vidas. Aunque Isobel siempre había tenido a su madre para refugiarse en ella, sabía mejor que nadie lo que era que te tratasen como a una paria, una deshonra.

—No voy a irme —dijo ahogando el llanto.

—Sí que lo harás.

Al principio, cuando comenzó a sacarla de un tirón de la cama, Isobel intentó zafarse de ella. Pero cuando las uñas afiladas y arregladas de su madre se le clavaron en la piel, se concentró todo lo posible y lanzó un maleficio desde el anillo de cuarzo que llevaba en el meñique.

La magia blanca salió de la piedra, derramándose como si fuera un vertido de petróleo por la alfombra. El poder burbujeó y se elevó, salpicando todo lo que tenía al alcance. Al contacto, la mesilla de noche de madera de nogal de Isobel comenzó a descomponerse y pudrirse. El tapiz de las pareces se volvió amarillento, el papel pintado comenzó a desprenderse como si se tratara de tiras de piel secas. Con un fuerte chirrido, la tarima del suelo se retorció y levantó poco a poco, como si fueran uñas quebradizas, dejando a la vista el barro y los gusanos que había debajo.

Su madre gritó y la soltó justo cuando el Tripas de la Ciénaga le rozó la piel. Se le pegó a la carne como si fuera alquitrán. Para cuando logró lanzar un hechizo escudo, ya le había quemado las puntas del pelo. El olor hizo que a Isobel le entraran ganas de vomitar.

En lugar de eso, se encogió abrazándose las rodillas a la altura del pecho y sollozó. Su cama era una isla intacta en un mar de podredumbre y porquería. El maleficio de nivel nueve, destinado a corroer encantamientos defensivos, había sido un regalo de su padre cuando accedió a ser campeona. Tenía pensado guardarlo para el torneo, pero, en vez de eso, había destrozado el único lugar que quedaba fuera del alcance de los Macaslan.

—No puedes obligarme a hacer nada —le espetó a su madre, que había huido al pasillo. Ahora ambas estaban llorando—. Y ninguno de los otros campeones es lo suficientemente fuerte como para vencerme.

GAVIN GRIEVE

«El torneo nunca ha beneficiado a ningún Grieve. Para nosotros, y puede que seamos los únicos, es una verdadera maldición».

Una trágica tradición

Mientras fuera rugía una tormenta, Gavin se retiró a su habitación y cerró la puerta apresuradamente. Sintió el temblor de los truenos mientras se agachaba bajo su escritorio, examinando la piedra sortilegio de cuarzo incrustada en el último cajón. El hechizo que contenía, un No Pasar de nivel cinco, protegía el cajón de miradas indiscretas. Era el hechizo de mayor nivel que había sido capaz de elaborar por sí mismo.

Pensar en elaborar encantamientos le hizo recordar la desastrosa conversación con Osmand Walsh y su fracaso al intentar establecer alianzas con los artífices de hechizos. Puede que no contara con los contactos o los recursos que tenían el resto de las familias competidoras, pero, durante toda su vida, supo que sería un campeón. Y esto le había proporcionado al menos una ventaja muy valiosa: tiempo.

Desactivó el hechizo y abrió el cajón. En el interior había seis carpetas y una copia muy desgastada de *Una trágica tradición*, con notas y docenas de marcadores. En un principio, comenzó a tomar notas para investigar la historia de la alta magia y de las familias competidoras. Pero, según se acercaba el torneo, su objetivo comenzó a ser algo distinto.

Elaboraba informes sobre los otros posibles campeones.

Isobel Macaslan, Elionor Payne, Carbry Darrow, Innes Thorburn, tres posibles Blair y el peso pesado, el campeón que más le interesaba.

Gavin sacó el archivo y lo abrió.

El resplandor de los rayos procedentes del exterior acentuaban la despiadada mueca de Alistair Lowe.

Había arrancado esa foto del *Ilvernath Eclipse* y la tenía sujeta con un clip en la portada del archivo. Era la primera imagen suya que había encontrado. Su familia se recluía a conciencia. Bajo el *flash* de las cámaras de los cazadores de maldiciones, Alistair Lowe tenía aspecto de sentir un profundo fastidio. Gavin sabía que tenía un hermano mayor. Aunque técnicamente cualquiera de los dos podía ser nombrado campeón, Gavin y todos los medios estaban seguros de que Alistair sería el elegido. Incluso antes de que se publicase el libro, corrían rumores entre las otras familias sobre Alistair: su poder, su maldad, su crueldad. No cabía duda de que los artífices se postrarían ante él para ofrecerle su patrocinio.

Decidió no pensar en la otra cosa que demostraba esa fotografía: que, aunque la luz no fuera favorecedora y estuviese poniendo una mueca, Alistair Lowe era extremadamente atractivo. No es que eso fuese importante.

—Te mataré —dijo en voz alta, clavando un dedo en el centro de la foto.

La puerta de su habitación se abrió.

—¿Qué estás haciendo? —La voz aguda y algo nasal de Fergus inundó la estancia.

Gavin cerró de golpe el archivo y se dio la vuelta.

—Te tengo dicho que no entres aquí.

Su hermano frunció el ceño. Llevaba el pelo rubio aplastado contra la frente. Detrás de él, un rastro de huellas húmedas seguía hasta el pasillo.

—Si no quieres que entre, deberías ponerle un hechizo más potente a la puerta. —La mirada de Fergus pasó del pesado estante de la esquina al armario, lleno de camisetas idénticas divididas por colores, y por último al cajón abierto del escritorio—. ¿Qué tienes ahí? ¿Revistas guarras?

—No es asunto tuyo.

Pero Fergus, que era un cotilla sin remedio, ya se había abalanzado sobre él y había sacado el libro. Abrió los ojos como platos al pasar las páginas.

—Has subrayado prácticamente todo el libro. Gav, ¿cuántas veces lo has leído?

—No las suficientes —soltó Gavin, levantándose de la silla. Tenía cuatro años y nueve kilos más de músculo que Fergus. No necesitaba la magia para hacer que su hermano se arrepintiese por cotillear—. Ahora, devuélvemelo.

—No lo entiendo. Aquí no hay nada que no sepamos ya.

—¿Te lo has leído?

Fergus vaciló por un instante y luego negó con la cabeza.

—Mamá dice que no es relevante.

—Pues sí que lo es porque este libro ha provocado que la ciudad nos odie —le respondió—. Ahí se encuentran todas las debilidades de nuestras familias. Debilidades que aprovecharé para asegurarme de que las personas a las que me van a obligar a matar no me maten a mí antes.

Gavin odiaba todo lo que había supuesto ese último año. Había arruinado las pocas amistades que tenía, había provocado que chicos y chicas con los que había estado ligando se apartaran de él con una mezcla de pena y asco. Nadie quería andar cerca de un muerto andante.

Fergus enrojeció y lo soltó.

—Nadie te obliga... Bueno, es que pensaba que querías ser campeón.

Gavin no estaba seguro de que «querer» fuese la palabra correcta. Eso implicaría que tenía elección, y nunca fue así. Ser el campeón de los Grieve, más que otra cosa, había sido un proceso eliminatorio. La mayor parte del tiempo la pasaba convenciéndose a sí mismo de que había tomado esa decisión libremente. Pero, en momentos de quietud, sin la lluvia repiqueteando en el exterior o la voz de Fergus llenando el silencio, sabía que eso no era verdad.

Aun así, eso no importaba, y no tenía sentido hacer que Fergus se sintiese culpable por ello. Su hermano, que era el favorito de su madre, jamás entendería por qué Gavin era tan amargado, tan frío. Quería odiarlo. Quería odiarlos a todos ellos por hacerle aquello. Pero hacía mucho que había decidido guardarse todo ese odio para el torneo, transformarlo en un arma que estuviera a su alcance.

—Sí que quiero —dijo mientras intentaba suavizar su voz—. Es solo que me has pillado por sorpresa. ¿Qué es lo que querías?

—Una piedra sortilegio. —Fergus señaló hacia su ropa empapada—. Hace un tiempo horrible ahí fuera y he quedado con Brian...

—No voy a darte una piedra sortilegio —se limitó a decirle—. Necesito todos los hechizos que tengo. Ya que, como te habrás dado cuenta, no es que nos sobren las alianzas con los artífices.

Entonces Fergus hizo algo que no se esperaba. Le sonrió.

—No te has enterado. Alistair Lowe atacó a un artífice de hechizos en la reunión. Todos los que estaban presentes odian a los Lowe más que nunca. Se dice que harán casi cualquier cosa para asegurarse de que el campeón Lowe muera.

De forma repentina y desesperada, Gavin sintió esperanza. Nunca había estado tan agradecido de que su hermano fuera un cotilla insufrible.

—Dime qué artífices estaban allí —le pidió mientras comenzaba a trazar un plan en su cabeza.

Si Alistair había sido tan idiota como para granjearse unos enemigos tan poderosos, si estos estaban tan enfadados como para querer verlo muerto..., querrían que sufriera una muerte humillante. Una que arruinara el legado de Alistair. Que un Grieve matara a un Lowe sería perfecto.

En ese instante pudo ver cómo terminaría su historia. Solo necesitaba que un artífice también lo viera.

BRIONY THORBURN

«Las Reliquias, armas cargadas con alta magia, caen
al azar a lo largo de los tres meses que dura el torneo.
Estas son la Capa, el Martillo, el Espejo, la Espada, el
Medallón, los Zapatos y la Corona».

Una trágica tradición

Una vez finalizadas las pruebas de los Thorburn, se celebraba una tradicional ceremonia de coronación del campeón. Era una fiesta por todo lo alto en los jardines de
su propiedad, que contaba con la asistencia de todas las ramas
de la familia y, en aquella ocasión, también, para más inri, de
la mitad de Ilvernath. Las mesas del patio estaban llenas de comida y bebida y la luz del atardecer brillaba sobre la aparentemente interminable marea de invitados que había acudido para
felicitar a Innes.

A Briony siempre le habían gustado las fiestas y había soñado con esta en particular desde hacía años. Pero ahora que tenía
lugar, se sentía miserable. Quedaban dos días para que arrancara
el torneo, e Innes y ella casi ni se habían dirigido la palabra
desde aquella farsa de prueba. Desde entonces, Briony se había
pasado cada día rememorando la forma en la que los ancianos
habían guardado silencio cuando la agente Yoo había nombrado a Innes su campeona, además de su propio arrebato y el

dolor reflejado en el rostro de su hermana. Todo el evento había sido tremendamente humillante. Más aún cuando los ancianos le habían mentido al resto de la familia y habían proclamado que el espejo consideraba indigna a Briony.

Todas aquellas personas creían que había fracasado. Pero, en realidad, le habían robado su momento. Y no tenía ni idea de cómo recuperarlo.

—¿Sabes? Se ha especulado mucho sobre quién era la preferida para ganar este torneo.

Sobresaltada al oír aquella voz, se dio la vuelta y vio a un hombre rubicundo con un traje morado.

—Soy Osmand Walsh —se presentó—. De Hechizos Walsh.

—Briony Thorburn —contestó de manera automática, aceptando su pegajosa mano. No entendía por qué un artífice de hechizos iba a tomarse la molestia de hablar con ella, cuando la chica de oro de los Thorburn estaba recibiendo a los invitados a pocos metros de allí.

—Como decía, este es el tercer torneo que presencio y creo que la campeona de tu familia podría ganarlo. —Osmand Walsh agitó su *gin-tonic* mientras la miraba de arriba abajo—. Debes estar orgullosa. ¿Siempre has sabido que la elegida sería Innes? He oído que la familia Thorburn es tremendamente competitiva.

—Sí —contestó a regañadientes—. Estoy muy orgullosa.

Aquel hombre no fue ni de lejos el último en acercarse a ella. Los siguientes en tenderle una emboscada fueron sus dos compañeros de clase, Liam y Kwame, que fueron a buscarla una vez que se aburrieron del fotomatón mágico del jardín.

—Sabemos que en realidad querías ser tú la elegida —dijo Kwame—. Pero después de todo lo que pone en ese libro, quizá es mejor que no seas... Ya sabes.

Liam le dio un pellizco en la mano a su novio en señal de advertencia.

100

—Nos alegramos de que vayas a estar un curso más con nosotros —dijo Liam con firmeza—. Georgia dice que ahora el equipo de *rugby* tiene bastantes posibilidades en el torneo internacional.

Por enésima vez, maldijo para sus adentros que *Una trágica tradición* hubiera permitido que el mundo entero metiese las narices donde no debía. Como si las temporadas de *rugby* y voleibol fuesen más importantes para ella que la verdadera competición para la que había sido criada.

—Disculpadme —les dijo mientras comenzaban a especular sobre qué campeón moriría primero, coincidiendo en que sería Gavin Grieve—. Tengo que ir al baño.

Se abrió paso entre la multitud y se escondió detrás de los setos que bordeaban el jardín, dejando atrás el animado ambiente de la fiesta.

Deseaba poder confiar en alguien, pero gracias al Juramento Secreto, no podía contar la verdad. De todas formas, los únicos que podrían entenderla no le dirigían la palabra.

Su mejor amiga, Isobel Macaslan. Su novio, Finley Blair. Ambos formaban ya parte de su pasado y los dos eran campeones, ya que el nombramiento de Finley se había producido aquella misma mañana.

Había pasado un año desde que había hablado con ellos, desde que la había cagado y su familia la había obligado a cambiarse de instituto. Por supuesto, ella había obedecido. Su familia era más importante que cualquier otra cosa.

Ahora se daba cuenta de que lo había dado todo por desempeñar un papel para el que ni siquiera la habían elegido. Y algunas de las personas más importantes de su vida estaban a punto de matarse entre ellas.

Daba igual que llevara media vida haciéndose a la idea. Ahora que se acercaba el torneo, era incapaz de comprenderlo.

Estaba sollozando sentada en un banco mohoso al lado de una fuente, cuando una pareja salió a trompicones del jardín, riéndose. Al verla, se detuvieron incómodos. Briony se vio el rímel corrido y la nariz colorada a través de sus ojos. Sintió una oleada de vergüenza... y rabia.

Actuó sin pensar. Invocó el hechizo Echar una Mano, que salió del anillo que llevaba en el dedo corazón izquierdo y que solía emplearse para tareas básicas de mantenimiento del hogar. Sintió el torrente de magia. Un momento después, el chorro de agua de la fuente salió disparado y empapó a la pareja. Soltaron un chillido y salieron corriendo.

—Lo siento —murmuró a medias y en voz baja. No había sido un acto muy propio de los Thorburn, aunque solo se tratase de un hechizo de nivel dos.

Pero no tenía que ser una Thorburn perfecta. Ya no.

Escuchó una risa burlona que salía de entre los arbustos detrás de ella.

—¿Es que tu familia tiene alguna norma sobre las muestras de cariño en público?

Se dio la vuelta. Una figura emergía de los arbustos y se dirigía hacia ella. Parecía ser unos años mayor que Briony, con la piel clara y el pelo oscuro, que le llegaba por debajo de las orejas. Colgada del cuello llevaba una colección de anillos sortilegio rotos y unos brazaletes con tachuelas le adornaban las huesudas muñecas.

A Briony no le gustaba el modo en que la miraba. Le recordaba a los halcones que cazaban gorriones en su jardín, cómo se ocultaban hasta que era demasiado tarde para que la presa escapara.

—¿Quién eres?

El chico le dedicó una sonrisa tan amplia que pudo percibir el brillo del *piercing* que llevaba en la lengua.

—Reid MacTavish.

Reconoció ese nombre. Un artífice de maleficios. Uno de los gordos. Debería hallarse en el patio principal con el resto de las personas que se ofrecían a patrocinar a Innes, en lugar de acechar entre las sombras como si fuese un fantasma gótico.

—¿Tienes algún maleficio que haga que todos me dejen en paz? —gruñó.

—Ese tipo de magia no parece ser del estilo de tu familia.

—Al parecer, yo tampoco —soltó Briony, arrepintiéndose de inmediato. Los cotilleos se propagaban por Ilvernath más rápido que cualquier maleficio descontrolado, sobre todo con los periodistas y cazadores de maldiciones saliendo de hasta debajo de las piedras.

Como no podía ser de otro modo, Reid la observó con curiosidad.

—Mi familia siempre me ha contado que los más allegados a los campeones son los que peor lo llevan. Eres su hermana, ¿no? Debe ser duro para ti.

Briony intentó controlar su tono.

—No tienes ni idea.

—Tienes razón, no la tengo. Pero ¿no estás orgullosa de ella? He leído que los Thorburn compiten con fiereza para convertirse en campeones. Seguro que se lo merece.

«No tanto como yo». Briony se obligó a dejar de pensar así, sabiendo que si se aferraba al resentimiento, este se le enquistaría. Intentó concentrarse en otra cosa. En las baldosas mojadas bajo sus pies. En el suave crujido de los arbustos del jardín. En el cielo claro que pronto se volvería rojo.

—¿Que lo has leído? —repitió con calma Briony—. Te has leído el libro ese, ¿verdad?

—Puede que sí. Pero incluso antes de eso… un buen artífice de maleficios quiere saber todo lo posible sobre una maldición como la de Ilvernath. Es fascinante. Una máquina compleja que se mantiene en funcionamiento cada ciclo con la Luna de Sangre.

Una máquina. Briony nunca había pensado en el torneo de ese modo. Como si cada familia fuera una parte de esos siete mecanismos entrelazados, que se juntaban para interpretar la misma historia generación tras generación.

—Pero todo eso es cosa del pasado —musitó Reid, humedeciéndose los labios—. Es posible que en el futuro cambie... El libro se ha asegurado de ello.

—Las maldiciones no cambian —le respondió, siendo consciente de que era innecesario que le explicara eso a un artífice de maleficios—. O, al menos, esta no lo hace.

—No, la maldición de Ilvernath no ha cambiado. Pero el contexto sí. Piénsalo. Toda la publicidad, las intromisiones. Me pregunto cómo alterará esto las estrategias de los campeones. O si todos esos periodistas y cazadores de maldiciones acosándolos para conseguir una foto provocarán que la magia de la maldición tenga que ser más potente, se venga abajo o... En fin, seguro que tú también has pensado en ello.

MacTavish parecía estar en medio de una ensoñación, casi como si estuviese divagando sobre un ligue. Briony se estremeció. Los cazadores de maldiciones tenían la reputación de dar mal rollo y comenzaba a entender el motivo. Nadie debería disfrutar tanto de algo diseñado para herir a otros.

«Pero a tu familia le encanta el torneo», susurró una pequeña voz en su interior. La acalló.

—¿Por qué hablas conmigo? —le preguntó—. ¿No deberías escuchar el discursito de mi hermana sobre por qué deberías hacerle entrega de tu mercancía más mortífera?

Reid resopló.

—La semana pasada recibí en mi tienda la visita de cierta representante del Gobierno. Tenía bastantes preguntas sobre qué maleficios habían ayudado a los campeones a triunfar en el pasado. Digamos que tuve la sensación de saber en nombre de qué familia me estaba preguntando: una lo suficientemente poderosa como para tener posibilidades de ganar, pero mucho más fácil de controlar que los Lowe o los Blair. Apuesto a que tu hermana ya tiene todas las piedras sortilegio que pueda necesitar. Seguramente por eso el Gobierno la haya escogido como su campeona. Es sumisa.

Briony lo miró boquiabierta. Intentó hablar, pero el Juramento Secreto le bloqueaba las cuerdas vocales. La magia relucía a su alrededor, brillantes motas blancas en el aire.

—Interesante —murmuró Reid, acercándose a ella—. Así que es cierto.

—Yo... —jadeó Briony—. ¿Tú...? ¿Cómo...?

Reid se encogió de hombros.

—Si te soy sincero, hasta ahora solo era una teoría.

Briony no había roto el juramento, pero eso no importaba. La verdad había salido a la luz y la participación de la agente Yoo podría acabar con la credibilidad de los Thorburn.

—Por favor, no se lo digas a nadie —se apresuró a pedirle, aliviada de por fin poder hablar con libertad.

—Bah, no te preocupes. Tu secreto está a salvo conmigo. Pero me pregunto... ¿No te molesta saber que tu familia ha roto con sus tradiciones? Al fin y al cabo, la alta magia os pertenece a las familias. ¿Por qué ibais a ayudar a otra persona a reclamarla?

Sí que le molestaba, pero no quería darle la satisfacción de desvelarle más verdades incómodas.

—Las decisiones de mi familia no son asunto tuyo.

—Pero sí tuyo —se limitó a contestarle—. Pásalo bien siendo una buena Thorburn, entonces. Si eso es lo que quieres realmente.

La dejó sola junto a la fuente tras hacerle una sarcástica señal a modo de despedida. Briony observó cómo se marchaba, con la furia apoderándose de ella. Pero aquello no era a causa de sus preguntas impertinentes, sino por ella misma. Por no ser lo suficientemente valiente como para ser ella quien hiciera esas preguntas.

¿Por qué su familia, poderosa y orgullosa como era, dejaba que un libro tirara por la borda cientos de años de tradición?

Algo comenzaba a germinar en su interior. No era una idea exactamente, sino el principio de una, refulgiendo en su mente como una mota de magia pura que quisiera ser recolectada y transformada en algo más grande. Abandonó el jardín y se dirigió a la gigantesca mansión, que había pertenecido a su familia desde tiempos inmemoriales. Había sido el hogar en el que Innes y ella se habían criado, siempre rodeadas de familiares y, aun así, no sintiéndose cercanas a ellos. Subió corriendo la escalera de caracol hasta su habitación, donde se arrodilló sobre la alfombra de lana a los pies de la cama.

El día de su publicación se habían entregado ejemplares de *Una trágica tradición* de forma anónima a las siete familias competidoras. Briony había sido quien había recogido el paquete de la entrada de los Thorburn y les había dicho a todos que lo había destruido. Los demás se habían mostrado complacidos y no tenían motivos para ponerlo en duda.

Pero la misma curiosidad que sentía ahora la llevó entonces a guardar un ejemplar en secreto. Lo sacó de debajo del colchón y limpió la capa de polvo que lo cubría. La portada era morbosa y de mal gusto: docenas de fotos y retratos de los antiguos campeones, cada una con un filtro rojo implacable.

Briony suspiró profunda y temblorosamente, y lo abrió por la primera página.

ALISTAIR LOWE

«Los Lowe ganan hasta cuando nadie se lo espera, hasta cuando otro campeón es considerado el más fuerte o el favorito. Y el resto nos quedamos preguntándonos cómo ha sido posible. Nunca obtenemos una respuesta».

Una trágica tradición

Alistair vagaba por sus recuerdos en sueños. En el primero, tenía siete años y un tobillo atado al poste de la cama.

—Las llaman alimañas nocturnas —le dijo su madre. Tenía una voz queda y melódica, perfecta para narrar historias. Y a los Lowe les encantaban los cuentos, sobre todo al caer la noche—. Solo salen cuando todo está muy oscuro para que no puedas verlas. —Apagó las luces de su habitación y comenzó a cerrar la puerta haciéndola chirriar.

Alistair gritó y tiró con furia de la cuerda que tenía atada al tobillo, que estaba fijada con un nudo mágico.

—¡No! No te...

—Esto es lo que les gusta. La oscuridad. Primero irán a por tus ojos.

—¡Por favor! No puedo...

—Buenas noches —le dijo con voz cantarina.

Esa había sido la primera noche del entrenamiento no oficial de Alistair como campeón. Estuvo llorando hasta que

Hendry se coló en su habitación poco antes del amanecer y le ayudó a limpiar las sábanas que había mojado. Su hermano le recordó que tenía que pasar por aquello para así conseguir no tenerle miedo a nada.

El sueño cambió. Esta vez era mayor, pero no mucho más.

—Los trasgos son unas criaturas desagradables, siempre en busca de algún tesoro enterrado —dijo su madre en un susurro, contemplándolo desde arriba. Lo habían metido en una tumba abierta al lado del ataúd de su padre ya fallecido. Balbuceó mientras su madre le tiraba unas cuantas monedas de plata a la cara—. Con las monedas bastará para atraerlos. Deberías ser lo bastante fuerte como para defenderte de ellos.

Para entonces, Alistair había mejorado a la hora de completar aquellas pruebas, pero seguía sintiendo pavor, aunque no lo demostrara, al estar en el interior de esa tumba. Los Lowe le habían cosido unos botones brillantes en el jersey. Cada punzada de pánico que sentía en el pecho le hacía pensar que se trataba de las garras de un trasgo, buscando el tesoro que tenía pegado a la piel.

Hendry no podía interferir en las pruebas. Incluso a esa edad, ambos lo sabían. Pero más tarde, le llevó una manta a Alistair. La lógica le decía que era imposible que la lana le protegiera contra un monstruo, pero encadenado al ataúd medio enterrado, la manta le ayudaba a sentirse más seguro.

Con el paso de los años, su madre se volvía más imaginativa con el fin de perfeccionar la audacia de Alistair. Para ello había hecho uso de la magia.

—¡Veo algo! ¡Ahí! ¡En el agua!

Alistair se dio la vuelta mientras nadaba en el turbio y oscuro lago de su familia. Una gran aleta emergió a la superficie, aproximándose hacia él.

Su madre se quedó en la orilla, con una expresión de satisfacción cuando Alistair ignoró su miedo y siguió nadando hacia el centro del lago.

Hendry también lo observaba, y era su presencia tranquilizadora lo que le ayudaba a ignorar la sensación de que algo viscoso le agarraba del tobillo. Era su hermano quien lo envalentonaba, a pesar de que guiarlo hacia delante debería haber sido la lección que le enseñara su familia. Pero siempre le enseñaban la misma.

Que los monstruos no podían hacerte daño si tú también eras uno.

Alistair se despertó agitado. Al ser la mañana antes del torneo, esas pesadillas parecían un mal presagio. Por ese motivo, como hacía siempre que algo iba mal, decidió ir en busca de su hermano.

Se puso un cárdigan de punto y se dirigió al pasillo. A diferencia de la habitación desordenada de Alistair, con las cortinas corridas creando una oscuridad perpetua, plagada de libros a medio leer, piedras sortilegio y jerséis de punto tirados por ahí, la de Hendry estaba inmaculada. La ventana daba al este, hacia la salida del sol. Alistair entrecerró los ojos a causa de la claridad y se encontró la cama de su hermano vacía y perfectamente hecha.

Echó un vistazo a los lugares en los que su hermano solía esconderse. La cocina olía a nueces de macadamia tostadas y cruasanes con mantequilla. Pero estos manjares no parecían haber atraído a Hendry a desayunar. Su lugar favorito para echar la siesta también estaba vacío. La hierba junto a la tumba de su querida tía Alphina no estaba aplastada con la silueta del cuerpo de Hendry. La sala de música estaba en silencio. Los corredores, vacíos.

«Se habrá tirado por ahí a echarse una siesta», pensó Alistair. «O puede que esté en el estudio practicando magia». Eso último parecía poco probable. Hendry evitaba todo lo que requiriera salir de la cama durante la mañana.

Cada vez más intranquilo, Alistair recorrió el laberinto de sombríos pasillos de la casa hasta el salón principal. Allí tampoco encontró a su hermano, pero sí al resto de su familia.

Los Lowe eran una de las familias más reducidas del torneo de Ilvernath. Esto se hacía evidente al encontrarse allí a un único niño y tres adultos sentados de manera tan solemne, todos vestidos de gris. Los retratos de sus ancestros en marcos dorados forraban las paredes de la sala. Eran tantos y tan antiguos que Alistair no los reconocía a todos. Solo a los campeones. Estos retratos lo seguían con la mirada cuando vagaba por cualquier parte de la casa.

«Con talento, estudioso...». Imaginaba que eso era lo que murmuraban sobre él los retratos. «Pero ¿lo recordáis de niño? Tan miedica, tan angustiado. Si solo bastaban unas pesadillas para que se desmoronase, ¿cómo va a reaccionar cuando esté en una de verdad?».

Sobre la chimenea de piedra se hallaba el retrato que se había pintado antes del último torneo. En él aparecía su abuela, tan severa y seria como ahora, pese a ser veinte años más joven. Salía rodeada por sus cuatro hijos: la madre de Alistair, Moira, su tío Rowan, su tía Alphina, la que había ganado el último torneo solo para ahorcarse unos años más tarde, y su tío Todd, que había fallecido trágicamente no mucho después de que se pintara el retrato.

Alistair dirigió la mirada al retrato más reciente, terminado hacía apenas un mes. A su alrededor se encontraban su abuela, su madre, su tío, su primo de ocho años y Hendry, que era el único que sonreía.

Hendry también era el único que faltaba en aquella reunión espontánea, aunque era habitual en él desaparecer cuando se iban a tratar temas serios. Y, a juzgar por los gestos sombríos de cada uno de los Lowe, aquella reunión iba a ser de esas. A Alistair se le secó la boca mientras evitaba el escrutinio de la mirada de su abuela. Deseaba que su hermano estuviese a su lado.

—Alistair —le dijo su madre con gravedad—. La Luna de Sangre casi ha acabado. El torneo comienza mañana.

Sintió en el pecho una mezcla de emoción y nervios. Ya no importaba cuántas pruebas hubiera pasado o no, o si la había fastidiado con aquel maleficio delante de la agente Yoo. Todas aquellas horas de estudio habían merecido la pena para llegar hasta ese momento. Hendry siempre había sido el favorito: era más encantador, más guapo, más querido. Pero Alistair nunca había encajado en ese papel, por eso había trabajado tan duro para conseguir el suyo propio.

El de campeón.

Alzó la cabeza orgulloso y se sentó en el sillón de cuero frente a ellos. Las otras seis familias ya habían anunciado a sus elegidos y ahora, por fin, Alistair se uniría a sus filas de manera oficial.

—En cada generación presentamos a nuestro campeón con un regalo. —El tono de su madre era más frío de lo habitual.

—Entonces, ¿el campeón soy yo? —Intentó no alterar su tono, pero se le quebró la voz. Algo no iba bien. Cuando fantaseaba con ese momento, se imaginaba la voz de su madre llena de orgullo. Alistair había trabajado muy duro para aquello. Era el campeón perfecto, el Lowe perfecto.

Aquel era su momento y, aun así, no podía evitar pensar que todo el cariño seguía reservado para su único hermano.

—No interrumpas —le soltó su abuela y él se quedó rígido. Era evidente que no le habían perdonado del todo el incidente con el artífice de hechizos. El único motivo por el que se había librado de una condena por agresión era el hecho cuestionable de que había sido en defensa propia.

Miró por encima del hombro, preguntándose cuándo llegaría el hijo perfecto. Hendry comprendería lo que significaba aquella conversación para Alistair. Solo con su presencia, una sonrisa suya bastaría para arreglar aquel momento tan desastroso.

Su madre sacó un anillo de su bolsillo con una piedra tan apagada y tan carente de color como la ceniza.

—Es una reliquia familiar —le explicó—. Tan antigua como el propio torneo.

Aunque la piedra no tenía ninguna muesca o marca, algo en ella indicaba que era antigua. Nunca había visto algo parecido. Sin duda recordaría algo tan misterioso, tan aparentemente poderoso.

—La sangre por encima de todo —continuó, murmurando ese lema tan presente en las vidas de Alistair y Hendry. Incluso cuando salían de los terrenos de la mansión para divertirse, sabían que nada de eso importaba. Con aquellas excursiones se adentraban en sueños, fantasías, donde ellos nunca tendrían cabida.

La realidad se encontraba bajo la luz dorada del sol poniente que se filtraba entre los árboles secos de su propiedad. En el sonido del fuego crepitando y personas que casi no respiraban. Cuando se escondían en las alcobas abandonadas, evitando las miradas crueles y de desaprobación de su familia, que siempre provocaban que Alistair se recluyera en habitaciones sombrías y torres de libros.

Seguía recordando el momento en el que fue consciente de que se convertiría en un campeón. Tenía ocho años y su tío acababa de asignarle una lectura que superaba con creces el nivel de estudio de Hendry, aun siendo un año mayor que él. Tras pasar horas encerrado, terminando la lectura, Alistair se aventuró al exterior, entrecerrando los ojos ante el sol de verano, para encontrarse a su hermano tumbado entre la alta hierba y dientes de león, con el pelo tan revuelto como la maleza.

—Es porque eres mejor que yo —le explicó Hendry, arrancando una flor y colocándosela entre los labios—. Y ya se han dado cuenta. —Alistair sintió que las palabras de Hendry eran algo afiladas—. Sabes a qué me refiero, ¿no? —le preguntó. Entonces Alistair supo que no era amargura lo que percibía en su voz, sino preocupación.

Este se quedó con la mirada fija en el bosque que rodeaba su propiedad y pensó en Ilvernath, que estaba más allá. Esa ciudad que apenas conocía. La única historia de terror que era real.

El torneo.

—Sé a lo que te refieres —murmuró Alistair. En aquel momento no supo qué sentir, si miedo u orgullo. Aún quedaban mucho años para el torneo.

—Cuando no estés estudiando, deberías salir fuera. A coger aire fresco. —Le pasó la flor—. He oído a mamá hablar sobre la tía Alphina. Cuando ganes, no dejes que te suceda lo mismo que a ella.

Entonces Alistair sopló las semillas de la flor, como si pidiese un deseo. Como si hiciera una promesa.

—No me pasará lo mismo.

Regresando al presente, la abuela de Alistair apoyó una mano firme sobre el hombro de su madre. De algún modo, parecía tanto un consuelo como una amenaza, y su madre se tensó ante el tacto.

—Todas las familias respetan su historia —dijo Marianne—, pero los Lowe la honran. Cada rostro en la pared ha sacrificado algo para el torneo.

El temor que sentía Alistair le hizo temblar levemente. Había escuchado bastantes historias de fantasmas de su familia como para saber cuándo empezaba una.

—Todos mis hijos eran candidatos a competir y todos eran fuertes —prosiguió. Alistair no la había escuchado jamás hablar sobre el anterior torneo—. Pero hubo que tomar una decisión, cómo serviríamos cada uno a la familia. Alphina debía ser la campeona. Rowan y Moira debían perpetuar nuestro linaje. Y Todd debía morir.

El resto de los Lowe estaban sentados inmóviles. Se intuían rasgos dignos de un monstruo en sus rostros, en sus crueles labios y en el vacío profundo de sus miradas. Estaban hechos de piedra, endurecidos en su interior.

—Sin el sacrificio de Todd, Alphina no habría ganado el torneo y nuestra familia no sería tan fuerte como lo es ahora.

Su madre se levantó, temblando, y le entregó una caja con el anillo. Pesaba más de lo que esperaba y emitía un fulgor blanco con magia común, no alta. Pensó que sería así para poder usarlo durante el torneo, cuando no tuviera acceso a la alta magia.

—Por eso nuestros campeones prevalecen tan a menudo.

Con cada nueva palabra que pronunciaba, Alistair creía ver monstruos por el rabillo del ojo, como sombras que se retorcían por las paredes. Había dragones y trasgos, leviatanes y espectros. En todas las historias que contaba su familia ganaban los villanos. Estos cruzaban líneas que nadie más se atrevería a cruzar. Atacaban cuando el héroe menos se lo esperaba.

—Es un poderoso tipo de magia —continuó su abuela—, pero igual que asesinar a un cerdo asustado arruina la carne, un sacrificio que se realiza con miedo arruina el espíritu. Debe realizarse con presteza, mientras no son conscientes de lo que sucede.

Las aspiraciones de Alistair, su persona y su mundo se rompieron en mil pedazos.

Cuando logró hablar, lo hizo con voz ronca.

—¿Qué quieres decir?

Marianne apretó los labios con impaciencia.

—Gracias al sacrificio, serás lo suficientemente fuerte como para ganar.

—Siempre he sido lo suficientemente fuerte para ganar.

—La seguridad de su voz sonó forzada, incluso para él. No había pasado las pruebas, se había herido de gravedad al abrir la cámara acorazada, había vomitado al ver cómo se torcía su maleficio cuando atacó al artífice, había puesto en evidencia a la familia delante de la agente que habían enviado para espiarlos.

«Da igual si fracasas», le había dicho Hendry. Y Alistair, ingenuo y esperanzado, casi le había creído.

—No lo suficiente —respondió Marianne—. No como para estar seguros.

Observó a su madre, que tenía la mirada perdida hacia la mesa que se interponía entre ellos.

Los monstruos habían sumido la estancia en las tinieblas. Alistair se levantó de golpe, sintiéndose mareado. Por muy mal que se encontrase, sabía muy bien qué monstruos eran los peores.

Los que estaban sentados delante de él.

No existía ninguna historia más terrorífica que esa.

La alta magia de sus anillos le corrió por los dedos, respondiendo a su propia ira y miedo. Para él ambas emociones siempre habían ido de la mano. Pero incluso con toda esa furia en su interior, su voz parecía un susurro.

—¿Dónde está mi hermano?

Su abuela señaló con la cabeza hacia el anillo maleficio, hacia la piedra del color de la ceniza.

—El Sacrificio del Cordero es invencible. Y un maleficio invencible requiere pagar un precio inconcebible. Así es como siempre logramos ganar.

GAVIN GRIEVE

«Desde que la alta magia desapareció del resto del
mundo, muchos artífices de hechizos han intentado
crear una alternativa… en vano».

Una trágica tradición

Ilvernath tenía un aspecto distinto por la noche. En sus calles
ya no se veían viandantes de tienda en tienda. Estos eran sustituidos por la escandalosa risa de los clientes de la taberna y
los carteles luminosos delante de las salas de música y los bares.
Gavin pasaba por delante de los escaparates, con los hombros
encorvados, observando las manos de los maniquíes expuestas
en Hechizos Walsh. La tienda había subido sus precios ahora
que había tantos turistas por la ciudad. Aquello no era algo que
le sorprendiera. Los precios de los hoteles se habían triplicado
desde la aparición de la Luna de Sangre, mientras que los cazadores de maldiciones y los periodistas reservaban cualquier
habitación que pudieran encontrar. A nadie parecía inquietarle
la idea de quedarse atrapado en Ilvernath hasta que finalizara
el torneo. Probablemente creyeran que el campeón de los Lowe
ganaría en cuestión de días.

Abandonó la calle principal y se dirigió hacia un laberinto de calles paralelas tan estrechas como callejones. Una libélula de un color naranja brillante con una piedra incrustada en

una de sus antenas, refulgiendo gracias a la magia, lo condujo hacia la tienda de maleficios de los MacTavish.

De la lista de artífices que le había dado Fergus, uno se encontraba demasiado incapacitado tras el ataque de Alistair Lowe como para poder serle de utilidad, otra era la madre de una campeona y los demás se habían negado a reunirse con él, enviando a sus asistentes para que lo despacharan. La tienda de maleficios de los MacTavish era su última oportunidad.

El interior estaba desordenado y abarrotado, todo lo contrario a la elegancia exagerada y falsa de las tiendas de hechizos de mayor tamaño. Por todas partes se hallaban pilas inestables de pergaminos, libros y baratijas. Su altura y anchura de hombros le hicieron sentirse demasiado grande para aquel espacio, aunque el ambiente le gustó de inmediato. El verdadero poder residía en saber que tu tienda podía estar de cualquier manera y aun así la gente seguiría acudiendo a ella. Posó la mirada en algunos maleficios etiquetados con una cuidada letra en las estanterías: un Flechas Antiguas, un Azote de la Belladona, un Despertar del Infierno. Los MacTavish eran maestros de su oficio. Hasta contaban con un estilo distintivo: las gemas ovales en tonos grises y verdosos. Nunca había visto a otro artífice de la ciudad atreverse a emplear un corte similar.

—¿Hola? —llamó—. ¿Hay alguien aquí?

Por toda respuesta, oyó un crujido procedente de la parte trasera de la tienda. Al darse la vuelta, estuvo a punto de tirar un cuenco de anillos rotos de peltre. Un momento después, unas cortinas de terciopelo negro se abrieron para dejar paso a un chico un par de años mayor que él. Su chaleco de cuero apenas tapaba la camiseta negra que llevaba debajo y que tenía un escote demasiado pronunciado. En el cuello tenía colgada una colección de anillos mágicos sin vida, cada uno de ellos roto, como si fuera un resplandeciente trofeo de hechizos que

117

habían salido mal. Una peculiar elección de accesorio para un artífice de maleficios, aunque los MacTavish eran conocidos por su excentricidad. Gavin no hubiera entrado en la guarida de ninguna familia sin haberles investigado un poco antes.

Aquellos ojos oscuros, que lo eran más debido a los manchurrones negros que tenía debajo, se encontraron con los suyos.

—Gavin Grieve. Me preguntaba cuándo vendrías.

—No sabías si lo haría —respondió Gavin.

De manera perezosa y deliberada, el artífice hizo chocar el *piercing* que llevaba en la lengua contra los dientes.

—Los MacTavish llevan siglos observando el torneo y a las familias competidoras. ¿Crees que eres el primer Grieve que nos considera su única salvación para... el dilema en el que se encuentra? ¿Que se presenta aquí la noche antes de que comience el torneo suplicando que le ayudemos?

La rabia se apoderó de Gavin.

—No he venido aquí a suplicar nada.

Reid tamborileó con los dedos sobre el mostrador que se encontraba entre ambos, con la pintura de uñas descascarillada rozando la madera lacada.

—Entonces, ¿qué haces aquí exactamente?

—Has visitado a los Lowe, ¿no?

El rostro de Reid reflejó algo que podía considerarse sorpresa.

—Sí.

—Has visto el poco respeto que les tienen a los artífices. A ti.

Reid meneó la cabeza.

—Ya veo lo que intentas, Grieve, y admiro tu esfuerzo. Estás intentando actuar como si este encuentro te diera igual, como un perro hambriento que finge no necesitar comida. Pero ambos sabemos que te matarán el primer día y no me arrastrarás contigo. No es nada personal.

118

Los recuerdos acudieron a su mente: su madre sirviéndose una copa de vino mientras le explicaba con calma que su hermano pequeño, el tío de Gavin, había sido asesinado en el último torneo en menos de una hora. Callista diciendo que, aunque hubiera nacido una Grieve, no iba a morir como una. El rostro rubicundo de Osmand Walsh. La chica con la que salía y que ignoró sus llamadas una semana después de que *Una trágica tradición* apareciera en la librería de la ciudad. El compañero de clase con el que había estado tonteando y que le dio la espalda en cuanto descubrió quién era.

Reid se echó a un lado, alisándose el chaleco, y Gavin pudo ver que llevaba un libro encima. Una copia desgastada de *Una trágica tradición*, leída casi tantas veces como la suya. Ver el libro le dio impulso. No podía rendirse todavía.

—He estado leyendo testimonios sobre los torneos a lo largo de los años, como los que aparecen en ese libro —dijo lentamente—. Cuando un Lowe ha perdido el torneo, ha sido porque tu familia ha apoyado al vencedor. Aun así, no os reconocen el mérito de esas victorias… El mérito se lo lleva la familia del campeón. Si decides aliarte conmigo y gano, me aseguraré de que tu familia sea recordada por ello tanto como la mía.

—O seremos recordados como los idiotas que se aliaron con un Grieve. —Reid sacó el libro de su chaleco y lo colocó despreocupadamente sobre el mostrador—. Todos creen que tu familia fue la que escribió este libro porque no os queda nada de orgullo. ¿Acaso eres lo suficientemente fuerte como para lanzar uno de nuestros maleficios? No vendemos nuestro trabajo a personas que no puedan ejecutarlo.

Gavin reconocía un reto cuando lo escuchaba. Le dedicó una sombría sonrisa mientras la magia refulgía alrededor de su mano. Entonces, lanzó una fina guirnalda en dirección a su boca. El Lengua de Plata era un hechizo popular que había sumado a su arsenal tras su encuentro con Briony Thorburn. Uno que garantizaba que la persona a la que iba destinado dijera la verdad. Era de nivel cinco, el más potente que era capaz de lanzar por sí mismo.

Los ojos pintados de negro de Reid se abrieron de par en par.

—No puedes ser tan idiota como para intentar lanzarme un hechizo. Estoy protegido.

—No lo soy. —Inhaló profundamente, absorbiendo el hechizo. Le hizo cosquillas al pasarle por los pulmones, como si se tratase de una bebida caliente. Aunque no podía verlo, sabía que una delgada línea de magia común le iluminaba la garganta... Los hechizos con los que tenías que tocar al objetivo solían dejar una marca—. Me lo he lanzado a mí mismo. Ahora escucha. O me ayudas a ganar el torneo o encontraré la forma de hacerlo yo solo. Puede que pierda, pero si todo acaba y sigo vivo, te encontraré. En algún lugar fuera de tu tienda segura y protegida. Y para entonces, habré visto morir a otras seis personas, así que... —Se encogió de hombros, con la magia revoloteando a su alrededor. El hechizo provocó que el mundo le pareciera distante, como si estuviera en medio de un arroyo que fluyese, dejando que la corriente le llevase donde fuera—. No creo que otra muerte fuera a pesarme más en la conciencia.

El artífice exhaló un suspiro cuando el hechizo de Gavin se desvaneció.

—No tenías por qué lanzarte un hechizo para demostrar que tu amenaza va en serio. Aun así, debo pedirte que te largues. —Pero no se movió. El *piercing* volvió a resonar contra los dientes. Gavin comenzó a darse cuenta de que aquel gesto era señal de que Reid estaba pensando—. Eres duro, lo reconozco —dijo al fin—. Más fuerte de lo que pensaba. Y no cabe duda de que harás lo que sea necesario para vengarte de las otras familias.

—Eso haré —dijo Gavin sin estar seguro de si el artífice de maleficios lo alababa o se burlaba de él.

La mirada de Reid reflejó otra cosa más.

—¿Y si hubiera algo más que hacer en el torneo que solo ganarlo?

Gavin frunció el ceño.

—Sí que lo hay. Se llama perder. Mi familia escribió un libro sobre ello.

—Ajá. —Reid jugueteó con la portada gastada de *Una trágica tradición*—. Queda claro que estás harto de todo esto. Es la misma historia una y otra vez. Si pudieras cambiarla…

—Puedo cambiarla —dijo Gavin de manera convincente—. Puedo ganar este torneo. Pero necesito tu ayuda. —No sabía cuánto tiempo más soportaría aquello su escaso orgullo. Le sostuvo la mirada a Reid, aguardando nervioso, hasta que el otro chico desvió la vista.

—No te patrocinaré de manera oficial —le dijo, y a Gavin le dio un vuelco el estómago—. Pero puede que tenga otra cosa que ofrecerte. Algo que te haga más poderoso que el resto de los campeones.

Este comenzó a sentir una leve esperanza, pero no era idiota. Nadie haría una oferta semejante sin tener unas condiciones.

—¿Y cuál es la pega?

—No se trata de un maleficio cualquiera —dijo Reid seriamente, inclinándose sobre el mostrador—. Te convertirá en un receptáculo. ¿Sigues interesado?

De repente, las sombras de la tienda de hechizos parecían más oscuras y alargadas, las estanterías y mostradores abarrotados comenzaron a cerrarse a su alrededor. Era consciente de que el corazón le latía con tanta fuerza que se le iba a salir del pecho. Se había quedado paralizado en el sitio, tieso como un cadáver.

Era un rumor que corría al fondo de los bares o en los callejones mientras se compartía un cigarrillo. Una historia que todos habían escuchado de un modo u otro, pero que nadie recordaba quién se lo había contado.

La historia decía que, si sabías hacerlo, podías introducir magia pura en tu propio cuerpo para crear hechizos mucho más poderosos. Podías convertirte en un receptáculo capaz de aumentar el nivel de cualquier hechizo que lanzaras, como si fuera alta magia. Pero a un altísimo precio.

«Todo el que lo ha hecho ha perdido la cabeza», decían las habladurías. «Y luego, ha perdido la vida».

Pero Gavin ya se encontraba perdido.

—Cuenta conmigo.

—Pues no hay tiempo que perder —dijo Reid, desapareciendo detrás de las cortinas de terciopelo. Gavin lo siguió, haciendo una mueca cuando sintió la fuerza repentina de un encantamiento cayendo sobre él, como una especie de hechizo de teletransportación.

La habitación a la que se había teletransportado era pequeña, un espacio impoluto que le recordaba a la consulta de un médico. Hasta olía a antiséptico. La única pista de que aquel lugar era algo distinto eran los frascos de magia pura y los tableros de magia apilados de forma ordenada en las relucientes estanterías blancas.

Reid detectó su mirada confundida mientras abría un catre en una esquina.

—La trastienda no siempre tiene este aspecto. Aquí es donde llevamos a cabo nuestros casos más… experimentales.

Gavin intentó ignorar la idea de que aquello era lo que Reid buscaba desde el principio, que él accediera a ponerse la soga al cuello.

—¿Cómo funciona esto exactamente? —preguntó.

—Transformar tu cuerpo en un receptáculo requiere un tipo de maleficio específico. Tengo que desbloquear tu capacidad para acceder a tu propia fuerza vital. Cuando haya terminado, no necesitarás recolectar o almacenar magia pura nunca más. Serás capaz de utilizarte a ti mismo como fuente de magia, amplificando así tus hechizos. Todo lo que lances será al menos dos o tres niveles superiores al hechizo original. No es tan fuerte como la alta magia, pero nadie más en el torneo tendrá un poder similar.

Gavin se tensó. Reid había dicho que le lanzaría un maleficio, pero todos ellos estaban destinados a hacer daño.

—Pero...

—Pero todos nacemos con una cantidad limitada de magia vital en nuestro interior. —Se acercó a un cajón y sacó una jeringuilla—. Cada vez que absorbas tu propia magia vital, estarás sacándola de un pozo que no se rellena. Y si lo vacías por completo, morirás, ganes o no. Es permanente e irreversible.

Ahí estaba.

Si lo hacía, estaría restringiendo su uso de la magia durante el resto de su vida.

Pero si no lo hacía, probablemente le quedaría menos tiempo de vida.

—Has dicho que sabías que vendría. ¿Le has ofrecido esto a otra persona?

Reid le dedicó una sonrisa macabra.

—Tú serás mi primer intento. Estaba esperando a encontrar al voluntario perfecto.

—¿Y qué me hace serlo?

—Estás desesperado. —Reid dejó la jeringuilla sobre una bandeja al lado del catre y cogió una aguja para tatuar con una piedra sortilegio incrustada en el tronco—. Pero, sobre todo, porque me he reunido con casi todos los otros campeones y no me han impresionado. Es verdad, Grieve, que las otras familias nunca nos han respetado todo lo que deberían. Sobre todo los Lowe. Eso es algo que me gustaría cambiar.

Puede que solo buscara camelarlo con sus palabras, pero estas despertaron algo en él. Prendieron una llama, un sentimiento de aprobación que no había sentido antes. Nadie creía en Gavin Grieve.

Pero Reid MacTavish sí. Consideraba a Gavin digno de ostentar el poder. De pronto, dejó de importar que ese poder fuese peligroso, que ese trato conllevara unas condiciones de las que no pudiese librarse.

—Muy bien. Estoy listo.

—Excelente —respondió Reid con vigor—. Ahora quítate el abrigo y colócate dándome la espalda. Te dolerá menos si no ves lo que estoy haciendo.

Gavin se sentó con la chaqueta doblada en su regazo. Intentó concentrarse en la estantería con frascos de magia pura que tenía delante. Cada uno contaba con una etiqueta en la que se indicaba qué persona los había traído para introducirlos en un anillo maleficio. De pronto, se le hizo un nudo en la garganta.

No tenía miedo. No lo tenía.

Los escalofríos le recorrieron la piel cuando el artífice le levantó la manga de la camiseta a la altura del hombro. Recordó la última vez que había estado tan cerca de otro chico: Owen Liu, en un tugurio a las afueras de Ilvernath. Su tacto irradiaba algo que no era magia, pero que lo parecía, deparándole un desenlace muy distinto al de aquella noche.

Esto era mucho menos divertido.

—Te dolerá. —Sintió el cálido aliento de Reid en la oreja.

Ahora era el turno de Gavin de dedicarle una macabra sonrisa.

—Bien.

La punta de la jeringuilla le rozó el bíceps, tan suave como una pluma. Pero entonces, comenzó el dolor.

Nunca había sentido nada igual. Era como si lo descuartizaran desde dentro. Como si le arrancaran algo, un órgano que no podía identificar pero que sabía que necesitaba. La magia crepitó a través de él, con tanta fuerza que no le dejaba pensar ni respirar. Y entonces, se quedó sin aliento. Unos borrones negros comenzaron aparecer en su campo de visión.

Cuando se repuso, intentó contener las lágrimas, desplomado sobre el borde del catre. Al sentarse, la estancia pareció moverse a su alrededor.

—¿Ya está? —susurró.

Comenzó a ver con nitidez el rostro de Reid a su lado. Casi parecía... sentirse culpable.

—Sí —respondió—. Ya está hecho.

Le palpitaba el brazo izquierdo. Giró la cabeza hacia la zona dolorida y tomó una bocanada de aire.

A lo largo del bíceps se hallaba un tatuaje de un reloj de arena. La parte superior estaba llena y la de abajo, vacía, de tal modo que parecía estar expectante. Durante un momento, de los bordes del reloj emanó sangre, pero las líneas oscuras del tatuaje parecieron absorberla. Gavin sintió un regusto metálico en la boca. Tosió y cogió una gasa que había sobre una mesa cercana. Volvió a toser. El tejido blanco acabó manchado de sangre.

—¿Qué me has hecho? —gruñó mareado.

—No tendrás que volver a cargar tus anillos sortilegio. Solo asegúrate de que estén en contacto con tu piel —le explicó Reid. Desinfectaba con afán la aguja de tatuar—. Cada vez que tu magia vital se introduzca en el anillo, algunos granos de arena caerán hacia abajo. La parte de arriba no volverá a llenarse. Cuando esté vacía, morirás. Así que ándate con cuidado, ¿entendido?

Gavin asintió. No podía dejar de mirar el tatuaje. La tinta era verde, violeta y azul, y se arremolinaba lentamente, sin prisa, por debajo de la piel, como un montón de venas marcadas. No era del color de ninguna magia que hubiese visto antes.

—Entendido.

—Curiosa forma de dar las gracias.

Gavin lo miró a los ojos.

—Te daré las gracias cuando haya comprobado que esto me hace más fuerte.

—Adelante —dijo Reid—, pruébalo.

Gavin se concentró en el anillo sortilegio que llevaba en el pulgar derecho. Un Enciendecerillas, una copia barata de un Destello y Llamarada. La luz del interior de la piedra se desvaneció. Entonces, aquel poder, extraño y nuevo, le recorrió el cuerpo. Entendió de inmediato que aquella magia no era como nada que hubiera usado antes. Abrió la palma de la mano y una enorme llamarada prendió sobre ella, llegando casi a tocar el techo antes de bajar la intensidad. Era mucho más grande y fuerte que el hechizo de nivel dos del que se trataba.

Gavin se quedó mirándola durante largo rato, sin pestañear, para luego cerrar la mano en un puño, apagándola. Un momento después, comenzó a dolerle el hombro y la piedra sortilegio se recargó sola con aquella misma magia peculiar.

La magia vital de Gavin.

—Ha funcionado —declaró Reid en voz baja. Gavin apartó la mirada de su mano para ver cómo Reid admiraba su trabajo con el orgullo reflejado en el rostro—. Ha funcionado de verdad.

—¿Creías que no lo haría? —preguntó intranquilo.

Reid se encogió de hombros.

—¿Acaso importa? Estás de una pieza y tu mente parece… estar bien. Tan bien como cuando entraste aquí.

Mientras hablaba, Gavin sintió un dolor punzante en el brazo. Giró la cabeza, poniendo una mueca al ver que algunos granos de arena caían hacia la parte baja del reloj.

—Será mejor que esto me ayude a ganar el torneo —gruñó.

Reid lo miró con tristeza.

—Ganar, ya. Eso es lo único que quieres.

—Eso es lo único que hay.

Quince minutos después, apenas recordaba haber cogido su abrigo y haber abandonado la tienda de maleficios. Lo único que sentía era el latido de su corazón. Lo único que veía era la forma oscura y ondeante del reloj de arena, esos granos cayendo uno a uno, como una advertencia de que lo que había hecho no tenía marcha atrás.

BRIONY THORBURN

«Siete Refugios para siete campeones.
Eso si todos viven lo suficiente como para reclamar uno».
Una trágica tradición

L
a noche antes del torneo, Briony Thorburn salió a caminar
por el páramo para lamentarse de su suerte.

En concreto, se dirigió hacia la Torre, uno de los siete
Refugios repartidos por todo el paraje que rodeaba a Ilvernath,
donde tenía lugar el torneo. Los Refugios eran fortalezas poderosas, cada uno impregnado de encantamientos únicos de alta
magia. Briony había pasado años perfeccionando su estrategia:
por qué Reliquias lo arriesgaría todo con tal de conseguirlas,
qué Refugio reclamaría la primera noche del torneo…

Era una estrategia que ya nunca pondría en práctica. Tal
vez debería sentirse aliviada por ello, pero lo único que era capaz de sentir era una amarga decepción.

—«La Torre» —leyó en *Una trágica tradición,* uno de los
muchos libros que había extendido a su alrededor—, «que llegó
a medir veintiún metros de altura, es un Refugio que servía de
puesto de vigilancia para detectar invasores».

La Torre ya no era tan majestuosa. En ese momento no
era más que un montón de rocas en lo alto de una colina entre
brezos revueltos y hierba alta. Hasta que no cayera el Velo de

Sangre dentro de una noche, como una mortaja carmesí que cubriría toda la ciudad, cada uno de los Refugios seguiría siendo poco más que escombros, erosionados por los ochocientos años que habían pasado desde el inicio de la maldición. La alta magia del torneo los transformaría de ruinas a fortalezas, como si fuesen calabazas convertidas en carruajes.

—«Los Refugios rodean Ilvernath por siete puntos, cada uno alimentado por un pilar de alta magia en su centro».

Briony sabía a qué pilar se refería el texto. Sobresaliendo del centro de las ruinas, una roca enorme era la única parte de la Torre que mantenía cierto grado de esplendor. Ahora mismo, estaba con la espalda apoyada en él, como si fuera un trono roto.

—«El Castillo cuenta con los encantamientos defensivos más potentes. La Cripta está protegida contra intrusos. La Cabaña alberga una colección de hechizos de supervivencia que...».

Harta de torturarse, lanzó el libro de tapa blanda hacia las ruinas. Cayó en un charco y no se molestó ni en recogerlo.

No había ido hasta allí para martirizarse. Tras su conversación con Reid MacTavish, creía que leer *Una trágica tradición* podía darle una nueva perspectiva sobre el torneo, ayudarla a encontrar evidencias para demostrarles a los ancianos que habían tomado una decisión equivocada al dejar que Innes fuera la campeona.

En lugar de eso, el libro solo consiguió cabrearla. Tergiversaba las historias heroicas con las que se había criado a través de relatos morbosos con moraleja. Según su autor, la maldición de Ilvernath era tan abominable que se había ganado un puesto entre otras como la maldición Comealmas de las cloacas de Ucrastsk o el Lamento de los Perdidos, que había asolado un pequeño pueblo llamado Carsdell Springs.

Puede que esta fuera incluso peor. Todas esas otras maldiciones habían acabado rompiéndose.

—¡Bri! —la llamó Innes, apresurándose hacia la cima de la colina.

«Qué bien». Briony cogió el libro que le quedaba más cerca, *Todos nuestros lamentos,* y fingió estar absorta en uno de sus capítulos.

—¿Qué estás haciendo aquí? —preguntó Innes, faltándole un poco el aliento mientras llegaba a su lado.

—Me has seguido —gruñó Briony.

—¡Me tienes preocupada! No hablas conmigo. Ni siquiera me miras. Y ahora estás aquí merodeando por los Refugios...

—Ya sabes por qué estoy aquí. —Se sintió avergonzada por cómo sonó su voz, aguda y quejumbrosa, como la de una niña a la que no le dan el juguete que quiere—. Sabías lo mucho que deseaba ser la campeona. Pero ni siquiera celebraron la última prueba. Te lo dieron a ti... sin más.

—Claro que sé por qué estás enfadada. —Innes suavizó el tono—. Pero venir hasta aquí para enfurruñarte entre unas rocas no va a hacer que te sientas mejor.

—No estoy enfurruñada.

—Pues siempre has dicho que mis libros eran una tortura, así que no sé por qué otro motivo podrías habérmelos robado —bromeó Innes mientras sacaba *Una trágica tradición* del charco.

Briony no respondió. No estaba dispuesta a admitir por qué había cogido los libros de Innes.

—Mira, nunca pensé que las cosas fueran a salir así —continuó su hermana con un tono mucho más serio—. Sé que tú tampoco. —Briony siguió callada—. Pero si no lo hablamos ahora..., puede que nunca más tengamos la oportunidad de hacerlo y... —se le quebró la voz—. Me da igual lo que digan el resto de los Thorburn. Tú eres la única familia que me importa.

Con eso consiguió llamar la atención de Briony. El resto de los críos de los Thorburn tenían padres que los cuidaban, pero ellas dos habían crecido con tíos y primos intercambiándose su tutela, como si fueran un proyecto de caridad.

Briony creía que convertirse en campeona le garantizaría sentirse parte de la historia de su familia. Pero Innes tenía razón. De entre todos los Thorburn, su única y verdadera familia siempre había sido su hermana.

—Siento haber sido tan coñazo —dijo, sintiéndose terriblemente culpable—. Es solo que... no tengo ni idea de cómo gestionar esto.

—Yo tampoco —admitió Innes—. Pero, durante otro día más, podemos seguir gestionándolo juntas.

Estiró el brazo y le apretó la mano a Briony. Ella le devolvió el apretón emocionada. Aunque lo que le había sucedido no era justo, nunca sería una campeona. Era hora de que lo aceptara, por el bien de Innes.

—Entonces... —comenzó Briony, soltando una sonrisa para mostrarle su apoyo, aunque esta le produjera un dolor físico—, ya que estamos aquí, ¿quieres que hablemos de tu estrategia?

—Déjame adivinar. Debería reclamar el Refugio de nuestra familia —le respondió con la mirada puesta en la Torre.

—En el primer torneo, la campeona Thorburn invirtió su tiempo sabiamente en el interior de la Torre, haciendo uso del Espejo para espiar a sus enemigos —continuó Briony, narrando su historia familiar—. Una estrategia clásica e inteligente. Es lo que... —Tragó saliva—. Es lo que haría yo.

—También es un poco cliché. Durante mi investigación, comprobé que era la misma estrategia que escogen casi todos los Thorburn. Y no es que siempre, ni siquiera con frecuencia, ganemos. Es como si siguiéramos un patrón.

—Bueno —dijo Briony, intentando que no se notara lo irritada que se sentía—, ¿y qué harás tú?

—Según las estadísticas, la Corona es la mejor Reliquia. Si pudiera… Quizá… —Su voz fue apagándose y Briony se dio cuenta de que las lágrimas se empezaban a acumular en sus ojos marrones.

—Innes, ¿estás…?

—¡Pues claro que no estoy bien! —Las palabras le salieron de repente. Briony nunca había oído a su hermana hablar de ese modo, nunca la había visto tan sensible. Ni siquiera cuando su abuelo falleció y lloraron juntas en el funeral, observando a los Macaslan al otro lado del cementerio—. Nunca quise ser la elegida. Reuní todos esos libros para intentar dar con el modo de salvarte a ti, pero nunca encontré nada. Y ahora voy a formar parte de este torneo. Bri…, no quiero matar a nadie. Y tengo claro que no quiero morir.

Las últimas palabras las pronunció en un susurro ahogado y violento. De inmediato, se tapó la boca con las manos.

Pero Briony lo entendía todo ahora.

Puede que ella estuviera dolida, pero Innes estaba aterrorizada.

—¿De verdad no quieres hacer esto? —le preguntó con voz ronca.

—No, no quiero. He estado revisando todas mis notas desde que la agente Yoo me escogió. No hay muchas maldiciones que puedan romperse. Creí que… —Sacudió la cabeza—. Pero nuestra maldición no es como las demás. La mayoría tienen lagunas o condiciones para ponerles fin. La nuestra seguirá existiendo mientras lo haga la alta magia que la mantiene. Esta se ha ido retroalimentando y se vuelve más fuerte con cada campeón que reclama.

Innes se retorció las manos.

—Y ahora va a reclamarme a mí también —murmuró.

De pronto, la decisión de apoyar a su hermana le pareció mucho más complicada. Aquello no estaba bien si Innes no quería hacerlo. No era justo que la obligasen a competir.

132

Las cosas no deberían haber salido así. Briony e Innes no deberían estar llorando en las ruinas de un Refugio. Deberían estar celebrándolo, preparándose. Innes debería estar dándole la tabarra con su investigación mientras que ella seleccionaba el arsenal perfecto de hechizos ofensivos y defensivos.

Pero la historia que tenía lugar era la equivocada. Y ambas sabían que Innes no era lo suficientemente fuerte como para sobrevivir.

—Debe haber algún otro modo —dijo Briony con fiereza.

—Por favor —susurró Innes—, no me mientas.

Briony, que no era de las que se quedaban sin palabras, no supo qué más decir. Se limitó a rodear a su hermana con el brazo y empujarla hacia ella para abrazarla. Permanecieron así un rato, con Innes llorando sobre su hombro y Briony contemplando el pilar antiguo que tenían delante.

—Vámonos a casa, ¿vale? —dijo al fin Innes, separándose de ella. Tenía la piel abotargada, con el rímel cayéndole como riachuelos por debajo de los ojos.

—Vale. —Briony volvió a guardar los libros en la mochila, incluso el que había tirado al charco, y se la colgó al hombro.

En cuanto se dieron la vuelta para dejar atrás las ruinas, Briony escuchó voces. Un momento más tarde, tres personas subieron la colina, con los rostros iluminados por la puesta de sol.

—¿Qué tenemos aquí? —gritó el chico que encabezaba el grupo. Tenía la piel muy oscura, con unos rizos negros y compactos pegados al cráneo—. Veo que no somos los únicos analizando el terreno antes de que comience el torneo.

Briony conocía demasiado bien ese bonito y serio rostro. Finley Blair, su exnovio. Solo habían estado saliendo unos meses, pero había sido intenso, incluso volátil. Le costaba mirarlo a la cara sin recordar su pelea tras la publicación de *Una trágica tradición*, aquella que había provocado que cortasen.

«¿Me matarías para ganar el torneo?», le había preguntado Finley.

Puede que hubiera sido una tonta al responder con sinceridad, pero Finley y ella entendían cuál era la realidad de su relación. Los Thorburn y los Blair eran leales a sus familias. No iban a darles la espalda por muy enamorados que estuvieran el uno del otro.

«Pues claro», le respondió ella.

No esperaba ver a Finley tan afectado ni tampoco experimentar aquella horrible sensación que sintió en el estómago cuando él le contestó: «Supongo que no somos tan parecidos como pensaba».

No habían hablado desde entonces. Y ahora él era un campeón y ella no era nada. Briony se preguntaba si se sentiría aliviado al saber que no había sido elegida, o si a una parte de él le hubiera gustado comprobar qué habría pasado si se hubieran enfrentado cara a cara tras la caída del Velo de Sangre.

—¿Planeas reclamar la Torre mañana? —le preguntó Briony—. Una jugada arriesgada.

—No necesitamos este Refugio para ganar —dijo la chica que estaba de pie al lado de Finley. Briony también la reconoció. Era Elionor Payne, una chica gótica con una actitud tan desagradable como su ceño fruncido. El tercer miembro del grupito era Carbry Darrow, el más joven de los campeones, con la piel clara, bucles rubios y ojos azules. Por cómo miraban Elionor y Carbry hacia Finley, la primera como si pidiera permiso para atacar y el segundo, con pavor, Briony supo quién estaba al mando. Como siempre. Por lo que ella recordaba, Finley siempre había sido el delegado de clase.

Detrás de ella, Innes se apresuró a enjugarse las lágrimas de las mejillas. Briony sabía exactamente qué estaba pensando. El torneo aún no había empezado, pero aquello se parecía mucho a una emboscada.

—¿Qué es esto? —preguntó Innes—. No habéis aparecido aquí en este preciso momento por casualidad.

—Qué perceptiva, ¿no? —El flequillo oscuro de Elionor le aportaba dureza a su rostro, con las piedras sortilegio colgando del lóbulo de la oreja, que le llegaba a la altura del cuello. Había hecho todo lo posible para conseguir un aspecto amenazante—. Hemos venido hasta aquí para extenderte una invitación, Thorburn.

—Los Lowe ganaron el último torneo —continuó Carbry—. Ilvernath está lista para tener un nuevo vencedor y estamos de acuerdo en que ese debería ser uno de nosotros cuatro.

—¿Por qué? —preguntó Briony. Los otros la miraron con cara de fastidio y esta se dio cuenta de que no querían incluirla en la conversación.

—Nadie quiere que gane un Lowe —dijo Elionor sin rodeos, respondiendo a su pregunta—. Y el campeón de los Grieve no tiene posibilidades. Si trabajamos juntos, podemos eliminarlos sin problema.

—¿Y los Macaslan?

Elionor puso mala cara.

—Son escoria.

Briony sintió que la rabia se apoderaba de ella, pero antes de poder defender a Isobel, Innes se aclaró la garganta.

—Entonces, ¿esto es una alianza?

Finley asintió.

—Tenemos recursos, Innes. Únete a nosotros y te protegeremos. Sabemos que le eres leal a tu familia... —Hizo una pausa intencionadamente. Briony se estremeció—. Pero la lealtad no significa que tengas que hacer esto sola. Eres una conjuradora con talento y Elionor es buena elaborando hechizos. Haríamos un gran equipo.

Formar un equipo era una buena idea. Mantendría más tiempo con vida a Innes, la protegería al menos un poco más. Tenía

135

que reconocer que ella no habría reunido a un grupo tan variopinto. Sin duda, Innes tenía talento, pero la relación de Elionor con la prensa y la reputación de Carbry, o más bien la falta de ella, no parecían ajustarse al estilo de Finley. Aun así, estaba claro que tenía una estrategia y que sería mejor para su hermana que se uniera a ellos en lugar de quedarse sola.

A Innes se le nubló la mirada.

—No, gracias. No necesito vuestra ayuda.

—¿Qué? —Briony se giró hacia su hermana, incapaz de morderse la lengua—. Innes, piénsatelo bien.

—Me lo he pensado bien —respondió sin alterarse—. Mi respuesta sigue siendo no.

Elionor entrecerró los ojos.

—Cometes un error.

Elionor y Carbry se dieron la vuelta para marcharse, pero Finley permaneció allí un momento más. Fijó la mirada a conciencia en Innes, como si no fuese capaz de mirar a Briony.

—Hay algo que debes entender —dijo con calma—. Los Blair nos regimos por un código. Somos leales a nuestros aliados a toda costa. Pero si decides no unirte a nosotros, no dudaré en eliminarte.

Finley hablaba tanto sobre el código de su familia que Briony no estaba segura de que pudiera mantener una conversación sin sacarlo a colación. Quedaba claro que su ex no había cambiado nada.

Entonces, Innes dio un paso hacia atrás y Briony, sucumbiendo al pánico, se dio cuenta de que su hermana parecía sentirse… intimidada. Débil.

No podía permitir que Finley y los otros se marcharan así. Irían a por Innes la primera noche. No duraría ni una hora.

—No si ella te elimina a ti antes —dijo Briony con frialdad.

Por fin, Finley la miró a los ojos y Briony divisó una grieta en su calculada mirada.

—Bueno, yo he sopesado mi elección. Espero que tú estés contenta con la tuya.

Finley se marchó y se unió a sus aliados en el páramo. El viento mecía el cabello oscuro de Elionor mientras bajaban por el camino que llevaba de vuelta al centro.

En cuanto estuvieron lo bastante lejos como para no oírlas, Briony se giró hacia Innes.

—¿Se puede saber en qué estabas pensando? Una alianza podría ayudarte.

La voz de Innes sonó distante y tranquila.

—Tienes que dejar de hablar por mí, Briony.

—Pero...

—No. Sé que ya tenías planeada la forma de hacer esto, pero no ganaré este torneo si empleo tus estrategias. Tengo que encontrar mi propio camino.

—No tendrás la oportunidad de hacer eso si no sobrevives a la primera noche.

—Créeme —soltó Innes—, sobreviviré. Soy la campeona, ¿de acuerdo? Tienes que aceptarlo.

—Pero no quieres...

—Da igual. —Aunque su voz parecía firme, su expresión decía lo contrario—. No me queda otra.

Se produjo un silencio entre ambas, pero los pensamientos de Briony nunca habían sido tan ruidosos. Los Thorburn habían cometido un grave error dejando que una persona externa escogiese a su campeón.

E Innes iba a pagar el pato.

Cabreada y frustrada, Briony se preguntó si sería Finley quien asesinase a su hermanita. O Isobel. O el campeón de los Lowe.

Puede que el libro estuviese en lo cierto. Puede que todo aquello fuese muy retorcido.

Había comenzado a investigar sobre ello con la esperanza de salvar a su hermana, pero ahora se daba cuenta de que había limitado mucho su búsqueda. No tenía que encontrar una laguna para eliminar a Finley o a Isobel del campo de batalla. No quería que el mundo exterior apostase por cuál de esas personas, con las que se había criado, iba a sobrevivir o a morir.

Innes había dicho que el torneo seguía un patrón, y los patrones podían alterarse.

Reid lo había descrito como una máquina, y las máquinas podían romperse.

Briony solo lo había considerado un cuento. Pero incluso las más grandes historias acaban teniendo un final.

Por eso, a la sombra del Refugio de su familia, sin haber sido escogida ni querida por nadie, Briony Thorburn juró que sería ella quien le pusiera final a aquello.

ISOBEL MACASLAN

«Para elaborar un maleficio mortal, hay que ofrecer
sangre antes de poder derramarla».

Una trágica tradición

D iez horas antes del inicio del torneo, Isobel daba sorbos
a su Earl Grey, con leche y sin azúcar, mientras ojeaba
la portada del *Ilvernath Eclipse*. Tenía un nudo en la garganta que no lograba bajar con el té.

Los Siete Sanguinarios al completo. Seis de ellos pronto
estarían muertos. Puede que, con suerte, a manos de Isobel.
El artículo incluía una foto de cada uno de ellos junto con
una lista de los miembros más cercanos de su familia y sus
logros.

Como si se tratase de una celebración.

Como si fuese un obituario.

—Le han dado más espacio a la chica Payne —se quejó
su padre desde la otra punta de la mesa. Apartó hacia un lado
la pila de platos sucios para hacer hueco a su copia del periódico—. Y el chico de los Blair, fíjate en el polo que lleva puesto.
¿Es que esto es ahora un concurso de belleza o algo así? ¿Qué
tienen todos ellos que no tengas tú?

—Puede que los periodistas se hayan aburrido de mí —dijo
Isobel de forma ausente.

Su padre sacudió la cabeza y le dio una larga calada a su cigarrillo.

—Todos esos artículos deberían haberte ayudado a conseguir patrocinadores. Empezaste con ventaja, así que pensé: «¿Sabes qué? Los artífices se rigen por la lógica. Cuando vean el talento que tiene, se pondrán en cola para patrocinarla». Pero lo que han hecho es mirarnos por encima del hombro. —Arrugó su periódico, hizo una bola con él y lo lanzó al suelo—. Probablemente sea culpa de tu madre. Todos los artífices son amigos entre ellos. Si ninguno te patrocina..., bueno, me da que pensar.

Isobel no quería hablar de su madre. No se dirigían la palabra desde su última discusión y, con la caída del Velo de Sangre que se produciría esa misma noche, le preocupaba no volver a tener la oportunidad de hacerlo.

Sabía que no tenía que pensar así, pero era duro. Según pasaban los días y cuanto más se aproximaba la fecha del torneo, más herida se sentía. Durante meses, había detestado cómo la acosaban los periodistas. Pero ahora que tenían a más campeones en los que centrarse, se sentía extrañamente apartada. Era un sentimiento que conocía demasiado bien. Ninguna de sus emociones tenía sentido.

—Mamá no me sabotearía —dijo bruscamente.

—La que has mencionado un sabotaje has sido tú, no yo. —Su padre se reclinó en la silla y puso los pies sobre la mesa—. Tu amiga Thorburn ha cambiado mucho.

—La de la foto no es Briony, es su hermana Innes. —Su padre nunca le había prestado demasiada atención a sus amigos, pero creía que al menos a Briony la reconocería.

—Bueno, esto pone las cosas más fáciles, ¿no? —preguntó en un tono satisfecho.

Isobel no estaba segura de que así fuera. Aunque Briony la hubiera traicionado, nunca le había entusiasmado la idea de enfrentarse a ella en el torneo. Matar a su hermana pequeña, que siempre había sido un encanto con Isobel, tampoco era mucho mejor. Y cuanto más ojeaba el periódico, más se daba cuenta de que esos rostros eran los de un hermano o una hermana, un hijo o una hija.

De repente, se rompió algo en su interior. No fue ruidoso ni causó ningún estruendo, a pesar de todos esos meses de fama, terror y estrés. Fue algo silencioso y pequeño, que delataba cómo se sentía realmente: frágil.

—No quiero hacer esto, papá —susurró, con los ojos anegados en lágrimas.

—¿Qué? —Estaba sacándose la comida de entre los dientes y no la había oído.

—No quiero hacerlo —repitió más alto—. No quiero ser campeona.

Su padre apagó su cigarrillo en el cenicero.

—Ya es un poco tarde para echarse atrás.

—Todavía hay tiempo. Los campeones no graban sus nombres en el pilar hasta esta noche. Podrías llamar al tío Bart y...

—¿Y decirle que mi hija ha cambiado de opinión? ¿Que va a darnos la espalda a todos? —Elevó la voz, que llegó a cada esquina de aquella desordenada casa, haciendo que Isobel se encogiera en su asiento—. Sabía que tu madre estaba tramando algo. Lleva días sin llamar.

—¡No quiero morir! —Le tembló la voz, y cuando intentó inspirar profundamente para relajarse, sintió que se ahogaba entre todo ese humo de cigarrillo—. Tampoco quiero tener que matar a nadie. Nunca he querido hacerlo. Nunca he querido...

—Nunca has querido ser parte de esta familia —la acusó.

—No, no era eso lo que...

—No puedes escoger la familia en la que naces. —Se puso en pie y se dirigió hacia el escritorio que se encontraba debajo de la ventana. Estaba plagado de esquelas que había recolectado a lo largo de los años de los funerales celebrados en Ilvernath. Agarró unas cuantas y las agitó delante de su cara, esparciendo el polvo en el aire—. ¿Sabes por qué recolectamos magia vital?

—Porque si no lo hacemos nosotros, lo harán otros —respondió con voz queda. Había oído a su padre repetir esas mismas palabras en numerosas ocasiones.

—¡Porque antes éramos importantes! ¡Una de las siete grandes familias de esta ciudad! Puede que no seamos altaneros como los Thorburn, reservados como los Darrow o poderosos como los Lowe, pero conservamos nuestra riqueza. Y nuestras tradiciones. —El siseo de su voz se alargó en esa última palabra—. Antes le guardábamos un respeto especial a la vida y a la muerte. ¿Por qué crees que nuestros campeones suelen reclamar el Refugio de la Cripta o la Reliquia de la Capa? Por su historia. Por quiénes somos nosotros.

Isobel no sabía que su familia tuviera algún tipo de legado o tradición. Lo único que le había otorgado el apellido Macaslan era menosprecio. Un menosprecio que muchas veces creía merecer.

—Sé lo que piensas de nosotros. A todos les gusta fingir que la magia es todo luz de estrellas y pétalos de rosa, pero no lo es. La magia se encuentra en los desechos, en hormigueros, en cadáveres. Puede que sea dinero sucio, pero ese dinero sirve para pagar tu ropa y tu educación. Sigues siendo una Macaslan por mucho que tu madre y tú intentéis negarlo.

Lanzó las esquelas al suelo y clavó uno de sus dedos en el pecho de Isobel. Esta se encogió.

—¿No quieres que tu familia recupere su gloria? —le preguntó.

—Sí, pero...

—¿De verdad crees que te pediría que hicieses esto si no estuviese seguro de que vas a ganar?

No lo creía, igual que sabía que su madre no había saboteado sus posibilidades de conseguir el patrocinio de los artífices. Puede que sus padres tuvieran sus desavenencias entre ellos, pero ninguno de los dos permitiría que eso le afectase a ella.

—Pero ¿y si la que no está segura de que vaya a ganar soy yo? —susurró.

—Entonces, no ves lo mismo que yo. —Le apretó el hombro de forma reconfortante—. Que eres más inteligente, fuerte, y tienes más talento del que yo nunca tendré. Puede que parte de eso lo hayas heredado de tu madre. —A Isobel le sorprendió, pues rara vez le había oído admitir algo bueno sobre su exmujer—. Pero ¿sabes qué más te caracteriza? Eres una superviviente. Eso lo has heredado de mí. —Con dulzura, le acarició uno de esos rizos pelirrojos que tanto se parecían a los suyos—. Cuentas con todas esas cualidades. Por eso sé que vas a ganar.

Isobel respiró hondo, el olor a humedad y el humo ya no le molestaban. Tenía razón. La prensa y sus amigos la habían dado de lado, pero seguía siendo la campeona más fuerte del torneo. Y si cualquiera de los otros campeones podía hacer lo que fuera necesario para ganar, entonces ella también.

—Tengo que prepararme. —Isobel se puso en pie y su padre le acarició la mejilla.

—Esa es mi chica.

En el piso de arriba, Isobel se retiró a su habitación. Hacía semanas que había elegido un vestido para el banquete de apertura: blanco y sofisticado, con preciosos detalles a lo largo de las mangas. Estaba colgado en la puerta del armario dentro de una bolsa de plástico. La percha golpeó la madera cuando abrió la puerta del dormitorio de golpe. Se agachó, rebuscando entre sus zapatos.

Metido dentro de su par de tacones favorito, se encontraba el trozo de papel amarillo y arrugado que había robado del grimorio de Reid. La receta del Abrazo de la Parca.

Aún no lo había probado porque las instrucciones eran complicadas, incluso para ella, entrenada por una artífice de hechizos profesional. Aunque el maleficio no aseguraba una muerte instantánea, aseguraba que esta se produciría. Y era de nivel diez.

Si iba a ganar ese torneo para su familia, tenía que emplear todas las herramientas con las que contaba en su arsenal, incluidas las robadas. Un maleficio de nivel diez sería terriblemente difícil de lanzar, más poderoso que cualquier otra cosa que hubiera intentado antes. Pero era una joven brillante. Una superviviente.

Si lo conseguía, sería invencible.

Quizá así es como acabaría con Alistair Lowe.

Colocó la página sobre su cama y reunió los ingredientes. De la bolsa de deporte, que ya tenía preparada para el torneo, sacó un tablero de hechizos de madera y lo puso sobre el suelo. Primero, se cortó un mechón de pelo. Luego, preparó tres frascos de magia pura, un anillo de cuarzo vacío para almacenar el maleficio y un crisantemo seco, que había cogido del jarrón de su mesilla de noche.

Tras sacar cada uno de los componentes, volvió a centrarse en el hechizo.

—«Debe hacerse un sacrificio de sangre» —leyó. No le sorprendía, pues este solía ser un requisito para los maleficios más potentes. Pero no veía que se especificase qué sangre debía emplear. Se imaginó que sería la suya. Con el ceño fruncido, sacó el abrecartas del cajón de su escritorio.

Apretó los dientes mientras se rebanaba el antebrazo, en una zona que podría ocultar con el vestido esa noche. La sangre goteó y cayó sobre la piedra.

Para completar la receta, se agachó y besó el tablero de hechizos.

—Ya está —dijo sin aliento—. Ahora, para llenarlo...

Abrió uno de los frascos de magia pura y vertió su contenido sobre el tablero. Las partículas, de un tono blanco como el hueso, centellearon sobre el septagrama.

Igual que había hecho para Oliver, introdujo la magia que flotaba en el ambiente en el interior de la piedra. Como el Abrazo de la Parca era de nivel diez, ese anillo solo podía almacenar una única carga.

El cristal comenzó a emitir una luz débil y tenue.

De repente, el estómago le dio un vuelco y sintió algo cálido en la boca. Se dobló sobre el tablero y escupió sangre sobre el septagrama.

Y no pudo parar. Salía de ella a borbotones, salpicando sobre su deslucida alfombra verde y manchándola de negro. Se agachó y se agarró el estómago mientras gemía. Expulsó más sangre. Y más y más hasta que lo empapó todo, hasta que le resbaló por la barbilla, manchándole el pelo y cubriéndole las manos.

Había cometido un error.

El dolor le atravesó el pecho, a lo que le siguió un ataque de pánico. Se desplomó con la mejilla apretada sobre la esquina del tablero. La habitación le dio vueltas y la sangre no dejaba de emanar mientras tosía.

Comenzó a ver motas en blanco y negro como borrones de tinta, incluso cuando cerró los ojos con fuerza. El aire que respiraba estaba cargado de magia. Más magia de la que había sentido nunca. La ahogaba.

Se suponía que era fuerte. Se suponía que sobreviviría.

Aturdida, se preparó para lo peor.

Entonces, de golpe, la sensación desapareció.

Esperó varios minutos antes de sentarse, temblorosa. Tanto el suelo como su ropa estaban hechos un desastre. El corazón le latía desbocado y se agarró el estómago.

Sabía que elaborar maleficios podía ser peligroso. En el pasado, alguno ya le había salido mal, pero nunca un encantamiento tan poderoso como este.

Indecisa, alargó el brazo para coger el anillo maleficio del centro del tablero. La sangre que lo cubría le chorreaba por la mano y la muñeca. Limpió la piedra con el pulgar. La luz de su interior había dejado de brillar. Por si no era lo suficientemente obvio, ahora sabía con certeza que su intento de elaborar el maleficio había sido un fracaso.

Soltando un jadeo, lo lanzó contra la pared.

Menuda superviviente y campeona estaba hecha. Se puso en pie tambaleante y abrió su joyero. Aunque ya había guardado la mayoría de sus provisiones para el torneo, en el interior quedaban algunas piedras sortilegio básicas. Buscó un hechizo Adiós Dolor de Barriga de nivel uno.

Pero, en cuanto lo tuvo entre sus manos, notó que pasaba algo raro. No emitía ninguna luz.

Ninguna de las piedras de su joyero emitía luz.

Tampoco refulgían los anillos que llevaba puestos en la mano.

Trastabilló hacia atrás, confundida. Luego, se arrodilló delante de su bolsa de deporte y la abrió. En el interior había ropa, una botella de agua, aperitivos no perecederos, tampones y, al fondo, su arsenal mágico para el torneo: hechizos y maleficios de todo tipo, frascos cargados de magia pura recolectada.

Solo que los frascos estaban vacíos.

Y todas las piedras sortilegio estaban apagadas.

—No —gimió. No podía ser posible. La magia no desaparecía sin más.

Para buscar consuelo, agarró instintivamente el medallón de su madre que tenía colgado del cuello y lo abrió. El Armazón de Cucaracha que le había dado Reid debería encontrarse sellado en la piedra que había en su interior.

Pero, en cambio…, no encontró nada.

Y en ese momento fue consciente. El poder no había desaparecido, sino su percepción de la magia. No podía verla ni sentirla ni usarla. Ni hechizos ni maleficios. Nada.

Se llevó una mano a la boca. Juraba que ya podía oír una marcha fúnebre.

La ceremonia de apertura comenzaba en unas horas y ella estaba indefensa. Tendría suerte si lograba sobrevivir a esa noche.

Debía contárselo a su padre. Aunque este no pudiese arreglarlo, podría decírselo a la familia. Podrían encontrar a otro campeón, pero…

Sintió que algo le oprimía el pecho. Su padre pensaría que lo había hecho a propósito después de haberle ido con el cuento de que no quería ser campeona. La acusaría de ser una cobarde, una desagradecida, y de avergonzarse de quien era. Y, por supuesto, también sospecharía que aquello era un sabotaje.

Y luego, tanto su padre como su madre la odiarían.

Una pequeña voz en su mente le recordó que eso era mejor que estar muerta.

Pero una voz más fuerte y contundente no estaba de acuerdo. Durante el último año, había experimentado de primera mano lo que se sentía al ser odiada por aquellos que le importaron alguna vez. Por todo el mundo.

Que su madre se alejara de su lado había sido culpa suya. Como lo de cargarse el maleficio. Pero no podía perder a la única persona que le quedaba, sobre todo porque había creído en ella más que nadie, incluso más que ella misma.

—Quizá esto sea temporal —intentó convencerse—. Tal vez se solucione dentro de unas horas.

«Y puede que aparezca un hada madrina y te conceda tres deseos».

No, si había un modo de solucionar aquello, tenía que hacerlo sola.

Y si no lo había, moriría.

Pero ya había tomado la decisión. Si moría, entonces lo haría siendo una campeona.

GAVIN GRIEVE

«La ceremonia de apertura del torneo es la última
oportunidad para sabotear a un campeón antes de que
comience la verdadera batalla».
Una trágica tradición

Aquella noche comenzaría el torneo y los siete campeones lucharían unos contra otros hasta que solo quedara en pie un vencedor.

Así que, como era de esperar, Ilvernath dio una fiesta.

Gavin podía sentir la tensión que se cernía sobre todos los presentes en el salón de banquetes de la ciudad. También el modo en el que los miembros de las familias rivales se lanzaban miradas y la forma en la que se deseaban «buena suerte», con tan poca sinceridad que sonaba como si fuera un «hasta nunca». Todos parecían hambrientos, con ganas de alcohol o violencia. El banquete del torneo siempre había sido un evento tranquilo y clandestino, pero algunos periodistas y curiosos habían roto la tradición, a pesar de la protección mágica que debía impedir la entrada a los que no estuvieran en la lista de invitados. Saltaban los *flashes* de las cámaras y los cazadores de maldiciones los observaban boquiabiertos. Gavin se preguntó si también encontrarían una forma de colarse en el terreno del torneo, si se publicarían unas espeluznantes fotos de su muerte en el *Ilvernath Eclipse.* Probablemente ni siquiera aparecería en portada.

Se quedó al fondo del salón, al lado de la mesa de los aperitivos, que se encontraba dispuesta con buen gusto alrededor de los retratos de los campeones del último torneo. Se sentía irritado. Clavó un palillo en un cubito de queso que se hallaba en un plato junto al retrato de Peter Grieve, al que habían ensartado de manera muy similar con un maleficio Flechas Antiguas. Su familia no había tardado en dirigirse hacia la barra libre. Su madre ya estaba tambaleándose en sus zapatos de tacón.

Junto a ella, vio de refilón a Reid MacTavish, dando sorbos a su copa. Este lo miró y le guiñó un ojo. Con calma, se acercó hasta él con un gesto tan engreído como el de un gato con el plumaje de un pájaro asomándole por la boca.

—Bueno, Grieve —dijo—, ¿cómo vas con mi regalito?

El tatuaje del reloj de arena que tenía en el bíceps palpitaba bajo su traje barato, el mismo que había llevado a la boda de Callista. No había hecho uso de la magia desde que había lanzado el Enciendecerillas. No quería admitirlo, pero temía lo que pudiera pasar si la usaba.

—Bien —gruñó.

—¿Y le has dado más vueltas a mi sugerencia? ¿A eso de que puede que haya algo más que hacer en el torneo que limitarse a ganar?

La verdad es que Gavin había olvidado por completo esa parte de su conversación. Se paró a pensarlo en ese preciso instante. Quedaba claro que Reid intentaba ofrecerle algún otro trato, pero ya había convertido su cuerpo en un antinatural receptáculo mágico con el objetivo de ganar el torneo. No estaba interesado en volver a ser una rata de laboratorio.

—Ya sé cómo funcionan tus tratos —dijo con brusquedad—. Lárgate, MacTavish.

—Tú te lo pierdes. —Reid levantó su copa simulando un brindis burlón y se mezcló con la multitud.

Gavin inhaló profundamente para controlar sus nervios, pero era difícil conseguirlo con tantos campeones en la misma sala. Los rostros que una vez habían ocupado un lugar entre sus carpetas, en ese momento los tenía allí delante, en la vida real.

Finley Blair y su corbata carmesí, que representaba con fanfarronería el color de la alta magia. A su lado, Elionor Payne, posando para un periodista. Isobel Macaslan, con la melena cayéndole por la espalda del vestido blanco como si fuese un charco de sangre.

Y, en una esquina, su padre empinando el codo, el líquido ámbar reluciendo a la luz de los candelabros. Su madre apoyada en su hombro. Callista sentada en una incómoda esquina en la mesa de los Payne, sin prestarle ninguna atención a Gavin.

De pronto, se le vino el mundo encima. Dejó su plato bajo la fuente de *fondue* de color escarlata que se hallaba al lado de una fotografía de Alphina Lowe y salió a la plaza.

Allí fuera la fiesta era menos sofocante. Pequeños grupos de gente se reunían al aire fresco de la noche. Sobre sus cabezas flotaban linternas mágicas que brillaban bajo la luz nocturna, con las piedras sortilegio de su interior emitiendo una luz blanca.

Entonces lo oyó, por encima de la música *jazz* que provenía del banquete. Eran los débiles sonidos de un cántico:

—¡Que un premio ganéis no justifica que matéis!

Más allá de las linternas, en el límite de la plaza, se encontraba un pequeño grupo de cazadores de maldiciones. Ondeaban pancartas con eslóganes exaltados. Puede que no fueran cazadores de maldiciones, sino algo peor aún: manifestantes gritando rimas malas. Se habrían reunido como un último esfuerzo para intentar evitar que se celebrara el torneo de esa generación.

No tenía sentido discutir sobre la moralidad de la maldición. Era lo que era y Gavin no iba a sentirse culpable por querer sobrevivir.

Se alejaba de la muchedumbre que gritaba cuando alguien chocó contra su brazo tatuado.

Le dolió y se giró para decírselo, hasta que se dio cuenta de a quién tenía delante, pálido y con aspecto fantasmal bajo el brillo de las linternas.

Alistair Lowe.

Parecía incluso más cruel en persona que en fotografías, con su cabello oscuro y repeinado hacia atrás, que acentuaba su pico de viuda y la inclinación angulosa de su nariz. Aunque era más bajo que él, de algún modo conseguía mirarlo desde arriba. Le habían nombrado campeón aquella misma mañana y, aun así, Gavin ya había oído a casi todos en la fiesta mencionar su nombre.

—Casi me tiras la copa.

Gavin miró hacia abajo y vio que agarraba su copa medio vacía como si fuera su mejor amiga.

—Yo diría que eres tú el que ha chocado contra mí —le dijo.

El rostro de Alistair reflejó su furia.

—Como si fuera posible no verte con ese traje tan hortera.

Gavin notó que se balanceaba hacia delante y hacia atrás, aunque era casi imperceptible. Se preguntó qué motivo tendría el favorito para ganar el torneo para acabar completamente borracho justo antes de que este arrancase.

Quizá estuviera demasiado seguro de que ganaría.

Ese pensamiento avivó la ya habitual ira que sentía. Ese chico lo tenía todo y él no tenía nada. Alistair estaba guapo y desprendía desdén con ese traje gris hecho a medida. Contemplaba a Gavin como si este fuese una hormiga, algo tan poco amenazador como para molestarse siquiera en pisarlo.

Gavin se echó hacia delante, invocando su magia. El poder le recorrió el cuerpo. Su anillo sortilegio zumbó con más energía de la que creía posible. Su respiración comenzó a ser entrecortada, como si estuviera bajo el agua. Entonces, el brazo de Alistair se congeló.

Lo único que pretendía era lanzar un Detención Instantánea, pero volvió a sentir aquella rabia a la vez que sus nuevos poderes, afectando a la piedra sortilegio. En lugar de congelar a Alistar, la bebida que este tenía en la mano estalló.

El whisky y el cristal volaron por todas partes. Varias esquirlas cortaron la palma de la mano de Alistair, dejándole un reguero de sangre en la piel. Gavin detectó el débil *flash* de una cámara detrás de ellos.

—Uy —susurró Gavin, sintiendo gran satisfacción—. Parece que al final te has tirado la copa encima.

Alistair estableció contacto visual, pero su mirada no parecía alterada.

Parecía letal.

—Por eso que acabas de hacer —dijo, pronunciando cada palabra en un tono de ira comedida—, te mataré lentamente.

El tatuaje de Gavin comenzó a dolerle mientras el anillo sortilegio se recargaba solo. Pero no le importaba. Estar frente a frente con Alistair Lowe, borracho y tambaleante, y salir victorioso provocó que se sintiera más poderoso que nunca.

—¿No ibas a hacerlo de todas formas? —le preguntó, sonriendo.

Alistair emitió un sonido que bien podría haber sido un gruñido y se marchó. Gavin echó un vistazo a su alrededor. La gente se le había quedado mirando. Se dirigió tambaleante hacia la línea de árboles que se hallaba en un extremo de la plaza. Por fin se encontraba lejos de miradas indiscretas. Aunque incluso allí oía fragmentos de las conversaciones de los manifestantes.

—¿Soy la única que cree que es raro que la mayoría se parezcan entre ellos? El grupo, en general, es bastante... pálido.

—Probablemente sea porque llevan miles de años casándose entre ellos. A ver, ¿tú querrías casarte y entrar en alguna de esas familias? ¿Sabiendo que a tus hijos podría pasarles lo mismo algún día?

—Pues tienes razón —murmuró la primera voz—. Y el chico de los Darrow solo tiene quince años... Es inimaginable...

El tatuaje de Gavin le dio otro latigazo de dolor y le hizo maldecir para sus adentros. Ignoró las voces, se quitó la chaqueta y se levantó con avidez la manga de la camisa.

El tatuaje había vuelto a cambiar. Contempló los granos de arena acumulados en la parte baja del reloj y le entraron ganas de vomitar.

Había drenado parte de su fuerza vital solo para que Alistair Lowe lo tomara en serio. Se había mutilado solo para que Ilvernath lo tomara en serio.

Pero, al menos, estaba funcionando.

Gavin se bajó la manga y volvió con calma al banquete.

ALISTAIR LOWE

«La alta magia cayó de las estrellas y, cuando la encontramos, hicimos lo que siempre hacen los humanos. Decidimos que era nuestra por derecho».

Una trágica tradición

Alistair se sentó en la mesa de su familia, rodeado por aquellos que habían matado a su hermano.

Llevaba puesto su mejor traje. Uno gris, recién planchado y hecho a medida para sus esbeltos hombros. Tenía el cabello oscuro peinado hacia atrás, lo que le marcaba los pómulos hundidos. El anillo maleficio que contenía el Sacrificio del Cordero, y que portaba en su cuarto dedo, parecía ser muy pesado cuando cerraba el puño.

Después de que su familia le confesara lo que había hecho, se había encerrado en la habitación de Hendry y con el puño había abierto un agujero a la pared. Se había hecho bastante daño, también debido a su increíble torpeza, pero odiaba ver aquella habitación tal cual estaba. Limpia, como la había dejado. Seguía oliendo a pastas, como si su hermano fuera a entrar allí de un momento a otro.

Le dio vueltas al anillo maleficio en el dedo. Le dolía el pecho, como si el corazón se le hubiera convertido en piedra y le aplastara los pulmones y los huesos. No recordaba la última vez que había llorado. Pero, después de aquella horrible noche esperando que todo eso no fuera más que una última prueba cruel, no le apetecía derramar lágrimas.

Le apetecía derramar sangre.

Su madre se inclinó hacia él y posó una mano sobre la suya. Su tacto era como el hielo. Alistair enseguida apartó su mano, deseando poder conjurar una estaca y clavársela en el corazón.

—Sé lo que estás pensando, Al. —El apodo que le había puesto su hermano sonó cruel en sus labios.

—No —dijo con aire sombrío—. No creo que lo sepas.

—Hendry murió por esta familia, por el torneo. No dejes que su muerte haya sido en vano.

Alistair quiso reír con amargura. Quiso levantarse y gritar. Hendry no había muerto. Había sido asesinado. Su familia creía que el Sacrificio del Cordero haría más fuerte a Alistair. Pero sin Hendry, era más débil. Sin Hendry, estaba perdido.

—Lo querías —susurró Alistair. Le costaba creer que, durante todos esos años, el cariño que le habían profesado a Hendry había sido una farsa. Ni siquiera los Lowe podían ser tan crueles.

O puede que solo adoraran a Hendry porque siempre habían sabido cuál sería su destino.

Su madre adoptó una postura tensa, pero, como siempre, mantuvo la compostura en la voz.

—Quiero a esta familia.

—¿Y a mí? —Enseguida se arrepintió de haber hecho esa pregunta. Estaba demasiado cargada de implicaciones y lo dejaba en una postura muy vulnerable.

Le dio la espalda, centrando su atención en la fiesta que los rodeaba, plagada de música y risas estridentes. El banquete se celebraba en el centro de la ciudad, cerca de su monumento más antiguo, el Pilar de los Campeones. Era un lugar que atraía la alta magia pura, el eje central de los otros siete pilares idénticos que mantenían en pie los Refugios. Aunque solo los Lowe, como ganadores del último torneo, podían ver las motas de alta magia, de un rojo brillante, suspendidas en el aire, flotando y parpadeando por toda la fiesta. Era precioso. Pero al mismo tiempo, era espantoso, un recordatorio de por qué estaban allí reunidos esa noche. Aquel era el poder por el que los Lowe habían matado a Hendry y por el que Alistair mataría a otras seis personas.

Le repugnaba.

Lo único que necesitaba de su madre era una respuesta simple y monosilábica. En su lugar, le respondió con una pregunta.

—¿Es que acaso no eres el campeón de esta familia?

Alistair se puso en pie con brusquedad y sus pensamientos pasaron al campeón de los Grieve en la plaza, sintiéndose inspirado por su encuentro. Movió la muñeca y el anillo maleficio Romper en Mil Pedazos se activó, perdiendo así algo de poder. Un poder que pretendía reservar para los huesos de sus oponentes, pero en su lugar, lo desperdiciaría con gusto para satisfacer a su propio rencor.

La copa de vino de su madre se hizo añicos, salpicando el merlot por todo el mantel blanco. Su abuela, su tío y su primo pequeño le chistaron con desprecio.

Durante todos esos años había buscado contentarles. Pero ahora aquello a lo que solía aspirar le ponía enfermo.

Cuando compitiera, y ganara, no lo haría por su familia. Lo haría por su hermano. Hendry no querría que Alistair también muriera.

—Qué curioso. —Bajó la mirada hacia su madre—. Durante años me has contado historias de monstruos, pero todo este tiempo el monstruo has sido tú.

Se marchó furioso en dirección al bar.

El camarero lo observó con cautela mientras se le acerca-ba. Incluso estando de buen humor, Alistair tenía un aspecto amenazante, como una manzana que seguramente esté podrida en su interior. Y el humor que tenía ahora mismo era nefasto.

—Tres chupitos de whisky —le pidió al camarero, que enseguida se los sirvió. Se bebió los tres de golpe y luego tosió hasta que se le saltaron las lágrimas.

Alguien a su lado se rio. El hombre llevaba una camisa de color ciruela. Le recordaba a una seta.

—Eres el chico de los Lowe —dijo, pronunciando el nom-bre de su familia como si escupiera—. Enhorabuena.

Durante toda su vida, siempre había sido «uno de los chi-cos Lowe».

Era una tontería que aquello le afectase, pero no podía evitarlo. Hizo crujir su cuello y lanzó el mismo maleficio, el Romper en Mil Pedazos. Al hombre se le rompió el dedo índice, con el hueso partido por la mitad.

Este se agarró la mano y comenzó a despotricar de forma violenta. La persona que tenía detrás, un joven con manchurro-nes de lápiz de ojos y el cuello adornado con anillos sortilegio, se mordió el labio para reprimir una sonrisa.

El hombre seta se sujetó el dedo y le lanzó a Alistair una mirada asesina.

—¿Sabes quién soy?

Alistair levantó las cejas. El whisky lo estaba calentando de dentro hacia afuera.

—¿Debería?

—Soy Osmand Walsh. Estuve en tu casa el otro día. —Lo reconocía vagamente como el artífice de hechizos que se había acobardado cuando lanzó el Plaga del Vinicultor—. Puede que seas un Lowe y que tu familia esté ahora en posesión de la alta magia. Pero algún día, no será así. Te aseguraste de ello con tu numerito.

—¿De qué estás hablando?

—¿Crees que esa mujer solo acudió como mera observadora? —Señaló con la cabeza hacia la agente Yoo, que se encontraba junto a la mesa de los Thorburn—. No, el Gobierno está aquí para interferir y me parece que ya es hora. ¿Dejar a los Lowe con tanto poder? Es inconcebible. Al menos ahora, aunque no mueras en el torneo, acabarás muriendo ensartado en la horca de cualquiera.

Como Marianne le había obligado a pasar tantas pruebas, no se había dado cuenta de la importancia que había tenido esa última. De forma automática, ocultó sus nervios detrás de una sonrisa retorcida. Por más que odiase a su familia, esta le había enseñado bien a interpretar su papel.

Alistair le arrebató al artífice de las manos la jarra de cerveza y este palideció.

—Pues entonces será mejor que vayáis afilando vuestras horcas, amigos —dijo, rematándolo con una risa y alejándose.

Se dirigió a la salida más cercana que encontró, que resultó no ser más que el guardarropa. Al no haber ningún empleado a la vista, saltó sobre el mostrador y se tomó la cerveza.

A Hendry le habría encantado una fiesta así. De hecho, había estado deseando que llegara aquella noche. Algo sobre encandilar a las chicas y la barra libre.

Alistair bebió más cerveza. Cuando ya la llevaba por la mitad, se sintió extremadamente borracho. Casi no había comido nada desde el día anterior.

«Si alguna vez quieres hablar del torneo, aquí estoy. Te escucho». Eso le dijo Hendry dos semanas atrás. Él había pospuesto la conversación para no preocuparle, para no aguarles la fiesta. Ahora no tenía a nadie a quien confesarle sus miedos de salir tocado del torneo. Sin su hermano, ya lo estaba.

Una voz horrenda en su interior se mofó recalcando que la culpa era suya. Si hubiera pasado las pruebas de los Lowe, si de verdad fuese el villano que le habían criado para ser, entonces no hubieran tenido la necesidad de matar a Hendry.

Contempló el líquido dorado buscando la salvación en el fondo de aquella jarra. Se enjugó las lágrimas.

—¿Qué estás haciendo?

Alzó la mirada e hizo un mohín. Allí estaba Isobel Macaslan, la atractiva campeona que había conocido en La Urraca. Llevaba un vestido blanco, un antiguo medallón colgado al cuello y una expresión de disgusto.

—¿Qué te parece que estoy haciendo? —se mofó.

—Parece que te estás viniendo abajo. —Le ignoró y se dirigió hacia el perchero.

Alistair se terminó el resto de la jarra y bajó del mostrador. Sus zapatos de vestir golpearon contra la alfombra con un ruido sordo.

—¿Cómo te sentó el Colmillo del Áspid? —Le lanzó una mirada de lástima—. No tienes buen aspecto.

Isobel arqueó las cejas.

—Tú tienes una pinta horrible.

—Soy horrible.

Ella resopló.

—Y estás borracho. —Los rizos pelirrojos se mecían mientras iba hacia él—. Bueno, «rival», ¿qué estás pensando ahora? —Intentó agarrarlo por la muñeca, donde la marca de su hechizo ya no era más que un pequeño borrón. Alistair dejó que le tocara, aunque solo fuera porque necesitaba distraerse y olvidar su cabreo, dejar de lamentarse.

Isobel recorrió con una uña bien arreglada la marca del hechizo.

—Puede que estés pensando en las historias de monstruos que cuenta tu familia—murmuró—. Esas que te siguen dando pesadillas. —Alistair entrecerró los ojos. Tenía la memoria borrosa, pero creía que el Beso Divinatorio solo había rascado en la superficie de su mente. Apartó la mano con brusquedad—. Tal vez pienses que no tienes de qué preocuparte porque crees que has convencido a todo el mundo de que ganarás. —Dio otro paso hacia él. Ahora estaba lo suficientemente cerca como para que Alistair oliera su perfume. Peonías. Lo bastante cerca como para servir de distracción—. Tal vez estés pensando en la falda que llevaba aquella noche. Recuerdo que te gustó.

Si Macaslan probaba una nueva estrategia con él, estaba funcionando. Bajó la vista hasta su cuello, su cintura. Reprimió una sonrisa, imaginándose el desprecio que sentiría su familia si los paparazis pillaran a su campeón ligando con otra competidora horas antes de tener que matarse el uno al otro.

—¿Qué estás haciendo? —le preguntó, como si estuviera retándola. Por primera vez en toda la noche, esas horrendas voces de su cabeza guardaban silencio.

—¿Qué te parece que estoy haciendo? —dijo Isobel, repitiendo las palabras que él había pronunciado antes—. Te estoy amenazando.

Alistair se aclaró la garganta.

—¿De eso se trata? —Dominaba el arte de las amenazas, pero ni siquiera él había intentado aún esa técnica.

—Ya he visto todo lo que necesito saber de ti. «Rivales» —resopló—. No te tengo ningún miedo.

Alistair se fijó en sus anillos y sopesó qué maleficios le quedaban tras haber vaciado la piedra que contenía el Romper en Mil Pedazos.

—¿Qué más viste?

—Todo.

La idea de que alguien se adentrara en su mente era aterradora. Tenía la sensación de que su dolor ya era más que evidente.

—¿Y qué es lo que ves ahora? —la retó, esforzándose por mantener la voz firme. Sabía que para replicar el Beso Divinatorio de la otra vez, Isobel tendría que emplear sus reservas de magia. Y tendría que volver a tocarle. Eran actos arriesgados para ambos, aunque seguro que para él supondría un peligro más placentero.

Pero en lugar de volver agarrarle la mano, dio un paso atrás, poniendo distancia entre ellos.

—Sería un desperdicio de magia —dijo con soberbia—. Además, ya me imaginaba que eras arrogante y autodestructivo. Nuestra conversación solo ha servido para confirmármelo.

Y entonces se marchó, dejando a Alistair todavía borracho, cabreado, dolido y solo. El frío no tardó en volver a anclarse en su interior. Nada salía nunca cómo él esperaba.

En el salón de banquetes, la música se detuvo. Supo lo que aquello significaba. Que la presentación de los campeones estaba a punto de comenzar.

ISOBEL MACASLAN

«Si pasados tres meses no hay vencedor, mueren todos
los campeones y ninguna familia controla la alta magia en
veinte años. Ese es el chiste que se encuentra detrás de todo
esto: si las familias compiten en el torneo para ganar magia
y gloria, entonces, ¿por qué parece un castigo?».

Una trágica tradición

Los siete campeones se pusieron en fila cerca de la salida, al
fondo del salón de banquetes, taconeando y arrastrando
los zapatos sobre el viejo suelo de mármol. A Isobel el corazón le latía desbocado cuando el alcalde, Vikram Anand, los
colocó en el orden correcto. Los actos públicos de cualquier tipo
la ponían nerviosa. Y ahí estaba, codo con codo con los campeones de las otras familias, preparándose para el torneo a muerte,
sin poder sentir ni una pizca de magia.

Examinó a los otros campeones, con curiosidad por saber
si se parecían a sus reseñas en los periódicos. El perfecto y di-
ligente Finley Blair, a quien Isobel conocía del instituto. Gavin
Grieve era más alto y mucho más fornido de lo que esperaba.

Elionor Payne le lanzaba miradas furtivas desde atrás,
hasta que se encontró con su mirada y le dedicó una mueca.

Isobel apartó la vista de ella y se centró en mantener su fin-
gida seguridad, igual que había hecho delante de Alistair. Aunque

en el banquete no se encontraba en peligro, no podía dejar que ninguno de los campeones sospechara que había perdido su poder. De lo contrario, se convertiría en su primer objetivo.

Innes Thorburn estaba detrás de ella. Con la melena castaña peinada en un recogido que parecía intrincado y elegante para una chica a la que Isobel había visto a menudo detrás de un libro.

—Hola, Isobel —le dijo Innes—. ¿Cómo te va?

Era una pregunta extrañamente mundana para la situación en la que se encontraban. En tan solo unos minutos, el alcalde anunciaría cada uno de sus nombres y apellidos, y los espectadores lo celebrarían como si ellos seis no fuesen a morir en los próximos tres meses.

—Estoy bien —respondió débilmente.

Innes le dedicó una cálida sonrisa.

—Siempre supe que serías una campeona.

Isobel no podía decir lo mismo, pero no tenía la energía mental como para pensar ahora en Briony… Esa noche no.

Innes le lanzó una mirada que lo decía todo.

—No tienes por qué fingir. Todos creían que sería mi hermana.

Isobel no se molestó en corregirla, pero tampoco sentía lástima por ella. No sabía en qué había consistido la última prueba de los Thorburn, pero si Innes había vencido a su hermana, seguramente era mucho más competente de lo que Ilvernath creía.

—Ah —dijo el alcalde Anand—, ya ha llegado el último campeón.

Alistair Lowe se acercó tambaleándose, con el rostro colorado.

El alcalde señaló el hueco entre Isobel e Innes. Isobel se irguió. Por un momento había olvidado que era tradición que los

Macaslan precedieran a los Lowe, aunque dudaba que alguna de las familias recordara a qué se debía aquello.

Alistair le dedicó una sonrisa pícara.

«Es peligroso y está perturbado», le había dicho su madre. «Lo que ese chico hizo hoy... fue terrible».

Mantuvo su fachada de seguridad, puso los ojos en blanco y le dio la espalda al chico que su madre creía que la mataría.

Las majestuosas puertas de madera se abrieron hacia la fresca noche de septiembre y los campeones fueron recibidos de inmediato con gritos.

—¿No son vuestra descendencia? Los habéis criado para que maten sin decencia.

Un grupo de manifestantes rodearon la plaza de piedra cubierta de musgo, contenidos por cuerdas y la policía de Ilvernath. Muchos ondeaban pancartas de protesta con palabras e imágenes, encantadas para que aparecieran y desaparecieran manchurrones de pintura color rojo sangre sobre ellas, una y otra vez. Otros llevaban pósteres de cada uno de los rostros de los campeones, que habían sacado de las fotografías del periódico.

Cuando Isobel vio su foto en manos de un desconocido, sintió náuseas. Solo tenía que soportar este teatro un poco más. Una vez que se pusiera el sol y cayera el Velo de Sangre, la protección mágica dentro del torneo evitaría de forma automática la interferencia externa o que se invadiera el terreno donde tenía lugar. Los campeones solo sufrirían los efectos de los hechizos lanzados por uno de ellos y no podrían hablar con nadie que no fuera un competidor ni aventurarse más allá de los límites de la ciudad. Nada de lo que dijeran o hicieran esos manifestantes cambiaría las cosas.

Alistair se acercó más a ella.

—Que comience el espectáculo —susurró, erizándole el vello del cuello. Lo ignoró, preocupada por volver a sentir náuseas.

El alcalde Anand gritó algo que Isobel no pudo oír debido al alboroto que formaban los manifestantes. Entonces, claramente nervioso, este lanzó un hechizo Altavoz y, de un modo tan atronador que hizo que Isobel se sobresaltara, dijo:

—¡Gavin Grieve! Ah... Disculpen. Si pudieran bajar el tono...

Gavin descendió por las escaleras hasta llegar a la plaza donde el alcalde Anand leía su embarazosamente corta lista de logros.

—Gavin es el hijo mayor de Boyd y Ailis Grieve. Entre sus logros se encuentra el haberse saltado un curso y... —El alcalde Anand se aclaró la garganta, incómodo—. Bueno, tiene diecisiete años y está cursando el último año en la escuela pública de secundaria del sur de Ilvernath.

Parecía que Gavin era invisible, pues ningún manifestante le prestó la menor atención. Ni siquiera su familia estaba a la vista. Seguían en el bar.

De forma inesperada, Isobel sintió lástima por él. Al menos los Macaslan creían que ella ganaría.

Gavin se acercó a la enorme roca que sobresalía del centro de la plaza. De todas las veces que Isobel había visto el Pilar de los Campeones, aquellas nervaduras formadas por cristales rojos entretejidos sobre él nunca le habían evocado tanto a la sangre.

Cuando Gavin cogió el cuchillo que le tendió el alcalde y subió por la escalera para grabar su nombre en la piedra, los manifestantes hicieron aún más ruido.

—¡Que un premio ganéis...!

Desde donde se encontraba, solo podía ver la parte trasera del pilar, donde se hallaba un símbolo grabado: siete estrellas ordenadas en un círculo. Pero, incluso desde allí, pudo ver el anillo que se materializó sobre el meñique de Gavin cuando este terminó. El anillo de campeón que lo vinculaba al poder del torneo.

—¡No justifica que matéis!

—¡Finley Blair! —continuó el alcalde Anand, ignorando los abucheos—. Finley tiene dieciocho años y es el único hijo de Pamela y Abigail Blair. Ha sido delegado de la clase del Instituto Privado de Ilvernath durante cuatro años consecutivos, además de capitán del equipo de esgrima. Entre sus intereses... ¿Podéis parar? —El alcalde gritó esto último, aunque no logró calmar la agitación.

Los presentes en la plaza aplaudieron a Finley mientras grababa su nombre en el Pilar de los Campeones, a diferencia de lo que habían hecho con Gavin. Al fin y al cabo, se trataba de Finley Blair. Entregado, encantador y orgulloso de su familia de un modo que Isobel nunca podría emular. Había llegado a conocer a Finley bastante bien durante los meses que había salido con su exmejor amiga y podía detectar su rigidez al caminar y su meticulosa y calculada sonrisa.

—¡Carbry Darrow!

No le prestó mucha atención a Carbry mientras este bajaba las escaleras, tropezándose a mitad de camino. Solo podía pensar en que ella era la siguiente. Y con los gritos de los manifestantes y Alistair Lowe echándole prácticamente el aliento en la nuca, estaba sudando. Se secó la frente con el dorso de la mano con cuidado de no estropearse el maquillaje.

—¡Isobel Macaslan! —la llamó el alcalde.

Bajó con garbo hasta la plaza, con su vestido flotando detrás de ella mientras caminaba. Los aplausos aumentaron y, durante un momento, casi pudo fingir que todo era normal. Llevaba puesto el vestido que había escogido. Se había pintado los labios de manera impecable. El impresionante número de anillos sortilegio que lucía era una muestra del gran poder que ostentaba...

Había ostentado.

—¿No son vuestra descendencia? Los habéis criado para que maten sin decencia.

El estómago le dio un vuelco. «No puedo hacerlo», pensó presa del pánico.

—Isobel tiene dieciséis años y es la única hija de Cormac Macaslan y Honora Jackson. Es la mejor de su clase en el Instituto Privado de Ilvernath y fue presidenta de la Sociedad de Honor de Jóvenes Hechiceros durante dos años. Trabaja a media jornada en la tienda de hechizos de su madre en...

—¡Que un premio ganéis...!

Algunos de los rostros a su alrededor eran amistosos. Buscó con desesperación a su padre, que exhibía una amplísima sonrisa. Podía imaginárselo poniéndole ya un precio a la alta magia.

El resto del discurso del alcalde fue como un borrón e Isobel subió la escalera con aire ausente hasta llegar a la piedra. Había cientos de nombres grabados en ella, que representaban a cientos de campeones, cientos de víctimas. Por supuesto, conocía la historia, pero tenerlos delante de ella, esos cientos de nombres tachados que habían sido enterrados y olvidados en Ilvernath, le provocó un escalofrío.

—¡No justifica que matéis!

El cuchillo dificultaba que pudiera plasmar su habitual escritura perfecta en cursiva. Cuando terminó, su nombre tenía un aspecto tan contundente y afilado como el corte que se había hecho ella misma en el antebrazo. Dentro de veinte años, cuando otro campeón de los Macaslan subiera esa misma escalera para grabar su nombre, vería el suyo, descuidado e imperfecto. Y, probablemente, tachado.

Cuando descendió, se miró la mano, sorprendida. Esperaba sentir un cosquilleo por la magia acumulada con la aparición del anillo. Pero no sintió nada. Pasó de tener el meñique vacío a, un minuto después, lucir allí un anillo.

El cuarzo era tan rojo como un pétalo de rosa. Era del color de la alta magia por la que todos luchaban. Aunque sabía que tenía que refulgir, ella no podía verlo.

Al terminar su turno, se acercó temblorosa a su familia. Su padre bajó el cigarrillo y la besó en la frente, estropeándole el maquillaje sin remedio.

—Has estado magnifica —le dijo.

Su madre, que normalmente nunca se encontraba tan cerca de su exfamilia política, le dedicó una sonrisa forzada. Hizo todo lo posible por ignorarlos a ambos y centrarse en el resto de la ceremonia porque, de lo contrario, lloraría.

—¡Alistair Lowe! —anunció el alcalde.

El alboroto del patio cesó hasta hacerse el silencio. Hasta los manifestantes se callaron. Desde que Alistair casi había matado a aquel artífice en la mansión Lowe, se había convertido en el más infame de los Siete Sanguinarios. El alcalde se apartó un poco cuando este se acercó, como si fuese un salvaje. No contaba con ninguna lista de logros, solo de nombres de familiares.

—Marianne Lowe, Moira Lowe, Rowan Lowe, Marianne Lowe Junior…

Isobel frunció el ceño cuando el alcalde terminó de recitar la lista. No mencionó al hermano de Alistair. Echó un vistazo hacia la mesa de los Lowe y se dio cuenta de que tampoco se encontraba allí. Era extraño porque el resto de los miembros de la familia sí que estaban presentes. Recordaba muy bien haberlo visto en La Urraca.

—¡Innes Thorburn! —prosiguió el alcalde.

Los manifestantes retomaron sus gritos, como si hubieran salido de un trance.

—¿No son vuestra descendencia?

169

Los ignoró y echó un vistazo al otro lado de la plaza, hacia los Thorburn, hacia Briony. Su antigua amiga no parecía ella misma. Su habitual confianza relajada se había visto reemplazada por una intensidad ardiente mientras que su hermana grababa su nombre en el antiguo pilar. Isobel no sabía decir qué emoción era la que la embargaba: ¿vergüenza, resentimiento, preocupación? Pero conocía bien a Briony y sabía lo que significaba un vestido como ese. Era escandalosamente escotado, con abalorios que atrapaban y reflejaban la luz. Era un atuendo para atraer miradas. Era su vestido de campeona.

En ese momento, odió a Briony. La odió por haberla traicionado, por enfurruñarse por no tener la oportunidad de tirar su vida por la borda.

—¡Los habéis criado para que maten sin decencia!

—Solo quiero… —comenzó su madre con voz ronca—. Solo quiero que sepas que te quiero. —La rodeó con los brazos y apretó con fuerza. A Isobel se le acumulaban las lágrimas en los ojos. Por un momento, consideró contárselo todo a su madre, aunque fuera demasiado tarde para hacer nada. Pero su padre le dio una palmadita en el hombro.

—Apuesto por ti y por la chica de los Payne —dijo—. El chaval de los Lowe no parece tenerlas todas consigo, ¿no crees?

De pronto, se sintió muy abrumada estando allí, atrapada entre todas esas familias, manifestantes y los muros claustrofóbicos y empedrados de Ilvernath. Se zafó de sus padres y se abrió paso hasta el extremo de la plaza para conseguir aire fresco.

No se había dado cuenta de que se dirigía hacia Reid MacTavish hasta que casi se choca contra él. Le derramó el cóctel sobre sus vaqueros negros demasiado apretados.

—Ah —dijo Reid, arrastrando la voz, pero sin perder su dureza—, eres tú. Princesa, es todo un placer.

—Necesito tu ayuda —le atajó, con una voz aguda tanto por el pánico como por su orgullo herido. Además, odiaba cuando la llamaba así—. Te robé un maleficio, pero algo salió mal cuando lo elaboré y ya no puedo usar magia. Ni siquiera puedo sentirla.

Reid casi perdió el equilibrio. Tuvo que agarrarse al borde de una mesa cercana para no caerse.

—¿Me robaste... un maleficio? ¿Cuál?

—El Abrazo de la Parca. —Isobel enrojeció.

—Es del grimorio más antiguo de mi familia —dijo, horrorizado—. Debería haber sabido que una Macaslan intentaría hacer algo así. El Abrazo de la Parca ni siquiera es una buena arma para el torneo. Es un maleficio de contingencia, la marca es más o menos débil según sus acciones. Se alimenta de odio y oscuridad hasta que la víctima pierde la vida poco a poco, junto con su inocencia. No es la mejor opción para...

—Reid, te lo suplico. —Isobel no sabía cómo conseguir que la escuchara. No tenía nada que ofrecerle.

Tal vez fuera por su tono desesperado, pero Reid espabiló de pronto.

—Tu sentido de la magia está bloqueado y solo hay dos formas de arreglarlo. Podrías volver a intentar elaborar el maleficio y hacerlo bien esta vez. Eso si sabes qué es lo que hiciste mal. Y si la vuelves a liar, podrías morir.

Isobel no tenía ni idea de qué error había cometido.

—¿Cuál es la otra opción?

—Un hechizo Anulación de un nivel más alto. Te quitará por completo el maleficio.

—Pero el Abrazo de la Parca es de nivel diez, ¡y nadie en posesión de alta magia va a deshacer este lío por mí!

—Entonces tienes un problema... —Reid se encogió de hombros y le ofreció su copa—. Toma, puedes acabártela.

—No..., gracias. Yo no... —comenzó Isobel, alejándose mientras la última de los Siete Sanguinarios, Elionor Payne, se unía a su familia en la plaza. Los asistentes aplaudieron. El banquete había terminado. Ahora los campeones tenían tiempo para recibir consejos de última hora de sus familiares y despedirse antes de hacer las preparaciones finales para el torneo y dirigirse al límite de la ciudad. Para esperar a que se pusiera el sol y cayera el Velo de Sangre. Para esperar a que comenzara el torneo.

A Isobel le quedaba como mucho una hora.

Una hora para urdir un plan.

Una hora para arreglar lo que había hecho mal.

Una hora para salvarse.

Una hora no era tiempo suficiente.

BRIONY THORBURN

«Los hemos criado para acabar llamándolos campeones, pero yo diría que existe una palabra mejor para definirlos: sacrificios».

Una trágica tradición

Mientras las familias despejaban la plaza, el sol comenzó lentamente a adquirir aquel tono rojo en el horizonte, un presagio del Velo de Sangre que pronto ocuparía el cielo.

Briony Thorburn se quedó rezagada bajo la alargada sombra del Pilar de los Campeones.

Se había puesto su mejor vestido y se había maquillado, algo que no acostumbraba hacer, pero se sentía fatal. Tenía unos círculos oscuros bajo los ojos y le ardía el estómago de frustración por su propio fracaso. Había pasado toda la noche en vela sumergida en los libros de Innes, buscando pistas que los campeones de los últimos ochocientos años no hubieran visto y que demostraran que la maldición del torneo pudiera romperse realmente. Que su hermana no tuviera que morir.

Se dijo a sí misma que aún quedaba tiempo. Puede que no mataran a Innes aquella noche.

Al otro lado de la plaza, Reid MacTavish se zafó de un grupo de artífices. Briony aprovechó para salir disparada de entre las sombras y le cortó el paso justo cuando doblaba la esquina en dirección a un callejón.

—Tenemos que hablar —dijo.

Reid la observó arqueando las cejas. Olía a licor. Briony se resentía con cualquiera que disfrutara de la fiesta de esa noche, sabiendo el horror que la seguía.

—Ah, ¿sí? —preguntó.

—Hice lo que me dijiste. Leí ese libro. He ojeado al menos docenas de libros…

—Caray, docenas de libros. Impresionante.

Intentó esquivarla, pero Briony le puso una mano en el hombro.

—Solo porque esta maldición nunca se haya roto no significa que no sea posible. Tengo que salvar a mi hermana y tú sabes mucho de maldiciones, así que vas a decirme cómo romperla.

Sus palabras parecían una amenaza, pero le daba igual. Reid era la única otra persona que parecía entenderlo y si intimidándolo iba a conseguir que la ayudase, eso haría.

En lugar de discutir con ella, pareció prestar atención a sus palabras. Lanzó una mirada al callejón, como asegurándose de que estaban solos, para luego agarrarla y alejarse todavía más de los periodistas que seguían en la plaza. Los contenedores que tenían al lado apestaban.

—Quiero ayudarte —dijo—, pero…

—Pero ¿qué?

—Pero ninguna maldición puede romperse desde fuera.

Briony tomó una bocanada de aire.

—Quieres decir que llego tarde.

—Te digo que solo un campeón puede acabar con el torneo.

Eso significaba que todavía tenía tiempo. Podría encontrar a Innes. Podía salvarse a sí misma, salvarlos a todos, si lograba convencerla.

—Pero ¿cómo va a romperlo un campeón? —insistió Briony—. ¿Y qué le pasaría si lo hiciera?

Reid vaciló. En la oscuridad del callejón, su ropa negra le hacía parecer casi invisible.

—Es difícil saberlo. Cuando se rompe una maldición puede ser porque se ha desmontado con delicadeza o se ha roto en mil pedazos. Evita la segunda opción. Sin duda esa última acabaría matando a todos los campeones.

Briony no tenía tiempo que perder discutiendo algo que no iba a funcionar. Había pensado en miles soluciones distintas e imposibles durante ese último día.

—¿Y cómo la desmontas con delicadeza?

—Briony…, todo esto es solo una teoría. ¿Qué te hace pensar que podrías…?

—Porque no me queda otra —soltó—. Es decir, a ella… a mi hermana no le queda otra. Si no, morirá.

—Pues muy bien. —Reid se humedeció los labios—. Tienes que desmantelar la alta magia que mantiene activo el torneo, pieza a pieza. Y te preguntarás: ¿qué piezas son esas? Son los…

—Los siete Refugios —se apresuró a responder—. Y las siete Reliquias.

A Reid le brillaron los ojos en señal de admiración y, por primera vez en dos semanas, parecía que alguien la tomaba en serio.

—Así que es verdad que has estado leyendo —dijo—. Sí, los siete Refugios y las siete Reliquias. Pero también la historia en sí misma. Los patrones que se repiten en cada generación, que refuerzan la magia y la hacen más fuerte.

Historias, patrones, clichés. De ese mismo modo se había referido Innes al torneo. Tal vez Briony lograra convencerla de que aquello tenía algún sentido.

—Pero ¿cómo desmantelas todas esas piezas? —preguntó—. ¿Habría que hacerlo todo al mismo tiempo?

—Se puede desmontar cualquier maleficio pieza a pieza de forma segura. Supongo que la alta magia funcionará igual.

—Y si se hace eso, ¿no se colapsará? ¿Qué pasa si lo desestabiliza todo?

—¿Crees que tengo todas las respuestas? —La miró con desdén—. Me he pasado años estudiando el torneo, pero no procedo de una de vuestras presuntas «grandes» familias. Siempre lo he visto desde fuera. Lo único que sé es que las maldiciones permanecen activas durante siglos si nada en ellas cambia. De algún modo, después de todo este tiempo, el torneo ha conseguido conservarse igual. Si retrocedes hasta su principio, encuentra sus patrones y rómpelos. Entonces podrás destruir sus cimientos. Quizá hasta construir algo nuevo. O acabar con todo.

Tenía más preguntas, muchísimas más. Reid podía o no saber las respuestas.

—He... —comenzó, pero él negó con la cabeza.

—Tienes que darte prisa si quieres hablar con ella.

Sabía que tenía razón. Innes conocía al dedillo el torneo y su historia. Ya habría tiempo para encontrar las respuestas una vez que este hubiera arrancado.

—Gracias —le dijo. Salió corriendo del callejón de vuelta a la plaza. La mayoría de los asistentes ya se habían ido, pero tuvo la suerte de que la familia Thorburn era tan enorme que seguía deseándole buena suerte a Innes. Se habían congregado en el borde de la plaza, al lado del bosque, estrechándole la mano uno a uno. Detectó a la agente Yoo en la fila, vio cómo le estrechó la mano de Innes y sintió una oleada de furia. Esto era culpa suya.

Se abrió paso a empujones hasta llegar al frente, tropezándose con los tacones. Cuando llegó al lado de Innes, claramente consternada, su hermana despachó al resto de familiares. Al principio, estos dudaron si irse o no, pero pronto se dispersaron, concediéndoles a las hermanas ese último y corto momento.

Briony agarró a Innes por los hombros.

—Existe un modo —le soltó—. Se puede acabar con el torneo.

—¿Qué? —Innes parpadeó, conmocionada.

—Me lo ha dicho Reid MacTavish. La alta magia mantiene activo el torneo. Están los siete Refugios, las siete Reliquias y la historia en sí. Una historia que sigue repitiéndose. Si pudieras…

—Bri, lo que dices no tiene ningún sentido.

—Lo sé, lo siento. Todavía quedan muchas cosas por averiguar, pero si hallas el patrón dentro de la historia… —Se le entrecortó la voz a causa del entusiasmo mientras se gestaba una idea en su cabeza—. ¡Como el Espejo y la Torre! ¡El patrón! Tienes que…

—Por favor —dijo Innes con la voz queda y apartando a Briony—. Por favor, para. Este es el último recuerdo que tendrás de mí.

Briony se quedó boquiabierta.

—¿Que pare? Innes, ¡intento salvarte! Te digo que…

—¿Te estás escuchando? —escupió Innes en un susurro furioso—. ¿Es por esto por lo que has llegado tarde al banquete, con cara de agotada? ¿Por ir detrás de una fantasía? Tengo que irme y prepararme…

—No. —Briony se interpuso en su camino para bloquearle el paso—. Escúchame bien. No eres lo suficientemente fuerte como para ganar este torneo. Sabes que no lo eres.

—He entrenado duro —le respondió indignada.

—No tanto como el resto de los campeones. Detener el torneo es tu única posibilidad de sobrevivir. Créeme, si pudiera ser yo la que…

Innes soltó una risotada.

—Debería haberlo sabido. Esto no tiene que ver conmigo, sino contigo. Como todo. Toda nuestra vida has sido el centro de atención, pero ahora no lo eres. Supéralo.

Su voz desprendía una crueldad que hacía alusión a un sentimiento que había estado acumulando en su interior. Un rencor que Briony nunca antes había presenciado.

Sus palabras se le clavaron como una daga. No solo porque le doliera que su hermana creyera que era tan egoísta, sino porque Innes se estaba cavando su propia tumba.

Briony no podía presenciar cómo su hermana se metía de cabeza en el matadero. No podía. Aunque las teorías de Reid no le hubieran aportado nada más que fragmentos de una solución, estaba segura de que, si fuera campeona, sería capaz de unir aquellas piezas. Podría salvar a su hermana. Podría salvarlos a todos.

Una sensación que no pudo identificar se le agolpó en el pecho. En cada historia que contaba su familia ganaban los héroes. Tomaban decisiones que nadie más podía tomar. Vencían a los villanos hasta cuando no parecía quedar ninguna esperanza.

Y Briony Thorburn era la heroína perfecta.

Posó la mirada en la periferia de la plaza, por donde se habían marchado los últimos asistentes.

Estaban solas.

—Nunca quisiste esto, Innes —le dijo.

Innes levantó la barbilla.

—Pero lo haré de todas formas.

Briony se acercó más a ella, obligándola a retroceder bajo la sombra del Pilar de los Campeones. Había cientos de nombres grabados en él, pero solo uno le importaba ahora mismo: el de Innes, brillando en un tono rojo en lo más alto.

—Déjame ocupar tu lugar, ser la campeona.

—Estás delirando. No podría dejarte ni aunque quisiera. Eres... —A Innes se le apagó la voz, con los ojos anegados en lágrimas.

Pero Briony no se aplacó.

—Tengo razón. Sé que la tengo.

—Se acabó. —Su hermana intentó dar otro paso atrás, pero chocó contra el pilar.

Si Innes no iba a ceder su título voluntariamente, por su bien y el de todo Ilvernath, Briony tendría que quitárselo a la fuerza. Era el único modo de no pasarse toda la vida arrepintiéndose por haber dejado que mataran a su hermana. Y cuando los salvara a todos, Innes lo comprendería. Quizá algún día hasta la perdonara.

El cristal de su dedo índice comenzó a refulgir.

—Puede que seas más fuerte que el resto de los campeones —susurró Briony mientras invocaba la magia del interior del anillo sortilegio—, pero yo sigo siendo más fuerte que tú.

Innes movió rápidamente la muñeca para contraatacar, pero Briony había sido rápida. Y contaba con el hechizo perfecto, uno que había preparado hacía siglos para el torneo. Siempre le había gustado encontrar la forma de darle un toque interesante a algo mundano. Un hechizo Dulce Siesta de nivel dos podía ayudar a alguien a dormir por la noche. Ese mismo hechizo de nivel tres era muy popular entre los padres primerizos que intentaban calmar a los niños con cólicos.

El de Briony era de nivel siete y tenía otro nombre: Sueño Mortífero. Si se usaba correctamente, su contrincante podía entrar en coma hasta que el hechizo perdiera su efecto unas horas más tarde. No sentiría dolor, pero se encontraría completa y absolutamente indefenso.

Briony observó, sintiéndose culpable, cómo Innes lanzaba un débil hechizo escudo, el Reflejo Espejo. Si hubiera sido lo bastante potente, podría haber hecho rebotar el Sueño Mortífero contra Briony.

En cambio, el hechizo atravesó el escudo.

Mientras la magia blanca y brillante se concentraba en su rostro, los párpados de Innes comenzaron a cerrarse. Sin embargo, el sentimiento de traición que reflejaba su gesto le llegó a Briony a lo más hondo. Era una mirada que no olvidaría mientras estuviera viva.

«Toda nuestra vida has sido el centro de atención, pero ahora no lo eres», le había dicho Innes.

Se equivocaba. Su hermana nunca la perdonaría.

—Briony —gruñó—, no...

Innes estiró una mano hacia su hermana, con los dedos arañando el aire en un último y débil esfuerzo por agarrar la magia. Entonces, se desplomó sobre las baldosas.

Briony se quedó allí plantada un momento, sintiéndose fatal.

—Bueno —murmuró para sí misma—, acabemos con esto.

Reprimió las náuseas que sentía mientras se arrodillaba al lado del cuerpo inconsciente de su hermana.

El anillo de campeona brillaba en el dedo meñique de Innes, con la piedra color escarlata refulgiendo en el ocaso. Se estaban quedando sin tiempo.

Cogió el anillo y tiró de él, pero no cedió. Tiró más fuerte, con la mano inerte de Innes bajo la suya, y se quedó paralizada. A esto se refería su hermana cuando le dijo que no podía entregarle el título ni aunque quisiera. El anillo de campeona no se podía quitar.

Pero Briony sabía lo poderoso que era el Sueño Mortífero. Si dejaba allí a Innes, fuera de los límites del terreno del torneo, automáticamente perdería la vida cuando cayese el Velo de Sangre. Y si la arrastraba dentro de los límites y la dejaba allí, incluso con un hechizo de camuflaje, los otros campeones acabarían con ella en cuestión de minutos.

Entonces la muerte de Innes sería culpa de Briony.

No, tenía que llegar hasta el final. Ya había traicionado a Innes. Ya había ido en contra de los deseos de su familia.

No cabía ninguna duda: tenía que quitarle el anillo de campeona. Y si el poder del anillo era lo que ligaba a Innes al torneo, quizá tuviera que cortar esa conexión.

Cortar.

Briony se quedó mirándole la mano a su hermana, con la bilis subiéndole por la garganta por segunda vez.

Dejarla inconsciente era una cosa, pero mutilarla era algo muy distinto.

Pero era la única forma de salvarle la vida.

—Algún día lo entenderá —susurró e hizo un repaso mental de los anillos sortilegio que llevaba encima—. Todos lo harán.

Al menos Innes no sentiría dolor. Estiró la mano de su hermana sobre las baldosas, separó con cuidado el meñique izquierdo e invocó el Esquirla de Cristal.

Un momento después, una línea de magia blanca apareció en el aire con forma de un fragmento dentado de cristal. Briony frunció el ceño mientras se concentraba. Nunca había tenido que hacer nada que requiriese tanta precisión. Hizo descender la esquirla justo por encima de la mano de Innes y luego tragó saliva.

Era demasiado tarde para dar marcha atrás.

Así que no cerró los ojos ni pestañeó cuando bajó el improvisado cuchillo.

La sangre salió a borbotones de la herida. Se apresuró a lanzar un Toque Sanador sobre la mano de Innes, un hechizo que solo había usado antes para lesiones deportivas. Luego, se la envolvió con un trozo de retal que arrancó del dobladillo de su vestido.

El dedo de su hermana estaba tirado en el suelo, con una astilla del hueso asomando por debajo de la carne sanguinolenta.

Todo a su alrededor se volvió borroso e inhaló hondo, obligándose a bajar sus pulsaciones.

Estaba a punto de terminar. No quedaba nada.

Apretó los dientes, cogió el dedo y deslizó el anillo por el hueso del meñique. El dedo seguía caliente al tacto. Lo envolvió en más tela y lo colocó en la palma estirada de la mano de su hermana.

Se puso el anillo en el meñique y una calidez extraña se propagó por todo su cuerpo, provocando que los dedos de manos y pies le cosquillearan. Entonces, se acercó al Pilar de los Campeones y lanzó el mismo hechizo, agarrando tan fuerte el cristal que se estaba cortando. Con su sangre y la de Innes manchándole las manos, tachó el nombre de su hermana en la piedra y grabó el suyo debajo.

Sintió el cambio en cuanto hubo terminado de grabar la última letra. El suelo retumbó bajo sus pies con un quejido tembloroso. Después, la noche volvió a sumirse en el silencio.

Ahora que ya estaba hecho, tenía que encargarse de Innes. Hizo un repaso de sus anillos sortilegio, encontró un hechizo de fuego y lanzó una lluvia de chispas.

Aquello atraería a la gente hasta la plaza como si de un faro se tratase. Con suerte, un sanador experto podría volver a unir el dedo de Innes. En cualquier caso, no sería mucho después cuando descubrirían lo que había hecho Briony.

Ahora tenía que largarse de allí, rápido.

Crac.

Briony miró hacia el lugar del que procedía aquel ruido. No había sido muy fuerte, pero provocó que se estremeciera.

Donde había grabado su nombre en el Pilar de los Campeones, al final de la última «N», se había abierto una grieta en la piedra. Era pequeña, de unos siete u ocho centímetros de largo, pero de ella emanaba un inquietante color rojo, como una vena palpitante de luz.

—Mierda —resopló. Había funcionado, era una campeona. Pero había hecho algo irrevocable, algo que estaba mal.

Mientras el Velo de Sangre oscurecía el cielo sobre su cabeza, dejó las dudas a un lado y se adentró en el bosque. No tenía provisiones ni encantamientos, solo los anillos que lucía en las manos. No llevaba más ropa que la que tenía puesta. Pero eso no importaba.

Sería la última campeona de la historia que grabara su nombre en aquella piedra.

ISOBEL MACASLAN

«Alguien suele morir en la primera noche».
Una trágica tradición

I sobel se encontraba en el límite de la propiedad de su padre, en la colina que quedaba por encima del cementerio a las afueras de la ciudad. Era un lugar sobrecogedor y tranquilo. Ni siquiera la puerta de hierro forjado que se mecía a causa del viento hacía el menor ruido. Todo estaba en silencio excepto el constante tictac de su cronómetro.

Quedaban tres minutos para la puesta de sol.

Isobel desplegó el papel arrugado y manchado de sangre que tenía en las manos. La página que había arrancado del grimorio de Reid. La había leído mil veces en busca de alguna pista en la receta del Abrazo de la Parca que le indicara qué había hecho mal al elaborar el maleficio. Pero no lograba concentrarse.

«Todavía no puedes morir», se ordenó a sí misma. «Aún no te han admitido en la escuela de moda. Todavía eres virgen. Nunca abandonarás esta maldita ciudad».

Comprobó su reloj. Dos minutos para la puesta de sol.

Lo que necesitaba era más tiempo. Si reclamaba uno de los Refugios, tendría protección. En un principio esperaba poder reclamar la Cripta y todas sus trampas mágicas, pero el Castillo era el que tenía los encantamientos defensivos más potentes. Era prácticamente impenetrable. Cada campeón podía escoger su punto de partida en los límites de la ciudad, así que no sabía dónde se hallarían sus adversarios. Pero el Castillo le quedaba cerca. Si pudiera llegar hasta allí, tendría un lugar seguro desde el que averiguar cómo enmendar su error.

Un minuto más.

Guardó el trozo de papel en su bolsa de deporte y luego jugueteó con su medallón. El Armazón de Cucaracha no podía protegerla sin sus poderes, pero llevar algo de su madre la reconfortaba del mismo modo.

Deseaba haberle pedido disculpas. Ahora ya era demasiado tarde.

Sonó la alarma de su reloj, el chirrido mecánico cortando el silencio del cementerio. Con los dedos sudados y temblorosos, presionó el botón para detenerla.

Por encima de ella, un tono rojo inundó todo el cielo como si fuese pintura sobre un lienzo. Llegó más allá de la línea de árboles, devorando los tonos naranjas y violetas de la puesta de sol y tragándose cada una de las estrellas hasta que adquirieron un color escarlata, como si estuvieran atrapadas detrás de una ventana de cristal tintado. Enseguida el cielo se volvió rojo en cada rincón del horizonte.

Era la caída del Velo de Sangre, la señal del comienzo del torneo. Día y noche, Ilvernath permanecería de un evocador color escarlata hasta que solo quedara en pie un campeón.

Isobel se giró para ver el otro velo interno que había caído alrededor de la ciudad, una cortina oscura que se extendía desde la tierra al cielo. Se quedó inmóvil un instante, asimilando el fenómeno que hasta ahora solo había visto en fotografías con mala saturación. El velo interno bloqueaba su camino de vuelva a Ilvernath y evitaba que algún espectador pudiera aventurarse al terreno del torneo.

A partir de ese momento, dejaba atrás la vida que había conocido hasta ahora.

A partir de ese momento, todos los campeones se apresurarían a adentrarse en el paraje para reclamar sus Refugios.

A partir de ese momento, podrían asesinarla en cualquier instante.

Corrió.

Fue colina abajo, dejando atrás las tumbas e internándose en el bosque. Nunca había sido atlética como Briony, pero el subidón de la adrenalina y el pánico no le dejaban disminuir la marcha. Cuando se había imaginado aquel momento, nunca se le había pasado por la cabeza el modo en que esa luz escarlata alteraría el paisaje, cómo cada charco parecería sangre derramada o la forma de dientes que adoptaban las zarzas. Pero el miedo solo la hacía correr más rápido. El Castillo quedaba a tan solo tres kilómetros de la casa de su padre. Era la que más cerca estaba de todos sus competidores. Así que, mientras que nadie empleara un hechizo Desplazamiento, ella sería la primera en llegar.

Al aproximarse a la linde del bosque, divisó el Castillo cerniéndose sobre el páramo que tenía delante, con sus impresionantes torres almenadas y su parapeto circundante, irreconocible si se comparaba con el montón de piedras cubiertas de musgo que ocupaban ese lugar antes de la caída del Velo de Sangre. Centró la vista en el puente levadizo que estaba bajado sobre el foso. Si ella era la primera en cruzarlo, el Castillo la consideraría su campeona. Y toda su protección pasaría a pertenecerle.

En cuanto dejó atrás la línea de los árboles, se produjo una explosión delante de ella, que la lanzó al suelo de espaldas. Emitió un grito ahogado cuando se dio en la cabeza contra el suelo y se quedó sin aire en los pulmones. Luego, con desesperación, se giró y se agarró con fuerza a la hierba, mientras todo le daba vueltas y veía rojo dondequiera que mirara.

Se maldijo a sí misma por creer que sería la primera en llegar allí. Claro que otro campeón iba a hacer uso de hechizos como Desplazamiento o Acelerar el Paso para llegar hasta sus Refugios.

—¡Has fallado! —gritó alguien. Una chica. Y no hablaba con Isobel. Su voz estaba cargada de mofa, a pesar de la aterradora potencia del hechizo explosivo. Echó un vistazo a la figura a través del humo.

Era Briony Thorburn, a tan solo unos pasos de ella.

Isobel cerró los ojos. No podía ser cierto, se habría golpeado la cabeza con demasiada fuerza. Pero cuando volvió a abrirlos, seguía viendo a Briony y no a su hermana.

—¡No estaba apuntando hacia ti! —gritó en respuesta un chico.

Isobel se quedó paralizada en la hierba. El chico se refería a ella. La había visto. Pero daba igual lo inexplicable que fuera la aparición de Briony o su desesperada situación, eso no cambiaba sus planes. Tenía que llegar hasta el Castillo. Retrocedió con vacilación hacia los árboles y se agazapó. Si los otros dos se distraían entre ellos, solo tendría que esperar su oportunidad.

Un chico rubio pasó corriendo por el terreno. Le llevó un momento reconocerlo: era Gavin Grieve. Un hechizo explosivo de esa magnitud no parecía propio de la familia Grieve. ¿De dónde había sacado un poder semejante?

Mientras Briony se desplazaba de lado a lado, a Isobel le dio la impresión de que sabía que ella estaba allí, escondida detrás del árbol.

Delante de ella, Gavin casi había llegado al puente levadizo. Briony maldijo en voz alta, para luego ir detrás de él. Aunque ya estaba muy cerca de su objetivo, Briony era más rápida. Además, Gavin no corría de manera normal. Se lanzaba en extraños ángulos, saltando y brincando, sin ir en línea recta.

Entonces, Isobel lo entendió.

Gavin no lanzaba aquellos hechizos explosivos. Los estaba dejando caer y activando a distancia.

Isobel reptó por la hierba y cogió una piedra. Luego, saltó hacia el claro y, con toda la fuerza que poseía, la lanzó al otro lado del terreno. Aterrizó varios pasos por detrás de Gavin y a un metro de Briony.

Y explotó tras el impacto.

¡Bum!

Se produjo un griterío, obra tanto de Briony como de Gavin. Isobel se puso en pie y examinó la nube de humo, con el corazón desbocado. Había actuado sin pensar, algo que no era habitual en ella. Sin su poder, era impulsiva.

Y podría haber matado a la mejor amiga que había tenido. Una chica que no debería estar allí.

Lo único que se había parado a pensar era que no quería rendirse.

Continuó avanzando por la hierba, apartando con la mano el humo que tenía delante. El viento le rozó la mejilla lo suficientemente fuerte como para hacerle daño.

—¡Al suelo!

Alguien chocó contra su estómago y la tiró al suelo. Isobel gimió por el peso que le presionaba el estómago y escupió un montón de pelo que no era el suyo.

—¿Estás loca? —siseó Briony—. ¿Qué clase de estrategia es ir derecha a la línea de fuego? —Rechinó los dientes y bajó la cabeza para esquivar algo que Isobel no podía ver. Gavin debía estar lanzando maleficios en su dirección. Si todavía contase con sus poderes, probablemente habría visto unas balas de luz zumbando a través del humo hacia ella.

Tenía suerte de no haber muerto.

Suerte de que Briony la hubiese salvado.

—El Castillo... —Isobel se asfixiaba con el codo de Briony presionándole las costillas.

Delante de ellas se escuchó un estruendo. El sonido del puente levadizo cerrándose.

El sonido del plan de Isobel derrumbándose.

—No merece la pena morir por eso —continuó Briony en su lugar—. Hay un Refugio para cada uno de nosotros. A no ser que estés buscando pelea.

—¿Para cada uno de nosotros? ¡Si tú no eres una campeona! No deberías poder...

Briony levantó la mano para mostrar el refulgir del anillo en su meñique. Se le ajustaba a la perfección. No podía ser de otro modo. Siempre había sido la perfecta campeona.

Pero aquella era la Briony Thorburn que Isobel había conocido en el pasado. Ahora, bajo la cruel luz roja del Velo de Sangre, tenía la piel cetrina. Las bolsas debajo de los ojos eran profundas. Y cada sombra de su rostro se había afilado. Seguía llevando el vestido azul de la fiesta, pero hacía mucho que había perdido los tacones.

No parecía estar preparada. Tenía aspecto desesperado.

—Innes me pidió que ocupara su lugar —le dijo—. Soy más fuerte y estoy mejor preparada. Soy la única que...

Esta esquivó más magia que iba en su dirección y que Isobel no podía ver. Tras unos minutos, el ataque con fuego debió cesar porque Briony se puso en pie temblorosa. Isobel hizo lo mismo, con las mallas rosas manchadas de marrón. Se dejaron caer al amparo de la línea de árboles, fuera del campo visual del Castillo.

—Pero ¿a ti qué te pasa? —le espetó Briony—. ¿Estás borracha o qué?

Isobel sabía que el peligro no había acabado. Si Briony era ahora una campeona, lo tenía justo delante de ella. Aunque le hubiese salvado la vida hacía un momento, no podía bajar la guardia.

—Nunca he estado mejor —mintió como si nada.

Briony asintió con expresión sombría.

—Te ha dado.

Se deslizó los dedos por la mejilla y el pulgar se le manchó de sangre. Le había dado un maleficio. Solo la había rozado, porque, de lo contrario, ya estaría sintiendo sus efectos. Pero eso no significaba que no pudiera matarla si se trataba de un maleficio mortal. El pánico se apoderó de ella.

Briony abrió los ojos como platos.

—No puedes sentirlo, ¿verdad? Ni siquiera viste los hechizos de fuego. ¿Qué te ha pasado?

—No importa —respondió con brusquedad.

—Algo le ha pasado a tus poderes, ¿no?

Como no respondió, Briony siguió insistiendo. Era muy persistente.

—¿Desde cuándo estás así? ¿Desde antes del torneo? ¿Por qué te ha dejado competir tu familia?

—Ellos no lo saben —gruñó Isobel. De pronto, cayó en la cuenta de que era la primera vez que hablaban las dos desde hacía casi un año. Desde que Briony la había traicionado. Lo único bueno de acabar metida en una masacre era no tener que volver a hablar con ella—. Y si vas a matarme, hazlo ya.

—No voy a matarte. Estás indefensa.

Aún con reservas, Isobel no bajó la guardia. Tampoco es que pudiera hacer nada para protegerse en caso de que estuviese mintiendo.

—Si fuera tú, acudiría al campeón que te ha lanzado el maleficio y encontraría una forma de deshacerlo —le dijo con arrogancia.

Isobel quiso reír. Esto se lo había hecho ella solita.

—Eso no va a funcionar —contestó en un tono sombrío.

—Pues haz que funcione. Eres la hija de una artífice de hechizos, ¿no?

Fue el optimismo en su voz, y no sus palabras, lo que la hizo pararse a pensar. Briony no debería querer su supervivencia. No eran dos chicas cualesquiera, dos amigas. Eran dos campeonas.

Lo que Briony siempre había querido que fueran.

Al no responderle, esta posó la mano en la mejilla de Isobel.

—Al menos déjame curarte. Aunque solo te haya rozado, probablemente fuera un maleficio mortal. Y no puedes sanarte a ti misma.

Así que iba a salvarla por segunda vez e incluso gastar un poco de su magia en ello. Isobel no estaba acostumbrada a esta clase de caridad, sobre todo viniendo de ella, pero parecía una estupidez no acceder.

—Gracias.

No sintió los efectos del hechizo. Ni el frío calmante ni los puntos. Pero debió funcionar porque, tras unos minutos, Briony dijo:

—Listo. Pero te quedará cicatriz.

Como si a Isobel le importara su vanidad en aquel momento.

—No puedes hacer esto sola —le dijo—. Necesitas a alguien que te proteja hasta que recuperes tu magia. Yo puedo ayudarte, por los viejos tiempos. Puedo ser tu aliada.

En ese instante Isobel sí que se rio. Tenía mucha cara al decir eso después de todo lo que le había hecho pasar. Pero, en lugar de decirle aquello, recordó las palabras de Reid. Intentar repetir la receta del Abrazo de la Parca sería como manejar explosivos con los ojos vendados. Reid también había dicho que existía otro modo, que si otra persona lanzaba un hechizo Anulación podría ayudarla.

Pero tenía que ser un hechizo de un nivel superior y ninguno elaborado con magia común superaba el nivel diez.

A no ser que esa persona contara con alta magia. Entonces, el poder del hechizo se duplicaría. Podría funcionar.

Eso significaba que necesitaba a un aliado y, cuanto más pensaba en ello, más cuenta se daba de quién debía ocupar ese puesto.

Y esa persona no era Briony.

—¿Me estás escuchando? —le insistió—. Podríamos...

—Lo siento, pero tengo que encargarme de esto por mi cuenta.

Briony demudó el rostro e Isobel sintió una punzada de culpabilidad. Seguía siendo duro decirle que no. Siempre le había gustado su visión positiva del mundo, aunque no la compartiera.

—Pues entonces... buena suerte —le dijo y sonó sincera. Se dio media vuelta y avanzó con dificultad hacia el norte por el páramo.

Isobel permaneció agachada entre los árboles, con el corazón latiéndole desbocado mientras trazaba un nuevo plan.

Los únicos en Ilvernath que poseían alta magia eran los ganadores del último torneo y, ahora que el torneo se había vuelto a celebrar, Alistair Lowe no tenía acceso a ella. Pero tenía más conocimientos de alta magia que ningún otro campeón. Si alguien podía ayudarla, era él.

Aunque tuviera mil motivos para matarla.

Levantó la vista hacia el cielo escarlata. El Refugio de la Cueva se hallaba en la otra punta de Ilvernath, aislada, amenazadora y excavada en una montaña. Solo había echado un vistazo en la mente de Alistair, pero parecía el tipo de persona que merodearía por un lugar así.

Así que tomó una decisión. Sería la princesa que se adentraría voluntariamente en la guarida del dragón y le suplicaría que la salvara.

GAVIN GRIEVE

«El refugio más popular siempre ha sido el Castillo.
Reclamarlo es una valiosa táctica de intimidación».

Una trágica tradición

E
l Castillo era el Refugio más grande del torneo, con unos
encantamientos defensivos casi impenetrables y, lo más
importante, aportaba un estatus considerable.

Y ahora Gavin era su rey.

Era el primer paso para ganar el torneo. Para demostrarles a todos que se equivocaban. Había gestionado bien la sorpresa de toparse con Briony Thorburn. Había derrotado en combate a Isobel Macaslan. No eran pequeñeces, y todo aquello en conjunto era embriagador.

No era de extrañar que Alistair Lowe fuera un capullo arrogante constantemente.

El poder sentaba bien.

Gavin siempre se había preguntado qué se sentiría al reclamar un Refugio. Ahora sabía lo que era estar en el interior de una gran criatura durmiente que se despertaba lentamente. Cada momento que pasaba allí se sentía más en sincronía con el edificio. Podía sentir cómo se activaban las defensas mágicas en los extremos de los grandes muros de piedra. El puente levadizo se cerraba, quedando él a salvo en su interior. Ahora ni siquiera necesitaría el hechizo Trampa Perniciosa para defenderse. Si alguien era lo suficientemente idiota como para intentar entrar, podría contraatacar en un instante.

Silbó una melodía suave y alegre mientras exploraba el Castillo, estancia por estancia. El sonido rebotó contra los techos abuhardillados y el eco se extendió por los pasillos, siguiéndolo hasta unos despampanantes aposentos, una cocina bien surtida con un buen arsenal de piedras sortilegio de supervivencia y un mueble bar, además de un gimnasio, equipado con máquinas de ejercicio que parecían nuevas.

Era como si el Refugio estuviera personalizado según sus gustos. La alta magia era tan potente que seguramente hubiera sido así.

En la parte trasera del Castillo, detrás de la escalera principal, había una sala del trono.

Era elegante y regia, con techos abuhardillados, suelos de mármol y estandartes colgados junto a las ventanas oscurecidas, cada uno adornado por una corona dorada. La corona que merecía Gavin.

Sonrió al ver el trono ornamentado en el centro de la sala. Su trono.

Detrás de este había un pilar idéntico a aquel en el que había grabado su nombre esa misma noche. Los pilares eran el epicentro de cada Refugio, objetos que emitían alta magia como si fueran piedras sortilegio gigantescas. Con una sonrisa, merodeó por allí como si fuera una hiena. En el lado opuesto, igual que en el Pilar de los Campeones, había un símbolo: siete estrellas dispuestas en un círculo. Gavin, al igual que los demás campeones, sabía que el símbolo representaba a las Reliquias y también a cuál de ellas representaba cada estrella. Cuando una Reliquia estaba a punto de caer, su estrella correspondiente comenzaba a brillar en un tono rojizo en cada uno de los pilares de los Refugios.

Durante varios minutos, se quedó allí parado, saboreando su éxito. Pero entonces detectó algo en el pilar que no había visto antes. Una grieta bajo el nombre de Briony Thorburn. Refulgía en el tono rojo de la alta magia, como si sangrara.

Interesante. Tal vez hubiera aparecido allí a causa de su incorporación de última hora. No sabía de ningún campeón que hubiese ocupado el lugar de otro que ya había grabado su nombre en el pilar.

Pero se estaba distrayendo. Aunque hubiese reclamado el Castillo, no tenía tiempo para descansar.

La sala del trono le serviría de base de operaciones, lo que significaba que era el lugar perfecto para hacer inventario de sus armas. Se acomodó en el asiento ornamentado y sacó una bolsa de piedras sortilegio. Otros campeones habrían acudido al torneo con docenas de hechizos, pero él solo contaba con quince opciones viables, así que tendría que mantenerlas cargadas.

Se colocó una en la mano, el Guardia Dorada. Sintió un dolor agudo en el brazo mientras su magia vital se concentraba en su palma, en tonos violeta y verde, antes de arremolinarse bajo el cristal amarillo de la piedra. Ignoró el dolor, la guardó en el bolsillo de su mochila y sacó otra. La siguiente contenía el Protección contra Miradas. Luego, el Detención Instantánea y el Trampa Perniciosa. Cuando estaba con la quinta piedra, se dio cuenta de que se había forzado demasiado.

Jadeaba y estaba mareado. El dolor del brazo era agonizante. Intentó ponerse en pie y se tambaleó, tirando las piedras sortilegio por todas partes.

Las paredes se oscurecieron a su alrededor y cayó desde su trono. Perdió el conocimiento antes de llegar a tocar el suelo.

Su sueño tenía lugar dos semanas antes de la aparición de la Luna de Sangre, la noche en la que lo habían declarado campeón de manera oficial. Su familia se lo había comunicado mientras cenaban unas salchichas insípidas, con el mismo tono soporífero que empleaban para hablar del tiempo.

Más tarde, decidido a conmemorar la ocasión con o sin su familia, se había escabullido hasta la taberna del centro. La Urraca era un lugar en el que a los camareros no les importaba su apellido y en el que ostentaba la máxima puntuación en la máquina de *pinball*.

Aquella noche se encontraban allí dos chicos, uno con unas facciones delicadas y elegantes, y otro con el rostro anguloso y cetrino. Era como si el Sol y su sombra hubiesen salido a tomar algo. No había podido oír bien de qué hablaban, pero sí lo suficiente como para saber a quienes estaba escuchando con disimulo. Incluso antes de ver su fotografía en los periódicos a la mañana siguiente.

Gavin había contemplado a Alistair Lowe y a su hermano desde el fondo de la taberna y se preguntó qué se sentiría al contar con alguien así en su vida. Alguien que lo conociese. Alguien que contara con él.

Alguien que celebrara su vuelta a casa, que sería algo seguro.

Se despertó tendido en el suelo, bajo el tenue fuego de las antorchas que cubrían las paredes a su alrededor.

Gimió y se apoyó sobre los codos, con todo el cuerpo dolorido.

Por la escasa luz que entraba por las ventanas supo que el sol todavía no había salido. Y el latido regular y cauteloso de la magia por la estancia significaba que las defensas de su Refugio no se habían visto alteradas.

Pero cuando intentó ponerse de pie, el dolor le atravesó el brazo, provocando que cayera al suelo. Se quedó allí tirado, lanzando suspiros atormentados, hasta que recobró la suficiente fuerza como para remangarse la camiseta.

El tatuaje volvía a cambiar.

Mientras había estado inconsciente, la tinta se había esparcido desde los bordes del reloj de arena formando extrañas formas en espiral. Le dolía el brazo allí donde la tinta violeta y verde le manchaba la piel. Contempló el reloj con el estómago revuelto y a punto de vomitar. La parte superior estaba mucho más vacía que la última vez que lo había comprobado.

Usar su cuerpo como un receptáculo debería hacerle más fuerte.

—Capullo —murmuró mientras evocaba la cara de engreído de Reid MacTavish—. Esto no era lo que habíamos acordado.

En el fondo se preguntaba si eso era cierto. Al fin y al cabo, había accedido a convertirse en un receptáculo para sus propios encantamientos, aun sabiendo que tendría un precio.

Gruñó y se colocó en posición fetal sobre el frío suelo de mármol de la sala del trono. Todo era horrible y estaba cansado.

Ahora se daba cuenta de lo inútiles que habían sido sus delirios de grandeza. Puede que hubiera conquistado el Castillo, pero no era el rey de nada.

Por ahora.

Consiguió levantarse impulsándose con las manos temblorosas. No importaba cuánto dolor sintiese.

Era hora de aventurarse fuera del Castillo y reclamar su reino.

ALISTAIR LOWE

«La duración media del torneo es de doce días. El más corto de la historia duró cuarenta minutos. El vencedor fue Sylas Lowe».

Una trágica tradición

Mientras Alistair se arrastraba por el bosque en plena noche bajo el brillo carmesí del Velo de Sangre, aún borracho, tenía la extraña sensación de que estaba soñando. En su imaginación había atravesado aquellos caminos, su cabello oscuro se había enredado con las hojas y las zarzas, y los ojos le habían brillado entre la maleza como si fuera una criatura nocturna. Pero no eran los árboles ni el canto de los grillos ni el olor a tierra mojada lo que le producía aquella sensación.

Era el miedo.

«Sonrisa de trasgo». Contuvo el aliento cuando detectó un movimiento extraño entre las ramas del roble que tenía delante. Se ajustó más el cárdigan y se estremeció.

«Pálidos como un muerto». Cruzó un estrecho arroyo casi vacío.

«Silenciosos como un fantasma». Aligeró el paso.

«Te rajarán el cuello y se beberán tu alma».

Esas últimas palabras las escuchó con la voz de su madre. De niños, Alistair y Hendry se acurrucaban junto a la chimenea del salón, envueltos en las camisas de franela demasiado grandes de su padre ya fallecido, para escuchar las historias de su madre. Por aquel entonces, los cambios de humor de esta eran más pronunciados, su risa era más exagerada, su sonrisa más cálida y sus gritos más estridentes. Al igual que Hendry, lo sentía todo con intensidad y al mismo tiempo.

Pero su emoción preferida era el miedo.

—Ambos nacisteis en julio, con un año de diferencia —susurraba—. Siempre dejábamos las ventanas abiertas en verano. A veces me pregunto si no fue un error. —Se había inclinado hacia delante y había agarrado a Alistair por sus escuálidos hombros. Incluso a esa edad, sabían que él sería su campeón. Por eso, cada historia de terror era una lección—. A veces me pregunto si los monstruos se llevaron a uno de mis hijos aquella noche y su alma sigue rondando por estos bosques. A veces… —miró por la ventana, pensativa—, sigo escuchando a un bebé llorar cuando paseo entre esos árboles.

Con siete años, Alistair tenía más miedo de aquella historia de lo que debería.

—¿Y si fue así? ¿Y si uno de nosotros es un monstruo?

Estaba claro que Hendry no lo era. Con esa pregunta siempre se refería a sí mismo.

Su madre había soltado una risotada.

—Entonces, una noche, los monstruos volverán para reclamarte. Las partes humanas de tu alma se las darán a la tierra y te arrastrarán hasta su guarida.

Incluso después de contar aquella historia, cuando su madre les aseguraba a ambos que estaba bromeando, Alistair no podía dejar de sospechar que aquel no era su sitio. Que una noche, esos monstruos a los que tanto temía irían a llevárselo y lo alejarían de su hermano.

«No tengas miedo», se dijo a sí mismo en el sueño. «Eres uno de ellos».

«No tengas miedo», se dijo en la vida real, recorriendo el bosque la primera noche del torneo. «¿Qué otra cosa pueden arrebatarte?».

Sacó el mapa de su bolsillo y trazó sus pasos. Había elegido un Refugio que se hallaba a lo largo de la frontera occidental de Ilvernath: la Cueva, cavada en el interior del pico de la montaña que dominaba la ciudad. Era un Refugio resistente con encantamientos defensivos decentes, pero a él aquello le daba igual. La Cueva le recordaba a la guarida del dragón y, de entre todos los monstruos, ese siempre había sido su favorito.

No tardó en acentuarse la pendiente. Los árboles se dispersaban cada vez más. El aire era más liviano. Cuando al fin dejó atrás el bosque, soltó un suspiro de alivio. Esa noche nadie iría a llevárselo.

Una rama se partió a su espalda y se giró rápidamente, con una luz que brillaba en su anillo sortilegio mientras invocaba el Yelmo del Guerrero. Lo envolvió un escudo, nítido pero tenebroso, como la superficie de un lago. A través de él divisó a tres figuras que emergían de la oscuridad.

Blair, que llevaba puesto un polo.

Payne, que lucía un par de botas militares y los labios del color de la sangre, igual que el cielo.

Unos pasos por detrás, Darrow. Alistair no podía ver mucho más que sus rizos rubios.

Si hubiera tenido la mente más despejada, habría sabido que tres campeones eran más temibles y racionales que tres monstruos. Aun así, se sintió aliviado al ver tres rostros humanos. En aquel escenario, la bestia era él. Mejor ser el villano que la víctima.

La chica Payne sonrió con desdén.

—Veo que se te ha pasado la borrachera.

—Por desgracia —contestó, sin estar del todo seguro de que así fuera—. ¿Habéis venido buscando pelea?

En el último torneo, su tía Alphina había ganado en tan solo dos días. A Alistair lo habían comparado con ella durante toda su infancia, así que había dado por hecho que era igual de capaz que ella. Aun sí, la idea de enfrentarse a tres campeones a la vez parecía algo arriesgada, incluso para él. Tampoco era su estilo. Al contrario que Blair, no era un caballero de brillante armadura que buscara la gloria en el campo de batalla. Era una daga en la oscuridad, sangre derramada en silencio sobre la ropa de cama, un grito ahogado en la garganta.

—Al contrario —respondió Blair—. Como puedes ver, los tres estamos trabajando juntos…

—Por ahora —susurró Alistair.

Darrow y Payne intercambiaron una mirada cautelosa. Fuera cual fuera el motivo por el que estaban allí, quedaba claro que era idea de Blair.

—Hemos venido a proponerte que te unas a nosotros —prosiguió—. Los Lowe y los Blair han sido aliados en el pasado.

«Sí, puede que una vez hace cuatrocientos años», pensó Alistair.

—Macaslan y Thorburn se aliarán entre ellas —dijo Darrow con seguridad—. Isobel conoce a Innes. Era amiga de su hermana.

Aunque lo que dijera fuera cierto, de poco sirvió para convencerle.

—Así que queréis formar un equipo de cuatro personas para acabar… con tan solo dos campeonas.

No sabía mucho sobre el resto de los campeones, pero lo único que tenía claro era que, aparte de él, Macaslan era la competidora más fuerte del torneo. Aquellos campeones solo tenían posibilidades si se enfrentaban cuatro contra dos.

—No hay necesidad de complicar las cosas —dijo Blair.

Alistair puso los ojos en blanco. Solo un Blair intentaría vender como algo honorable la retorcida naturaleza del torneo. Allí no se aplicaban códigos ni reglas.

—¿Por qué yo? ¿No deberíais estar suplicándoselo a Grieve? Parece lo suficientemente desesperado como para aceptar.

Payne levantó la barbilla.

—No queremos un lastre.

Alistair rememoró la copa rota en mil pedazos de esa noche. Recordaba el hechizo de forma borrosa. Se lo había lanzado antes de que tuviera la oportunidad de protegerse. Era cierto que entonces estaba borracho, pero aun así había requerido destreza. El campeón Grieve era mucho más de lo que la ciudad quería ver. Aunque debía admitir que él también había olvidado su nombre.

—No me interesa —contestó con la voz ligeramente pastosa.

—Pues debería —dijo Blair—. Puede que no tengamos tu reputación, pero contamos con hechizos y maleficios que tú no tienes, y estamos dispuestos a compartirlos.

—¿Y no te preocupa que os mate a todos mientras dormís? —Alistair inclinó la cabeza hacia un lado, dedicándoles su mejor sonrisa de dragón—. ¿O esperabais hacerme eso a mí? ¿Atacarme cuando baje la guardia?

—Sin trucos, tienes mi palabra —le aseguró, y a Alistair no le gustó la forma calculadora en la que habló, como si sus palabras vinieran acompañadas de una trampa. Blair mentía de pena.

—No. Me. Interesa —repitió Alistair.

Darrow levantó las manos. Blair cerró el puño donde llevaba los anillos sortilegio. Payne alargó la mano y sus joyas aumentaron su fulgor.

—Si no eres nuestro amigo, eres nuestro enemigo —le advirtió Blair.

—Por eso sé que vas de farol. Aquí no hay amigos que valgan, solo personas a las que matarás ahora y personas a las que matarás más tarde.

A Alistair todavía le quedaba mucho por escalar para llegar hasta su Refugio. No es que quisiera huir de allí. Invocó la magia de una de sus piedras sortilegio y pronto el aire comenzó a parecer humo.

Un encantamiento, blanco y humeante, pasó zumbando a su lado. Era algún tipo de maleficio mortal de un brillo cegador. Por un momento, perdió el equilibrio y cayó hacia atrás.

Blair emitió un grito de guerra y cargó contra él. Alistair añadió más poder al Yelmo del Guerrero. En tan solo unos minutos, su escudo se vino abajo. No fue por el efecto de ningún maleficio ni por los tres chupitos de *whisky* que se había tomado. Se había roto solo, como un endeble pañuelo de papel rasgándose con un cristal.

«¿Un hechizo defectuoso?», pensó Alistair. No, ningún artífice de hechizos cometía ese tipo de errores. Aquello solo podía ser sabotaje. Su abuela había obligado a todos los artífices de la ciudad a que le proporcionaran encantamientos, y estos no habían podido negarse, así que aquel era su acto de rebeldía.

De pronto, un dolor fantasma le atravesó el hombro, extendiéndose hasta su pecho. Podía sentir cómo se le desgarraba la piel a causa de un maleficio. No era una herida mortal, pero gritó de dolor. No era capaz ni de discernir quién de los tres se lo había lanzado.

Grieve no era el único campeón al que había subestimado. Los tres poseían maleficios potentes. Alistair tenía que contraatacar, pero ¿cuántos de sus hechizos serían defectuosos? Puede que ninguno le sirviera para nada, como el escudo. O peor, podrían volverse contra él.

Pero no le quedaba otra opción.

Cerró la mano en un puño, canalizando la magia del anillo de su tercer dedo e invocando el Aliento de Dragón. Entonces se llevó la punta de los dedos a los labios y sopló. De su boca salió una erupción de fuego, tan amenazante y abrasadora como el aliento de un verdadero dragón. El aire se cargó de calor, humo y un chisporroteo. Alistair estaba de pie ante el muro de fuego que lo separaba de sus competidores, preguntándose si atacar o retirarse. Incluso cuando le lanzaron un hechizo de radiestesia, las llamas no se extinguieron. Al contrario, siguieron avivándose, hambrientas y ansiosas.

Alistair se dirigió hacia las llamas y estas se abrieron para dejarle paso, cayendo a sus pies como una capa. Tenía preparado un nuevo anillo maleficio en el que guardaba el Quemadura Invernal. Se relamió. Una magia letal surgió de este, tan viscosa y retorcida como una sanguijuela. Casi podía sentir unos dientes rasgándole la piel desde dentro, como queriendo succionarle el espíritu a través de la carne.

El hechizo de radiestesia se detuvo, pero Alistair no había terminado de lanzar el maleficio. Se arremolinaba en su interior, luchando por salir. Pero en cuanto atravesó el fuego y llegó al claro, vio que se encontraba solo. Los demás ya habían huido, puede que haciendo uso de hechizos de Desplazamiento.

Incapaz de contenerlo en su interior durante más tiempo, levantó la mano y liberó el maleficio. Salió propulsado hacia el aire, gris como la ceniza, en forma de volutas y serpentinas que se iban con el viento. En tan solo unos segundos, atravesó el bosque y los árboles hasta debilitarse y empequeñecerse. La humedad que emanaba de los troncos la absorbió la tierra y estos se retorcieron como papel quemado. Las hojas se volvieron marrones y cayeron sobre la hierba. Los cuervos que estaban posados sobre ellos graznaron y alzaron el vuelo, dejando el desastre atrás.

Tal y como temía, una parte del maleficio se quedó en su interior, y gimió a causa del horrible dolor que sentía en el estómago. Un maleficio bien elaborado no debería tener efectos secundarios, pero era evidente que los artífices habían añadido trampas a todos sus regalos, a pesar de que su abuela tuviese la certeza de que el miedo que le profesaban era suficiente para mantenerlos a raya.

¿Cuántos de sus encantamientos serían defectuosos? ¿Unos cuantos?

¿Todos?

No podía fiarse de ninguno de los hechizos con los que contaba. Tendría que elaborar los suyos propios. El resto de los campeones habían arrancado la noche cargados de hechizos protectores, de supervivencia y armas, pero él tenía las manos vacías.

Era vulnerable.

Cuando disminuyó el dolor, se limpió la saliva que le resbalaba por los labios con la manga. Se dio la vuelta, chasqueó los dedos y las llamas se extinguieron. La noche volvía a estar oscura y en calma. Y así recorrió con dificultad la ladera de la montaña para reclamar su guarida del dragón.

BRIONY THORBURN

«La lealtad pierde su significado dentro del contexto del torneo. Pero eso no impide que se formen alianzas para prolongar lo inevitable».

Una trágica tradición

Sola en el páramo abierto, Briony echó la cabeza hacia atrás en el preciso instante en el que una estrella fugaz carmesí realizó una trayectoria por delante de la Luna. Iba a caer una Reliquia, antes de lo que esperaba. Apenas había pasado una hora desde que había comenzado el torneo y uno de sus poderosos artefactos mágicos ya iba a estar en juego.

Tenía que ser suyo.

Entre la confrontación con Innes y el maleficio de fuego de Gavin, casi había agotado todos sus anillos sortilegio protectores, quedando completamente indefensa. No había llevado consigo provisiones, no había tenido la oportunidad tras hacerse con el anillo de campeona. No tenía más ropa que la que llevaba puesta. Ni comida. Ni magia extra. Ni otro par de zapatos aparte de los tacones que había dejado atrás.

Una reliquia podría ser su salvación. Y no solo eso, sino que reclamarla sería el primer paso para comprobar la teoría de Reid sobre emplear los Refugios y las Reliquias para desmantelar la maldición del torneo. Eso si conseguía averiguar cómo hacerlo.

No le había contado sus planes a Isobel porque sabía que su vieja amiga no le habría creído sin tener pruebas. Ninguno de los campeones lo haría.

Le dio vueltas al anillo de campeona que llevaba en el meñique. El sentimiento de culpa por lo que le había hecho a su hermana la embargó, pero intentó reprimirlo todo lo que pudo. El daño ya estaba hecho. Era una campeona. Y tenía que comportarse como una si quería sobrevivir a aquella noche.

El rayo carmesí ya estaba cayendo en dirección al fondo del páramo.

Briony echó a correr hacia él, atravesando a toda velocidad la maleza, lo más rápido que pudo con un vestido rasgado y descalza. Estaba tan cargada de adrenalina que el dolor no le importaba.

El terreno se volvió impredecible, con brezos cubriendo la tierra y las piedras sueltas. Alcanzó el verdadero páramo, donde el terreno se había quemado hacía cientos de años para que la caza y la recolección fueran más fáciles. El paisaje que se había formado desde entonces estaba a medio camino entre un brezal y un pantano, un espacio abierto perfecto para rastrear animales… o a otros campeones.

La Reliquia había caído justo en el centro, con la luz roja creando ondas hacia fuera en un círculo perfecto. La fuerza del impacto provocó que Briony cayera hacia atrás, entrecerrando los ojos ante un repentino destello carmesí. Pero eso no bastaba para disuadirla. La fauna de la zona salió disparada en todas direcciones, entre chillidos, mientras Briony recorría a toda velocidad la distancia que le quedaba para llegar al artefacto.

La Reliquia había formado un pequeño cráter en la tierra de unos tres metros de ancho. Esta se encontraba en su centro y refulgía. Una gigantesca arma de acero encantado.

La Espada.

A Briony se le puso la piel de gallina al observar las tres piedras sortilegio incrustadas en la empuñadura. La Reliquia era magnífica, como una pieza sacada directamente de las historias de su familia.

Con aire triunfal, se acercó a ella para reclamarla.

Pero entonces, una voz sonó a su espalda.

—No tan rápido.

Un matorral de brezos crujió al otro lado del cráter. Finley salió de la oscuridad, iluminado por la luz roja que radiaba la Reliquia.

Se quedó paralizado al verla, tan conmocionado que parecía incapaz de respirar.

—¿Briony? —dijo casi sin voz—. ¿Qué haces aquí?

—Innes no quería hacer esto. —Necesitaba creerse su propia mentira. Levantó la mano como en señal de rendición para que viera el anillo de campeona que brillaba bajo la luz carmesí.

—No es posible —dijo jadeando.

—Admítelo, te sorprendió que la campeona no fuera yo.

—Sí..., creía... —Finley siempre había sido de los que escogían sus palabras con cautela, pero lo único que consiguió fue dar un tembloroso suspiro y volver a poner una expresión neutral.

Briony sabía que a los demás no les sorprendería tanto verla, pero aquello iba mucho más allá que el impacto que había causado en Isobel. Nunca lo había visto tan alterado. Y puede que eso fuera bueno. Tal vez le permitiera coger la Reliquia y largarse de allí.

Se le cerró la garganta al recordar que, a diferencia de ella, Finley contaba con refuerzos.

—¿Y tus amigos? —le preguntó, y echó una mirada hacia atrás.

Finley titubeó.

—Andan por aquí. —Aquello le bastó a Briony para saber que no se encontraban cerca.

—Así que has venido solo. —Se acercó a él e irguió los hombros. Puede que hacerse la valiente no fuese suficiente para que Finley se retirara—. ¿De verdad quieres enfrentarte a mí por la Espada?

La miró de arriba abajo y Briony supo lo que veía: su vestido hecho trizas, sus pies descalzos.

—¿Y tú?

Ahora fue ella quien titubeó. Había dejado marchar a Isobel en el Castillo y tampoco quería herir a Finley. Había entrado en el torneo para destruirlo, para que nadie más tuviese que morir.

Se le ocurrió una idea, que era estúpida y peligrosa, pero mucho más tentadora que tener que morir los dos allí. Entregarle la Reliquia sería perder la oportunidad de probar su teoría, pero puede que así consiguiera algo mejor y tuviera más posibilidades. Si funcionaba, no tendría solo a un campeón de su lado, sino a tres: Finley, Carbry y Elionor. Y, a diferencia de Isobel, todos ellos podían usar magia.

Además, Finley y ella tenían un pasado en común. Eso tenía que contar para algo.

—Podríamos enfrentarnos —dijo Briony lentamente—, pero preferiría hacer un trato.

Finley entrecerró los ojos, pero no se negó de inmediato. Briony quiso considerar aquello una victoria.

—¿Qué tipo de trato?

—Dejaré que te quedes con la Espada, pero a cambio tienes que hacer algo por mí.

Sopesó sus palabras en silencio durante un rato. Conociendo a Finley, habría comenzado el torneo con una estrategia detallada, una que seguro incluiría la Espada. Pero no la incluía a ella. Y la flexibilidad nunca había sido su punto fuerte.

—¿Qué quieres? —le preguntó con recelo.

—Quiero sumarme a tu alianza.

—¿Por qué? Tu hermana nos rechazó.

—Yo no soy mi hermana —dijo, intentando no preguntarse cómo estaría Innes, si estaría a salvo.

—¿Cómo sabes que no te traicionaré una vez que tenga la Espada?

—Confío en ti. —Recordó el día en que rompieron, lo mucho que seguía atormentándola ese momento. Seguramente a él le sucedía lo mismo—. Siempre cumples tu palabra y no creo que quieras matarme.

Finley se quedó mirándola desde el otro lado del cráter. El páramo a su alrededor silencioso y expectante, y el Velo de Sangre, una mancha herrumbrosa que cubría el cielo. Sus anillos sortilegio refulgían con poder, pero no lanzó nada. Estaba tan quieto que bien podría haber sido de piedra.

—De acuerdo —murmuró después de lo que pareció una eternidad—. Te doy mi palabra.

Briony suspiró aliviada.

—¿De verdad?

—Si me das la Reliquia, te llevaré a nuestro Refugio. Pero no puedo garantizarte que los demás dejen que te quedes.

Era arriesgado…, pero era lo mejor que podía esperar.

—Vale —dijo, retirándose hacia atrás.

En el momento en que Finley tocó la empuñadura, la luz rojiza que emitían las piedras sortilegio incrustadas en la hoja se arremolinó a su alrededor, para luego introducirse en su piel. Levantó la Espada con una sonrisa triunfal y lo primero que se le pasó a Briony por la cabeza fue que Finley parecía estar completo al sostenerla, como si estuviera hecha para él.

Lo segundo que pensó, cuando él se le acercó, fue en lo indefensa que se encontraba ahora.

—Recuerdo lo que dije cuando rompimos —pronunció Finley, levantando su arma—, pero quiero que sepas que he cambiado de parecer.

Briony sintió pavor. Se alejó de él, maldiciéndose a sí misma por apostar por antiguos sentimientos y poner su confianza en la persona equivocada.

Pero Finley sonrió, con los dientes de color carmesí producto del reflejo de la luz de la Espada, y señaló hacia el extremo del páramo.

—Pongámonos en marcha.

Briony se planteó huir, pero no tenía adónde ir y, mientras Finley la conducía hacia la oscuridad, rezó por no haber sido una idiota al decidir seguirle.

El Monasterio se encontraba muy cerca del límite del Velo de Sangre. Durante el torneo, sus ruinas se habían transformado en un edificio de piedras irregulares que parecían más desmoronadas que majestuosas, incluso bajo los efectos del poder de la alta magia. Se había construido sobre lo que ahora era una ciénaga cubierta y, a lo largo de los siglos, la edificación se había hundido de forma inestable en el terreno desigual y arcilloso que tenía debajo. Era uno de los Refugios más grandes, con unas propiedades defensivas considerables, y era el lugar que Finley, Elionor y Carbry habían escogido como su fortaleza para el torneo.

Aunque los monjes no vivían allí desde antes de que el primer torneo transformara los Refugios de edificios corrientes a construcciones de alta magia, había rastros de su presencia en los jardines bien cuidados de la parte delantera, en las estatuas y las fuentes del patio, y en los dormitorios pequeños y sencillos que habían construido para ellos, encajados en los muros del edificio como si fueran pequeñas celdas.

Briony se encontraba ahora en uno de esos dormitorios, sin ningún anillo sortilegio y completamente indefensa mientras Elionor, Carbry y Finley discutían sobre su destino.

Esperaba que se produjera aquel debate, pero no estaba preparada para lo mucho que se alargaría: hasta que los primeros rayos de sol atravesaron las ventanas mugrientas. El tiempo transcurrido le hizo sentir miedo, alimentado por peligrosos pensamientos.

Como que había tomado una mala decisión, no solo por confiar en Finley, sino entrando al torneo. Que si moría allí, lo haría siendo una traidora para su familia. Para su hermana.

—No podemos fiarnos de ella —se quejó Elionor—. Es tu exnovia. Tiene más motivos que nadie para quererte muerto.

—Estoy justo aquí. —Briony estaba sentada en una dura loseta de piedra que, aparentemente, los monjes usaban como cama, con la espalda apoyada en la pared. No había dormido prácticamente nada, le dolía la cabeza y sus pies descalzos daban asco. Se moría por un vaso de agua y un cambio de ropa. También sentía resquemor por la insinuación de que era una exnovia amargada. Ni siquiera había intentado nunca lanzarle a Finley un maleficio tras su ruptura—. He dejado que me encerréis. Os he entregado mis anillos sortilegio de buena gana. ¿Qué más queréis que haga? ¿Someterme a un Juramento Solemne?

—Eso no funcionaría —dijo Elionor con desdén—. La Capa anula todos los hechizos de juramentos. Las alianzas no pueden basarse en ellos.

—Pues vale —gruñó Briony—. ¿Queréis que suplique, que me arrastre?

Pese a estar deshidratada, agotada y dolorida, no estaba tan desesperada. Todavía no.

—Sería un buen comienzo. —Los anillos sortilegio que le colgaban a Elionor de las orejas brillaban de forma amenazante, cargados y listos para el ataque.

Podían sospechar de ella todo lo que quisieran, pero sus intenciones eran honestas. No estaba allí solo para salvar su pellejo, quería salvarlos a todos. Pero sabía lo ridículo que sonaba aquello. Parecerían las palabras de una prisionera desesperada. Incluso si sus intenciones eran buenas, aunque su historia fuese cierta, no iba a ganarse su confianza con la verdad.

Podría preocuparse en cómo salvarlos a todos una vez que se hubiese salvado a ella misma.

—Esperad un momento —dijo Finley con firmeza, mirando de uno a otro con cierta alarma. Desde que había vuelto, llevaba la Espada sujeta a la espalda—. Briony dice la verdad. Me ha entregado la Reliquia. Ha venido aquí por voluntad propia.

—Y no le has preguntado por qué —dijo Elionor, frunciendo el ceño. Briony intentó no sentirse ofendida por su tono—. Fue idea tuya que acudiéramos a todos los competidores, que les pidiéramos ayuda. ¿Y ahora alguien que ni siquiera estaba en el torneo hace doce horas quiere unirse a nosotros?

La voz de Finley era calmada y comedida.

—Carbry y tú os sumasteis a mi plan. Que Briony se una no cambia nuestra estrategia.

—Se supone que somos un equipo, Finley. No deberías haberla traído aquí sin consultárnoslo antes. Has dejado que tu desesperación por hacerte con la Espada te nuble el juicio. Te has antepuesto a ti mismo a la alianza.

Briony percibió la duda en la voz de Elionor. Eso le preocupaba más que la ira que desprendía. Si rompía la alianza, todo aquello podría salir terriblemente mal.

Finley suspiró y se masajeó las sienes. Luego, señaló hacia la puerta.

—Hablémoslo fuera, ¿te parece? Solos tú y yo.

Elionor torció el gesto, pero asintió. Ambos desaparecieron por la salida, dejando solos a Briony y a Carbry.

Miró al otro campeón a sus acuosos ojos azules.

—¿Cuándo decidisteis formar equipo? —le preguntó, con la voz áspera a causa de la sed. Tal vez si pudiera ganárselo, le daría algo de beber.

El tono de Carbry era dulce y aflautado.

—Cuando nombraron campeón a Finley. Nos llamó a Elionor y a mí esa misma mañana y nos pidió que nos uniéramos a él.

Briony ya sabía que Finley formaría un grupo, pero la elección de sus aliados le parecía un tanto extraña.

—Pareces sorprendida —la acusó.

—Ninguno de vosotros tenéis nada en común.

—Eso es lo que nos hace más fuertes. Es lo que dijo Finley. Que la sabiduría de mi familia, su maestría lanzando hechizos y la destreza de Elionor elaborándolos nos convertirían en una dura competencia. —Le lanzó una mirada que comprendió al instante. ¿Dónde encajaba ella dentro de ese grupo?

Era buena lanzando hechizos, pero ya contaban con Finley para ello. Por eso era tan sospechoso que hubiera aceptado su propuesta. Pensó en aquello que le había dicho sobre que había cambiado de parecer e intentó reprimir un escalofrío.

—Os haré más fuertes —dijo al fin, esperando que su voz sonara más segura de lo que sentía realmente.

—Puede, pero también importan los números. —Carbry jugueteaba incómodo con un anillo sortilegio increíblemente llamativo en el dedo índice izquierdo. Briony no se hubiera imaginado que los Darrow, una familia modesta y de poca influencia, pudieran conseguir el patrocinio de un artífice de tal nivel—. Las alianzas de más de tres personas son, como se ha demostrado a lo largo de la historia, bastante arriesgadas. Ya se lo dije a Finley cuando buscaba más aliados: cuatro o más dificulta el trabajar en equipo durante un largo periodo. Solo he podido encontrar un par de relatos en los que ese tipo de alianzas resultaron fructíferas.

—¿Relatos? —repitió Briony. Hablaba igual que Innes—. Has investigado a fondo, ¿eh?

—Pues sí. Mi familia tiene una biblioteca plagada de relatos de los ganadores del torneo.

—¿Y los has leído todos?

—Claro.

—Asombroso. —Ahora entendía por qué era él quien aportaba conocimiento—. Apuesto a que lo sabes todo sobre el torneo. —Carbry sacó pecho ligeramente. Parecía mucho más seguro de sí mismo que hacía unos minutos, con las redondeadas mejillas encendidas de orgullo. Briony se preguntó si habría recibido algún halago antes—. Si eso dicen tus libros, ¿por qué se lo ofrecisteis a mi hermana? —preguntó.

—Eso fue idea de Finley, no nuestra.

A Briony no le cupo la menor duda de que Finley tenía algún gran plan, pero seguía sin ser capaz de atar cabos.

—¿Y vosotros solo hacéis lo que os dice?

—Es mi mejor opción —contestó con solemnidad—. Los Darrow solo hemos ganado el torneo un par de veces. Supe perfectamente al despedirme anoche de todos que no esperan que vuelva con vida. Elionor finge seguridad, pero los Payne tampoco cuentan con una gran trayectoria. Debe estar bien provenir de una familia que mejora tus posibilidades de ganar en lugar de empeorarlas.

216

La brutal sinceridad de su voz le afectó. Le recordaba al modo en que Isobel siempre hablaba de su familia, de todo lo que había hecho para poder distanciarse de su reputación.

No culpaba a Carbry por tener miedo de lo que pudiera sucederle bajo el Velo de Sangre. Pero si conseguía ponerle fin al torneo de forma pacífica, podría irse a casa. Todos podrían hacerlo. Y dejando su miedo a un lado, era algo por lo que merecía la pena luchar.

—No es justo —dijo con voz queda—. Nada en este torneo lo es.

—A no ser que seas un Lowe —gruñó Carbry.

—Si eres un Lowe, la injusticia juega a tu favor.

Briony no estaba segura de cómo entraba Alistair Lowe en sus planes. Quería a todos los que fuera posible, pero no sabía si el campeón de los Lowe querría que el torneo llegase a su fin. Sobre todo porque su familia era la que más se había beneficiado de él durante tantos años. Al menos algo que había sacado de la lectura de *Una trágica tradición* era lo mucho que los Lowe habían ganado gracias a sus repetidas victorias.

—No tiene por qué ser como siempre —prosiguió, sintiéndose envalentonada—. Los Lowe no tiene por qué llevarse el premio. Podríamos cambiar eso.

—¿Te refieres a matar a Lowe? —suspiró Carbry—. Probablemente estará escondido por ahí, mimando a sus maleficios mortales. No somos competencia para él.

«Puede que no tengamos que hacerlo». No llegó a decirlo en voz alta. Carbry estaba claramente desilusionado con todo aquello. Tal vez pudiera decirle algo. Encauzarlo para que estuviera de su parte.

Pero antes de que pudiera decir nada, un ruido retumbó en la habitación, contundente y atronador, una defensa mágica que se había activado. Carbry corrió hacia la ventana y miró hacia el patio, con la mano que mantenía estirada brillando a causa de la magia.

—¿Qué pasa? —preguntó Briony, colocándose detrás de él.

—Alguien viene a por nosotros. —Su voz estaba cargada de miedo—. Están atacando el Monasterio.

ALISTAIR LOWE

«Corre el rumor de que los campeones de los
Lowe suelen perder la cabeza tras su victoria.
Puede que no sea por lo que les pesa la concien-
cia, sino por el peso de un secreto».

Una trágica tradición

Alistair Lowe estaba taciturno.

Se encontraba tumbado en una cama con dosel de caoba, rodeado por los cristales que le habían dado los artífices de hechizos de toda la ciudad. Puso una piedra en forma de lágrima bajo la luz de las velas y la examinó. El maleficio mortal que contenía en su interior, de Reid MacTavish, era una de las armas más poderosas de las que le habían hecho entrega. Pero no podía fiarse de que el artífice de maleficios no la hubiera trucado. Tanta magia en su poder y no podía fiarse en absoluto.

Gruñó y la lanzó al otro lado de la habitación. Chocó contra las húmedas paredes de piedra de la Cueva.

Alistair era mucho más hábil lanzando hechizos que elaborándolos. Tras fastidiar el Plaga del Vinicultor hacía una semana para su abuela, no se fiaba de manipular la piedra en caso de que, sin querer, el hechizo le explotara en la cara durante el proceso. Todo aquel esfuerzo e intimidación para acumular un tesoro mortífero que ahora no le servía para nada. Era un dragón que custodiaba un tesoro sin valor.

Claro que su colección contaba con una pieza clave: el maleficio tradicional de la familia Lowe, el Sacrificio del Cordero. No solo aniquilaba a cualquiera que se encontrara cerca de él, sino que les succionaba la magia de su interior, dejando detrás de sí un cadáver marchito y gris y una gran cantidad de magia pura. Podía atravesar cualquier escudo de magia común de hasta nivel diez. Aquello tampoco garantizaba nada. Al fin y al cabo, un tercio de los campeones Lowe acababan pereciendo. Aun así el maleficio era casi invencible.

Pero nunca podría usarlo. La idea de que la magia vital de Hendry sirviera para aniquilar a otro… En cierto modo, parecía incluso más despreciable que su muerte. Cuando recordó a su hermano, pensó en sus rizos negros, en su complexión broncínea, su olor a pastas… y en cómo los Lowe habían incinerado su cuerpo y forjado un arma con sus cenizas. Igual que habían hecho con la existencia de Alistair.

Aunque los otros seis campeones se aliaran en su contra, seguiría saliendo victorioso… y lo haría sin emplear el maleficio de su hermano.

Los encantamientos de la Cueva zumbaban, sus candelabros de hierro tintineaban, las telas de araña vibraban como las cuerdas de un violín. Alguien rondaba por allí fuera, aproximándose a sus hechizos defensivos.

Ignorando la leve resaca que tenía, se levantó de la cama y recorrió deprisa los pasillos cavernosos, con una selección de piedras sortilegio en la mano. Tal vez tuviese razón y el resto de los campeones hubieran ido a matarlo. Respiró hondo, tragándose toda la ira y el dolor de aquellos últimos dos días y preparándose para cualquiera que fuese la nueva amenaza que se cernía sobre él.

Se acercó hasta la entrada de la caverna, aguantando la respiración. Afuera seguía siendo de noche y bajo la llovizna, el aire olía a tierra mojada y la luna llena roja provocaba que los charcos parecieran sangre.

—¿Hola? —dijo una voz femenina.

Si efectivamente se trataba de un grupo de campeones que había ido a matarle, dudaba que su grito de guerra fuese un simple «hola». Pero tampoco es que fuese muy bueno calando a la gente.

Se aclaró la garganta.

—Mmm…, ¿quién anda ahí?

«Menuda porquería de últimas palabras», se espetó a sí mismo.

—Solo quiero hablar —dijo la intrusa. Quienesquiera que fueran, no eran lo bastante listos como para ver a través de los encantamientos del Refugio. Ese era el excepcional poder de la Cueva, escondía la ubicación de miradas indiscretas y hacía que fuese casi imposible encontrar su entrada.

—¿Quién eres? —preguntó.

—Isobel Macaslan. —Puede que Isobel fuese poderosa, pero, incluso para ella, aventurarse sola hasta su guarida era una jugada letal. Llevaba encima nueve maleficios mortales y muchos más en reserva—. No voy armada —dijo Isobel—. No he venido buscando pelea.

—La última vez que hablamos me llamaste «arrogante», «autodestructivo» y «un desperdicio de magia». Entenderás que no te crea.

Se produjo una pausa. Se preguntó si habría conseguido asustar a Isobel Macaslan, que iba con una actitud de «no te tengo miedo», pero entonces, sintió el zumbido del encantamiento defensivo del Refugio adquiriendo potencia, provocando que la tierra temblara bajo sus deportivas. Isobel se dirigía hacia la entrada de la Cueva.

—Da media vuelta—le advirtió.

—¿O qué?

Alistair apretó con fuerza sus piedras sortilegio. Ya estaba sintiendo náuseas y no quería tener que usarlas por miedo a sus posibles efectos. Pero no le quedaba otra opción.

—O no volverás a dar un paso nunca más.

—Ya te he dicho que no voy armada —le dijo, elevando la voz, casi entrecortada—. Por favor.

Puede que no conociera bien a Isobel, pero de algún modo supo que no era algo habitual en ella suplicar nada. Abandonó su escondite y se plantó en la entrada de la Cueva, expuesto y vulnerable. Su abuela pondría el grito en el cielo si a Alistair lo mataba otra campeona solo por parecerle guapa.

Isobel estaba de pie bajo la lluvia, temblando, con el chándal rosa empapado y pegado a la piel. No había usado ni un simple hechizo Impermeable para evitar mojarse. Tenía los rizos pelirrojos aplastados contra el rostro y el cuello y se envolvía con sus propios brazos.

—¿Qué estás haciendo? —le preguntó Alistair, genuinamente sorprendido. Puede que se tratase de algún truco. Antes, aquella misma noche, cuando había coqueteado con él, le había demostrado que tenía más recursos que la magia a su disposición. Podría estar intentando jugar con su mente.

—Necesito ayuda —le dijo.

—¿Te parezco una persona generosa?

—No, pero me he metido en tu mente y no creo que seas tan retorcido como para matar a una chica desarmada.

Alistair resopló.

—No eres una chica, eres mi rival.

Pero cuanto más la miraba, más se preguntaba si aquello era realmente cierto. La cicatriz de la marca de un hechizo le cruzaba la mejilla izquierda, una fina línea que no había estado ahí en el banquete. Su brillo de labios no podía tapar la piel agrietada de debajo. Llevaba la ropa manchada de barro.

Su aspecto era horrible, pero, aun así, estaba muy atractiva.

Alistair flexionó los dedos, listo para lanzar un maleficio, pero se le secó la boca.

La voz de Hendry inundó sus pensamientos. «Deberías escucharla», se imaginó que le decía. Aquello le hizo sentir en lo más profundo de su ser que lo único que le quedaba de su hermano era un anillo maleficio y una ligera conciencia.

Torció el gesto y desactivó las defensas del Refugio, pero lanzó una versión parcial del Yelmo del Guerrero para protegerse. Puede que fuese un blando, pero no tonto.

Isobel permaneció en el exterior, esperando bajo la lluvia, aunque las barreras de la Cueva hubiesen caído.

—Bueno, venga —le soltó Alistair. Ella parpadeó sorprendida y corrió tras él. Aun estando desaliñada, seguía teniendo un paso seguro con el que ni la lluvia ni ningún maleficio podían acabar—. No tengo todo el día —le dijo en voz baja.

Ella se estrujó la melena pelirroja y le lanzó una mirada.

—Lo siento. ¿Estabas ocupado tramando la muerte de otra persona?

—Ándate con ojo. Podría estar tramando tu muerte —murmuró—. Puede que siga en ello. —En cuanto se acercó a él, Alistair levantó la mano, blandiendo sus nudillos plagados de piedras sortilegio—. De hecho, tienes diez segundos para explicarme por qué no debería acabar contigo ahora mismo, rival.

Ella palideció.

—Pensé que podríamos ayudarnos mutuamente.

—Una campeona en mi puerta, bajo la lluvia, desesperada y sola no parece ser alguien que pueda ofrecerme nada.

—Eso... no es cierto —resopló.

Se adentraron en el túnel, donde se abría una cámara central en la Cueva. Estaba poco amueblada y desprendía un fuerte olor a barro. La luz de las velas, apagada y parpadeante, hacía que las estalactitas de la caverna parecieran colmillos. A la derecha, otro pasillo, que Alistair había explorado antes y que conducía a una enorme gruta donde se encontraba el pilar de piedra del Refugio (menos impresionante y más agrietado que el original), que emergía del agua oscura del lago.

Alistair le indicó con la cabeza que tomara asiento en el escritorio.

Isobel examinó divertida la austera decoración.

—¿Ya te sientes como un verdadero monstruo? —Recorrió con su perfecta manicura los ásperos y relucientes muros de piedra de la Cueva, con los bordes tan afilados como para producir cortes—. ¿Rodeado de oscuridad y mugre?

Aquello le pareció bastante injusto, el mobiliario con patas cabriolé y el edredón de terciopelo burdeos eran de su gusto.

—Sí, te metiste en mi cabeza —gruñó Alistair—. ¡Qué engreída! Ya debes saberlo todo sobre mí. Eso explica qué haces aquí sentada, completamente a mi merced. —Para añadirle efecto, lanzó un Caída de Guadaña. Una de las estalactitas detrás de ella se partió y cayó al suelo como si fuera la hoja de una guillotina.

Había sido una temeridad lanzar aquel hechizo. Se produjo un retroceso que le golpeó en el estómago haciéndole daño. Gimió y contuvo las lágrimas.

Isobel chilló cuando la estalactita cayó a sus pies, pero en lugar de acobardarse, lo miró confundida.

—¿Te has hecho daño?

Alistair enarcó una ceja y se enderezó.

—Un maleficio chapucero, eso es todo.

Pero Isobel abrió los ojos de par en par.

—Tus hechizos son obra de los mejores artífices de la ciudad. No venderían trabajos defectuosos sin darse cuenta... Deben querer que fracases.

Alistair maldijo en voz baja. No podía dejar que ningún otro campeón supiera que le habían saboteado. Aquello quería decir que Isobel no podía salir viva de allí.

Lo que le dejó en una situación desafortunada porque ahora tenía que averiguar cómo matarla sin matarse a sí mismo por accidente.

—Parece que no soy la única que necesita ayuda.

—No necesito nada —dijo arrastrando las palabras, intentando dar con una solución. Posó la mirada sobre su cuello. Se planteó un asesinato sin magia. Pero tenía resaca y no era muy fuerte.

—Solo tienes hechizos defectuosos y estás solo. —Sus palabras sonaron más a una pregunta que a una afirmación.

Rio con amargura.

—No me interesa tener compañía.

Isobel recogió algo del suelo, la piedra sortilegio en forma de lágrima que había tirado antes.

—¿Sabes? Los Macaslan y los Lowe no somos tan distintos. Los artífices tampoco estaban muy por la labor de aliarse conmigo.

—Esto no es un concurso de popularidad.

—No me refiero a la popularidad. —Se levantó del escritorio, agarrando aún la piedra sortilegio. Era una jugada peligrosa y Alistair mantuvo la mano en alto, preparado para atacar en cualquier momento—. Mi madre es una de las artífices de hechizos que te dio estas piedras. Una de las mejores de la ciudad. Me enseñaron ella y los Macaslan. Y me parece que lo que más necesitas ahora es tener a una artífice de hechizos de tu parte.

Ese era el punto débil de Alistair y, si no encontraba una solución, pronto lo descubrirían todos los campeones. Cada uno de ellos intentaría usarlo en su contra.

Payne, Blair y Darrow necesitaban a un protector, pero Isobel no. ¿Qué sacaba ella de esa alianza?

Lanzó un sencillo Tantear el Terreno, destinado a evaluar el poder del arsenal mágico de un oponente, lo bastante inofensivo como para no preocuparse por las consecuencias. El hechizo rodeó cuerpo de Isobel, buscando piedras sortilegio ocultas, pero no encontró ninguna. Buscó cualquier tipo de piedra, pero no llevaba nada, excepto en la bolsa de deporte con la que cargaba.

Cualquier otro campeón habría esquivado un hechizo tan simple, pero Isobel no parecía ni haberse enterado.

Alistair dio un paso adelante. Estaba lo bastante cerca como para tocarla. Lanzó otro hechizo inofensivo: un Ilusión Óptica, un hechizo alucinatorio de nivel bajo. Una araña marrón del tamaño de una manzana trepó por la ropa manchada de barro de Isobel. Pero ella no reaccionó, ni siquiera cuando una pata peluda le acarició los labios y la barbilla. Ni parpadeó.

—No puedes sentir la magia. —Alistair dejó que la ilusión de la araña se disipara y le dedicó su mejor y más malvada sonrisa. Todos aquellos insultos que le había dedicado antes para que al final la que no tuviera poder fuera ella. Habría supuesto un duro golpe a su orgullo tener que ir hasta allí.

Isobel levantó más la barbilla, mirándolo desde arriba aunque estuviesen frente a frente.

—Solo tú puedes ayudarme a recuperarla.

Alistair estaba listo para reírse, a carcajada limpia incluso, hasta que ella suavizó su expresión.

—Podríamos ayudarnos mutuamente —dijo con dulzura. Su tono le enfureció, la forma en la que la fría Cueva de repente pasó a caldearse, a ser agradable y agobiante. Ella era la que carecía de poder, no él.

Centró la mirada en el punto más afilado de la pared de la caverna. Podría empujarla contra él. Sabía que era capaz.

—Y si la recuperas —soltó—, entonces te habré equipado para una batalla en la que yo soy el enemigo.

—Tú siempre has sido el enemigo. Sigues siéndolo incluso ahora. —Isobel dio un paso atrás, alejándose de él, como si lo acabara de recordar—. Pero con mi ayuda no tendrás que esconderte en tu cueva, preguntándote quién o cuántos vendrán a atacarte. Con mi ayuda, no tendrás que preocuparte de que cada maleficio que lances pueda matarte.

—¿Y qué harás? ¿Te quedarás aquí conmigo hasta que hayas recuperado tu magia o mueras? —Estaba cediendo, no porque fuera convincente, sino porque, sin importar lo mucho que intentase sacar su ira, no tenía lo que hacía falta para matarla. No de ese modo—. Cuando salgamos de aquí, no te protegeré.

—¿Quién ha dicho nada de irnos? Hace falta alta magia para recuperar mis poderes y tú eres el único campeón con experiencia en la materia. Si puedes arreglar mis poderes, te prometo que haré todo lo que esté en mi mano para ayudarte a elaborar todas las nuevas armas que necesitarás para ganar. Y luego... —Volvió a dar un paso hacia adelante. Al contrario que durante el banquete, Alistair ya no estaba borracho, pero su cercanía seguía haciéndole sentir aturdido. Tenía la sensación de que ella lo sabía—. Cuando volvamos a estar en igualdad de condiciones, podremos enfrentarnos en un duelo como verdaderos rivales. El vencedor se llevará la gloria y el perdedor morirá. Es de esa clase de cosas salidas de tus historias de monstruos.

Se lo estaba ganando. Puede que fuera por haberse introducido en su mente y porque así sabía cómo persuadirle. O puede que esos ojos oscuros bastaran para convencerle.

—Pero no olvides —dijo Alistair, tanto para sí mismo como para ella— que en esas historias el monstruo siempre gana.

ISOBEL MACASLAN

«Creo en las leyendas que afirman que la magia procede de las estrellas. No solo por su aspecto, sino por el modo en que esta rechaza la tierra y porque la única forma de capturarla es en un frasco o en una piedra de cristal. Incluso la magia sigue unas normas».

Una trágica tradición

Alistair se había negado a responder a ninguna de sus preguntas sobre la alta magia hasta que hubo elaborado nuevos hechizos defensivos, por si se producía un ataque. Por ese motivo, cuando la primera noche en la guarida dio paso al día, Isobel le mostró cómo deshacerse de forma segura del contenido de las piedras sortilegio sin acabar herido.

—No puedes vaciar la magia si el hechizo está contaminado —le dijo—. Tienes que enterrar las piedras. Eso cancelará la formula por completo. —No era muy distinto a cómo se dispersaba la magia pura de un cadáver en un funeral.

Durante dos horas, ambos permanecieron sentados en el incómodo suelo en esquinas opuestas de la Cueva. Alistair estaba encorvado, cavando agujeros con el mango del cepillo de pelo de Isobel y amontonando las piedras sortilegio defectuosas en su interior. Aunque Isobel no podía verlo, sabía lo que conllevaba el proceso: que la brillante magia común entraría en combustión al contacto con la tierra, como si esta la repeliera. Y debía estar funcionando ya que Alistair seguía espantando partículas invisibles de magia en el aire, murmurando exasperado y almacenándolas en los frascos vacíos.

La magia común no era lo único que Isobel no podía ver. A sus ojos, el propio Refugio no era distinto a lo que había sido antes de que cayera el Velo de Sangre. El mobiliario estaba podrido y decrépito, y todo estaba cubierto por una sucia capa de polvo. Pero, conociendo el gusto de Alistair, sospechaba que la verdadera versión de la Cueva tampoco sería muy distinta.

Mientras Alistair trabajaba, Isobel sostenía la página arrancada del grimorio de Reid MacTavish y la leía en alto.

—«El Abrazo de la Parca es un maleficio antiguo popularizado por historias que, a lo largo del tiempo, han distorsionado su verdadera naturaleza...».

—¿Has elaborado alguna vez un maleficio? —la interrumpió Alistair. Se puso en pie y se quedó junto a la cama, limpiando la tierra de sus piedras sortilegio vacías y tirándolas en varias pilas. Por la hiperactividad con la que se comportaba, Isobel habría dado por hecho que era una persona ordenada, pero parecía dejar tras de sí un estropicio. Se había comido dos barritas de proteínas y había lanzado los envoltorios a la mesa. La chaqueta que se había puesto para el banquete estaba tirada en el suelo, todavía apestando a licor.

—Pues claro que he elaborado maleficios —soltó ella—. Aunque no sean la especialidad de mi madre, soy una artífice cualificada. He aprendido mucho más que lo que te enseñan a ti en clase.

Además, Isobel había oído la historia del maleficio defectuoso que Alistair le había lanzado a aquel artífice de hechizos, así que no iba a aceptar consejos suyos para su elaboración.

—No digo que sea un experto. —Alistair soltó su mochila sobre la silla y se acercó a ella. Le quitó la hoja de las manos—. No se me da bien seguir... —Señaló indeciso la receta.

—¿Instrucciones?

—Eso, pero me enseñó la mejor. Seguro que has oído hablar de la reputación de mi abuela.

—Claro que sí.

Los maleficios de alta magia de Marianne Lowe eran dignos de las peores pesadillas. Incluso bajo la atenta mirada del Gobierno, la amenaza de la ira de Marianne era suficiente como para que todos los artífices de la ciudad le pagaran un tributo a los Lowe.

Aunque, después de lo que Alistair le había hecho a Bayard Attwater, no estaba segura de que eso siguiera siendo así. Se estremeció e intentó no pensar demasiado sobre con quién había hecho un trato.

—Según ella, los maleficios no contienen magia en estado natural. Tienes que darle forma al poder y este hará todo lo posible por resistirse. Así que debes ir muy en serio. Sobre todo con los maleficios. Si tu intención es débil, el maleficio no funcionará... o algo peor. —Le lanzó una mirada mordaz.

Isobel casi puso los ojos en blanco. Un maleficio no tenía nada que ver con la intención. Aquel era el tipo de idea que le gustaría considerar a un villano. Elaborar encantamientos era un arte neutral.

Pero no iba a decírselo a él. Estaba completamente indefensa en la guarida del campeón más infame del torneo y que siguiera con vida dependía de sus cambios de humor. Para sobrevivir tenía que tragarse los insultos y obligarse a sonreír.

—Entonces, quizá puedas ayudarme —dijo, como si en lugar de arrebatarle la página se la hubiera ofrecido ella.

Alistair resopló.

—No puedo enseñarte a ser perversa.

Hablaba en serio, pero sus palabras la hicieron reír. Parecía un chiste de mal gusto. Le hizo recordar la forma en la que la había mirado la noche que se conocieron en aquella taberna y que ella se metió en su mente. Al estar ahora allí, vestido con prendas de punto, como si estuviera visitando la biblioteca en lugar de competir en un sangriento torneo, y con sus afiladas facciones bajo la luz centelleante de las velas, le pareció atractivo.

De inmediato, desechó aquel pensamiento. Si Alistair conocía algún hechizo telepático, ahora ella sería para él como un libro abierto. Era un pensamiento indiscreto… nada más.

—Creo que me equivoqué al realizar el sacrificio —se apresuró a decirle—. No añadí suficiente sangre al maleficio.

—Aquella era la única parte de la receta en la que las instrucciones no eran claras. Tenía que ser eso.

—¿Añadiste tu propia sangre?

—Sí.

—Puede que ese fuera el problema.

—¿Debería haber usado la de un animal? —Eso le parecía innecesariamente cruel.

—No he dicho eso. —Arrugó la hoja de papel y la dejó caer con desgana al suelo, como si ya se hubiese aburrido de ayudarla. Entonces, se dio la vuelta y se tiró sobre la cama. Isobel arrugó la nariz. Del cabecero polvoriento y de los cojines colgaban telarañas, pero sabía que Alistair veía una versión distinta de ese lugar. Cogió un crucigrama que había sobre la mesa junto a él. Era cuanto menos curioso llevar aquello a un torneo a muerte, pero Isobel imaginó que hasta un Lowe tenía sus pequeños caprichos.

—¿Qué sangre debería haber usado? —Las instrucciones indicaban claramente un sacrificio. ¿Qué sangre podría ser más valiosa que la suya? En los hechizos no solía dar problemas.

—A eso me refería con lo de que tienes que ser perversa. —Sonrió con picardía por encima de las páginas de su crucigrama—. Y sí, sé que podría hacer un chiste de mal gusto al respecto. ¿Creías que no iba a leerte el pensamiento para asegurarme de que decías la verdad?

Isobel sintió que le hervía la sangre y giró la muñeca, donde sabía que, si pudiera verla, encontraría la marca del Beso Divinatorio, adoptando la forma de los labios de Alistair. Mientras había estado distraída con el Abrazo de la Parca, él había elaborado uno de sus propios hechizos y lo había usado contra ella. Soltó una grosería y se agachó para recoger el papel arrugado.

—Deja de lanzarme hechizos.

Con aire distraído, Alistair cogió un cuarzo que había tirado en el edredón plagado de polillas.

—Oblígame.

Tenía miedo. Se sentía humillada. Estaba enfadada.

Y él era consciente de todo aquello.

—Da igual —se contuvo Isobel—. Nada de esto importa. Solo tenemos que elaborar el hechizo de alta magia.

—¿Y de dónde pretendes sacar alta magia pura?

—El torneo está plagado de alta magia. Así es como se mantiene en pie. Suponía que tú sabrías cómo funcionaba.

—Tienes razón con lo del torneo, pero ese poder no se encuentra en una forma pura. La alta magia de los Refugios y las Reliquias ha sido transformada en hechizos y maleficios.

—¿Y si enterramos una Reliquia como hemos hecho con tus anillos? —sugirió Isobel.

Se detuvo a considerar su pregunta.

—La alta magia pura se filtraría, pero no seríamos capaces de sentirla. Los únicos que pueden son los miembros de la familia ganadora del torneo y, hasta que acabe este... nadie puede sentirla.

A Isobel se le cayó el alma a los pies.

—Así que podemos manipular los encantamientos de alta magia que se nos han proporcionado, pero no podemos elaborar unos nuevos.

—Exacto.

Sin acceso a la alta magia pura, sería imposible elaborar un hechizo Anulación lo suficientemente potente como para devolverle sus poderes.

El pánico inundó a Isobel, pero no quiso venirse abajo. Allí no.

—¿Tu guarida del dragón viene con ducha? —preguntó con serenidad.

Alistair le indicó con la cabeza otro pasillo, con la mirada fija en su crucigrama. Isobel sacó una muda limpia de su bolsa de deporte, escondiendo todas las piedras sortilegio que pudo en el bolsillo del pantalón, y recorrió el pasillo hasta… algo que no era un baño, sino un lago. La estancia estaba plagada de antorchas, que provocaban que las sombras bailaran sobre la superficie del agua. En el centro había una pequeña isla con el pilar emergiendo de ella, igual que el Pilar de los Campeones en el que había grabado su nombre menos de veinticuatro horas antes. Inspeccionó con cautela el agua turbia, como si una serpiente marina u otra vil criatura estuviera acechando en sus profundidades.

Tras confirmar que el lago estaba tanto limpio como inhabitado, y asegurarse bien de que Alistair no la había seguido por el pasillo, se desvistió y se quitó de encima el barro y la suciedad. Se desenredó el pelo, intentando centrarse en el plan que estaba trazando en su mente, en lugar de en la creciente oleada de pavor que sentía.

Si era cierto lo que le había dicho sobre la alta magia, entonces no tenía sentido quedarse con él. De hecho, tenía que escapar de allí de inmediato. Alistair podría cambiar de parecer en cualquier momento sobre lo de mantenerla con vida.

Cuando terminó y se vistió, se dirigió con sigilo hacia la entrada de la Cueva, con el corazón latiéndole con tanta fuera que temía que Alistair la escuchara. No creía que ninguno de los otros campeones hubiera reclamado la Cripta, así que iría hasta allí, hacia el Refugio predilecto de su familia. Sería arriesgado, sobre todo si se topaba con otro campeón, pero era la mejor opción que tenía.

Sin embargo, mientras se acercaba a la entrada de la Cueva, chocó contra algo invisible y duro. Cayó hacia atrás y se frotó la frente dolorida.

—¿Vas a alguna parte? —susurró Alistar detrás de ella.

Isobel maldijo en voz baja. Había protegido la entrada en ambas direcciones. No podía escapar.

—Quería tomar el aire.

—No puedo dejar que te marches de aquí y le cuentes a los demás el problema que tengo. Además, me sigues siendo útil. Puedes ayudarme a elaborar nuevos hechizos. —Alistair se alejó, con sus pasos resonando por la caverna.

Isobel permaneció allí unos minutos más, maldiciéndose así misma por cometer otro terrible error. Ella solita se había hecho prisionera. Y Alistair se desharía de ella en cuanto dejara de serle útil.

Se tapó la boca con la mano, ahogando el llanto. Todo su cuerpo tembló y el pavor pareció apoderarse de ella, arrastrándola hacia las profundidades.

Pero no, no podía venirse abajo. Era una Macaslan. Era una superviviente.

Tras recomponerse, volvió al dormitorio, donde Alistair seguía tirado en la cama garabateando algo en su crucigrama.

—Sabías desde el principio que lo que quería hacer con la alta magia no era posible —le acusó.

—Puede ser —se limitó a responder.

Isobel centró la mirada en su pila de piedras sortilegio. Incluso sin sus poderes, podía ayudarlo a elaborar hechizos verdaderamente impresionantes. Pero, en algún momento, querría disponer de armas además de escudos. Querría maleficios. Y por lo que había dicho antes, no la necesitaba para ello.

¿Cuánto duraría antes de que él se deshiciera de ella? ¿Un par de días?

Tragándose una segunda oleada de rabia y humillación, se sentó al otro lado de la cama. Una nube de polvo inundó el aire y la hizo toser.

Alistair levantó la mirada.

—¿Qué estás haciendo?

—Solo hay una cama —señaló.

—Hay suelo de sobra. —Su voz sonó extrañamente aguda.

—La cama es lo suficientemente grande para dos personas.

Antes de que pudiera seguir protestando, se metió bajo el edredón y se lo subió hasta el pecho, estremeciéndose a causa del hedor a moho de la cama. Era un plan alternativo vergonzoso y horrible, uno que le iba como anillo al dedo a los Macaslan, dispuestos a caer bajo. Además, sabía que él ya se había imaginado algo así. Puede que Alistair no fuera consciente, pero tenía más de una debilidad.

Se inclinó hacia él y echó un vistazo al crucigrama.

—La palabra que buscas es «pretérito».

—Siento que no tengas tus poderes —le dijo Alistair.

—¿Y eso por qué?

—Porque no puedo dejar de pensar en nuestro duelo.

Isobel se quedó sin aire. Incluso en ese momento, estaba pensando en matarla.

—En un combate entre iguales, sé que te ganaría. Tengo más… elegancia. Esa es la palabra que estás buscando. —Señaló la línea vertical vacía con una sonrisa pícara en los labios. No era fácil fingir seguridad cuando aún estaba al borde de sufrir un ataque de nervios. Pero antes de convertirse en una paria, hubo un tiempo en el que Isobel Macaslan era experta en flirteos.

—Deja de hacer eso. —Alistair lanzó el crucigrama y se giró hacia ella, con el pelo oscuro cayéndole sobre sus ojos grises. Apoyó la cabeza en el codo—. No ganarías.

—Te ganaría hasta en un combate sin magia. Eres un patoso. —Isobel recordó la forma tan torpe en la que se había dejado caer antes en la cama y la frecuencia con la que se tropezaba con sus propios pies—. Mira por dónde andas. Cuando me des la espalda, puede que te empuje al lago.

—No es un simple lago —dijo, muy serio—. Es una gruta.

Isobel bufó.

—¿Por qué eres así? ¿Qué tipo de persona sueña con ser un monstruo?

Alistair se acercó aún más. Estaba tan cerca que Isobel sintió el impulso de echarse hacia atrás, pero se negaba a demostrarle lo intimidada que se sentía. Después de todo, compartir la cama era su jugada.

—¿Quieres escuchar una historia?

—No me gustan los cuentos para niños —le dijo, recordando que Reid la había llamado «princesa».

—No, me refiero a una historia de monstruos. —Se humedeció los labios—. Dame la mano.

Isobel titubeó.

—¿Cómo sé que no vas a intentar lanzarme el Beso Divinatorio otra vez?

—Supongo que ahí está la gracia.

Isobel levantó la mano despacio para que él se la tomase, con la esperanza de que no sintiera cómo le temblaba. No sabía qué iba a hacer. Pero de ningún modo esperaba que entrelazara sus dedos con los de ella y le apretara tan fuerte que sus uñas se le clavaran en los nudillos.

—Imagina que nuestros dedos son costillas —le dijo.

Isobel enarcó las cejas.

—¿Qué?

—Existe un monstruo que es una sombra. Se cuela entre las ramas de los árboles, los chapiteles de un edificio o las teclas de un piano. En cualquier lugar con rendijas. —No soltó la mano de Isobel durante toda la narración. Ella intentó no temblar ante su tacto helado—. Este monstruo es una criatura dentada y grotesca, con huesos sobresaliéndole de extraños lugares, su propio ser lleno de grietas. Se pasa la vida buscando formas de cerrar esas grietas para, al final, conseguir estar completo.

—Nunca he oído hablar de ese monstruo —dijo ella, como si aquello hiciera que la historia fuera menos perturbadora.

—De niño —continuó Alistair, ignorándola—, dormía en la más absoluta oscuridad. Mi madre siempre apagaba las luces y abría las ventanas. Cuanta más corriente de aire y más sombras hubiera sobre mi armario, mejor. Invitaba a los monstruos a entrar. Una noche, el monstruo me agarró por el brazo y me sacó a rastras de la cama. Me sujetó en alto contra la pared.

No había ni un atisbo de broma en su voz. Isobel sabía que no podía ser cierto, pero, aun así, el corazón le latía desbocado.

—Me arrancó la piel, capa a capa. Intenté gritar, pero no pude. Sentí mucho miedo cuando la criatura comenzó a adoptar poco a poco su forma corpórea delante de mí. Tenía los ojos grises, oscuros e incoloros.

«Como sus ojos», pensó Isobel.

—Su cuerpo era como las raíces de un árbol, nudoso y retorcido. Los extremos le colgaban sin vida, como si fueran lazos tan finos y traslúcidos como escamas de piel.

Se acercó mucho más a ella, hablando en susurros. Isobel comenzó a sentir una cierta calidez en el estómago, que más que miedo parecía deseo. Se lo reprochó a sí misma. No debería sentir ese tipo de atracción durante una narración tan inquietante, y encima por el chico que la tenía prisionera. Solo sentía aquello porque estaban muy pegados en la cama, con las luces bajas y la perversa sonrisa de Alistar cargada de significado. Estaba empleando su propia táctica contra ella.

—Cuando miré hacia abajo —murmuró—, quedaron a la vista todos mis órganos, grises como algo que está encurtido, algo muerto. No había nada de sangre.

Al fin, le soltó la mano. Pero seguían estando muy cerca e Isobel no se apartó.

—Lo último de lo que me despojó fue la cara. Mi visión se dividió en dos cuando mis ojos se separaron. Ya no podía verlo delante de mí. —Su mirada le recorrió desde la barbilla hasta lo alto de la cabeza, como si trazara la incisión que le había hecho el monstruo. Se quedó contemplándole los labios durante algo más de tiempo, para luego volver a levantar la vista y seguir con la historia—. Pero lo sentía.

Uno por uno, posó sus dedos sobre los de ella. Poco a poco, volvió a entrelazarlos de nuevo. Aquello era mucho más incómodo ahora que sabía cuál era el contexto de la historia.

—Encajaba a la perfección. Entre cada hueso, en mi tráquea, en mi cráneo. Era como tener algo atascado en la garganta, una presión que intenta desgarrarte desde dentro.

Isobel hizo una mueca, imaginándose esa sensación. Sintió claustrofobia en su propia piel.

—Una vez que se siente completo, vive en el cuerpo de su huésped de por vida, entrelazándose tan a la perfección que no se sabe dónde termina el humano y dónde empieza el monstruo.

Isobel le soltó y le dio un fuerte empujón en el pecho.

—Te lo acabas de inventar.

—Para nada. —Le examinó el cuello y el hombro—. Tienes la piel de gallina.

Ella ignoró el comentario y, en su lugar, lo retó.

—Entonces, demuestra que es real.

Se levantó el jersey y le mostró el estómago. Una larga cicatriz, pálida y rosada, le atravesaba por el centro, desapareciendo entre el vello hacia abajo y tapada por su camiseta interior hacia arriba.

Isobel entrecerró los ojos.

—¿Cómo te hiciste esa cicatriz?

—Lo dejaré a tu imaginación.

Puede que la madre de Isobel tuviese razón con respecto a Alistair. Puede que sí fuera inestable.

—Nunca contestaste a mi primera pregunta —le dijo—. ¿Quién sueña con ser un monstruo?

Se formó una sonrisa en la comisura de sus labios.

—Para conocer todos mis secretos, tendrás que sacármelos a la fuerza. —Por segunda vez, su mirada se desplazó hacia los labios de ella, pero en esta ocasión Alistair dejó que sus ojos permanecieran ahí. Isobel no necesitaba el Beso Divinatorio para leerle la mente. Si no fueran campeones que participaran en el mismo torneo, si él no tuviera en su poder una magia a la que ella no tenía acceso, puede que se hubiera sentido tentada y que su propio plan se hubiese visto frustrado.

—Sabes que los monstruos no son reales, ¿verdad?

—Yo no estaría tan seguro. ¿Qué te viene a la cabeza cuando oyes la palabra «monstruo»?

Como a Isobel no la habían criado con esos ridículos cuentos de Ilvernath, su mente no conjuró la imagen de un dragón o de un gran lobo feroz. Ni siquiera fue una imagen lo que pasó por su mente.

Era una voz, ronca y grave.

«No puedes escoger la familia en la que naces».

Isobel se estremeció, sintiéndose de inmediato culpable por sus propios pensamientos.

—Me voy a dormir. —Se giró hacia el otro lado, dándole la espalda. Durante los siguientes minutos, cerró los ojos y fingió dormir, incluso cuando escuchó a Alistair dejar su crucigrama en la mesilla de noche y cambiarse de ropa.

No fue hasta que se apagaron las luces cuando se dio cuenta de que el pavor que había sentido antes ya se había desvanecido. Había superado una pesadilla con otra pesadilla.

Y aunque no le dijo nada, se dio cuenta de que, después de todo, puede que hubiera descubierto el secreto de Alistair Lowe.

GAVIN GRIEVE

«Los campeones han intentado escapar del torneo
cavando un túnel por debajo del Velo de Sangre o per-
forándolo con hechizos, pero su magia no es rival para
la de su encantamiento».

Una trágica tradición

Sin dejar de maldecir, Gavin dio la vuelta y tomó el camino que atravesaba el páramo. Aquel paisaje nunca había
tenido mucho sentido para él. Ahí fuera, los páramos parecían dos piezas de un puzle que se habían entremezclado,
una embarrada y sulfurosa y la otra rebosante de flora y fauna
escondida entre la maleza.

Por fin, un edificio de piedra en ruinas apareció al final de
una pendiente, con una turbera rodeando los muros de piedra
que parecían desintegrarse. El Monasterio.

La primera noche del torneo solía acabar con, al menos, un
campeón muerto. Pero el cielo se habría esclarecido si uno de ellos
hubiera muerto y su nombre habría aparecido tachado en los pilares de los Refugios. Los siete habían sobrevivido hasta el amanecer.
Por lo que el siguiente paso de Gavin era sencillo: ser el primero en
derramar sangre. Así demostraría que era un contrincante a batir.

Como el Monasterio era el Refugio más cercano al Castillo, había decidido empezar por ahí.

Enseguida supo que estaba ocupado. La magia defensiva emitía un fulgor carmesí alrededor de los altos muros, lo que significaba que en su interior había al menos un campeón. En ese momento, le daba igual de quién se tratase. Entre los zapatos empapados, la cara sudada y la furia que sentía por el problema con su magia, estaba más que preparado para luchar. Recargar sus anillos sortilegio de nuevo había sido un proceso doloroso y horrible al tener que emplear su propia magia vital, pero lo había hecho. El dolor solo le había hecho vomitar una vez.

Contempló la piedra sortilegio de Protección contra Miradas que llevaba en la mano izquierda. Antes de que Reid le hubiera lanzado el maleficio, el hechizo solo había servido como mero camuflaje. Como un camaleón, su apariencia se fundía con el paisaje. El mismo hechizo de un nivel más alto podría incluso atravesar algunos encantamientos protectores.

Pero esta vez, cuando lanzó el hechizo, sintió algo distinto.

Su extraña nueva magia brilló alrededor de sus manos. Luego, recayó sobre él, envolviéndolo en una luz morada y verde. Observó sorprendido cómo desaparecía la punta de sus deportivas, sus dedos, su torso… hasta que se volvió completamente invisible, incluso para él mismo. Miró hacia abajo y sonrió. Si entrecerraba los ojos, podía detectar una mínima sombra.

Protección contra Miradas, nunca mejor dicho.

El brazo en el que tenía el tatuaje le ardió de dolor, pero lo ignoró. Se detuvo en el límite del descuidado jardín del Monasterio. Habría escudos mágicos rodeando el Refugio, aunque no pudiera verlos. Y no quería malgastar más magia buscándolos. Recordó lo que Isobel Macaslan había hecho en el exterior del Castillo, se agachó y agarró un guijarro de entre la hierba.

Lo lanzó y, efectivamente, chocó unos metros más adelante contra un muro invisible, formando ondas de luz roja a través del aire.

Satisfecho, dio un paso hacia adelante cuando una onda expansiva carmesí se activó desde su pie izquierdo hacia el frente. Otro escudo. Soltó un taco y se echó hacia atrás, pero no sintió ningún maleficio persistente. El dolor le recorrió el brazo y se dio cuenta de que el anillo sortilegio de Protección contra Miradas se estaba cargando.

No solo lo había ocultado de miradas indiscretas, lo había protegido contra los escudos.

Sonrió y se posicionó frente al muro invisible que tenía delante. Entonces, caminó hacia él y con cautela lo presionó con la mano. Al tocarlo surgieron motas rojas de magia y sus dedos las atravesaron sin resistencia.

Saltó por encima del muro derruido y encontró una puerta, cerrada a cal y canto. No importaba lo que hubiera pasado antes, dudaba ser capaz de atravesar la piedra.

Añadir otro hechizo al Protección contra Miradas era una jugada arriesgada. La energía necesaria para lanzar dos encantamientos distintos a la vez requería un equilibrio que él nunca había conseguido dominar. Pero ahora era más fuerte. Podía hacerlo.

Levantó las manos en el aire y lanzó un Romper en Mil Pedazos hacia la puerta de piedra.

Volvió a sentir una punzada de dolor en el brazo mientras el anillo sortilegio se cargaba. Apretó los dientes y se concentró en mantener activo el hechizo, sin dejar de enviar oleadas de magia que brillaban alrededor de la piedra.

Un momento después, la puerta explotó.

¡Bum!

El sonido reverberó por el jardín. El polvo se dispersó, revelando un enorme agujero en el muro, donde antes había estado la puerta.

Aquello no había sido precisamente sutil, lo que significaba que había perdido el elemento sorpresa.

Y peor aún, podía volver a verse los zapatos. Había perdido la concentración y el Protección contra Miradas se había roto. Sintió el ya familia dolor en el brazo, pero se arrancó la piedra sortilegio de la mano antes de que esta se recargase. Se la metió en el bolsillo mientras soltaba palabrotas. Tendría que reservar magia para el combate que le esperaba.

Salió a un patio en el centro del Monasterio. Por encima de él se extendía una pasarela al segundo piso con brillantes vidrieras en las ventanas, todos sus colores teñidos de rojo por la luz del Velo de Sangre. Por lo demás, el edificio estaba decorado de forma austera, con espacios abiertos vacíos y que producían eco.

Pero más importante que el patio eran los dos campeones que se encontraban en su centro, una con la mano en alto cubierta de anillos maleficio y el otro empuñando la espada más larga que Gavin había visto nunca, apuntando a su corazón. Las tres piedras sortilegio de su empuñadura emitían una luz roja. Una Reliquia que ya había sido reclamada.

Se le revolvió el estómago. Había comprobado el pilar del Castillo antes de marcharse, pero solo para ver si alguno de los nombres había sido tachado. No se le había ocurrido mirar también por el otro lado, por si estaba a punto de caer una Reliquia.

—Hola, Grieve —dijo Finley Blair.

—Me has pillado de mal humor —añadió Elionor con sarcasmo—. Matarte me animará.

Gavin no había ido hasta allí con la idea de enfrentarse con alta magia. Pero no iba a huir. Les demostraría lo que podía hacer un Grieve.

—No soy yo el que morirá hoy —dijo sin alterarse.

Una de las piedras sortilegio en los lóbulos de las orejas de Elionor brilló y esta desapareció de su vista. Un momento después, oyó un maleficio de fuego cruzar el aire detrás de él. Bloqueó la magia justo a tiempo y se dio la vuelta con rapidez para encontrársela de frente, con cara de engreída. Antes de que pudiera volver a moverse, lanzó un Trampilla a las baldosas que se encontraban bajo de los pies de Elionor. El suelo del patio ya era inestable de por sí y se vino abajo sin dificultad, como si hubiera estado esperando su oportunidad. Elionor emitió un grito de sorpresa mientras caía en el agujero.

Retumbó un trueno procedente de los corredores abiertos por encima de ellos y Gavin echó la cabeza hacia atrás justo para ver a Carbry Darrow lanzando un hechizo. La lluvia comenzó a caer en el patio, mojándole los hombros. Pero tenía cosas más importantes de las que preocuparse que un poco de mal tiempo. Finley cargaba a través del patio, blandiendo la Espada.

—¿Quieres pelea? —murmuró Gavin, invocando un Guardia Dorada con la mano derecha. Era otra piedra sortilegio que había creado él mismo con mucho dolor—. Pues aquí tienes.

Un momento después, un escudo cayó del cielo justo delante de él.

A Gavin le ardió el brazo cuando la espada de Finley chocó contra el borde de su escudo, pero lo ignoró. No había tiempo para ser débil.

Y era lo único que podía hacer para evitar la fuerza de las embestidas de Finley. Aunque su fuerza física era igual a la de él, no contaba con el amplio entrenamiento de combate de los Blair. Maldijo en silencio. Sabía que Finley era el capitán del equipo de esgrima. Esta había sido una idea estúpida. Bloqueó la Espada lo mejor que pudo, pero sabía que no duraría demasiado.

Debía encontrar otro modo de ganar aquella batalla.

La última vez que había lanzado dos hechizos al mismo tiempo, uno se había roto. Pero tenía que arriesgarse.

Gavin paró un golpe especialmente agresivo, trastabilló hacia atrás e intentó invocar con valentía un Detención Instantánea. El escudo que tenía en la mano parpadeó y Finley sonrió, bajando la espada para dar el golpe de gracia, pero solo consiguió quedarse congelado en el aire.

Gavin aprovechó el breve instante de confusión que esto provocó en el otro chico. Lanzó a un lado su escudo defectuoso y le quitó la espada de las manos. Luego, lo derribó e hizo que ambos cayeran y se deslizaran por las baldosas.

Finley se golpeó la cabeza con fuerza al caerse y se quedó de lado en el suelo, gimiendo y con un hilo de sangre en la boca. Gavin se agachó al lado del campeón caído y tocó el anillo maleficio que tenía en el meñique izquierdo, con el corazón latiéndole desbocado.

Solo contaba con un maleficio mortal: el Venganza de los Olvidados. Lo había encontrado entre lo que podían considerarse las reliquias familiares de los Grieve, una simple caja de seguridad que sus padres guardaban bajo la cama. Provocaba una muerte desagradable, abriendo por la mitad el cuerpo de un enemigo desde dentro. Lo había probado con una ciruela y le había repugnado tanto como fascinado por la forma en la que la piel rosada y madura se había reventado desde el interior.

Invocó la magia de la piedra sortilegio, observando el rostro boquiabierto de Finley, pero no ocurrió nada.

—Mierda —murmuró, presionando aún con más fuerza el anillo maleficio e intentando lanzarlo otra vez. Pero el dolor del brazo se le extendió hasta el pecho y alrededor de la columna vertebral. Los nervios le dolían a rabiar. Sabía que el anillo maleficio no estaba vacío, pero había gastado demasiada magia recargando sus otras piedras sortilegio. Tenía que encontrar una forma de evitar que sus piedras se recargaran constantemente, arrebatándole así su magia vital.

Un rayo carbonizó la tierra a su lado mientras se alejaba rápidamente del cuerpo del campeón. Se le secó la boca al ver a Carbry agachado junto al agujero que había hecho en el suelo del patio, ayudando a Elionor a salir de él.

—Prepárate para morir, Grieve —gruñó Elionor, plantándose delante de Carbry como si lo protegiera.

A Gavin comenzó a nublársele la visión. Se tropezó con sus propios pies cuando Elionor blandió lo que parecía una gran provisión de anillos maleficio, la munición digna de una campeona popular entre los artífices de Ilvernath.

Daba igual cuánto tiempo y energía hubiera invertido en prepararse para aquello o las cosas horribles que había hecho para obtener más poder. No contaba con el arsenal mágico de otros campeones. Sus familias los habían entrenado y no habían tenido que ser absolutamente autodidactas como él.

Y en cuanto a su talento...

Gavin tragó saliva. Siempre había sabido que tenía talento para su edad, pero eso no era suficiente en una lucha como aquella, contra la fuerza combinada de tres campeones.

Para ganar, había que ser extraordinario. Y él no lo era.

Por un momento, quiso rendirse. Cumplir el que siempre había sido su destino: ser el primero en morir. Pero la misma determinación que le había llevado hasta la tienda de maleficios de Reid MacTavish se negó a dejar que se rindiera.

Un hechizo más. Solo uno más. Respiró hondo y lanzó el Caminar en Trance, un leve hechizo de hipnosis, lo suficientemente fuerte como para confundir al enemigo mientras él escapaba.

Funcionó. A Elionor y Carbry se les pusieron los ojos vidriosos y ambos se quedaron congelados, con aspecto desconcertado. Gavin tenía ahora el brazo dormido, pero su cuerpo seguía dolorido por recargar el anillo sortilegio.

Trastabilló hacia atrás. Ya no le importaba ganar. Solo quería correr.

Pero antes de poder alejarse más, otro maleficio de fuego cayó sobre el empedrado a sus pies.

—¡Mierda! —gruñó, dándose la vuelta. ¿Cuántos campeones formaban parte de esa alianza?

Briony Thorburn apareció en el extremo del patio. Aún llevaba el vestido ceñido que se había puesto la noche antes, pero estaba completamente sucio, con los abalorios y la tela cubiertos de mugre. Unos cuantos anillos sortilegio refulgían sobre sus dedos.

—Tú... —le dijo Elionor boquiabierta a Briony cuando el Caminar en Trance comenzó a desvanecerse—. Has vuelto a coger tus anillos sortilegio... Mierda, mi hechizo...

—¡Atrás! —soltó Briony, levantando las manos en el aire.

Gavin esperaba enfrentarse solo a un campeón, no a cuatro. Levantó sus temblorosas manos, con el pánico creciendo en su interior, pero sabía que no podía lanzar nada más. Si se recargaban sus encantamientos otra vez, se desmayaría. Y si intentaba quitarse los anillos, quedaría indefenso.

Tenía que correr. Ya.

Se lanzó hacia la puerta un momento antes de que otro maleficio de fuego cayese sobre el lugar donde había estado parado. Otro le alcanzó el hombro y luego en la espalda, mientras salía pitando del Monasterio.

Recorrió el camino de vuelta al Castillo impulsado tan solo por su voluntad. Sus nuevas marcas de maleficios quemaban a cada paso que daba y el dolor en el brazo era tan insoportable que le costaba mantenerse consciente.

Lo único que le hacía seguir hacia delante era un simple pensamiento.

Ese nuevo poder que le había otorgado Reid no era lo que había esperado. Era más fuerte, sí, pero también retorcido y defectuoso. Debía aprender cómo hacer uso de él en una batalla. Y si averiguaba cómo alzarse con la victoria, se lo haría pagar caro al artífice de maleficios.

ALISTAIR LOWE

«Los artífices de hechizos de Ilvernath no quisie-
ron conceder entrevistas ni accedieron a hacer
comentarios para este libro. Teniendo en cuenta lo
mucho que se apoyan en ellos los campeones para
poder sobrevivir, imaginaos lo que debe ser elegir
a un favorito. Imaginaos lo que debe ser rechazar
a un crío desesperado».

Una trágica tradición

listair se inclinó sobre su tablero de hechizos, consciente de que Isobel revoloteaba a su alrededor. Ojeó
las páginas de uno de los grimorios de la madre de
Isobel para encontrar un hechizo de purificación del agua.
Había pasado una semana desde el inicio del torneo y, según
el pilar de la Cueva, no había muerto nadie. Se imaginó que
los demás campeones también se habrían mantenido a salvo
en sus Refugios, esperando a que fuera otro el que diera el
primer paso.

Y él tendría que hacer algo pronto. Ya casi habían agotado todos los hechizos básicos de alimento que había llevado
Isobel y ambos estaban hartos de subsistir a base de las barritas
energéticas y los fideos instantáneos de Alistair. A la Cueva,
aunque fuera estéticamente perfecta, le faltaban provisiones
con las que otros Refugios sí contaban.

—Necesitas más hojas de hierbabuena —le indicó Isobel, señalando con la cabeza hacia la pila de hierbas secas sobre una esquina del septagrama del tablero de hechizos.

—Sé lo que hago. —A Alistair le daba igual que fuera una artífice de hechizos cualificada, él sabía cómo elaborar un hechizo Purificador de nivel dos sin necesidad de que le guiara paso a paso.

—Intento enseñarte cómo hacerlo para que sea más efectivo.

Entonces, Isobel se acercó y agarró un frasco de hojas sellado, pero se le resbaló de las manos y le tiró a Alistair un montón de menta por encima. Este tosió y escupió varios trozos que se le habían metido en la boca.

—Lo siento —dijo rápidamente. Se inclinó y le quitó algunos restos del jersey. Siguió ascendiendo, limpiándole la frente y las mejillas.

Alistair enrojeció al notar su tacto. Era complicado no hacerlo por el modo en el que le pasó el pulgar por la comisura de los labios. Y no era la primera vez que le había tocado. A la más mínima oportunidad, sus manos o rodillas conseguían rozarse. Isobel le había quitado unas pestañas que se le habían caído sobre el rostro y las había sostenido para que pidiera un deseo. Cada noche, en la cama, la distancia entre ambos parecía acortarse más y más.

Pero, aunque Isobel creyera lo contrario, Alistair no era tonto. Con aquellas instrucciones interminables y nimias que le proporcionaba para demostrar sus conocimientos en elaboración de hechizos. Esos «accidentes» que servían como excusa para parecer todo lo contrario a una rival.

Lo odiaba.

La siguiente vez que le rozó la mano, la agarró por la muñeca.

—Para ya.

—¿Que pare el qué? —preguntó con aire inocente.

—Sabes a lo que me refiero.

—La verdad es que no. —Sus ojos oscuros parecían ver en su interior. Alistair tragó saliva, pero se negó a dejarle ver que sus patéticas tácticas funcionaban precisamente con él, el campeón conocido por ser un monstruo.

Además, era humillante. Daba igual cuánto deseara que su coqueteo fuese real, no podía ser posible, sobre todo si él era el único que podía hacer uso de la magia. Sus estratagemas no eran más que una farsa desesperada.

Se puso en pie, arrastrando la silla por el suelo de piedra, haciéndola chirriar, y se dirigió hacia el otro lado de la habitación.

—He perdido el apetito y estoy cansado. Me voy a la cama.

—Vale. Yo también estoy cansada. —Isobel se dirigió hacia la cama con dosel y se metió debajo de las mantas. Cogió el crucigrama de la mesilla de noche y mordió la punta del lápiz—. Además, quiero terminar este crucigrama. No me gusta rendirme.

—Se nota —murmuró Alistair para sí. Se sentó en una postura rígida al otro lado de la cama y colocó una almohada de sobra entre ellos.

Isobel la quitó y se acercó más para que pudiera ver mejor el crucigrama.

—Siete letras. Termina en «-uria». «Escasez, falta de las cosas más precisas o alguna de ellas».

—Lujuria —respondió Alistair de forma automática sin pensar. Luego respiró hondo y soltó enfadado—: Quería decir «penuria».

Isobel resopló.

—Recuérdame por qué te creen tan listo.

—No quiero hacer un crucigrama ahora, quiero dormir.

—No es tan tarde.

—Dijiste que estabas cansada.

—Y lo estoy. —Fingió un bostezo y rápidamente volvió a pegarse a él. Apoyó la cabeza sobre su pecho—. Estoy muy cansada.

Por un momento, se dejó llevar. Puede que aquello no fuera una farsa. Isobel parecía relajada. Y desprendía tanta calidez contra su pecho... Le gustaba la forma en la que su melena se extendía por encima de su camiseta. Le gustaba cómo sus caderas...

No. Era demasiado. Si seguía así, ella oiría cómo se le aceleraba el pulso. Sabría que Alistair era pura fachada, que era débil.

Canalizó una pizca de poder del Aliento de Dragón para que, al hablar, expulsara vapor caliente por la boca.

—¿Cómo puedes soportarlo?

Isobel se alejó del calor y se sentó.

—No sé a qué te refieres.

—¡Deja de hacer eso! Deja de fingir que...

Demasiado mortificado como para terminar la frase, apartó las mantas y salió disparado de la cama. Un hechizo Miedo a la Oscuridad hizo que su sombra se alargara detrás de él sobre las paredes de la Cueva, como si su altura fuera tres veces mayor. Las velas se apagaron una a una hasta que se quedaron mirándose el uno al otro casi completamente a oscuras.

—Puede que hayas olvidado quién soy. —Cuando caminó hacia ella, Isobel salió corriendo de la cama, alejándose de él—. Tal vez hayas olvidado de lo que soy capaz.

Isobel pegó la espalda a la pared y le preguntó con frialdad:

—Si tanto lo odias, ¿por qué encuentras tantas excusas para permanecer en la Cueva conmigo?

Tenía razón, pero él nunca lo admitiría.

—Vuelvo a tener suficientes provisiones —le recordó—, así que ya no me eres de utilidad. No tienes magia. Estás indefensa. No hay nada que me impida matarte ahora mismo.

Su sombra se enredó en los tobillos de Isobel y le envolvió el cuerpo. Se resistió, pero daba igual cuánto se retorciera, no lograría que las ataduras cedieran. Un gesto de verdadero e incontrolable terror cruzó su rostro. Aquella era la expresión exacta que Alistair esperaba provocar, la que le habían enseñado.

La sombra se enredó alrededor de su cuello.

Pero antes de que Alistair pudiera matarla, escuchó la voz de Hendry: «Si no estás haciendo esto por mí, ¿por quién lo haces?».

Se estremeció, aunque las palabras de su hermano no fueran más que producto de su imaginación. Ganar el torneo siempre había significado regresar con Hendry, interpretar el papel de monstruo que le había asignado su familia para algún día poder dejar todo aquello atrás. Pero habían asesinado a la única persona que nunca quiso que Alistair fuera un monstruo.

¿De verdad quería hacer eso? ¿De verdad quería ser así?

Soltó un taco y lanzó un Destello y Llamarada. Los candelabros a su alrededor volvieron a encenderse.

Isobel pestañeó a causa de la repentina claridad. No se movió, aunque podría haberlo hecho. La expresión de su rostro era de terror.

Provocó que Alistair sintiera algo parecido a la vergüenza.

—Duérmete —gruñó y liberó su sombra, que regresó a su estado natural—. Pero se acabaron los trucos.

Como Isobel no se movió, él se apartó. Se metió en la cama, dándole la espalda, y fingió estar dormido.

Pero no descansó, ni siquiera cuando al final ella, con reticencia, hizo una pila con su ropa en el suelo y se tumbó sobre ella. Ahora sentía una profunda y amarga vergüenza.

Aunque estuviera harto de mostrar crueldad, no sabía comportarse de otro modo. La bondad no servía de nada en el torneo. Y sin importar lo que sintiera por Isobel, esta seguía siendo su rival.

De todas formas, ella no sentía lo mismo que él.

Se dio la vuelta en la cama para mirarla y disculparse. Pero, desde el otro lado de la estancia, pudo ver que tenía los ojos cerrados y que respiraba de forma acompasada. Estaba dormida.

Debía ser agotador estar constantemente asustada.

Él debería saberlo.

Alistair salió de la cama y merodeó por la gruta. Se tumbó de espaldas al borde del lago, del mismo modo que Hendry solía dormir la siesta en el panteón familiar. Si le hubiese prestado más atención a aquellas lápidas o retratos colgados en las paredes de su casa, puede que se hubiera dado cuenta de la siniestra verdad que se escondía tras el éxito de su familia antes de que fuera demasiado tarde.

Pero no lo había hecho.

Se odiaba a sí mismo.

La culpa le dictaba que dejara marchar a Isobel. El dolor le indicaba que era una suerte tener a alguien a su lado, que nunca le iría bien estando solo. Y el corazón le advertía que quien corría verdadero peligro de acabar herido era él.

Era absurdo querer que Isobel recuperase sus poderes porque, en cuanto los tuviera, volverían a ser enemigos.

«Aun así podría matarla», se dijo a sí mismo. «Si recupera sus poderes, si me amenaza, puedo hacerlo».

Una luz roja atravesó la oscuridad, un color que reconoció de inmediato como alta magia. El pilar, que se encontraba en el centro de la pequeña isla en el lago, brilló mientras una de las siete estrellas emitía un fulgor rojo. A continuación, esta luz se deslizó por la piedra, imitando la trayectoria de una verdadera estrella fugaz en el cielo.

Otra Reliquia iba a caer.

Alistair presionó la piedra sortilegio que se encontraba a un lado de la pared y que le permitiría mirar más de cerca.

Un puente se desplegó sobre el lago, emitiendo un brillo rojo por la alta magia. Lo cruzó apresuradamente y comprobó que la estrella que refulgía era la que él creía.

Se trataba de la cuarta estrella. Por sus estudios sabía que se trataba de la Capa. El objeto protegía a su portador contra todos los hechizos y maleficios elaborados con magia común y, además, estaba impregnado de encantamientos para silenciar sus pasos y camuflarse. Era la Reliquia defensiva más potente del torneo.

Su deseo, uno mucho mejor y desesperado, le había sido concedido.

No tenía por qué matar a Isobel. Al menos por ahora... Puede que no tuviera que hacerlo hasta el final del torneo. Eso si conseguía lo que se proponía.

Con cuidado de no despertarla, se escabulló hasta la caverna principal, se armó con unos cuantos de sus anillos sortilegio recién elaborados, se colgó la bolsa de deporte vacía de Isobel en el hombro y salió a hurtadillas de su guarida. Una estrella especialmente roja brillaba en el cielo nocturno carmesí, dejando una estela de luz a su paso. Alistair se sentó en lo alto de la montaña y la vio caer.

Había tenido suerte. La Reliquia se dirigía al pie de la montaña, donde las rocas se unían al bosque. Descendió y siguió el camino que bordeaba la maleza hasta llegar a una cantera. La Capa resplandecía envuelta en un halo de luz roja sobre la superficie rocosa, flotando y aguardando.

Escuchó un ruido seguido de otro y vio la neblina típica de la magia común. Hechizos de Desplazamiento. Maldijo su suerte cuando otras dos figuras aparecieron al otro lado de la cantera. Debería haber sabido que otros campeones llegarían para reclamar el premio.

Un maleficio surcó el cielo nocturno. Alistair lanzó un escudo Piel de Tiburón para bloquearlo. No perdió ni un segundo en bajar por las empinadas colinas hasta la base de la cantera.

Y no tardó en resbalarse con una piedra.

Cayó y rodó hacia abajo mucho más rápido que si hubiera corrido. Se detuvo al final de manera accidentada y cubierto de moratones. Reprimió un grito de dolor mientras intentaba ponerse en pie. Se había herido de gravedad el antebrazo, puede que hasta se lo hubiera roto. Se había concentrado tanto en elaborar hechizos y maleficios poderosos que no se había molestado en elaborar alguno que le ayudara con su torpeza.

La Capa flotaba ahora a unos quince metros de distancia.

Se puso en pie tembloroso a tiempo para esquivar otro maleficio.

—Impresionante —dijo una voz detrás de él. Alistair se dio la vuelta y se topó de frente con la Espada del campeón de los Blair. Definitivamente, no había contado con aquella Reliquia la última vez que se habían encontrado—. ¿Deberíamos molestarnos en matarte o te caerás por otro barranco y lo harás por nosotros?

Alistair no se molestó en responder. En su lugar, lanzó el maleficio Aliento de Dragón y, de pronto, la oscuridad de la noche pareció volverse insoportablemente clara. Una soga de fuego se enrolló alrededor de los pies de Finley y, al girar en espiral, acabó formando un vórtice. Alistair dio un paso atrás para alejarse del calor, entrecerrando los ojos debido a la claridad.

Un torrente de agua apagó su maleficio e inundó el fondo de la cantera. Alistair puso una mueca al verse los calcetines y las deportivas empapadas, y levantó la mirada para encontrarse con la sonrisa engreída de una chica a la que no reconocía en absoluto. Por descarte, supuso que debía tratarse de la campeona de los Thorburn, pero juraría que le había parecido otra en el banquete.

—El campeón de los Lowe —murmuró, dando un paso al frente. Sin duda, no se trataba de la misma chica. Esta era más fornida y amenazante, con una camiseta sin mangas y pantalones de chándal. No se parecía en nada a la campeona de aspecto afable que había grabado su nombre en el pilar —, herido y solo.

Alistair reforzó su Exoesqueleto, una versión más potente del Piel de Tiburón, que le había proporcionado Isobel y sopesó el resto de su arsenal. Thorburn tenía razón. Estaba herido y eran dos contra uno. Y Blair empuñaba la Reliquia ofensiva más potente del torneo, capaz de atravesar cualquier escudo, arder en llamas e infligir heridas que ninguna clase de magia podía sanar.

La decisión más inteligente era retirarse a la seguridad de su guarida.

Pero su mirada se centró en la Capa, tan cerca de su alcance. Conjuró el rostro aterrorizado de Isobel, y se comprometió a terminar lo que había ido a hacer allí.

Ante una crisis, Alistair recurría a lo que le era más familiar. Existía un maleficio en su arsenal que podía elaborar sin la ayuda de Isobel, uno que conocía muy bien desde su infancia.

A sus órdenes, el nivel del agua subió y la cantera comenzó a inundarse. Le llegó a las pantorrillas, los muslos, la cintura… y pasó de ser clara como el agua de lluvia a adquirir un tono negro como la tinta.

—¿Qué es esto? —preguntó Blair con brusquedad mientras Thorburn lanzaba otro maleficio en dirección a Alistair.

Se llamaba Pesadilla del Invocador. Si realmente era un hechizo o un maleficio era cuestión de opiniones, pero a quien lo lanzaba le permitía crear una ilusión tan vívida que engañaba a los cinco sentidos. El nivel del agua que había subido hasta cubrirles la garganta no era real. Ni lo fría que estaba ni su viscosidad. Cada detalle era fruto de la imaginación de Alistair y era todo muy convincente.

Mientras los niveles de agua subían todavía más, los tres campeones se vieron obligados a mantenerse a flote. Thorburn lanzaba desesperada contrahechizos que no surtían efecto, mientras que Blair volvía a colgarse la Espada a la espalda.

Algo chapoteó detrás de ellos. Una cola.

El Pesadilla del Invocador era un oscuro y poderoso. Demostraba ser la combinación perfecta por el pánico reflejado en los rostros de Thorburn y Blair. Aunque Thorburn lanzaba hechizos para drenar el agua, la visión seguía intacta. Al fin y al cabo, el agua no era real.

Pero el maleficio contaba con terrible inconveniente. Como se lanzaba sobre una ubicación, y no una persona, quien lo lanzaba también se encontraba inmerso en la visión. Y una vez puesta en marcha, costaba mucho detenerla.

Una fila de aletas afiladas emergió del agua, acercándose a ellos.

—Mierda —maldijo Blair, nadando en dirección contraria.

Alistair tragó saliva. «Aquí el único monstruo real eres tú», se recordó. Buscó y encontró el débil fulgor de la luz roja al fondo del lago.

La Capa.

Blair lo observó desquiciado.

—¿Esto es cosa tuya? —le preguntó. Alistair se encontraba a tan solo seis metros de él intentando a duras penas mantenerse a flote.

—¡Vamos, Finley! —le llamó Thorburn, escalando las rocas. El agua seguía subiendo.

—Pero ¡esta es nuestra oportunidad! —Miró a Alistair—. Los Lowe seguirán teniendo a Ilvernath a su merced.

Entonces, el monstruo, el leviatán, uno de los favoritos de su madre, sacó la cabeza del agua. Se alzó y alzó hasta que alcanzó casi los diez metros de altura. Tenía la cabeza similar a la de una anguila, tan negra como el agua que la rodeaba. Abrió la boca para mostrar cientos de dientes afilados. Soltó un aullido atroz y

Alistair se sintió presa del miedo. Era su propio hechizo. Su propia imaginación. Pero sentía que aquel sonido le retumbaba en las costillas, que el agua le empapaba la ropa y que el peso de la bolsa de deporte le empujaba hacia abajo. Parecía muy real.

Blair soltó un grito ahogado por el pánico. Luego, nadó con furia hasta el borde de la cantera.

La cabeza del leviatán fue en dirección a Blair, hambriento y deseoso de tener una presa a la que dar caza. Se inclinó y se lanzó hacia él.

Alistair aprovechó la oportunidad y se sumergió.

Mantuvo los ojos abiertos mientras nadaba, entrecerrándolos para ver a través de la turbia luz. El enorme cuerpo del leviatán pasó a su lado mientras descendía a más profundidad.

La Capa flotaba y emitía un fulgor rojo al fondo de la cantera, con la alta magia impasible ante hechizo que tenía lugar a su alrededor.

Alistair abrió la bolsa de deporte y, con cuidado, introdujo la Capa sin tocarla. No quería reclamarla por accidente. Tembló. El agua allí abajo estaba terriblemente fría y en una calma terrorífica.

Cuando cerró la bolsa, la luz roja desapareció y él se quedó flotando en la más absoluta penumbra.

Hasta que dos ojos dorados aparecieron a unos centímetros de los suyos.

Una luz recorrió todo el cuerpo del leviatán. Era la electricidad atravesando sus aletas. Su forma escamosa pasó de ser de un color negro a un blanco cegador, sus venas se encendieron como una membrana reluciente. Abrió sus fauces, que alcanzaron una altura mayor que la de Alistair estando de pie, y mostró no cientos, sino miles de dientes.

«Los monstruos no pueden herirte cuando tú también eres un monstruo», se dijo a sí mismo. Pero la cabeza le daba vueltas sin parar. El corazón le latía desbocado. Su hechizo, elaborado con tanto poder, era imposible de detener.

Si de verdad él era un monstruo, entonces, ¿por qué tenía tanto miedo?

El leviatán avanzó hacia delante y se lo tragó de un bocado.

BRIONY THORBURN

«Del torneo de los traidores solo se habla entre susurros. Los siete campeones se negaron a luchar entre
ellos, creyendo que podían sobrevivir a la maldición.
Se mantuvieron con vida un mes... hasta que Carawen
Lowe se vino abajo y los mató a todos».

Una trágica tradición

Briony siguió a Finley mientras corrían por el bosque. Los
maleficios de fuego atravesaban la maleza que dejaban
atrás y todavía podía sentir las garras del hechizo alucinatorio de Alistair Lowe. Siempre había sido especialmente
susceptible a sus efectos y no podía dejar de pensar en aquellas
mugrientas aletas recorriendo la superficie del lago, en la mirada maliciosa del monstruo y en sus fauces abiertas.

Ninguno de ellos se detuvo hasta que dejaron atrás el
bosque y sus piedras sortilegio Acelerar el Paso se agotaron.
Finley se agazapó detrás de un promontorio rocoso en el límite
del páramo y Briony se le unió un momento después. Ambos
estaban tan agotados que no podían continuar adelante si no se
paraban a descansar.

—Éramos dos contra uno. —La voz de Finley era tan suave y baja que un escalofrío le recorrió la espalda—. Y aun así,
hemos fracasado.

—Y ahora tiene la Reliquia. —Briony estaba en excelente forma física, pero el corazón le iba a mil por hora. No sabía decir si era producto del pánico o la fatiga.

Había pasado una semana desde el inicio del torneo y todo aquel tiempo había estado intentando ganarse con paciencia a sus nuevos aliados. Ya se había ganado la confianza de Carbry tras ayudarlo a enfrentarse a Gavin, pero Elionor seguía resistiéndosele. Conseguir la Reliquia la habría ayudado a reforzar su confianza en ella... y le habría dado algo con lo que probar su teoría.

Quería gritar. Había pasado toda una semana y no tenía nada.

—No es una derrota —dijo Finley, hablando con rapidez y para sí mismo—. Quedan por caer otras cinco Reliquias y la Capa no le protegerá contra la Espada. Si...

—Tenías la Espada y, aun así, nos ha vencido. —Enfadada, le dio una patada a las piedras, que se dispersaron a su alrededor—. La Capa hará que sea imparable.

A cada momento que pasaba, las consecuencias de su derrota eran más reales. Alistair había sido un adversario despiadado, y eso que no contaba con alta magia. Ahora solo era cuestión de tiempo hasta que le diera caza a Isobel o a Gavin. O fuera a por ellos cuatro a la vez.

Y entonces, todo lo que Briony le había hecho a Innes habría sido en vano.

—Esto no tiene por qué cambiar el plan —dijo Finley—. Solo alargará un poco más la espera. Pero no pasa nada, tenemos las defensas que necesitamos.

—¿El plan? —repitió Briony, mientras recordaba lo que Carbry le había contado el primer día en el Monasterio—. Llevas toda la semana insinuando que existe una gran estrategia, pero aún no me has dicho en qué consiste.

Finley la observó con reticencia. Briony esperaba que no fuera por desconfianza. Parecía que podía ser otra cosa distinta.

—Gracias a nuestra alianza tenemos los números de nuestro lado, pero accedimos a esperar a atacar hasta que todos nosotros hayamos reclamado una Reliquia. Así solo estamos ganando tiempo. Cuando eso ocurra seremos lo suficientemente fuertes para acabar juntos con el resto de la competencia.

Briony entendía el concepto de consolidar el poder. Tenía sentido y se ajustaba a sus propios planes para recolectar las Reliquias y probar así su teoría. Pero todavía no comprendía muchas cosas sobre cómo romper la maldición del torneo y no quería compartir sus ideas con Finley sin tener pruebas.

—Es un buen plan, pero ¿por qué Carbry y Elionor? —preguntó—. Isobel es más fuerte que ellos y ambos lo sabemos. Además, Elionor puede llegar a ser…

—Conozco a Carbry desde hace años.

—Pero no eres sensiblero, no cuando se trata del torneo.

Finley la miró a los ojos, examinándola igual que había hecho tantas veces antes, cuando estaban juntos. Otros habían confundido su naturaleza paciente con indecisión, pero Briony sabía que eso significaba que estaba esperando el momento perfecto para contraatacar.

—Eran la mejor elección —murmuró. Luego, se dio la vuelta, dando la conversación por zanjada.

Pero Briony comprendió ahora lo que significaba su reticencia. No era desconfianza, sino remordimiento.

—Los elegiste a ellos porque son débiles —le dijo—, porque necesitas ayuda para eliminar a Isobel y Alistair, y los tres podríais hacerlo si contáis con las Reliquias. Pero, cuando solo quedes tú en pie, ninguno de los dos será lo suficientemente fuerte como para vencerte.

Finley no se movió, e incluso cuando habló, su voz sonó muy serena.

—Es un buen plan.

Briony se estremeció. Por muy bien que pudiera entrever sus intenciones, de repente, sintió que no lo conocía. Al menos, no aquella versión de Finley Blair, el campeón. Era horrible planificar vivir como aliados durante semanas con las mismas personas a las que habías marcado como presas fáciles, incluida ella misma.

Pero también era horrible cortarle el dedo a tu hermana pequeña.

—¿Y si hubiera un plan mejor? —susurró—. Uno en el que no tuvieran que morir.

Puede que aquella versión de Finley en el torneo no fuese la que ella conocía, pero quería creer que ese chico seguía estando allí en alguna parte. Cuando había explicado la naturaleza de su plan, su voz no había desprendido satisfacción, solo resignación. Ambos estaban allí para hacer lo que tenían que hacer. Briony solo esperaba que estuviera dispuesto a cambiar su objetivo y sumarse a su plan.

—¿Qué quieres decir con eso de que no tengan que morir? —le preguntó con cautela.

Briony reunió toda la seguridad que pudo.

—No me hice campeona para poder ganar el torneo. He venido a ponerle fin.

Le contó gran parte de la verdad. Le habló sobre la investigación que había llevado a cabo, sobre cómo había confrontado a Reid MacTavish y lo que este le había dicho sobre la importancia de emparejar las Reliquias con los Refugios, que podría ser una forma de desmantelar la alta magia que mantenía en pie la maldición sin que las personas que participaban en el torneo acabasen heridas.

Se saltó la parte sobre Innes. Que su hermana le había cedido el puesto de campeona una vez que había escuchado su teoría era una mentira convincente. No tenía por qué contárselo, ya lo descubriría cuando le hubiera puesto fin al torneo.

—Sé cómo suena todo esto —concluyó—, pero mi familia tiene... una historia, sobre el Espejo y la Torre que explica por qué van juntos y por qué ambos nos pertenecen en cierto modo. Y debe existir un motivo por el que haya siete Refugios y siete Reliquias, ¿no? ¿Una para cada uno de nosotros?

Mantuvo la mirada fija en Finley durante todo el rato que estuvo hablando, pero su expresión era imposible de descifrar. La mitad de su rostro estaba en penumbra y la otra mitad, roja a causa del brillo del Velo de Sangre. El silencio tenso se prolongó.

—No —dijo al fin.

A Briony se le cayó el alma a los pies. Sentía que se la tragaba la tierra.

—¿«No»? ¿Eso es todo lo que tienes que decir?

—No puede ser posible. Las historias que cuentan nuestras familias son solo cuentos. —Por primera vez, se le quebró la voz. Se llevó la mano al hombro y apretó la empuñadura de la Espada, como si fuera lo único que lo mantenía en pie.

Briony sabía lo que significaba aquel titubeo: una oportunidad. Había conseguido hacerle dudar más de lo que él querría admitir.

—Entonces, ¿tu familia también tiene una historia?

—Claro —soltó—, sobre cómo el primer Blair acudió a una cueva en las montañas, en el límite de Ilvernath, y luchó contra un dragón por el tesoro que este guardaba. Sacó la Espada, nuestra Reliquia, del lago que allí había. Un dragón, Briony. Vas tras la pista de un cuento de hadas.

La Espada y la Cueva. Otra pareja.

—Puede que se trate de… un efecto dramático —admitió. Ella siempre disfrutaba de algún que otro efecto dramático—. Pero esas historias podrían encerrar algo de verdad.

—No puedes perder el tiempo persiguiendo una fantasía.

—¿Estás tan seguro como para arriesgar las vidas de Carbry y Elionor? ¿Tanto como para arriesgar mi vida?

—¡Claro que no! —Tenía la voz aún más quebrada que antes y desprendía un montón de emociones: rabia, miedo, frustración—. Antes sí estaba seguro. Tenía un plan. Entrené para ello. Estaba preparado. Pero ahora, ¿cómo puedo seguir estándolo? —La miró como si le hubiera echado un maleficio en lugar de ayudarlo, como si no quisiera encontrar una salida.

—No puedes —le respondió—. Al menos hasta que encuentre pruebas.

—Pero ¿por qué ibas a querer encontrarlas? Hace un año estabas dispuesta a hacer lo que fuera por ser campeona y ahora dices que quieres acabar con todo esto de una vez por todas. ¿Cómo puedo saber que esto no es ningún truco?

—No lo es. —Podía asegurarle cientos de veces que no quería matarle, pero eso no importaba. Esa antigua discusión siempre flotaría en el ambiente. Y ya tenía claro qué había querido decir con aquello de que había cambiado de parecer—. Lo prometo.

—No puedo creerte. —Sacó del bolsillo una piedra sortilegio—. Es un Lengua de Plata. ¿Me dejarás lanzártelo?

Un hechizo confesor de nivel cinco. Briony tragó saliva presa del pánico. Si le preguntaba sobre Innes mientras se encontraba bajo los efectos del hechizo, se lo contaría todo. Pero si se negaba, nunca se ganaría su confianza.

—Vale —dijo, intentando sonar indiferente.

Finley soltó un suspiro, como si no hubiera esperado que ella accediera.

—Muy bien.

Tomó su mano. Era cálida y fuerte, llena de callos por tantos años entrenando para el combate. Un escalofrío le recorrió la espalda cuando deslizó su pulgar por uno de sus nudillos.

Un momento después, brilló una piedra blanca con magia común. Parte de esa magia salió hacia fuera, como un zarcillo borroso que viajaba en espiral hacia los labios de Briony. Esta abrió la boca e inhaló, poniendo una mueca por las cosquillas que le hizo al bajarle por la garganta. Podía sentir cómo se le formaba ahí una marca, una línea que abarcaba desde justo debajo de la barbilla hasta el esternón. De repente, el mundo pareció lejano. La voz de Finley le atravesó la mente nublada un momento después.

—¿De verdad quieres detener el torneo?

—Sí.

—¿Por eso ocupaste el puesto de campeona de tu hermana?

Briony asintió, aunque ese no había sido el único motivo. Otra verdad se le escapó antes de poder detenerla.

—Sabía… que Innes no sobreviviría mucho tiempo para demostrar ella misma la teoría. No es tan fuerte como yo.

—Ya veo. —Le apretó la mano—. ¿Y estás dispuesta a arriesgar tu vida por una teoría?

—Sí —respondió, y hablaba muy en serio.

El cosquilleo en su garganta comenzó a desvanecerse. Los hechizos confesores nunca duraban demasiado tiempo, ni siquiera los más potentes.

—¿Puedo confiar en ti? —susurró Finley.

Briony lo miró a los ojos.

—Espero que sí.

Y entonces, el cosquilleo desapareció y con él, el Lengua de Plata. En el cielo, las nubes se despejaron y el rostro de Finley se iluminó por completo.

—De acuerdo —dijo con seriedad, soltándole la mano—. Te ayudaré. Por ahora, es lo único que puedo prometerte.

Briony quiso echarse a llorar. Una promesa era mucho más de lo que había esperado. Puede que más de lo que se merecía.

Recibieron a Briony y Finley en el Monasterio con una mezcla de alivio y decepción. A Elionor parecía cabrearle que hubieran vuelto con las manos vacías, mientras que Carbry se alegraba de que siguieran con vida. Les hicieron un resumen de la noche sentados alrededor de la mesa de hierro en el patio principal, donde los faroles encantados no servían de mucho para combatir el brillo rojo y tenebroso del Velo de Sangre que cubría el cielo. Los insectos zumbaban a su alrededor, enjambres de mosquitos con sed de sangre y la irritante costumbre de evadir los maleficios de fuego.

—Necesitamos una mejor estrategia —dijo Elionor—. Os dije que deberíamos haber ido todos a por la Reliquia.

—¿Y dejar el Refugio vacío? —Finley negó con la cabeza—. Era demasiado arriesgado después de lo que sucedió con Gavin Grieve.

—A mí no me importa quedarme atrás —intervino Carbry. Había llevado algunos de los archivos de investigación de su familia a la mesa y hojeaba sus páginas—. El último Darrow que ganó el torneo lo hizo retirándose estratégicamente a su Refugio hasta que el resto de los campeones se mataron entre ellos…

—Quieres decir que se escondió —dijo Elionor—. Eres más fuerte que tus ancestros, ¿vale? Solo con tus Flechas Antiguas podrías acabar con alguien de un plumazo. Sigo sin entender por qué no lo usaste contra Gavin.

Carbry acarició con el pulgar un gran anillo maleficio que llevaba en la mano.

—No estaba seguro de que fuese a funcionar —dijo en voz baja—. Me preocupaban los efectos secundarios.

Elionor puso los ojos en blanco.

—El tío Arthur lleva años presumiendo de que puedes lanzar hechizos nemotécnicos y esos son de nivel ocho. Eres completamente capaz.

—¿Sois familia? —preguntó Briony.

—Somos primos —le respondió Carbry—. Su padre es el hermano de mi madre. Adoptó el apellido Payne cuando se casó. —Luego se inclinó hacia delante y susurró—: En realidad Elionor es rubia.

—Te lanzaré un maleficio —soltó Elionor, pero en un tono más de fastidio que de enfado—. Y deberías dejar de preocuparte por tu capacidad para lanzar hechizos. Finley y yo prometimos protegerte.

Briony sintió una oleada de angustia cuando pensó en lo que Finley había admitido durante su conversación. Que aquellas personas, a las que trataba como amigos, las había escogido porque creía que sería más fácil matarlas. Pero ¿hubiera sido ella menos despiadada en el torneo si su familia la hubiese elegido? Conocía la respuesta, sabía bien cuál habría sido su propia estrategia. Hacerse con la Torre. Aliarse con Isobel, si esta seguía adelante. Arrinconar y destruir al resto, uno por uno.

Y luego apuñalar por la espalda a su antigua mejor amiga. Esa idea siempre le había parecido lejana, una verdad incómoda que mantenía oculta. Ahora se ponía enferma con solo pensarlo.

Si Finley había notado su penetrante mirada, la había ignorado a propósito.

—Coincido en que lo planteamos mal —dijo—. No podemos permitirnos que nuestros adversarios reclamen más Reliquias. Tenemos que ser más agresivos. La próxima vez que caiga una, iremos todos a reclamarla.

—Creo que deberíamos actuar ya —replicó Elionor—. Llevamos una semana haciendo tiempo y ya tenemos una Reliquia. Gavin no tiene ninguna. Podríamos quitarlo de en medio.

Finley le lanzó una mirada a Briony. Esta lo comprendió. En el camino de vuelta había hablado sobre la necesidad de demostrar su teoría antes de contárselo al resto de sus aliados. Pero, para hacer eso, necesitaban otra Reliquia y saber con qué Refugio iba emparejada. Briony no podía unir la Espada con la Cueva mientras Alistair acechara en su interior. Y ninguno de ellos quería que nadie muriera innecesariamente mientras tanto.

Elionor, en particular, querría pruebas que demostraran su teoría. Así que Briony tendría paciencia, sin importar lo mucho que la matara tener que esperar. Hasta que cayera la siguiente Reliquia, hasta que Elionor aprendiera a confiar más en ella.

—Gavin casi nos vence a los cuatro en nuestro propio terreno —dijo Briony precipitadamente—. Me da igual que sea un Grieve, tenemos que tomárnoslo tan en serio como si fuera una amenaza. Y eso quiere decir que esperemos y nos ciñamos al plan.

—Me parece bien —coincidió Carbry.

—Entonces, ¿somos tres a favor de este plan? —preguntó Briony.

Elionor frunció el ceño.

—Hemos venido a luchar. No lo olvidéis.

—No lo olvidamos —respondió Finley sin demora—. Y sabes que eso es lo que valoro de ti. Pero seguro que la investigación de Carbry indica que nadie ha ganado este torneo limitándose a atacar sin pararse antes a pensar.

—Pues, la verdad, hubo un Thorburn hace ciento sesenta años que…

Finley le lanzó una mirada y Carbry dejó de hablar. A Briony le recordó mucho a su hermana en ese momento, por todas las veces que ella misma la había mandado callar cuando Innes se había emocionado en exceso con su investigación. Le provocó un dolor en el pecho.

—Pues decidido —dijo Finley con firmeza.

A Briony le sorprendió lo mucho que le agradaba la idea de que los cuatro acabaran juntos con el torneo. Ya tenía a Finley de su parte. Tal vez no fuese tan difícil convencer al resto.

«Si consigo que me cuenten sus historias, si logramos hacernos con otra Reliquia, podremos probar si la teoría es real», pensó Briony, contemplando a los aliados que había hecho. «Solo necesito más tiempo».

Conjuró una imagen en su mente, la de Innes tirada en el suelo, inconsciente. Recordó lo que había sentido al tener el dedo amputado de su hermana en la mano, con el hueso sobresaliendo por el borde mientras le quitaba el anillo de campeona. Haría que el sacrificio valiera la pena. No le quedaba otra.

ISOBEL MACASLAN

«Al igual que los Refugios, las Reliquias cuentan con
pros y contras únicos. Por ejemplo, la Capa permite a
su portador protegerse contra todo mal, pero también
dificulta la tarea de lanzar magia ofensiva».

Una trágica tradición

I sobel se despertó en plena noche con Alistair cerniéndose sobre ella.

Chilló y agarró en un puño la camiseta que estaba usando
como manta, como si aquello fuera suficiente para protegerla
de una muerte espantosa.

Sin embargo, en lugar de matarla, Alistair le puso su bolsa de deporte en el regazo.

—Es tuya. Quédatela. —Estaba pálido, más que de costumbre. Se sujetaba el brazo izquierdo, que lo tenía inerte y con
un moratón violeta, a un lado.

Con recelo, Isobel abrió la bolsa, segura de que tenía que
tratarse de algún tipo de truco. En el interior había algo suave,
sedoso y blanco, pero hasta que no la sacó no supo de qué se
trataba.

—¿La Capa? —preguntó, afligida. No entendía nada.

—La misma —le dijo sin más—. Es invencible. Y es tuya.
—Se dirigió hasta la mesa, donde rebuscó entre cristales sueltos

buscando una piedra sortilegio en particular. Luego se apoyó contra la pared, con los labios apretados, y comenzó a sanarse el brazo. Isobel se dio cuenta de que lo tenía roto.

¿Por qué iba Alistair, quien la tenía completamente a su merced, darle algo que minaría el poder que ejercía sobre ella? Con la Capa, Isobel estaría protegida contra todos los hechizos y maleficios de magia común, incluidos los de Alistair.

—¿Qué ha pasado? —preguntó con voz queda.

Él se encogió de hombros.

—Tuve que enfrentarme a Thorburn y Blair para conseguirla, pero he ganado.

—¿Están...? —Se le encogió el corazón al pensar en Briony. Ni siquiera sabía que estaba aliada con Finley hasta ahora, aunque suponía que era algo que no debería sorprenderle.

Alistair negó con la cabeza.

—No, no los he matado.

Pero parecía alterado y claramente le habían herido.

Por ella.

—¿Por qué lo has hecho? —Daba igual lo mucho que se esforzara, no lograba relacionar la imagen de Alistair, herido y temblando, con la del chico que hacía unas horas iba a matarla.

—Porque odio la forma en la que me miras —escupió—, como si fuera un monstruo.

—¿Y no lo eres? —Isobel había aprendido que Alistair no era invulnerable, pero el papel del dragón era el que le gustaba interpretar. El que quería.

—Claramente no soy un monstruo muy bueno. —Cogió otra piedra sortilegio sanadora, tras haber gastado la primera casi por completo.

Sin estar segura de cómo responder, se echó la Capa por encima y abrochó las tres piedras sortilegio en forma de broches, que seguramente, si pudiera verlos, estarían brillando en el tono rojo de la alta magia. Era el mayor regalo que jamás le habían hecho.

Cuando Alistair terminó, sin decir una palabra, hizo una pila con su ropa en el suelo de la caverna.

—Puedes quedarte la cama —dijo.

—Mmm, gracias. —A Isobel la cama le parecía tan repugnante como el suelo, pero al menos era cómoda. Se metió entre las mantas llenas de polillas y observó cómo Alistair usaba su jersey a modo de almohada.

El silencio era tal que podía escuchar los latidos de su corazón. Había sido más fácil pasar tiempo con Alistair cuando creía que seducirlo simplemente formaba parte de su estrategia. Porque con cada caricia, cada mirada, había descubierto más cosas sobre él aparte de su crueldad, cosas que había intentado obviar.

Alistair era inteligente. Incluso si necesitaba su ayuda para elaborar hechizos, hacía las preguntas adecuadas y era rápido a la hora de encontrar un patrón en los detalles. Era muy disciplinado en lo que concernía a los estudios. A menudo, se sentaba por la mañana para elaborar hechizos y se quedaba así durante horas, hasta que la propia Isobel acababa agotada. Le gustaban sus ojos, oscuros y grises. El tipo de ojos que deben ser admirados a la luz de las velas.

Tenía que replantearse su opinión sobre él. Tenía que replanteárselo todo.

—¿Qué somos el uno para el otro? —le preguntó.

Él guardó silencio unos minutos antes de contestar:

—Campeones.

Solo era una forma más agradable de decir «enemigos».

—Teníamos un trato. —Isobel le prestaría ayuda para elaborar nuevos hechizos y maleficios, y a cambio Alistair le ayudaría a recuperar sus poderes. Pero había arriesgado su vida para traerle la Capa, cosa que ella no le había pedido.

—Siento haberte asustado antes. Ahora que tienes eso, podrás marcharte cuando quieras.

Pero Isobel no creía que irse fuera buena idea. Ya sabía que Carbry Darrow, Elionor Payne y Finley Blair habían formado una alianza. Si Alistair se había enfrentado esa noche a Briony, eso significaba que probablemente se había unido a ellos. Incluso si Isobel recuperaba sus poderes, tenía muchas más posibilidades de vencer a un grupo de cuatro integrantes si ella misma contaba con una alianza. Dos contra cuatro no suponía mucha ventaja, pero Alistair y ella eran más fuertes que el resto.

—Deberíamos ser aliados —le sugirió.

—Las alianzas solo retrasan lo inevitable.

—Cuatro contra uno es un suicidio.

—Bueno, pero no somos cuatro contra dos si acabo luchando yo solo.

—No será así. No si recupero mis poderes. —Como si fuera tan simple, como si no se hubiera pasado la última semana angustiada preguntándose qué había salido mal al elaborar el Abrazo de la Parca.

Alistair se sentó y se giró hacia Isobel. Sintió la respiración entrecortada por la intensidad de su mirada. Ahora que tenía la Capa, estaban los dos en igualdad de condiciones. Pero, de algún modo, seguía sintiéndose insegura.

—Si cometes un error, podrías morir.

—Moriré si no recupero mis poderes —señaló—. La Capa no puede protegerme eternamente.

—Ni siquiera sabes qué salió mal.

—Fue el sacrificio. Estoy segura. Bastante segura, al menos.

Alistair se puso en pie.

—Si tuvieras el Espejo, podrías obtener la respuesta. Lo sabrías con certeza.

Isobel lo consideró por un momento, intrigada. El Espejo era una de las cinco Reliquias que todavía no habían caído. Le proporcionaba a su portador las respuestas a tres preguntas cualesquiera, así como la habilidad de espiar a sus adversarios.

—Podría preguntarle en qué metí la pata —dijo Isobel, conteniendo la respiración.

Comenzó a albergar esperanzas ante la idea de recuperar sus poderes. No tendría que seguir escondiéndose en aquella cueva embrujada y repulsiva. Podría dejar de odiarse a sí misma por el error que había cometido. Bajaría de aquella montaña siendo de nuevo la campeona más poderosa del torneo...

E intentaría matarlos a todos antes de que la mataran a ella.

Tragó saliva. Esa última semana había estado tan centrada en convencer a Alistair de que no la matase que había dejado de pensar en todas las razones por las que no quería ser una campeona.

—El único problema... —dijo Alistar, evitándola con la mirada mientras se apoyaba en el poste a los pies de la cama. Las telarañas colgaban de la madera, por encima de su cabeza, formando una desagradable corona a la luz de las velas— es que todavía quedan once semanas. Es mucho tiempo para esperar aquí a que caiga el Espejo... conmigo.

Su voz se quedó suspendida en la última palabra e Isobel se dio cuenta de que, aunque Alistair supiera que su coqueteo era puro teatro, definitivamente le había calado hondo. Sonaba casi dolido.

Aunque le había pedido disculpas, aunque le había entregado la Capa, seguía siendo la persona que la había aterrorizado. Isobel no tenía por qué disculparse por herir sus sentimientos cuando lo único que intentaba hacer era sobrevivir.

«De eso se trata», se dijo a sí misma, «de hacer el paripé».

Entonces, ¿por qué se le habían encendido las mejillas al pensar en estar once semanas en aquella cueva sola con Alistair Lowe?

Obligándose a mostrar indiferencia, dijo:

—Espero que tus crucigramas nos duren hasta entonces.

Alistair rio con ganas, como si hasta hace un momento hubiera estado aguantando la respiración.

—Con lo rápido que los terminas, no creo.

—Los otros campeones no esperarán tanto tiempo —señaló Isobel. Ya le sorprendía que hubieran esperado hasta el momento.

—La Cueva es el segundo Refugio defensivo más fuerte de...

—Pero si uno de ellos reclama la Corona, todos los Refugios se debilitarán. O si cae el Medallón, eso podría invalidar la propiedad de una Reliquia o Refugio...

—En ese caso, los venceré a todos, ¿de acuerdo? —dijo con ferocidad—. He entrenado para ello.

Puede que Alistair fuera inteligente y poderoso, pero hasta él podía verse superado por un grupo de campeones armados con Reliquias.

No obstante, desprendía mucha seguridad y era un Lowe. Tal vez sí que había entrenado para superar cualquier obstáculo.

—¿Puedo preguntarte algo? —murmuró Isobel.

—Claro.

—¿Siempre quisiste ser campeón?

—Sí —respondió sin más.

—Ah. —Isobel agarró las sábanas en un puño y pensó en su padre. Puede que tuviera razón. Tal vez, en un principio, Isobel sí que le había dado la espalda al legado de su familia, al honor.

—Sé cómo me deja eso —dijo rápidamente, malinterpretando su respuesta—. No es que estuviera deseando ponerme en peligro o matar a un montón de gente, pero... —Su voz se endureció—. Durante toda mi vida, me han dicho que eso era lo único que importaba, que teníamos un papel que desempeñar.

—Al hablar en plural, ¿te refieres a tu hermano y a ti? Era el que estaba contigo en La Urraca, ¿no? —Por un momento, sus facciones se ensombrecieron y le preocupó haberlo disgustado de algún modo—. No tienes por qué responder... Demasiado personal...

—No pasa nada. —Vio cómo se le movía la nuez al tragar. Luego, le preguntó a Isobel con la voz contenida—: ¿Y tú? Imagino que, como te nombraron campeona tan pronto, debía ser algo que querías... Ser famosa y todo eso.

Isobel se rio con amargura, recordando la primera vez que un periodista la había abordado de camino al instituto. Las náuseas que había sentido cuando la había llamado campeona. La forma en la que Briony había sonreído. Incluso un año después, los recuerdos seguían siendo duros y nítidos.

—Todo aquello fue un error. —Le tembló la voz—. Nunca quise ser famosa. Si no hubiera sido por... —Su mejor amiga. Su familia. Pero no quería sacar ese tema—. Las cosas no tendrían que haber salido así.

La voz de Alistair sonó sorprendentemente amable cuando le preguntó:

—Entonces, ¿no querías ser campeona?

—No —respondió Isobel, aunque sentía que estaba admitiendo algo terrible—. No quería. Y... sigo sin querer. A veces, cuando cierro los ojos, finjo que nada de esto es real, que sigo en mi cama, en casa. —En la habitación donde había malgastado un hechizo para destrozarla solo porque había estado enfadada y asustada.

De pronto, las velas de la habitación se apagaron de golpe, pasando de la ya tenue luz de la velas a una oscuridad total.

Tardó un segundo en darse cuenta de que había sido Alistair quien las había apagado con un hechizo, para ella. Para que no pudiera ver dónde estaba en realidad. Pero aún podía olerlo: la podredumbre, el moho, la humedad, el olor a tierra de las paredes de la cueva.

—¿Quieres saber algo gracioso? —le preguntó Alistair—. Si tuviera que elegir entre quedarme aquí o irme a casa, seguiría escogiendo quedarme aquí. Contigo.

A Isobel no le pareció que fuera gracioso, y una multitud de preguntas sobre los Lowe se agolparon en su cabeza. Si los retorcidos rumores que corrían sobre ellos en Ilvernath eran ciertos.

Pero en lugar de fisgonear, dijo:

—No tienes por qué dormir en el suelo. Sé lo incómodo que es.

—Creo que te debo algo más que una noche en el suelo.

—Esta noche te has roto el brazo. Lo tendrás entumecido aunque te lo hayas curado. No quiero que mi aliado esté herido.

Sabía que, después de todo lo que había coqueteado con él, esa invitación podía malinterpretarse. Sobre todo en una cama con tan poco espacio entre ellos y completamente a oscuras.

Lo que no se podía malinterpretar era el vuelco que le dio el estómago cuando sintió el peso de Alistair sobre el colchón. Cuando se tumbó a su lado y sintió una calidez que se propagó como el fuego desde su cabeza hasta sus pies.

De allí no podía salir nada bueno.

Se trataba de Alistair Lowe, a quien todos habían declarado su gran rival. El chico sobre el que su madre le había advertido.

Cuando hubieran aniquilado al resto de sus adversarios, su exmejor amiga incluida, solo quedarían ellos dos. Puede que faltaran meses para ello. Puede que solo días. Pero aquella alianza solo los conducía a eso. No a un beso robado en la oscuridad ni a un excepcional regalo sorpresa.

A un duelo.

Despejando la mente, Isobel le dio la espalda. Pasaron varios minutos y Alistair no se había movido. No estaba segura de que siguiera despierto.

—Cuéntame una historia de monstruos —susurró.

Alistair se revolvió y luego, somnoliento, murmuró:

—¿Has oído hablar alguna vez la de las alimañas nocturnas?

—No.

—Se sienten atraídas por lugares completamente oscuros porque sus cuerpos están hechos de sombras. —Isobel se percató de la oscuridad total que los rodeaba y se arrebujó aún más debajo de las sábanas—. No pueden ver en la oscuridad mejor que tú o que yo, pero sus ojos arden al contacto con la más mínima luz. Eso es lo que buscan...: ojos. Ojos nuevos que no se vean afectados por la luz del día, que puedan arrancar y utilizar para reemplazar los suyos. Así podrán, al fin, alimentarse en el exterior.

El temor de Isobel disminuyó. Sus verdaderos miedos se vieron sustituidos por los inventados. Cuando se durmió, no soñó con la muerte de Briony ni con lo que sentiría al besar o lanzarle un maleficio a Alistair. Soñó con miedos que, por una vez, se sentía capaz de vencer.

GAVIN GRIEVE

«Uno de mis primeros recuerdos es ver a mi familia
apostando que nuestro campeón sería el primero en
morir. No se equivocaban».

Una trágica tradición

P asó una semana hasta que sanaron las heridas con las que
Gavin había salido del Monasterio. Su cuerpo ya no parecía suyo, no se comportaba como era habitual. Escondió
todos sus anillos sortilegio en un cajón y durmió durante días,
sudando febrilmente sus camisetas, hasta que estuvo lo suficientemente lúcido como para sentirse paranoico.

Cuando al fin se sintió mejor, abandonó la protección
del Castillo y se dirigió hacia el páramo. Tardaría siglos en llegar a su destino sin hacer uso de un hechizo Desplazamiento,
pero no quería malgastar más magia de la que fuera necesaria.
Al menos, no hasta que pudiera dar con un modo de evitar
que sus anillos sortilegio le drenaran la fuerza vital de manera
automática.

No tenía sentido dirigirse hacia el casco de Ilvernath.
Ningún campeón podía entrar allí durante el torneo. El Velo de
Sangre contaba con un detector en su centro, sobre el Pilar de los
Campeones, que impedía que accedieran a la ciudad y también
que la ciudad pudiese interactuar con ellos. Nadie podía salir

o entrar durante los meses que duraba el torneo, una realidad que la familia ganadora solía borrar de la memoria de los habitantes del pueblo una vez que todo terminaba.

Pero, después de usar un Protección contra Miradas para atravesar el escudo del Monasterio, se dio cuenta de que su nuevo poder no seguía las reglas habituales de la magia. Así que quizá aquella regla también pudiera romperse.

No tardó mucho en divisar la barrera que dividía el terreno del torneo del resto de Ilvernath, que ascendía más allá de la copa de los árboles. Un muro traslúcido que vibraba del color rojo de la alta magia, el Velo de Sangre interior. De cerca, casi era hermoso, motas carmesíes que se arremolinaban como si fuera una reluciente pintura al óleo.

Gavin lanzó el Protección contra Miradas y su cuerpo quedó oculto, igual que en el Monasterio. Un momento más tarde, le comenzó a doler el brazo mientras el anillo sortilegio se recargaba.

Se sentía estúpido, pero extendió una mano hacia el Velo de Sangre interior. Cuando sus dedos rozaron la alta magia que este contenía, notó un tacto extraño, como si fuera arcilla. Cerró el puño a su alrededor a modo de prueba y pudo agarrar la alta magia, permitiéndole echarla a un lado.

Por primera vez en una semana, volvió a sentirse poderoso.

Rasgó la barrera hasta abrirla. Después, primero un costado y luego el otro, la atravesó. Trastabilló al intentar mantener el equilibrio en la acera al otro lado. Casi no había tenido tiempo de asimilar la ciudad que nunca pensó que volvería a ver cuando detectó a un grupo de personas agolpadas en el límite de la barrera. El *flash* de una cámara confirmó sus sospechas. Periodistas.

Comenzó a ser presa del pánico, pero gracias a su hechizo Protección contra Miradas, los periodistas no lo vieron.

Continuaron como pasmarotes mirando la barrera, ignorando que un campeón los observaba a tan solo un par de metros de distancia.

—Me encuentro en el infame Ilvernath —dijo un reportero a la cámara—. Sé que nuestros espectadores están ansiosos por conocer las últimas novedades, pero, de momento, ha pasado una semana sin ningún cambio o noticia del torneo. El Velo de Sangre sigue tan rojo como siempre y el Pilar de los Campeones correspondiente nos indica que no se ha tachado aún ninguno de los nombres de los Siete Sanguinarios.

«Buitres». Gavin dejó de prestarles atención y contempló el tajo que había hecho en la barrera. Con las dos manos, agarró los bordes y tiró de ellos para cerrarla. La alta magia volvió a unir ambas partes. No podía arriesgarse a dejar un acceso para que los periodistas pasasen por él. Lo último que quería era que estuvieran en primera línea en el torneo.

Aquello no debería haber sido posible, pero si era capaz de modificar el propio tejido del torneo…, le hacía preguntarse qué más podría conseguir.

Inhaló hondo y se dirigió con paso firme hacia la carretera que llevaba al centro de Ilvernath, los edificios tallados como si fueran siluetas contra la penumbra escarlata del cielo. Era de noche y casi toda la ciudad se había retirado a sus hogares o habitaciones de hotel. Los pocos rostros con los que se encontró no parecían verlo gracias al hechizo, aunque no dejó de ponerse nervioso cuando la gente caminaba en su dirección.

Atravesó las calles adoquinadas hasta llegar a Maleficios MacTavish. Aunque la tienda estaba cerrada, oteó a través de la ventana y vio a Reid en su interior, encorvado sobre un tablero de hechizos y concentrado en su trabajo.

Gavin anuló su hechizo y llamó a la puerta.

Reid levantó la mirada hasta encontrarse con los ojos de Gavin, pero no parecía tan sorprendido de verlo como debería. Era desconcertante.

—Grieve —ronroneó Reid mientras lo dejaba pasar.

Gavin frunció el ceño.

—Tenemos que hablar.

—El tatuaje debe estar funcionando si puedes entrar a la ciudad.

—Así que lo sabías. ¿Qué más puedo hacer? —Su voz sonó más aguda debido a la frustración acumulada—. Mi magia está descontrolada y va a acabar matándome.

—Me pediste ayuda —dijo con aspecto aburrido— y te la proporcioné. Ambos estábamos allí.

—No me advertiste que podía pasar esto —soltó Gavin, levantándose la manga de la camiseta.

Tenía el brazo entero cubierto por una enfermiza luz violeta y verde. La magia se enroscaba por sus venas desde la muñeca hasta el hombro, con los músculos y los tendones abultados y con una cuarta parte de la arena apilada al fondo del reloj. Sanar los maleficios que le había lanzado Elionor Payne le había costado más magia, más vida, de la que quería imaginarse.

Reid se quedó inmóvil durante un momento, mirándole fijamente el brazo.

—Convertí tu cuerpo en un receptáculo para que pudieras disponer de magia pura potente. ¿Creías que sería divertido? Por algo es un tema tabú.

—Eso me da igual —respondió con brusquedad—. Dijiste que la magia vital recargaría automáticamente mis anillos sortilegio, pero no mencionaste que no podría evitarlo. No puedo usar más de un par a la vez sin desmayarme.

—Me preguntaba si pasaría eso. Supongo que una vez que comienzas a usar tu propia fuerza vital para cargar los hechizos, es difícil ponerle freno.

—Pues será mejor que me digas que existe un modo de hacerlo.

Reid le dedicó una mirada de lástima.

—¿Has intentado… no llevar puestos los anillos sortilegio?

—¿Y tener un aspecto completamente patético durante la batalla?

—Parecer patético es mejor que estar muerto.

—No, parecer patético te conduce a la muerte —gruñó Gavin—. ¿Por qué no me advertiste que esto podía pasar?

—¿Habrías decidido no seguir adelante si lo hubieras sabido?

Sus palabras provocaron que se detuviera a pensarlo.

Lo cierto era que había acudido a la tienda de maleficios de MacTavish porque estaba desesperado. Habría accedido a cualquier cosa. Ningún precio era demasiado alto. No existía ninguna línea que no hubiera cruzado.

—No —dijo con la voz ronca—. Lo habría hecho de todos modos.

La sonrisa de Reid era entre petulante y algo triste.

—Entonces, ¿de qué te quejas?

Gavin notaba cómo el reloj de arena le palpitaba dolorosamente en el hombro. No tenía una respuesta. En su lugar, optó por hacer otra pregunta.

—¿Cómo es posible que haya podido llegar hasta aquí?

—No estoy del todo seguro —le respondió—. Pero si tuviera que adivinarlo diría que es porque cuentas con algo que no es exactamente magia común ni alta magia. El torneo no sabe qué hacer contigo. Estás alterando sus reglas.

Gavin reflexionó sobre ello. Le seguía confundiendo el modo en el que había interferido con las reglas del torneo. Parecía contradictorio. Había logrado reclamar un Refugio, había grabado su nombre en el pilar y había recibido el anillo de campeón. Pero era capaz de hablar con alguien que no fuese uno de sus adversarios. Podía atravesar la barrera.

Maldita sea. Podía atravesar la barrera.

—¿Crees que podría escapar? —le preguntó a Reid—. ¿Abandonar el torneo sin más?

Nunca antes había considerado encontrar un modo de dejar todo aquello atrás. La esperanza que se anidaba en su interior era dolorosa y ni siquiera había sido consciente de que seguía aferrándose a ella. Había olvidado lo que se sentía al tener un futuro más allá de aquella matanza.

—Tal vez —dijo Reid con cautela—. Pero, si funciona, cabe la posibilidad de que se considere de forma automática que has renunciado a tu plaza en el torneo y, bueno…, el encantamiento reclamaría a otra persona.

Las esperanzas de Gavin volvieron a desvanecerse. Solo había otro Grieve con edad de participar en el torneo: su hermano pequeño. Puede que Gavin no quisiese ser un campeón, pero tampoco quería que Fergus muriera en su lugar.

—Entonces, ¿de qué sirve todo esto? —murmuró, sintiéndose un idiota por haber albergado algún tipo de esperanza—. Mi magia es más fuerte, sí, pero tengo muchas menos reservas que el resto de los campeones.

—Viniste hasta aquí porque no querías ser como el resto de tu familia. ¿No se trataba de eso?

Sus palabras le recordaron los motivos por lo que había llegado a ese pacto. Para hacerse lo suficientemente poderoso como para tener alguna posibilidad en la batalla. Si eso significaba tragarse el orgullo y ser más cuidadoso con sus anillos sortilegio, que así fuera. Los otros campeones no podrían burlarse de él si estaban todos muertos.

Allí ya no tenía nada que hacer. Inhaló profundamente y se dio la vuelta para marcharse. Pero, al igual que la última vez que había visitado la tienda de Reid, le llamó la atención el mismo estante de anillos maleficio. No es que le sonaran de algo, sino que los había visto en algún otro sitio. Estaba bastante seguro de que esos mismos anillos de MacTavish los tenía alguien en el torneo, pero no era capaz de recordar quién los llevaba puestos.

—No habrás ayudado a algún otro campeón —soltó de repente, girándose hacia él—, ¿verdad?

Reid lo miró.

—No he ayudado a ninguno de los campeones que han acudido a mí, no.

Había escogido sus palabras con mucha cautela. Puede que fuera porque recordaba que Gavin llevaba consigo un hechizo confesor, aunque este no pretendía malgastar la magia en eso. Tampoco merecía la pena presionar con preguntas. Confiaba en su instinto y este le decía que todo aquello olía a chamusquina.

—Pues muy bien. —Gavin hizo todo lo posible por imitar la sonrisa amenazante de Alistair Lowe—. Bueno, ahora que sé que puedo hacerte una visita… igual aprovecho la oportunidad en otra ocasión.

La sonrisa de Reid fue igual de mordaz.

—Te estaré esperando.

Mientras Gavin volvía a cruzar la barrera y regresaba al Castillo, drenando su preciado poder con otro hechizo Protección contra Miradas, no pudo evitar pensar que Reid, más que ayudarlo, lo usaba como objeto de estudio. Como si fuera una rata de laboratorio.

Puede que, después de todo, el artífice de maleficios y esos periodistas agolpados en el Velo de Sangre no fueran tan distintos entre sí.

BRIONY THORBURN

«El torneo solo ha fracasado una vez, cuando varios
campeones se evitaron entre ellos durante los tres
meses. Así que todos perecieron. Siete campeones
muertos. Y, al contrario que en otros torneos, su muerte
fue en vano. La alta magia por la que habían luchado
permaneció inaccesible a todas las familias hasta que el
Velo de Sangre volvió a caer».

Una trágica tradición

Briony Thorburn intentaba elaborar un Sobrecarga.

Estaba sentada en medio del patio, observando el tablero de hechizos que había extendido sobre la mesa de hierro. Esperar a que cayera la siguiente Reliquia era insoportable e intentar recargar su arsenal de piedras sortilegio era su única distracción. Casi no había llevado encantamientos al torneo y, aunque Finley y Carbry habían sido muy amables al dejarle algunos, todavía necesitaba más.

Por suerte, el Monasterio contaba con una cantidad considerable de piedras sortilegio vacías. Aunque hubiera estado bien que Briony fuese una artífice de hechizos con talento. Su punto fuerte siempre había sido lanzarlos. En las clases de elaboración de hechizos del instituto siempre lo pasaba fatal porque sabía que tendría que aplicar lo aprendido en el torneo.

—Bien, bien —murmuró, disponiendo los ingredientes del hechizo en distintos puntos del septagrama. Un poco de musgo, algunas rocas, un fósforo quemado, un mosquito muerto, un tornillo, un frasco con agua de lluvia, una astilla de madera petrificada. Las instrucciones del hechizo estaban junto a ella, garabateadas en una letra casi ilegible. Ya había elaborado con éxito algunos hechizos de nivel tres y cuatro, pero necesitaba algunos ofensivos de más potencia. El Sobrecarga de nivel siete sería una muy buena adición a su arsenal. Se trataba de un maleficio que le proporcionaría a sus objetivos una desagradable descarga eléctrica, incapacitándolos y puede que hasta chamuscándolos un poco. Pero las últimas tres veces que había intentado elaborarlo había fracasado a lo grande, algo que quedaba en evidencia por las piedras sortilegio rotas que había esparcidas por la mesa. Le dolía la mano a causa de la sangre que seguía derramando de su palma para finalizar el maleficio.

Solo le quedaba otro frasco de magia pura. Tenía que funcionar.

La mirada de Briony se desvió hacia los papeles que había amontonados al fondo de la mesa. Carbry los había dejado ahí y se había ido a cenar algo. Se trataba de un mapa de Ilvernath con muchas notas a mano, los bordes sujetos por varios libros gruesos y de aspecto antiguo. Elionor y él habían estado hablando de estrategias para entrar en el Castillo, ya que aquel era el santuario de Gavin.

Al pensar en Elionor recordó que las instrucciones para elaborar el hechizo Sobrecarga eran suyas. Ella sí que era muy buena artífice. La había visto en acción durante aquella última semana y media. Estaba casi a la altura de Isobel.

Frunció el ceño y volvió a mirar el septagrama, la piedra sortilegio y los restos de magia dentro del frasco. Luego, se tragó su orgullo y fue a pedir ayuda.

—Pues claro que no funciona. —Elionor se sentó en el sitio de Briony y comenzó a toquetear los ingredientes del hechizo—. Estás elaborando un Sobrecarga de nivel siete, ¿no?

—Sí. —Briony se balanceó incómoda ante el desorden de Carbry, intentando no sentir que la trataba con condescendencia.

—Los ingredientes están mal. Necesitas pinaza y no musgo. Y tienes que reordenar esto así... —Cambió de lugar algunos ingredientes sobre el tablero y luego asintió con la cabeza—. Así.

—Ah —dijo Briony, sintiéndose estúpida. Le había costado descifrar la letra de Elionor—. Gracias.

—Lo habrías averiguado tú solita si hubieras leído las instrucciones con más atención. Pero, en vez de eso, has malgastado tres frascos de magia pura.

—Lo siento. —Briony sentía cómo enrojecía—. Pero no tienes que ser tan dura conmigo. Carbry comete errores constantemente y no te enfadas con él...

—Porque él es un crío —dijo Elionor con fiereza—. Vi cómo te enfrentaste a Gavin. Puedes lanzar casi cualquier hechizo, pero deberías entender cómo se elabora tu arsenal si quieres emplearlo correctamente. La magia es mucho más que solo lanzarles hechizos a tus adversarios.

A Briony le desconcertó aquella reacción.

—¿Me estás elogiando o insultando?

—Olvídalo, ya lo hago yo.

Uno a uno, Elionor dispuso los ingredientes en las siete puntas del septagrama. Luego, colocó la piedra vacía en el centro, asintiendo con satisfacción.

—La precisión lo es todo —murmuró Elionor, con sus piedras sortilegio refulgiendo en sus orejas. A Briony le dio la sensación de que hablaba para sí misma. No quería que lo hiciera por ella, pero, al parecer, no tenía voz ni voto en aquel asunto.

Suspiró y volvió a mirar los papeles de Carbry. El mapa de Ilvernath se agitó a causa de la brisa nocturna. Lo alisó.

Y se quedó petrificada.

Ya había visto antes mapas de los Refugios, igual que todos los competidores, pero con el Pilar de los Campeones dispuesto en el centro de aquel modo...

Observó el tablero de hechizos, donde Elionor volcaba la magia pura del frasco. Los ingredientes estaban colocados ordenadamente en las esquinas. Y, de pronto, Briony cayó en la cuenta, comprendiéndolo todo de golpe. No podía creer que no lo hubiera visto antes.

—Es un tablero de hechizos —susurró—. Todo este torneo es un gigantesco tablero de hechizos.

Elionor quitó la mirada de lo que estaba haciendo, frunciendo el ceño.

—¿Qué?

Briony no se había dado cuenta de que había hablado en voz alta. Mientras le había estado dando vueltas a la cabeza, Elionor casi había terminado de elaborar el maleficio. La piedra sortilegio con el Sobrecarga, un cristal blanco, refulgía ahora cargada de magia.

—Eh..., nada —dijo rápidamente, pero Elionor la miró con los ojos entrecerrados.

—A mí no me ha parecido nada —dijo, extendiendo la mano hacia ella—. Dame. Tienes que verter tu sangre.

Parecía demasiado contenta cuando le hizo un corte en la palma de la mano, otro tajo abierto a juego con los que se había hecho ella misma.

Comenzó a sentir una gran inquietud mientras se vendaba la herida. Sabía que Elionor tenía sus dudas con respecto a ella. Necesitaba pruebas para tener la más mínima esperanza de que la creyera.

Pero... Elionor era una experta en elaboración de hechizos. Y sabía que no iba a dejar de presionarla hasta que le diera una explicación.

Briony cogió el mapa del torneo y lo extendió sobre el tablero de hechizos.

—Fíjate, el tablero y el terreno del torneo tienen la misma estructura. Un septagrama... —Señaló hacia los Refugios—. Y una piedra sortilegio en su centro. —Tocó con el dedo el Pilar de los Campeones.

Elionor contempló el mapa y el tablero de hechizos, para luego volver a mirar a Briony.

—Pues sí. Mi familia sabe eso desde hace siglos, que la estructura básica de un maleficio se replica en el terreno del torneo. Porque es una maldición. Lo que me preocupa es que tú no lo supieras hasta ahora.

—Claro que sé que es una maldición.

—Entonces, ¿adónde quieres ir a parar?

—Me refiero a que se necesita algo más que un tablero de hechizos y una piedra para elaborar un maleficio. Se necesitan ingredientes y un sacrificio. Obviamente, nosotros somos el sacrificio. —Briony cogió una de las ramitas y la sacudió de forma dramática para enfatizar lo que decía—. Pero también tenemos unos ingredientes.

Elionor frunció el ceño.

—Los ingredientes de una maldición no pueden durar durante cientos de años. Eso es ridículo.

—Entonces, ¿de dónde salen las Reliquias?

Elionor se irguió con los ojos abiertos como platos. Por primera vez, Briony sintió que la veía como a una igual en lugar de un estorbo.

—Pero… los ingredientes tendrían que ir en un orden específico para que funcionara el hechizo —dijo con voz queda.

Briony se acercó y cogió el Sobrecarga. Su familia contaba con muy buenos hechizos, así que supo de inmediato que aquel estaba muy bien elaborado.

—Sí que siguen un orden —dijo—. Cada Reliquia va emparejada a un Refugio específico. ¿Tu familia no tiene ninguna historia al respecto? La mía sí y la de Finley también.

—Así que él está al corriente de esto. —Su voz era carente de emoción—. Conoce tus… teorías.

—Sí, las conoce, pero eso no es lo importante. ¿No ves lo que esto significa? Tú sabes de elaborar hechizos, sabes que la única forma de romper un maleficio es deshacerlo pieza a pieza. Si ponemos los ingredientes en el orden correcto en los lugares adecuados del septagrama, podríamos conseguirlo.

Elionor se agarraba con fuerza al borde de la mesa. Antes de que dijera nada, Briony ya sabía que no la creía, que ese momento de vulnerabilidad que había sentido antes ya se había desvanecido.

—No puedes ni elaborar un Sobrecarga de nivel siete —se mofó Elionor—. ¿Qué te hace pensar que podrás romper una maldición que lleva activa más de lo que nadie puede recordar?

—No sé si podré —contestó—, pero tengo que intentarlo. ¿Tú no quieres salvarnos a todos?

—No necesito que me salven. —El rostro de Elionor estaba enrojecido debido a su frustración. Sus palabras eran, en cierto modo, contundentes, como si ya las hubiera pronunciado antes—. Cada uno de los campeones entendemos lo que sacrificamos cuando grabamos nuestro nombre en el pilar. Pero está claro que no es tu caso.

—Sí que entiendo el sacrificio que conlleva. —Briony volvió a pensar en el anillo de campeona que llevaba en el dedo, en lo que había hecho para obtenerlo. Puede que Elionor no la considerara una campeona, pero se había ganado su lugar allí. Estaba arriesgando su vida. Era tan campeona como cualquiera de ellos—. He renunciado a todo para ocupar el lugar de mi hermana. No porque quiera ganar, sino porque estoy dispuesta a arriesgar mi vida por salvar la de otros.

—Pues arriesga tu vida, no la nuestra. —Elionor se sacudió las manos y señaló hacia el patio—. No quiero que tu ridículo idealismo y teorías imaginarias destrocen mi alianza.

—¿Tu alianza? —Briony comenzó a enfadarse—. Tu alianza es una trampa mortal. Lo único que haréis será matar al resto y luego el más fuerte de vosotros se deshará de los otros dos.

—¿Crees que no lo sé? —rio Elionor—. El plan de Finley es transparente, pero me da igual. También es mi plan. Soy mucho mejor que él elaborando hechizos. Sin esa Espada, puedo acabar con Carbry y con él. Sobre todo cuando cuente con mi propia Reliquia.

—El plan de Finley ha cambiado. Él me cree y, si los cuatro trabajamos juntos, si compartimos entre nosotros las historias de nuestras familias, puede que seamos capaces de detener esto.

Pero Elionor agitó la cabeza.

—Solo estás posponiendo lo inevitable. Seis de nosotros morirán. Solo uno vivirá. Si no puedes aceptarlo es que este no es tu lugar.

Briony volvió a coger el mapa y lo agitó delante de Elionor.

—Está claro que Carbry también cree en estas cosas. ¿Por qué no se lo mencionamos a él? ¿Lo sometemos a votación?

Elionor apartó el mapa.

—No vamos a darle falsas esperanzas.

Briony ya estaba lista para ir a contárselo al resto cuando una luz roja se reflejó sobre la mesa. Ambas se giraron en dirección al pilar y observaron en silencio cómo la sexta estrella caía sobre la antigua piedra en línea recta.

Briony se quedó sin respiración. La sexta estrella era su Reliquia. El Espejo.

Era perfecto. Era el destino. Era hora de que Briony demostrara que era la heroína de aquella historia.

—No tienes por qué creerme aún —dijo—. Pero vamos a conseguir esa Reliquia. Y luego te demostraré que te equivocas.

ALISTAIR LOWE

«Lo que supone un comieron perdices para un niño, es
una pesadilla para el monstruo».

Una trágica tradición

La noche en la que la sexta estrella del pilar se iluminó de
rojo, lo único que sintió Alistair fue decepción.

Había pasado otra semana desde que le había entregado
la Capa a Isobel, y en la oscuridad de la Cueva el tiempo pasaba
volando, un paso marcado únicamente por la disminución de
sus provisiones de comida procesada.

Y ahora iba a caer el Espejo, justo lo que querían.

Pero, de forma estúpida y egoísta, Alistair lo habría cambiado por pasar otra noche más con Isobel. Con poder seguir
fingiendo que vivían dentro de su propia historia y no en una
de terror.

—No tienes por qué venir —le dijo mientras Isobel se cal-
zaba sus deportivas manchadas de barro.

—Claro que sí voy a ir —le respondió—. Esta vez no vas
a estar cargando con la bolsa de deporte. Todos los campeones
querrán el Espejo. La mejor estrategia es que te acompañe y lo
toque yo primero.

Alistair lo sabía bien. Habían planeado su estrategia
muchas veces, pero aun así no le gustaba. Puede que Isobel

estuviera protegida contra la magia común mientras llevase puesta la Capa, pero la Espada de Blair funcionaba con alta magia.

En el exterior, silbaba el viento, provocando que los encantamientos defensivos de la Cueva vibraran. A Alistair se le erizó la piel y, como era costumbre en él, se arrastró hasta la entrada. Necesitaba saber que sus escudos defensivos seguían en pie. Tenía que comprobar...

Isobel le apretó el hombro y él se sobresaltó.

—No te atrevas a irte sin mí.

—No iba a hacerlo —le dijo—, pero prométeme que si nos encontramos en peligro, saldrás corriendo. Pase lo que pase.

Isobel adoptó una expresión entre triste y decidida. Alistair se dio cuenta de que, por primera vez desde que había llegado a la Cueva, tenía las manos plagadas de anillos sortilegio.

—No puedo seguir corriendo. Necesito el Espejo.

Sin el Espejo, era probable que Isobel acabara matándose al intentar recuperar sus poderes, y eso tiraría por tierra el resto de los planes que Alistair había estado maquinando toda la semana.

—¿Estás bien? —le preguntó de pronto Isobel—. Estás más alterado que de costumbre y no has dormido nada.

—Estoy mejor que nunca.

Se dirigió hacia la salida de la Cueva, donde el Velo de Sangre había pintado la oscuridad de un estridente escarlata. Desde esa altura, podía ver Ilvernath en la distancia.

Antes, todo eso le había parecido de suma importancia: ser campeón, la alta magia de su familia, la aprobación de su abuela.

Su madre le había dicho que se asegurase de que su hermano no hubiera muerto en vano, pero el peso de aquella muerte recaía sobre ella, no sobre él. Al asesinar a Hendry, había perdido a sus dos hijos.

Por eso, una vez que Isobel recuperara su magia, una vez que fueran los dos únicos campeones que quedasen en pie, se aseguraría de que fuese ella quien ganase el «duelo». En Ilvernath no le quedaba nada, ya no. Pero a ella sí.

La estela roja de la estrella fugaz atravesó el cielo en dirección hacia el bosque.

Los dos bajaron la montaña en silencio y se internaron entre los árboles. La noche era silenciosa y fría. Aunque al estar en el mes de octubre las hojas habían adoptado un bonito color otoñal, debido al torneo tanto estas como el resto del paisaje eran de un tono escarlata.

Alistair se quedó maravillado con el aspecto severo que adquiría todo iluminado bajo la luz del Velo de Sangre. Sus manos se habían vuelto cetrinas. Incluso las suaves facciones de Isobel se habían afilado y el blanco de sus ojos lucía sin brillo y rosado.

—¿Por qué te detienes? —le preguntó Isobel.

—Porque parece que caerá por aquí. —Señaló la estela del cometa en el cielo, que pasaba justo por encima de ellos—. Así que ahora solo tenemos que esperar.

Con rapidez, lanzó varios hechizos al área que los rodeaba para amortiguar el sonido de sus voces y protegerlos contra maleficios de larga distancia. Puede que ellos dos fueran los primeros en llegar, pero estaba seguro de que el resto de los campeones estarían allí pronto.

Un búho ululó detrás de él e, instintivamente, lanzó el Corte Guillotina. Partió una rama de un árbol cercano y esta cayó en la hierba sin emitir ningún ruido gracias a su hechizo protector. Se dio la vuelta con el corazón desbocado.

—Al —le dijo Isobel con brusquedad.

Sin saberlo, lo había llamado por el apodo que le había puesto su hermano. Aquello provocó que se le encogiera el corazón, algo que no quería sentir. Preferiría que el corazón le parara de latir de golpe.

Al darse cuenta de que la amenaza no era real, dio un paso atrás, alejándose de ella y pegándose más al árbol. Pero, mientras se encontraba sumido en sus pensamientos, se enganchó el pie con una raíz y resbaló. Se enredó con la rama y soltó un taco.

—¿Qué te ronda por la cabeza? —le preguntó Isobel, con una clara preocupación.

—¿A ti qué te parece? —le espetó—. El resto podría llegar en cualquier momento. —Repasó mentalmente su colección de hechizos buscando los encantamientos más defensivos, pero daba igual ocho, diez o veinte, la Espada podía atravesarlos todos. Ya se había enfrentado en una ocasión al campeón de los Blair, pero eso no quería decir que...

—Necesitas una distracción —le dijo Isobel.

—Ahora no es el momento para distracciones.

—Vale, he escogido mal las palabras. Lo que necesitas es relajarte. —Dio un paso hacia delante, arrinconándolo contra el árbol. El corazón comenzó a latirle mucho más deprisa—. Cinco letras. Un símbolo matemático. Piensa rápido.

Alistair le dio vueltas a la cabeza en busca de la respuesta. Por lo general, hacía crucigramas para combatir el aburrimiento, cuando no tenía otra cosa en la que pensar. Pero, ahora mismo, le rondaban mil cosas por la mente como para concentrarse en aquello. El olor a peonía del perfume de Isobel, el hecho de que nunca hubiera estado en el bosque con otra persona que no fuera su hermano, cómo pese a contar con todos sus encantamientos se sentía totalmente expuesto. Vulnerable. Débil.

—¿Poder? —sugirió, sin saber siquiera si eso tenía sentido.

Isobel sonrió con satisfacción.

—Qué respuesta más típica de Alistair Lowe. Quería decir «igual». Tú no puedes leerme la mente. Ni yo a ti tampoco.

«Y menos mal», pensó Alistair. En la oscuridad miró de reojo la forma de sus labios, su cuello, su cintura. Estaba muy seguro de que le gritaría si pudiera leerle la mente. Por lo que estaba pensando de ella. Por aquello a lo que pensaba renunciar.

—Está a punto de hacerse real, ¿no? —le preguntó Isobel, suavizando de pronto la voz.

Las Reliquias caían al azar, en cualquier momento, en cualquier orden y, aunque Isobel necesitara desesperadamente la segunda Reliquia, a Alistair le costaba no considerar el hecho de que hubiera caído tan pronto como una desgracia. Ese tiempo era todo lo que le quedaba, y no era suficiente para conseguir gustarle a Isobel después de que esta hubiera pasado tanto tiempo temiéndolo, para que descubriese quién era él sin sus historias de monstruos. Sin su hermano.

—Sí —coincidió Alistair.

—Tienes esa expresión —dijo con cautela.

Alistair cerró la mano en un puño.

—¿La de un asesino?

—No, esta vez no —murmuró.

Alistair tragó saliva, consciente de que si de verdad cambiaba todo aquella noche, puede que nunca más volviera a tener esa oportunidad.

—Siento mucho cómo me he… Ser quien soy.

—Me gusta más quién eres que quien finges ser. —Entonces, extendió la mano y le agarró la suya, entrelazándolas. Alistair no sabía si estaba jugando con él. No creía que así fuese, pero no le importaba. La esperanza que se avivó en su pecho era mejor que nada de lo que había sentido en mucho tiempo.

La lógica le decía que aquella era una idea terrible y peligrosa. Incluso con sus hechizos defensivos, no eran invencibles.

Los labios de Isobel se encontraban a muy poca distancia de los suyos. Posó la mano que tenía libre sobre su nuca, atusándole los rizos oscuros detrás de las orejas.

En una guerra entre la lógica y la perversión siempre ganaba esta última. Así que Alistair colocó su mano libre en la parte baja de su espalda y la empujó hacia él. No había más reglas en el torneo que la victoria y la muerte. Aun así, le daba la sensación de que en aquel momento estaban quebrantando alguna.

¡Crac! Una rama se partió a sus espaldas y Alistair puso a Isobel detrás de él para protegerla. Una corriente de aire sobrecogedora y desagradable mecía las ramas a su alrededor.

—¿Has oído eso? —susurró.

Isobel asintió y se llevó un dedo a los labios.

Los dos se mantuvieron allí, inmóviles, durante varios minutos. Unos pasos se dirigían hacia ellos, haciéndose notar por el ruido de las hojas secas aplastadas bajo los zapatos. Alistair tragó saliva.

—¡Sabemos que estás ahí! —gritó una voz que Alistair identificó como la de Blair.

Una luz atravesó los árboles, tenue y fantasmal. Dos siluetas se acercaron más a ellos. Ambos llevaban linternas. Blair también tenía la Espada, con la que daba estocadas en el aire como si se abriera paso entre la espesura. Alistair fue presa del pánico. Aquello era exactamente lo que tanto temía. Que…

La Espada golpeó sus encantamientos y estos se rompieron en mil pedazos con un estruendo cacofónico. Alistair se obligó a bajar las manos. Gracias a la Capa, Isobel estaba camuflada y solo podía verla quien ella eligiera. Así que tenía que parecer que estaba solo.

—Mira quién ha salido por fin de su escondite —se burló Payne—. Deberías haber aceptado nuestra oferta cuando tuviste la oportunidad. Somos mucho más poderosos de lo que tú te crees.

—¿Por qué no lleva puesta la Capa? —preguntó Blair en voz baja.

Payne entrecerró los ojos. Examinó el claro. Alistair podía oír a su lado cómo Isobel aguantaba la respiración.

—Así que, al final, has hecho un aliado —dijo.

Blair abrió los ojos de par en par.

—¿Isobel? ¿Está...?

—No sé de qué estáis hablando —soltó Alistair, intentando que su voz no sonara alterada a pesar del pánico que estaba sintiendo—. Trabajo solo.

Blair le enfocó con la linterna, obligando a Alistair a entrecerrar los ojos.

—La Capa no camufla tu sombra, Isobel.

Alistair maldijo por lo bajo. No había tenido en cuenta ese detalle.

Payne sonrió con sarcasmo.

—No das tanto miedo —le dijo a Alistair. Con la vista puesta en la sombra de Isobel, dijo—: Y tú no eres tan lista. Al menos, no lo suficientemente lista como para mantener el interés de los periodistas.

Alistair no quería que Isobel se viera arrastrada a la refriega. Se inclinó hacia ella y susurró:

—Yo los distraeré. Tú ve a por el Espejo cuando toque tierra.

Isobel bajó la mano, pero en lugar de correr hacia los árboles, vaciló.

Alistair no iba a dejar que arruinara su única oportunidad de recuperar la magia, y menos por él. La empujó a un lado y lanzó el Aliento de Dragón.

Mientras un fuego voraz ardía a través del aire del bosque, Isobel por fin corrió hacia la oscuridad.

Se sintió aliviado. Puede que llegara hasta el Espejo. Puede que se escondiera. Lo que importaba es que estuviera a salvo.

Blair se dio la vuelta para seguirla, pero Alistair lanzó un hechizo Bloqueo. Zarzas y raíces salieron de debajo de la tierra, obstaculizándole el camino.

Payne gruñó y le lanzó otro maleficio, que consiguió esquivar con otro Piel de Tiburón, solo para que Blair lo hiciera pedazos.

—¿La has dejado escapar? —Payne avanzaba, lanzando nuevos maleficios a cada paso. Alistair se estaba quedando sin hechizos defensivos—. Qué noble por tu parte.

Ser noble no estaba en su naturaleza. Hacía tres semanas, si hubiera sabido que durante el torneo iba a comportarse de una forma que tan poco le representaba, se habría quedado estupefacto. Durante toda su vida, había pensado que su tía Alphina se había visto superada por el terror del torneo y por eso se juró a sí mismo que sería tan cruel y monstruoso que no se sentiría culpable.

Ahora lo entendía. El verdadero terror era volver a casa, donde tus seres queridos ya no te esperaban.

Tal vez esa nobleza recién adquirida fuese su perdición.

Pero no quería morir allí, aún no. Quizá Isobel recuperara aquella noche sus poderes y todo cambiara. Pero si ambos llegaban hasta el final, si eran los últimos en pie, entonces tendrían más tiempo. Era lo único que le daba esperanzas. Ganas de luchar.

Alistair apretó la mandíbula cuando la Espada atravesó su último hechizo defensivo. Los maleficios que Alistair había lanzado habían quedado reducidos a escombros, esparcidos por el suelo, pero tanto Payne como Blair seguían en pie. Sudorosos, con heridas y agotados, pero en pie.

—Afróntalo ya —dijo Blair mientras avanzaba. Detrás de él, Payne le dedicó una sonrisa maliciosa—. No ganarás esto. Nuestros aliados llegarán a la Reliquia antes que Isobel.

Puede que así fuera, pero igualmente Alistair le lanzó un maleficio: Bosque Voraz. Los árboles que los rodeaban se inclinaron hacia abajo, las ramas intentaban darles alcance como si fueran manos. No era un ataque mortal, pero lograba hacerles perder el tiempo y era muy molesto. Mientras Blair golpeaba las ramas con la Espada y Payne las esquivaba con un escudo, Alistair se dio la vuelta y corrió a través de los árboles en dirección contraria al Espejo, que estaba a unos minutos de tocar tierra.

Quería alejarlos todo lo posible de Isobel, pero no pudo correr mucho más. Tras medio kilómetro, chocó contra un árbol.

—Mierda —gruñó, agarrándose la rodilla dolorida. Debería haber sabido que ser noble solo podía acabar así.

Estaba demasiado oscuro para ver con claridad, pero encender cualquier tipo de luz podría alertar a los otros dos campeones de su posición. Dio un paso adelante y el dolor se extendió desde su rodilla hasta la columna. Tropezó y gimió.

Alguien se rio detrás de él, una risa aguda y femenina. Se giró, con las manos en alto, mientras Payne salía de un arbusto, con la mejilla sangrando donde las ramas le habían cortado. Alistair hizo una mueca cuando se apoyó sobre la pierna herida. No estaba en condiciones para correr, lo que significaba que su única opción era luchar.

Payne tuvo que darse cuenta porque le dedicó una amplia sonrisa y dijo:

—Podría pasarme toda la noche jugando a esto.

Alistair contuvo la respiración mientras esperaba a que apareciera Blair, pero Payne permaneció sola. Tal vez hubiese ido tras Isobel. Solo de pensar en la Espada se le encogió el estómago.

Intentó idear un modo de derrotar a Payne. Tenía a su disposición algunos maleficios potentes, pero eran muy pocos.

Lanzó un Mordisco de la Quimera, que ella esquivó con otro de sus escudos de alto nivel que parecían no acabarse nunca. Él lanzó el Aliento de Dragón y, después, el Mirada de Basilisco. La oscuridad del bosque que les rodeaba se vio invadida por brillantes destellos de luz. Uno de los maleficios de Alistair atravesó con éxito el escudo de Payne, clavándole unos colmillos en el cuello hasta que soltó un alarido. Uno de los maleficios de Payne le golpeó en la rodilla como si fuese un martillo y, hasta por encima de su grito, escuchó el sonido del hueso al romperse.

Se desplomó. El insoportable dolor le hacía delirar e intentó ponerse en pie mientras Payne se acercaba. El siguiente maleficio que lanzó no acertó en su objetivo e hizo un agujero en el centro de un árbol. Payne rio mientras se colocaba delante de él.

—¿Alguna última palabra?

No tenía nada más que decir. No le quedaban hechizos, maleficios ni planes.

Excepto una cosa.

El Sacrificio del Cordero.

Apretó el puño, sintiendo el poder latente en la piedra del anillo. Prefería morir antes que usar la muerte de su hermano para matar a otra persona, aunque eso significara sacrificarse a sí mismo.

Tal vez, al fin y al cabo, sí que fuese noble.

—Acaba ya con esto —dijo con un hilo de voz.

Payne se lanzó hacia delante. Alistair le dio un manotazo para bloquearla, pero, en cuanto lo hizo, el dolor le atenazó el abdomen. Miró hacia abajo y descubrió una mancha roja que se extendía por todo el vientre, donde había impactado el maleficio. Tosió y expulsó sangre por la boca.

—Siempre he querido ser yo quien te matase —dijo con aire de suficiencia.

Alistair se puso la mano en el estómago. La palma se le calentó y humedeció con la sangre. Con su otra mano se apoyaba contra el roble que tenía al lado, clavando las uñas en la gruesa corteza mientras intentaba soportar el dolor.

Mientras temblaba, metió la mano en el bolsillo donde tenía guardados algunos hechizos curativos, pero Payne lo derribó y cayó al suelo. Gimió, golpeándose la cabeza contra la tierra.

Incluso mareado por la pérdida de sangre, todavía le quedaban trucos bajo la manga. Mientras ella se agachaba a su lado y rebuscaba entre su ropa las piedras sortilegio que le pudieran quedar, se quitó del dedo el anillo con el Sacrificio del Cordero y lo escondió bajo la manga de su jersey.

Entonces, con un último y tembloroso suspiro, cerró los ojos y se quedó inerte.

Sintió cómo Payne le arrancaba el último de sus anillos sortilegio de los dedos y, cuando hubo terminado, le levantó la barbilla y le susurró:

—Suplica.

Era mucho mejor villana que él.

Al no responder, rio:

—No pareces estar a la altura de tus historias, ¿eh?

Le tomó el pulso y Alistair comenzó a sentir pánico.

Se oyó un fuerte estrépito más allá de los árboles. El Espejo había caído…, y cerca. Elionor aflojó su agarre. Tras un momento de vacilación, se levantó y salió corriendo.

Cuando se hubo marchado, Alistair se sintió al fin lo bastante seguro como para respirar. Payne no había tenido la oportunidad de rematarlo, pero su negligencia no evitaría que se desangrara. El estómago continuó dándole punzadas de dolor y a su alrededor percibía un fuerte olor metálico.

En la Cueva tenía más piedras sortilegio. Si pudiera llegar hasta allí…

Impulsándose con los codos, intentó arrastrarse por la tierra hacia la que sería su última oportunidad para sobrevivir, pero aullaba de dolor. Se desplomó, sin aliento, sobre la hierba.

Justo cuando se le comenzaron a cerrar los ojos, su hermano se sentó a su lado, ceniciento y gris como una flor seca.

—Sabía que te encontraría en el bosque.

No le sorprendió ver a Hendry, aunque estaba claro que se trataba de una simple alucinación. Solo sintió alivio. Echó la cabeza hacia atrás como si la apoyara sobre una almohada en lugar de la tierra, intentando olvidar lo que había sido un terrible sueño.

—No hay un lugar mejor para morir —balbuceó, con la voz adormecida y atontada.

Hendry elevó la mirada hacia el cielo nocturno carmesí.

—Creo que aún no te ha llegado la hora de descansar.

Alistair no estaba de acuerdo. No se merecía vivir tras haberle fallado a Hendry.

—¿Y tú? —le preguntó. Hendry llevaba la misma ropa que se había puesto para ir a La Urraca, aunque el tono ceniciento de su piel le daba un aire fantasmal en contraste con el color gris carbón de su camiseta—. ¿Estás aquí o ya te has ido?

—Si me hubiera ido, ¿podría estar aquí hablando contigo?

Alistair quería dedicarle una mueca, odiaba que respondieran a las preguntas con más preguntas, pero comenzaba a perder el conocimiento. Cuando estiró el brazo buscando la mano de su hermano, sus dedos se entrelazaron con unas zarzas.

ISOBEL MACASLAN

«Nunca fui aspirante a ser campeón, pero aun así, de
niño, tenía pesadillas con el torneo. Con grabar mi
nombre en la piedra y que este fuera tachado. Con el
ineludible cielo rojo. Con morir de forma violenta».

Una trágica tradición

I sobel corrió por entre los árboles.

Pasaron cinco, diez, quince minutos, y no dejó de mirar hacia al cielo nocturno, desde donde la estrella fugaz se aproximaba a la tierra. Seguía siendo imposible discernir en qué parte del bosque aterrizaría. Se escondió entre unas ramas, atenta al sonido de Finley o Elionor al acercarse, pero solo escuchaba grillos.

«Él es más poderoso», pensó con desesperación. «Y ya se ha enfrentado a ellos antes».

Una atronadora explosión se extendió por todo el bosque cuando el Espejo tocó tierra, no muy lejos de donde se encontraba. Corrió hacia él, pero se detuvo de pronto en el borde del claro, donde estaba el Espejo flotando en el centro. Era pequeño, con un mango dorado ornamentado con tres piedras sortilegio incrustadas. Si Isobel hubiera contado con sus poderes, sabía que vería el resplandor rojo típico de la alta magia.

Justo cuando se preparaba para ir a por él, otra figura apareció en el claro.

Elionor Payne.

«Tienes que vencerla aquí», gritó Isobel para sus adentros. Pero había una pregunta más acuciante que le causaba gran temor. «¿Qué había pasado con Alistair y Finley?».

Isobel se quedó inmóvil. Elionor no la había visto. La Capa camuflaba todo menos su sombra, pero la mirada de Elionor estaba fija en el Espejo. Cuando esta se fue acercando a él, Isobel vio unas manchas oscuras sobre su ropa, un tono escarlata esparcido por su piel. Y por la forma en la que caminaba, supo que ella no era la que estaba herida.

«Alistair».

Isobel trató de convencerse de que estaba equivocada, de que quizá aquella sangre perteneciera a Finley. Pero sabía que Alistair no permitiría que Elionor fuese tras el Espejo a no ser que no le quedara otra opción. Y ahora quien tenía que tomar una decisión era ella: olvidarse de Alistair y coger el Espejo o salvarle del mismo modo que él había intentado salvarla a ella.

Echó a correr. No hacia el Espejo…, sino en dirección contraria, de vuelta con Alistair.

Cuando creyó estar cerca, disminuyó la marcha e intentó divisar algo a través de la oscura espesura, deseando tener magia para poder lanzar algún tipo de hechizo luminoso. El silencio era sepulcral a excepción de los grillos.

—¿Al? —susurró de nuevo—. ¿Al?

Se tropezó con la raíz de un árbol y buscó el más cercano para agarrarse. Pero, cuando se dio la vuelta, se percató de que no era una raíz.

Era un cuerpo.

Alistair estaba acurrucado a los pies de un roble, con la cabeza caída. No se movía. Su piel, ya de por sí pálida, estaba más pálida aún. Tenía una de las manos sobre el estómago e Isobel vio que era ahí donde estaba herido, tal y como temía. La había protegido. Se había enfrentado a otros campeones para conseguirle la Capa y ella se lo había recompensado abandonándolo y permitiendo que le hirieran..., puede que hasta hubiera dejado que le mataran.

—No te mueras —susurró. Cayó de rodillas a su lado y le levantó la cabeza. Tenía los ojos cerrados. Le tomó el pulso—. No te me mueras, Al.

Le cogió de la mano. Alistair se estremeció y gimió algo ininteligible, acercándose a ella.

—¿Qué pasa? —dijo Isobel casi sin voz, aliviada de que siguiera lo suficientemente consciente para comunicarse.

—Sangre —dijo jadeando—. Necesitabas... sangre. —Alistair levantó la mano. Tenía la palma bañada en sangre. Isobel sintió horror. Fuera cual fuera el maleficio o el arma con el que le habían dado, le había hecho un corte profundo en el abdomen.

—Por favor, dime que esto es producto de un maleficio y no de la Espada —dijo. Si era a causa de la Espada, ninguna clase de magia podría sanarlo.

Alistair tosió.

—Un maleficio. De nivel... ocho, como mínimo.

Isobel no sabía que Elionor fuese capaz de lanzar un maleficio de nivel ocho. Puede que todos esos trucos baratos que había empleado para captar la atención de los medios hubieran dado sus frutos. Tuvo que haber estado bien.

Isobel rebuscó en sus bolsillos y sacó todas las piedras sortilegio que llevaba encima. Las había traído en caso de que recuperara sus poderes antes de regresar a la Cueva.

—Toma... Alguna de estas debe tener un hechizo curativo. —Le puso una turmalina en la mano, deseando poder ser capaz de sentir la magia en su interior—. Creo que esta...

—No te preocupes por mí. Usa la sangre.

Estaba casi segura de que había sido el sacrificio lo que había hecho mal en el Abrazo de la Parca. Pero un sacrificio de sangre podría significar cientos de cosas..., no tenía por qué ser aquello. No tenía por qué ser un regalo hecho por alguien con tan poco que ofrecer, alguien a quien Isobel quería y que le importaba más de lo que debería. Y equivocarse era un riesgo que podía acabar en muerte.

Tal vez Alistair tuviera razón. Tal vez aquella era su última oportunidad.

Pero le daba igual. Tenía que haber otro modo de salvarse sin condenarlo a él.

—Nos preocuparemos de mis poderes más tarde. —Le puso más piedras sortilegio en las manos—. Tienes que sanarte...

—No puedo. —Dejó que todas cayeran de sus manos—. No puedo...

Isobel no sabía si creerle. Era cierto que lanzar un hechizo requería mucha concentración, pero a Alistair se le daba muy bien hacerlo..., era casi un prodigio. Sospechaba que solo estaba siendo cabezota, que lo que intentaba era salvarla.

—Date prisa. —Alistair abrió un ojo, pero se retorció como si hasta hacer eso le doliera—. Te siguen buscando.

La buscaban a ella, no a él. Eso significaba que creían que Alistair ya había muerto.

Presionó su herida, deseando con desesperación tener más conocimientos de primeros auxilios, pero él la apartó.

—Un maleficio de nivel diez requiere un gran sacrificio —dijo con gravedad. Volvió a toser y un poco de sangre le resbaló por la barbilla.

—Eso no lo sabes.

—Sé que no has llegado a tiempo a reclamar el Espejo. De lo contrario..., no estarías aquí.

—Eso no es cierto. Te juro que, si no te curas de una maldita vez, te... te... —Pero cuando Isobel intentó ponerle las piedras sortilegio en la mano por tercera vez, se dio cuenta de que la tenía inerte. Estaba inconsciente—. No, no —dijo con desesperación. Sin su capacidad para sanarlo, Alistair iba a morir.

Sintió la realidad de golpe, del mismo modo que se sentía cuando su padre le apretaba el hombro. Había dado innumerables entrevistas sobre cómo esperaba que fuera el torneo. Sin embargo, hacía casi un año, esa idea le parecía muy lejana. Incluso las últimas dos semanas parecía haberlas vivido como si fuera un sueño.

Ahora, todo era real. El frío de la noche. Las rodillas apoyadas sobre guijarros y tierra húmeda. Sus sentidos en alerta ante cualquier mínimo movimiento entre los árboles, el más leve crujido de zarzas u hojas. El olor del otoño, la sangre y su propio sudor. La sombra carmesí que caía sobre todo, como si fuera su propio miedo superpuesto en el mundo.

Desesperada, buscó en su bolsa de deporte y sacó el tablero de hechizos.

—¿Ya estás contento, rival de pacotilla? —dijo disgustada, con las lágrimas nublándole la visión—. Reza por que esto me acabe matando, porque si no, te curaré y luego te torturaré de formas que ni te imaginas.

Isobel se dio prisa en terminar su trabajo. Se cortó otro mechón de pelo, colocó el crisantemo y el resto de los ingredientes sobre el septagrama, con el cuarzo blanco en el centro. Le temblaban las manos a cada movimiento al recordar el desastre que había tenido lugar la primera vez que había intentado llevarlo a cabo. La boca le sabía a sangre.

Contuvo las náuseas que le estaban entrando, tocó con dos dedos la herida de Alistair y los restregó sobre el tablero.

Cerró con fuerza los ojos, tanto para concentrase como para evitar mirarlo. No le oía respirar. Cuanto más esperaba, más comenzaba a sentir la presencia de la alta magia a su alrededor. La magia escondida entre los matorrales le erizaba el vello de la nuca.

Tras una larga espera, al fin decidió inclinarse y besar el tablero de hechizos manchado de sangre.

Una sensación de quemazón le atravesó los ojos y se irguió emitiendo un alarido, cerrándolos aún más fuerte. Era como si las retinas fueran a salírsele de las órbitas.

Reid le había advertido que intentar recuperar sus poderes podría matarla.

El dolor era muy intenso. Pasó a respirar en jadeos rápidos y se desplomó en el suelo, al lado de Alistair, presionándose los ojos cerrados con las palmas de las manos.

Luego, tras lo que parecieron horas, sintió una sensación de frescor por todo el cuerpo. Cuando abrió los ojos, vio la magia refulgir en los frascos desperdigados en la hierba a su alrededor. Contempló la brillante luz blanca de cada piedra, que parecía estar esperándola.

Sin pararse a celebrar su victoria, agarró cada una de sus piedras sortilegio curativas y le arrancó el jersey y la camiseta a Alistair. Emitió un grito ahogado al ver la herida, con la piel abierta y rebosando sangre. Reprimió el miedo que sintió, presionó la herida con una mano y, con la otra, apretó la piedra sortilegio que contenía el Toque Sanador.

Lo lanzó una, dos, tres veces, hasta que agotó toda su magia. La sangre dejó de fluir. Pero, aun así, la herida no se había cerrado. Cogió otra piedra.

Y otra.

—Venga, Al.

Y otra.

Y otra.

Por fin se cerró la herida y la rótula rota estaba casi curada, pero se había quedado sin piedras y Alistair no había abierto los ojos. Le apretó la mano y apoyó la mejilla sobre su pecho para buscarle el pulso. Al principio, lo único que oía era el sonido de los grillos y los búhos del bosque. Entonces, por fin, escuchó su latido. Débil, pero ahí estaba. Y algo más lejos, escuchó el sonido de pasos aproximándose. Seguramente fueran Finley y Elionor que volvían para acabar con ella.

—Diez letras —le susurró a Alistair—. Resistir.

—Sobrevivir —le escuchó decir débilmente. Al principio, casi creyó habérselo imaginado, pero luego levantó la cabeza y vio que Alistair tenía los ojos abiertos y la observaba. Resolló y luego sonrió. Entonces, cayó en la cuenta de que nunca lo había visto sonreír de un modo que no fuera amenazante—. Hola, rival —susurró.

Los pasos que se aproximaban corriendo hacia ellos sonaron más cerca. Con la mano que le quedaba libre, Isobel recogió sus anillos, lista para enfrentarse por fin a la realidad.

—Cuando te lo diga —comenzó—, corre.

BRIONY THORBURN

«El campeón más joven que se recuerde en ganar el torneo fue Callum Thorburn, de catorce años. Los Thorburn lo consideraron un logro, cuando, en realidad, fue una tragedia».

Una trágica tradición

No había tenido tiempo de prepararse cuando la Reliquia comenzó a caer. Briony solo esperaba que los cuatro estuvieran listos para llevar a cabo la estrategia en la que habían estado trabajando durante la última semana, a pesar de la pelea entre Elionor y ella. En cuanto la sexta estrella se iluminó de color rojo, habían dejado todo aquello atrás. Briony había partido casi de inmediato para reclamar el Espejo, mientras que los otros tres comenzaron sus propios preparativos.

Elionor y Finley habían planeado interceptar a los posibles atacantes que llegaran desde las montañas, mientras que Carbry se dirigiría hacia el Castillo para encargarse de Gavin Grieve. Briony iría directa a por la Reliquia, pero esta no estaba siguiendo la trayectoria esperada. En lugar de ir hacia el páramo, cayó en el bosque, cerca del lugar al que habían acudido Finley y Elionor.

A pie, se acercó más a la zona donde la maleza salvaje volvía a ser bosque, intentando seguir la luz roja. Un hechizo

Acelerar el Paso ayudó a que los cinco kilómetros de distancia parecieran la mitad de recorrido. Aquella Reliquia no era como la Espada, que básicamente había caído en su regazo, o la Capa, que había sido fácil de rastrear. Solo pudo estar segura de que iba en la dirección correcta cuando un maleficio de fuego pasó volando por encima de su cabeza.

Se tiró hacia atrás y lanzó un rudimentario escudo que había elaborado, que llevaba en la mano junto con un hechizo de velocidad, mientras dos chicos aparecían en el claro, en plena batalla.

Primero reconoció el rostro de Carbry. Los rizos rubios pegados hacia atrás por el sudor y con un gesto de máxima concentración. Levantó la mano y unas flechas surcaron el aire.

El segundo chico rio y lanzó un contrahechizo. Una oleada de poder crepitó por el aire, una red brillante que destruía todas las flechas que la tocaban.

Briony no comprendía cómo diantres Gavin Grieve se había vuelto tan fuerte, pero aquella magia también le estaba afectando a ella, disolviendo su escudo y el hechizo Acelerar el Paso. Ambos giraron la cabeza para mirarla. Gavin levantó una mano en señal de advertencia.

—Aquí estoy. —Briony corrió al lado de Carbry—. Deja que te ayude.

Pero la expresión en su rostro no era de alivio, sino hostil.

—Aléjate de mí —gruñó, para volver a adentrarse en la zona arbolada.

—¿Qué? —Briony se quedó estupefacta—. ¿Por qué?

—Atacaste a Elionor. No finjas que no fue así.

Briony lo miró con la boca abierta.

—¿De qué estás hablando?

—Nos lo ha contado todo. Cómo te volviste en su contra en cuanto viste la Reliquia, cómo echaste a correr para ser tú quien la reclamase.

—No he hecho nada de eso. Me ceñí al plan. Nuestro plan...

—Mientes muy bien —dijo, con una falsa valentía que Briony sabía ahora que era solo una forma de esconder su miedo—. Pero puedes dejarlo ya. Ahora sabemos quién eres realmente.

De repente, Briony volvió a ver la traición reflejada en el rostro de Innes, volvió a sentir la calidez de su meñique al cortárselo para quitarle el anillo de campeona.

—Carbry —dijo—, venga ya. Soy... Somos aliados.

Se quedó contemplándola, con los ojos azules anegados en lágrimas.

—De verdad creí que podía confiar en ti.

Briony logró encajar las piezas que le faltaban aquella noche, las de aquel puzle mortal. Elionor no la había creído, pero igualmente la había dejado salir la primera en busca de la Reliquia. Su ausencia le habría permitido inventarse la historia más verosímil que se le ocurriera para que los chicos creyeran que los había traicionado.

Briony no podía dejar que esta alianza acabara así. Había perdido mucho para forjarla.

—No quiero hacerte daño —le dijo a Carbry—. Te lo juro.

—¿Así que ya no sois aliados? —preguntó Gavin. Briony casi se había olvidado de que él estaba allí. En lugar de echar a correr o lanzar un hechizo, se había quedado observándolos como si fuera un mero espectador. Briony se dio cuenta de que llevaba encima muy pocos anillos sortilegio. Solo tres en comparación con los diez que llevaban Carbry y ella—. Interesante.

Carbry lo miró con el ceño fruncido.

—Os mataré a los dos. Sé... que puedo hacerlo.

Antes de que Carbry pudiera llevar su amenaza a buen puerto, Gavin puso los ojos en blanco e invocó un maleficio. Un momento después, Carbry se quedó congelado, con un rictus de rabia. A través de la luz del Velo de Sangre, parecía completamente grotesco, con los dientes tintados de un extraño color rosado.

Un dolor repentino cambió el gesto de Gavin y le hizo trastabillar. Carbry se libró de los efectos de su maleficio un momento después y luego, aprovechando la oportunidad, cargó contra él y lanzó otro hechizo.

Este sí le dio de lleno. Vides de un verde oscuro comenzaron a surgir de entre los matorrales y se enredaron en torno a los tobillos de Gavin.

Este cayó de rodillas, ahogándose e intentando librarse del resto de vides que seguían floreciendo y enredándose en su garganta. Briony supo que esa era su única oportunidad. Los chicos estaban distraídos. Podía volver corriendo al bosque y buscar el Espejo, con la esperanza de que el resto de los campeones no lo hubieran encontrado aún.

Pero, si hacía eso, Gavin Grieve moriría.

Gavin le daba completamente igual, ni siquiera lo conocía, pero seguía creyendo que podía salvarlo. Salvarlos a todos.

Lanzó un Esquirla de Cristal. Las vides se disiparon en cuanto las tocó su magia. Gavin se agarró la garganta donde habían estado antes las vides, jadeante. Se quedó mirándola, aturdido, para luego correr hacia el bosque cuando Carbry se dirigió hacia ella en señal reprobatoria. Era evidente que Gavin iba a huir… Ella debería haber hecho lo mismo mientras pudo.

Seguía sin querer hacerle daño a Carbry. No quería hacerle daño a nadie. Tomó una bocanada de aire.

—Por favor, no me hagas hacer esto. —El Sueño Mortífero que llevaba en el dedo emitió un resplandor blanco, listo para que ella lo lanzara—. Sé que podemos solucionarlo. Si me escucharas…

—¡No! Ya he oído suficiente. Elionor tiene razón, esta alianza no podía durar para siempre. Y no puedo quedarme escondido en el Monasterio hasta que el resto muera.

El miedo que se veía reflejado en sus ojos, la cabezonería en su expresión...; todo ello le recordaba mucho a Innes en el momento en que la había atacado.

Briony había lanzado entonces el Sueño Mortífero, pero esta vez... Esta vez vaciló.

Pero Carbry no.

El anillo ovalado que Briony le había visto en el Monasterio comenzó a brillar. Unas flechas gigantescas empezaron a formarse en el aire alrededor de Carbry, destelleando de forma amenazante mientras apuntaban hacia ella.

Briony dio un grito ahogado, entrando en pánico, y lanzó un hechizo Reflejo Espejo. Un muro de magia blanca brillante apareció frente a ella cuando las flechas salían disparadas hacia delante. Chocaron contra el escudo, pero este aguantó, absorbiendo su magia. Briony se sintió aliviada.

Pero, entonces, el hechizo hizo aquello para lo que estaba diseñado. La parte del encantamiento que Innes no había tenido tiempo de pulir cuando intentó defenderse contra Briony.

El maleficio de Carbry rebotó contra él.

Las flechas volvieron a formarse, pero esta vez apuntaron hacia Carbry. Briony podía sentir la fuerza del poder que se formaba detrás de ella, mucho más de lo que había anticipado. Ese maleficio era perfectamente de nivel ocho... y ella lanzaba hechizos mucho más poderosos que Carbry.

Comenzó a dejarse llevar por el pánico cuando intentó retirar el encantamiento, pero ya era demasiado tarde. Las flechas volaban en dirección al claro. Carbry casi no tuvo tiempo de reaccionar antes de que estas le dieran de lleno. En los brazos, las piernas…, la garganta. Cayó de rodillas, emitiendo el sonido más terrible que Briony había oído nunca.

Era un grito que acallaba el resto de los ruidos del mundo. Un grito duro y penetrante, de dolor y desesperación. Briony chilló aterrada cuando las últimas flechas se le clavaron en el rostro. Carbry se calló de repente y se desplomó de espaldas.

Briony corrió hacia él, se agachó y le escudriñó el rostro. La imagen que tenía delante le provocó náuseas. Dos flechas le sobresalían de los ojos. Otra se le había clavado justo en el centro de la garganta. La sangre salía a borbotones de la herida, le corría por los labios, cayendo por el rostro como si fueran gotas de agua. Había mucha. Demasiada. Buscó su mano, tintada de color carmesí, y la agarró lo más fuerte que pudo.

—Lo siento mucho —gimió—. Carbry, lo siento muchísimo…

—Dile… —dijo jadeando— que la quiero…

Y se quedó en silencio. Su mano inerte entre las de Briony mientras esta observaba su rostro mutilado. Sabía que Carbry había muerto cuando su anillo de campeón comenzó a refulgir, para luego disolverse en motas de luz roja.

Lo había matado. Había sido ella. Y en ese horrible momento comprendió que daba igual lo mucho que se hubiera preparado para el torneo y lo que le hubiera dicho a Finley, arrebatar una vida no tenía nada de heroico.

—Oye. —El tono de Gavin era severo. Briony se giró y vio que estaba agachado junto a ella, ofreciéndole la mano. Su voz sonaba muy lejana—. Tienes que levantarte.

Briony se dio cuenta, a duras penas, de que estaba temblando. Creía que había huido, pero ahí estaba, observándola claramente preocupado. Puede que fuera una trampa, pero, aunque eso fuera cierto, estaba demasiado conmocionada como para hacer algo aparte de aceptar su mano y levantarse.

Tenía los dedos pegajosos a causa de la sangre y la mugre. El cadáver de Carbry estaba tirado allí delante, retorcido por la agonía. Elionor y ella le habían animado a usar aquel maleficio, a ser más cruel que sus ancestros. Lo suficientemente cruel como para matar.

Como le habían enseñado. Como a todos les habían enseñado.

—No. —Se rodeó con sus propios brazos—. Nunca antes había matado a nadie.

—Ha sido por culpa de su maleficio. —Gavin abrió la mano y Briony vio que tenía le anillo que había llevado puesto Carbry. Lo tenía en la palma, manchado de sangre…, igual que lo había estado el anillo de campeona de Innes. Sintió un repentino mareo mientras él seguía hablando—. Es… un hechizo potente. Podría haberte matado si no lo hubieras detenido.

—¡No! —La palabra salió con furia de su boca—. No tenía que matar a nadie. Tenía que salvarlos.

Gavin frunció el ceño.

—¿Acaso te han dado unas reglas del torneo distintas a las que tengo yo?

Briony soltó una risa estridente.

—Pues vale, mátame. Adelante. Intenta ir a por la Reliquia que todos queremos.

—Eso había pensado, pero no tiene sentido. Los otros campeones están trabajando todos juntos. Una alianza podría ayudarnos a sobrevivir esta noche.

Antes de que pudiera responder, oyó que gritaban su nombre desde la colina que quedaba detrás de ellos.

—¡Briony!

Se dio la vuelta. Finley Blair avanzaba colina abajo. Estaba completamente desaliñado, con una manga rota y la marca de un maleficio brillando en su mejilla.

—Estás viva —dijo jadeante—. ¿Te han herido?

—No —murmuró Briony—. ¿Y qué más te da? ¿No te ha contado Elionor que la he traicionado?

—No la he creído. —Tenía la voz entrecortada—. Sabía que tú no nos darías la espalda.

Briony suspiró aliviada, pero entonces, Finley dirigió la mirada detrás de su espalda y se quedó muy quieto.

Supo de inmediato qué era lo que había visto: el cadáver de Carbry.

—No —murmuró—. Grieve, ¿lo has matado?

Detrás de ella, Gavin ahogó la risa.

—No he sido yo, tío.

Briony observó cómo el rostro de Finley pasó de la pena a la incredulidad y a la desesperación al mismo tiempo. Cuando volvió a hablar, ya estaba preparada para lo que iba a decir.

—¿Has sido tú?

Briony pensó en el Espejo que había ido a buscar, en la sangre de Carbry aún caliente en contacto con su piel. Elionor los había enfrentado…, pero era Briony quien había echado por tierra su alianza. Y por medio de lo único que quería evitar: un asesinato.

—Me ha atacado él a mí —susurró—. Ha sido un accidente.

—¿Un accidente? —Miró hacia el cuerpo mutilado de Carbry. El dolor reflejado en el rostro de Finley la destrozó por dentro… y, lo que era peor aún, su expresión pasó rápidamente a reflejar su habitual impasividad—. Supongo que esto era inevitable, ¿no?

—No, Finley. Ya oíste lo que te dije bajo los efectos del hechizo confesor. Por favor, tienes que creerme…

—¡Y te creía! —A Finley le falló la voz—. He venido hasta aquí para ayudarte. He roto todas mis normas por ti, y ahora…

Levantó la Espada y Briony fue consciente de que no le quedaba energía para luchar. No había nada que pudiera decir para conseguir que la escuchara.

Una parte de ella quería que todo acabara ahí. Al menos, esa parte habría terminado. Pero moriría con deshonor. El poco orgullo que aún conservaba le instaba a salir corriendo.

—Vamos —le dijo a Gavin. Se dio la vuelta y huyó hacia el bosque. Un momento después, oyó pasos sobre la maleza detrás de ella. Solo esperaba que se tratara de Gavin.

Estaba hecha un lío. El dolor en el rostro de Finley, el anillo sangriento sobre la mano de Gavin. Toda aquella traición y confusión la habían conducido hasta ese momento.

Y además de todo eso, aguardándola cada vez que pestañeaba, la imagen de esas flechas clavadas profundamente en los ojos de Carbry.

Lo había matado por un premio que ni siquiera quería ganar.

Sobre sus cabezas, el Velo de Sangre había cambiado. El cruel tono carmesí del cielo se había aclarado ligeramente, pasando a un leve escarlata. Pero aquello no aclaró en absoluto las manchas de sangre que tenía en las manos.

ALISTAIR LOWE

«Los conductores de Ilvernath dan un rodeo para evitar la propiedad de los Lowe. No creo ni que se planteen la razón por la que lo hacen. Es ya una cuestión de hábito».

Una trágica tradición

Cuando Alistair volvió a estar lúcido, seguía tirado en el mismo lugar, bajo el roble. Soplaba un viento fresco sobre su pecho desnudo y movió una mano temblorosa para cubrirse la piel. Para su sorpresa, la herida mortal que le había infligido Payne era ahora tan solo otra cicatriz.

Isobel se inclinaba sobre él. Llevaba un anillo sortilegio de cristal sobre cada dedo y la Capa detrás de ella, dándole un aspecto evocador.

—Cuando te lo diga —murmuró Isobel—, corre.

Alistair intentó incorporarse, pero no le quedaban fuerzas.

—No tendrás tanta suerte —dijo sin emoción—. No puedo levantarme.

Isobel le dedicó una mirada de exasperación. Los pasos se acercaban a través del bosque y estaba lista para atacar.

—¡Elionor! —gritó. Alistair cayó en la cuenta de que ese sería el nombre de Payne—. Si das un paso más, desearás haber...

—No soy Elionor —dijo una voz femenina ahogada. Thorburn salió de entre la arboleda, con las manos en alto en señal de rendición y, detrás de ella, Grieve.

«Acaba con ellos», le susurró una voz interior a Alistair, su instinto de Lowe. No habría una oportunidad mejor que aquella para que Isobel atacase.

Pero, por mucho que Alistair quisiera ganar, más que entusiasmarle, la idea le agotaba. No es que le importara el destino de Thorburn o Grieve, ni siquiera se sabía sus nombres, pero sus muertes solo le acercarían más a la realidad: una vez que Isobel y él vencieran a toda su competencia, solo uno podría salir vivo del torneo.

Y, aunque evadiera la muerte por ahora, no dejaría que fuera él quien llegara vivo al final.

—¿Qué leches te ha pasado? —gruñó Grieve, y contempló a Alistair como si verlo sangrando y vulnerable fuese una ofensa. Que él le viese en aquellas condiciones también era una ofensa para Alistair.

—¿Ahora también te has aliado con Grieve? —preguntó Isobel.

Este abrió la boca para discutirle, pero Thorburn le cortó rápidamente.

—Ya no estoy dentro de esa alianza. Estamos los dos solos.

Alistair elevó la mirada y se dio cuenta de que, por primera vez, el Velo de Sangre se había aclarado levemente. Uno de los campeones había muerto.

—¿Por qué iba a creerte? —preguntó Isobel.

—Me traicionaron. Carbry me atacó, pero Gavin y yo... —Miró hacia abajo, a sus manos cubiertas de sangre seca y se estremeció—. Ambos huimos. No pretendíamos encontraros, pero quizá sea algo bueno.

Isobel dirigió la mirada hacia el cielo.

—¿Carbry Darrow está muerto?

Briony asintió con gravedad.

Por muchas razones, a Alistair no le agradaba la idea de expandir su grupo de dos a cuatro. No confiaba ni en Grieve ni en Thorburn. Y ya había hecho sus planes para el fin del torneo. Nuevos aliados solo significaban más complicaciones.

Isobel respiró hondo y relajó su postura.

—Me salvaste una vez, Briony. Considera el favor devuelto. —Pero el tono de su voz dejaba claro que no estaba nada contenta al respecto.

La mirada de Briony Thorburn pasó a posarse en Grieve, para luego volver a Isobel.

—Él también se suma —murmuró, como si se le hubiera ocurrido en el último momento.

Grieve asintió, aunque su expresión era más amenazante que suplicante.

—Sí, yo también.

Isobel apretó los labios.

—Vale, pero ¿a dónde iremos todos?

—Podríamos volver a la guarida —sugirió Alistair, teniendo en cuenta que lo superaban en número. Al menos, así todos estarían en su Refugio, donde el que mandaba era él. Además, todas sus pertenencias seguían allí y las necesitaba ahora que Elionor le había robado todas las piedras que llevaba encima.

Excepto una.

—¿Llamas «guarida» a tu Refugio? —oyó que le preguntaba Grieve, pero no le estaba prestando atención. Metió la mano en la manga de su jersey y sacó el Sacrificio del Cordero. Volvió a ponérselo con un suspiro de alivio. Con este pequeño gesto, seguía teniendo a su hermano con él.

—La Cueva es demasiado pequeña para todos nosotros —dijo Isobel, y Alistair percibió que estaba distinta ahora que había recuperado sus poderes. Parecía más segura, como si ya fuera la líder del grupo—. Tú reclamaste el Castillo, ¿no? Llévanos hasta allí.

Grieve no respondió enseguida. En su lugar, centró la mirada en Alistair, en concreto en la sangre que cubría su camiseta rota. Su rostro se transformó en algo frío, una mirada que Alistair conocía bien. Puede que Thorburn hubiera compartido algún tipo de vínculo con Isobel, pero le costaba creer que Grieve le fuese leal a alguien. Aunque Isobel le protegiese de momento, a petición de Briony, en cuanto viera la oportunidad, atacaría.

—Vale —se limitó a decir Grieve—. Nos llevaré hasta allí.

—Conozco el camino —contestó Isobel, recogió sus piedras sortilegio desperdigadas por la tierra y se las guardó en los bolsillos. Un anillo en particular, un cuarzo blanco, lo metió en la cadena de su collar, al lado del medallón. Alistair supuso que debía contener la receta terminada del Abrazo de la Parca, aunque todavía no lo hubiera cargado con magia—. Puedes ayudar a Alistair a caminar.

Antes de que este se ofendiera, le lanzó una mirada mordaz. Con ella quería decirle que tampoco se fiaba de Grieve. Aunque Alistair estaba a favor de mantener a sus enemigos cerca, no estaba por la labor de pasar el brazo sobre los hombros de Grieve y apoyarse en él. Puede que no hubiera muerto, pero seguía teniendo la pierna en mal estado y no iba armado. Tampoco le gustaba el modo en que Grieve lo observaba, como si estuviera aprendiéndose de memoria todas y cada una de sus debilidades.

Isobel dirigió la marcha y Thorburn corrió tras ella. Alistair escuchó vagamente fragmentos de su conversación.

—¿Los has recuperado entonces? —murmuró Briony.

Isobel asintió.

—Sí. ¿Se lo has...?

—No se lo he dicho a nadie.

Mientras ellas avanzaban, Grieve se acercó a Alistair y le ofreció la mano. Este la ignoró y se puso en pie apoyándose sobre la rama de un árbol.

—¿Cómo te encuentras? —le preguntó Grieve. Si la hubiera hecho cualquier otro, le hubiera parecido una pregunta considerada. Pero, viniendo de él, sonaba como si fuera una amenaza.

—Con ganas de matar —respondió.

Dio varios pasos hacia delante y se tropezó. No estaba seguro de si era por su propia torpeza o por lo débil que tenía la pierna herida. Grieve se acercó a él como si fuera un animal salvaje y luego, dubitativo, le pasó su musculoso brazo por la cintura. Alistair se tensó de inmediato.

—¿Vas a dejar que te ayude? —le preguntó exasperado.

—¿Debería dejarte? Isobel le debe un favor a Thorburn. ¿Qué razón hay para perdonarte a ti la vida?

—Es mi castillo.

—Sigues siendo un lastre.

Grieve le soltó y Alistair se desplomó torpemente sobre la tierra.

—Pues ve arrastrándote hasta allí, señor guarida.

—Que te den, castillito.

Alistair puso una mueca, ya que no esperaba que de verdad fuera a dejarlo atrás. Volvió a maldecirse y se puso en pie a duras penas. Le llevó una fuerza considerable, y un dolor todavía más insoportable, pero aligeró el paso y alcanzó a los demás. Llegaron a la linde del bosque. A lo lejos, el Castillo parecía una sombra proyectada sobre el páramo, con la hiedra negra envolviendo la piedra negra. Alistair casi esperaba ver un rayo caer detrás de la torre o escuchar el grito de una *banshee* desgarrando la noche.

Isobel analizó el terreno con reticencia.

—¿Sigue habiendo minas?

—No —respondió Grieve, mientras caminaba hacia delante, abriendo camino.

Los tres le siguieron a través del puente levadizo y hasta el interior de la fortaleza. El Castillo era famoso por ser impenetrable para todo menos para la Corona, una Reliquia que aún no había caído. Eso significaba que los cuatro estaban a salvo... al menos de los ataques externos.

Mientras Alistair cruzaba el umbral cojeando, el puente levadizo se cerró a sus espaldas con un golpe profético.

ISOBEL MACASLAN

«Lo único peor que hacer de otro campeón tu enemigo
es convertirlo en tu amigo».

Una trágica tradición

El interior del Castillo era grandioso, con unas molduras de corona con elegantes detalles dorados, candelabros de cristal en cada estancia y majestuosas alfombras que cubrían los pasillos. Era imposible entrar allí y no sentirse de la realeza.

—Menudo tugurio —murmuró Alistair detrás de ella, probablemente solo para provocar a Gavin.

Unas armaduras relucientes se encontraban alineadas en el pasillo, con espadas y hachas en sus puños de metal. Isobel vio su reflejo en la placa del pecho de una. Llevaba el pelo despeinado y revuelto y barro seco en la ropa.

Apenas se reconoció. La Capa le arrastraba por detrás como la cola de un vestido y sus piedras sortilegio refulgían en sus dedos, el Abrazo de la Parca entre ellas, lista para ser cargada con magia.

Tenía aspecto de campeona.

Tenía buen aspecto.

—Deberíamos pasar la noche reponiendo provisiones. Grieve, ¿tienes reservas de magia pura por aquí? —preguntó.

Gavin abrió mucho los ojos. Luego, rápidamente se aclaró la garganta.

—Eso no es asunto tuyo.

Alistair se mofó.

—No sirves ni para eso, ¿verdad?

—No ha sido a mí al que casi matan.

Sus miradas se desviaron hacia las armas que había sobre las paredes. Luego se observaron el uno al otro, como si se retasen a atacar.

—Adelante —murmuró Gavin—. Ahora estás en mi territorio, Lowe.

Isobel puso una mueca, intentando urdir un plan antes de que los chicos decidieran ponerse aquellas armaduras decorativas para un duelo. Pero Briony habló antes... Típico de ella.

—Yo digo que vayamos a recolectarla —declaró.

—¿Ahora? —preguntó Alistair con aspecto demacrado. A cada paso que daba ponía una mueca de dolor y se apoyaba más sobre la pierna derecha. No parecía estar en condiciones de salir al exterior.

—Tú puedes quedarte aquí —dijo Briony.

—¿Con él? —Miró a Gavin, horrorizado.

—Hemos acordado jugar limpio, ¿no? —preguntó Briony—. Durante esta noche.

A Isobel no le gustaba la idea de dejar a Alistair con Gavin, pero, lo cierto era que los eventos del día le habían provocado una gran sensación de inquietud. Alistair casi lo había sacrificado todo por ella y, por mucho que le importase a Isobel, por mucho que le estuviera agradecida, le preocupaba que actuara de un modo tan temerario. Dos semanas recluidos en la Cueva les había hecho olvidar la realidad de sus circunstancias. Tal vez fuese mejor que se separaran de momento, por el bien de los dos. Seguir fingiendo solo les haría daño.

—Si vamos a ser aliados, aunque sea temporalmente, debemos emplear el tiempo a nuestro favor —dijo—. Eso quiere decir que no podemos descansar. Y ya que Grieve no está dispuesto a compartir su magia pura... —Gavin se quedó rígido y miró hacia el suelo—. El resto tenemos que reponer nuestras provisiones.

—No tengo magia pura, ¿vale? —murmuró Gavin.

La sonrisa de Alistair era perversa.

—Lo sabía.

—Pues decidido. Iremos Briony y yo. —No disfrutaba con la idea de pasar tiempo a solas con ella, pero no podía evitarlo—. Gavin puede defender el Castillo y Alistair, descansar. Con suerte, no nos encontraremos con Elionor y Finley por el camino, pero si nos los topamos...

—No quiero buscar más pelea —murmuró Briony—. Esta noche, no.

—¿No te han traicionado Elionor y Finley? —preguntó Gavin—. Si yo fuera tú, querría matarlos.

—Es solo que... —La voz de Briony se tensó y tuvo que tragar saliva.

Isobel la contempló, lo sucias que tenía las palmas de las manos, cómo le temblaban manchadas con la sangre seca de Carbry.

Supo que Briony se estaba desmoronando. Costaba creerlo después de todos los años que su examiga se había pasado soñando con el torneo, pero era evidente que la espantosa realidad no le había sentado bien.

Mentiría si afirmara que aquello no le producía cierta satisfacción.

—Es solo que... —prosiguió Briony, cada vez más agotada—. No quiero enfrentarme a ellos porque creo que es posible que todos, incluidos Finley y Elionor, podamos salir de este torneo con vida.

Isobel frunció el ceño. Briony estaba en peor estado del que creía.

—¿De qué estás hablando? —le preguntó. Por el rabillo del ojo vio que Alistair y Gavin intercambiaban una mirada recelosa. Al igual que ella, debían pensar que lo que había dicho Briony era absurdo.

—Este torneo es una maldición —continuó—, y las maldiciones pueden romperse.

—Este torneo no es una maldición cualquiera, Bri. —La ternura de su voz la sorprendió hasta a ella—. Es antigua, poderosa.

—Piénsalo por un momento. Si pudiéramos…

—No eres la primera que ha pensado en ello, pero cada campeón que se ha empeñado en acabar con el torneo ha fracasado. Y muerto.

—Pero eso es porque no supieron cómo hacerlo. Hay…

—¿Y tú sí sabes cómo…?

—Escúchame —resopló y elevó la voz, amplificada por los techos abuhardillados y el eco de la piedra. A Isobel le costaba contener la sorpresa. Briony de verdad creía lo que estaba diciendo—. ¿No has mirado nunca un mapa de Ilvernath y te ha parecido raro que haya siete Refugios dispuestos en un círculo? Eso se debe a que no forman un círculo, sino un septagrama. Y el Pilar de los Campeones se encuentra su centro.

Isobel nunca lo había visto la ciudad desde esa perspectiva, pero suponía que tenía sentido. Aun así no entendía por qué una estrella dibujada sobre un mapa iba a cambiar nada.

Tomándose el silencio de todos como una invitación a continuar, Briony prosiguió:

—Cuando nuestros ancestros lanzaron esta maldición, convirtieron los Refugios en un tablero. Y la Reliquias fueron los ingredientes. Eso quiere decir que, si disponemos el tablero tal y como estaba en un principio, podremos destruir la maldición por completo.

—¿Quieres decir que pongamos cada Reliquia en un Refugio? —preguntó Gavin, con tanto escepticismo como Isobel—. Esta maldición lleva activa desde hace ochocientos años. Seguro que eso ya se ha hecho, aunque sea por accidente.

—No puede ser una Reliquia cualquiera en un Refugio cualquiera —dijo—. He hablado con un artífice que comparte la misma teoría, que dentro del torneo cada familia tiene su propia historia. Una historia sobre un Refugio y una Reliquia por los que sus campeones sienten predilección. Es un patrón.

Isobel recordó lo que su padre le había dicho sobre que los Macaslan antaño tenían una conexión especial con la muerte. Por eso, sus campeones sentían predilección por la Cripta y la Capa.

No es que eso demostrara nada. Cada antiguo linaje tenía sus historias.

Briony les dedicó una sonrisa triunfal.

—¿No lo veis? He encontrado el modo de salvarnos a todos.

Lo que molestaba a Isobel no era solo la poca lógica que tenía aquello. Había algo en la expresión de Briony, algo orgulloso, entusiasta y familiar. Unos recuerdos no deseados acudieron a ella sin previo aviso como un fogonazo.

—¿Qué narices? —soltó Isobel, mientras se detenía delante de su taquilla.

Por toda la puerta había pegadas páginas arrancadas del capítulo sobre los Macaslan de *Una trágica tradición*. Sobre ellas, pintado con espray en vertical y en unas letras grandes y rojas se encontraba la palabra «SANGUIJUELA». Un hedor rancio salía por entre las rendijas de la puerta, como si alguien hubiera lanzado en su interior un hechizo Huevos Podridos.

A su lado había aparecido enseguida Briony, que arrancó todos aquellos papeles. Hizo una bola con ellos.

—Han pasado semanas. Creía que ya todos lo habrían superado.

Aquel no era el primer acto vandálico que había sufrido Isobel desde que el libro se había publicado hacía un mes. Pero sí era la primera vez que alguien había ido a por ella en el instituto.

Miró por el pasillo hacia la taquilla de Briony, que estaba intacta.

—No es por el libro —murmuró, encogiéndose ante las miradas del resto de estudiantes que pasaban por allí—. Es por mi familia. —No bastaba con que los Macaslan hubieran amasado una fortuna de manera cuestionable. Ahora también podían añadir el asesinato a su lista de pecados.

—Eso es una chorrada. No eres como ellos para nada. Apenas te hablas con tu padre. —Briony lanzó un hechizo Enciendecerillas sobre el montón de papeles y dejó que ardieran sobre el suelo de linóleo.

Isobel se echó hacia atrás para no quemarse.

—¿Qué haces? Vas a meternos en un lío. —Era ella quien tenía que estar indignada, no Briony. Y el tono de esta al mencionar a su padre le había molestado. Que no viviese siempre con él no quería decir que no siguiese siendo su padre.

Pero Briony se limitó a apagar las llamas con su mocasín. El hollín le manchó el uniforme del Instituto Privado de Ilvernath.

—No deberían tratarte así. Tienes mucho potencial y ahora todos saben que formas parte de algo especial, algo grandioso.

Isobel cambió de tema, como hacía siempre que Briony hablaba del torneo como si fuese un cuento de hadas en lugar de una maldición.

—Llegará el momento en que dejen de hacerlo —dijo, tirando de Briony hacia la siguiente clase. Pero el hedor del maleficio la acompañó durante todo el día, sin importar cuántas veces rociara el aire con perfume de peonía.

Una semana más tarde, Isobel se asomó desde detrás del autobús escolar para asegurarse de que el periodista que acababa de acosarlas se había marchado.

—No... No lo entiendo —tartamudeó—. ¿Por qué iba a pensar ese periodista que soy una campeona?

A su lado, Briony sonrió y le dio un golpecito en el hombro.

—Porque es obvio que eres la mejor opción de tu familia. Podrías sustituir al profe de elaboración de hechizos. Eres mejor que el señor Flannagan.

—Pero el periodista no lo dijo como si fuese un rumor. —Sintió un pavor repentino mientras entraban en el edificio. El pasillo parecía más estrecho que de costumbre, con los cuchicheos de sus compañeros ganando cada vez más fuerza—. Ha dicho «te han nombrado campeona». ¿Por qué iba a...?

La interrumpió el chirrido del altavoz, solicitando que Isobel Macaslan se presentara ante el director. Inmediatamente.

—¿Quieres explicar esto? —le exigió el director, agitando la edición matutina del *Ilvernath Eclipse*—. ¿O por qué todos los periodistas de Kendalle están llamando a mi despacho, solicitando una declaración del instituto?

Ahí fue cuando leyó el titular: «ISOBEL MACASLAN ES LA PRIMERA CAMPEONA OFICIAL DE LA MALDICIÓN MORTAL DE ILVERNATH». Agarró el periódico y ojeó el artículo de seis páginas con el pecho tan encogido que le era imposible respirar. Al principio, dio por hecho que se trataba de una broma de mal gusto, inventada por los medios de la ciudad para atraer a más turistas. Pero el reportaje era tremendamente riguroso. Aparecía una fotografía de ella ganando el primer premio de la feria de elaboración de hechizos del año pasado, sus notas del semestre anterior y se citaba a una fuente anónima que afirmaba que Isobel tenía una personalidad triunfadora y perfeccionista.

—No puedo regresar a clase —dijo con voz ronca. Cuando volvió a poner la vista en el director, quiso gritar al ver la lástima reflejada en su rostro.

Una hora después, su madre la recogió del instituto. Estuvo una semana sin ir. Esperaba que, en ese tiempo, los paparazis que habían acampado enfrente de las casas de sus padres se acabaran aburriendo y se marcharan.

Pero la cosa no hizo más que empeorar.

Los cotilleos de sus compañeros de clase, envalentonados a causa del libro, se volvieron más y más despiadados.

—La Luna de Sangre no se espera hasta el año que viene. Sí que tiene ganas.

—No me sorprende siendo una Macaslan.

—Es una zorra a la que le gusta llamar la atención.

Lo siguiente fueron los correos de odio. Desconocidos de toda la ciudad, el país e incluso el mundo, le habían escrito para hacerle saber que la consideraban una valiente. O que toda su familia era despreciable. O que estaban deseando verla muerta.

—No, escucha esto —le leyó Briony un fin de semana de una copia del *Glamour Inquirer,* tumbada sobre el edredón rosa de Isobel—. «Con una lista de logros tan impresionante, no podemos evitar preguntarnos si Macaslan será la verdadera adversaria del futuro campeón Lowe, cuya familia ganó el anterior torneo».

—¿Cómo voy a alegrarme por eso? —soltó Isobel, enterrando la cabeza en la almohada.

—¿No lo ves? Ahora que el mundo ve la increíble campeona que eres, se han olvidado de tu familia. Solo les importas tú.

—Pero ¡no quiero importarles! ¡Nunca he querido ser campeona!

Durante varios minutos, Briony se limitó a mirarla... como si fuera una desconocida.

—¿Qué quieres decir con que no quieres ser campeona? —le preguntó con cautela—. Si siempre has querido...

—No, la que siempre lo ha querido eres tú. —El rostro de Isobel enrojeció. Nunca se había atrevido a admitirlo delante de Briony, pero después de que circulasen tantas mentiras sobre ella por todo el mundo, al menos no las habría en su amistad—. ¡No quiero morir ni tampoco hacerte daño! Y ahora esto... —Le quitó la revista de las manos y la tiró hacia el otro lado de la habitación—. Este torneo ya ha conseguido arruinarme la vida.

En lugar de consolarla, Briony se bajó de la cama, alejándose de Isobel como si tuviese la peste.

—No puedo creer lo que me estás diciendo.

—¿Te marchas? ¿Qué tiene de malo lo que he dicho?

—Yo... Tú... —Se le deformó el rostro a causa de la rabia—. Ibas a ser solo una campeona más, pero no ha sido así. Ahora eres la primera campeona. Eres la adversaria de Lowe. Ahora los has impresionado a todos: a los artífices de hechizos, de maleficios, a los periodistas. Te he salvado.

Briony había sido la fuente anónima que había contactado con la prensa. Isobel se sintió una idiota por no haberse dado cuenta antes. Era evidente que Briony, que no se había enfrentado ni a una décima parte a las críticas que había recibido Isobel, había decidido que necesitaba una heroína que la salvase de su familia.

Y Briony siempre tenía que ser la heroína.

Se gritaron la una a la otra. Briony lloró. Llegado un momento, ambas recurrieron a un rastrero maleficio de fuego, dejando a Isobel con una erupción mágica y un horrible dolor de cabeza.

Y de algún modo, su pelea no fue la peor parte de la noche de Isobel.

La peor parte llegó cuando su padre reunió al resto de los Macaslan y les leyó con regocijo el artículo sobre Isobel. Ahí fue cuando decidieron de manera oficial que debería ser su campeona.

—No tiene sentido, Briony —soltó Isobel en el Castillo, tan alto que Alistair se tropezó y chocó contra una de las armaduras—. ¿Salvarnos? ¿Cuándo te habré oído decir algo parecido?

Briony se encogió.

—Esto no tiene que ver con...

—Si eso es lo que piensas, entonces ¿por qué mataste a Carbry?

Isobel no estaba del todo segura de que Briony hubiera matado a Carbry, pero era ella, y no Gavin, quien tenía sangre en las manos. Y su expresión horrorizada confirmaba sus sospechas.

—Fue en defensa propia —susurró. Los ojos se le anegaron en lágrimas y, durante un instante, Isobel sintió que volvía a estar en su dormitorio, manteniendo la misma discusión con su mejor amiga. Pero Briony Thorburn le había destrozado la vida. No tenía derecho a ponerse a llorar—. Escuchad, no os pido que me creáis si ahora mismo no podéis. Elionor no me creyó. Lo único que pido es que me deis tiempo para probar mi teoría. Solo necesito juntar una Reliquia con su Refugio para demostrar que la maldición puede deshacerse.

Centró la mirada en la capa de Isobel y esta la apretó más contra su cuerpo. No estaba dispuesta a renunciar a algo tan poderoso solo para contentar a Briony. Puede que la hubiese salvado, pero ya le había devuelto el favor perdonándole la vida esa noche. No le debía nada más que eso.

—Elionor y Finley no se quedarán de brazos cruzados mientras pruebas tu teoría —le dijo Isobel con frialdad—. Mientras vas en busca de esas combinaciones perfectas, nos atacarán.

—El Castillo es impenetrable sin la Corona —respondió esta—. Estaremos a salvo aquí dentro. Y ellos lo estarán ahí fuera.

Isobel se limpió la sangre seca que tenía bajo las uñas, la sangre de Alistair. Estaba cubierta de ella y no dejaba de recordar el momento en el que creyó que había muerto. El aire gélido de la noche, sus manos aún más congeladas. El único sonido que se había escuchado era el de su propia voz suplicando en la oscuridad.

Y Alistair ni siquiera había sido el que había muerto aquella noche.

No creía a Briony, no confiaba en ella. Pero aparte del rencor que sentía, lo que Isobel no quería era seguir viviendo en una fantasía. Nunca había querido ser campeona, pero lo era. Todos ellos lo eran.

Haría lo que fuese necesario para sobrevivir y, en el torneo, la única forma de conseguirlo era ganando.

—Escuchad —suspiró Briony—, si cabe la más mínima posibilidad, ¿no nos merecemos intentar salvarnos los unos a los otros? ¿Acabar con la maldición?

Briony les lanzó una mirada desesperada a los chicos, en busca de apoyo. Pero Gavin se quedó mirándose los pies mientras que Alistair contemplaba su reflejo en un yelmo sobre la pared. Se lamió la mano y con ella se limpió la mugre que tenía en la cara.

—Hemos acordado una tregua esta noche —le dijo Isobel—, pero Alistair y yo no nos quedaremos.

A su derecha, sintió la mirada de Alistair, que hizo un gesto sombrío y no le llevó la contraria.

—Tenéis que quedaros —jadeó Briony—. Necesito ayuda para probar mi teoría. El resto ya me ha abandonado.

—¿Ah, sí? ¿O también les mentiste, traicionaste y arruinaste sus vidas?

Briony contuvo las lágrimas.

—¿Así que de eso se trata? ¿Vas a seguir tramando cómo matar a todos los demás? ¿Cómo matarme a mí?

Su expresión era tan desagradable que, por primera vez, Isobel se alegró de ser una Macaslan. Si no hubiera tenido que limpiar todas las pintadas con mensajes de odio del escaparate de la tienda de su madre o si no hubiera acompañado a su familia a recolectar magia en cada funeral, contemplar el desprecio en el rostro de su mejor amiga podría haber acabado con ella.

—No quiero matarte —murmuró Isobel—. Nunca quise hacerlo y sigo sin querer.

—Pues te lo pondré fácil. Si me ayudas y resulta que estoy equivocada, no tendrás que darme caza... Ninguno tendréis que hacerlo. Me rendiré.

Detrás de Briony, Gavin resopló.

—Eso dices ahora. Pero cuando todo resulte ser una patraña, me da a mí que cambiarás de parecer.

—No lo haré —dijo con firmeza.

Isobel no estaba tan segura. Briony ya había demostrado en el pasado ser una mentirosa.

—Pues demuestra que vas en serio —dijo con frialdad—. Elaboraré un Verdad o Traición. —Se trataba de un hechizo confesor inquebrantable de nivel nueve. Si intentaba mentir bajo su influencia, perecería. Y entonces, Isobel no se vería obligada a darle el golpe de gracia... Se lo daría ella misma.

Aquello no lo hacía menos cruel. Pero cuanto más se desvanecía la fantasía de la Cueva y más se asentaba la realidad, Isobel era más consciente de que, al fin y al cabo, era capaz de ser cruel. Podía robar la receta de un grimorio familiar, podía seducir a un chico que era su enemigo. Y cuando llegara el momento, podría ver morir a su mejor amiga.

Briony se quedó mirándola como si la viera por primera vez.

342

—Muy bien. —Levantó la barbilla—. Lo haré.

Un silencio profundo e incómodo se extendió por el pasillo. Isobel hizo todo lo posible por ignorarlo y centrarse en limpiarse toda la sangre seca que le quedaba bajo las uñas.

Alistair carraspeó y se giró hacia Gavin.

—¿Hay bodega en este Refugio?

—No —respondió sin más.

—Pues menudo castillo, ¿no?

—Tiene un mueble bar. Y un calabozo.

Alistair sonrió.

—No me puedo negar a ninguna de las dos cosas.

—Ya se ve que no.

Los chicos desaparecieron e Isobel pudo escuchar el eco de la voz de Gavin, soltando tacos por el pasillo.

—Iré a buscar algo más de magia pura en el patio —dijo—. Necesitaré bastante para elaborar el juramento.

Antes de que pudiera seguir a los chicos, Briony se acercó más a ella y le susurró:

—¿Sabes? No importa lo que quieras creer, eres una campeona ejemplar.

GAVIN GRIEVE

«Mi familia no avisa a aquellos que adoptan nuestro
apellido por medio del matrimonio sobre la verdad de
la maldición hasta después de la boda. No hay nada
como amargar una luna de miel».

Una trágica tradición

El Castillo había sido el santuario de Gavin durante las últimas semanas. Mientras estuviera dentro de sus muros, estaba a salvo.

Hasta aquella misma noche, cuando se había visto obligado a abrir las puertas y dejar pasar de buen grado a su archienemigo.

No podía dejar de mirar el Refugio a través de los ojos de Alistair, en toda su estridente gloria. Todo aquello de lo que se había enorgullecido antes, ahora le parecía chabacano. Pintura dorada y barniz sobre escombros y ruinas. Aunque el encantamiento lo había adaptado a su gusto.

—Impresionante —dijo Alistair arrastrando las palabras y dando palmaditas sobre el brazo del trono. Isobel había vuelto con un frasco de magia pura para cada uno de ellos, para luego marcharse en busca de una habitación libre. Para gran sorpresa de Gavin, Alistair no fue tras ella. Eso significaba que estaba a merced de sus burlas—. ¿El Castillo también te ha dado ropajes de rey para que puedas disfrazarte mientras te sientas en tu trono? ¿Tal vez una peluca empolvada?

—Al menos yo tengo un trono —respondió con acritud—. ¿Tú no estabas como un indigente en una cueva?

—La Cueva es bastante acogedora. —Ladeó la cabeza. El pico de viuda le marcaba aún más las facciones del rostro—. Tiene una encantadora cama con dosel, una gruta y unas vistas espectaculares.

—Así que... tienes muebles. No sé yo si se puede presumir de eso.

Los labios de Alistair se curvaron.

—¿Porque tú tienes mucho de lo que alardear? Me parece a mí que Briony Thorburn es el único motivo por el que sigues vivo.

No quería admitirlo, pero tenía razón. Cuando Briony convenció a Alistair y a Isobel de protegerla, de algún modo también había metido a Gavin en una especie de dos por uno.

Aun así, no le había gustado que hubiera ofrecido su Refugio como si fuera un hostal. Sus teorías sobre acabar para siempre con el torneo eran una locura.

Pero había dicho algo que se le había quedado grabado. «He hablado con un artífice que comparte la misma teoría».

Pensó en el anillo que tenía en el bolsillo, el que le había quitado al cadáver de Carbry Darrow. Apostaría lo que fuera a que tanto aquella sofisticada piedra sortilegio como las descabelladas teorías de Briony procedían de Reid MacTavish. Y si Reid estaba involucrado con al menos tres de los campeones, contando a Gavin... ¿Qué era lo que pretendía obtener del torneo? ¿Cuál era su objetivo? Estaba dispuesto a averiguarlo. Pero, a diferencia de Briony, no sería tan ingenuo como para compartir sus sospechas.

—Si vas a intentar matarme, hazlo ya, ¿vale? —dijo con brusquedad.

Alistair soltó lo que pareció un suspiro deliberadamente dramático.

—No me habría aliado contigo por esta noche si fuera a matarte.

Alistair examinó la sala del trono con un evidente desagrado. Cuando posó la mirada sobre el pilar, su expresión se ensombreció. Gavin se percató de que lo que estaba observando era el nombre de Carbry tachado.

Pero luego, extendió la mano hacia delante y recorrió con los dedos la grieta que se hallaba en el borde de la piedra. Se curvaba hacia dentro, como un trozo de corazón roto.

—Esto no estaba aquí antes. —Sus palabras sonaban como si fuera una pregunta—. Detecté una grieta en mi propio pilar, pero ahora hay dos. ¿Se supone que debe hacer eso?

Gavin no conocía la respuesta, pero no quería admitirlo.

—No me digas ahora que crees que Briony puede tener razón.

Alistair apretó los labios y no dijo nada.

Gavin podía irse a la cama. Había sido un día agotador. Pero sería un idiota si perdiera una oportunidad como aquella: una noche de paz garantizada con Alistair Lowe. Una noche para descubrir la debilidad del monstruo.

Contempló los nudillos con sangre seca de Alistair. Aparte de su anillo de campeón, solo llevaba puesto otro más, una pieza simple pero elaborada de forma exquisita, con una piedra de color ceniza.

—Bueno, ya tienes magia pura —dijo Gavin, intentando adoptar un tono informal—. ¿No tienes que elaborar algún hechizo?

Alistair se quedó mirándose los dedos, como si acabara de recordar por qué los tenía tan manchados de sangre y vacíos. Apretó los puños y, tras una pausa, se encogió de hombros, nada perturbado por su experiencia cercana a la muerte. Gavin no sabía ni por qué aquello le sorprendía.

—No soy el único. ¿Solo llevas puestos tres?

—Algunos no necesitamos diez anillos sortilegio para pelear. —Se metió las manos en los bolsillos. De pronto, convencer a Alistair de que se quedara allí y repusiera sus provisiones le pareció una tontería. No quería que este le hiciera preguntas sobre su propia magia.

—O puede que ni siquiera tengas diez anillos sortilegio —le respondió. Gavin enrojeció a causa de la vergüenza, pero era mejor que pensara que no tenía provisiones a que descubriera el verdadero motivo por el que llevaba tan pocos—. ¿Qué pasa entonces con el mueble bar del que hablamos?

Gracias a sus padres, Gavin odiaba el alcohol. Pero si beber significaba poder estudiar a su oponente, que así fuera.

—Está hasta arriba —respondió.

Alistair sonrió.

—Perfecto.

Los chicos fueron hasta el comedor y tomaron asiento en la impresionante mesa redonda de piedra, cada uno con una botella que contenía un líquido dorado, tan cubiertas de polvo que sus huellas dejaban marcas en el vidrio.

Alistair descorchó la suya y le dio un buen trago. Puso cara de asco.

—¿Esto qué es?

Gavin olisqueó la suya intranquilo. Olía a… alcohol.

—¿Cerveza? —intentó adivinar.

—Creo que es hidromiel. —A pesar del aparente desagrado que le producía, Alistair le dio otro trago.

Delante de ellos había dos tableros de hechizos con un montón de piedras sortilegio vacías sobre su superficie. Gavin jugueteó con las suyas, fingiendo que las estaba inspeccionando con mucho detenimiento. Últimamente, cargaba con la mayoría en los bolsillos y solo se ponía aquellas que creía que más necesitaría. No merecía la pena arriesgarse a que le drenaran la energía constantemente. Mientras tanto, Alistair extrajo la magia pura de sus frascos. En teoría, había que sacarla con mucha precaución, pero él prefería tratar mejor a la botella de hidromiel y agitar el frasco como si fuera una bola mágica defectuosa.

Lo observó dar otro generoso sorbo.

—¿No te preocupa lo que pueda pasar si bajas la guardia?

La sonrisa de Alistair era pálida a la sombra de la luz del Velo de Sangre que atravesaba las ventanas, dándole a sus dientes un aspecto salvaje y afilado. Ahora el tono rojo era algo más pálido desde que Briony había matado a Carbry.

Gavin recordó el cadáver del chico y se estremeció. Nunca se había parado a pensar con detenimiento cómo sería ver morir a alguien. Ahora se daba cuenta de que era más íntimo, más enrevesado, de lo que había anticipado. Mientras había visto cómo el cuerpo de Carbry se desplomaba en el suelo, con la vida escapándose de él, había sido consciente de que podía sentir cómo la magia vital del chico desaparecía en una nube blanca que se disipaba hacia el cielo. Era una sensación... familiar.

En teoría, la magia vital solo podía salir de sus cuerpos una vez que estuviesen enterrados.

—En serio, Grieve —susurró Alistair, alargando la última palabra con un evidente desdén—, ¿qué es lo que tendría que temer?

—Tengo un nombre, ¿sabes? —La mirada de Alistair se centró en el tablero—. No te sabes mi nombre, ¿verdad? —afirmó Gavin, humillado. Isobel y Briony lo habían pronunciado delante de Alistair.

—Puede que me guste llamarte Grieve.

Con el rostro enrojecido por la rabia, se acercó la botella de hidromiel a los labios y bebió.

Inmediatamente tosió, sintiendo cómo esa dulzura ácida le quemaba la garganta.

—¿Sabes? —dijo Alistair arrastrando ya las palabras—. Creía que los Grieve eran famosos por tener aguante a la hora de beber.

—No suelo beber —balbuceó. «Por esa mala reputación», pero eso último no lo dijo.

—Qué pena. Es divertido. —Dio otro trago para darle énfasis lo que había dicho.

Si su archienemigo quería subestimarle, incluso negarse a aprenderse su nombre, pues vale. Podía usar eso a su favor, hasta que se presentara la oportunidad perfecta. Y entonces, por primera y última vez, Alistair comprobaría de lo que realmente era capaz.

—Pues bueno —dijo Gavin a la vez que levantaba su botella de hidromiel en el aire—, ¿por divertirse?

La risa de Alistair sonó como si fuera algo que no había hecho en años.

—¿Por qué no? —Chocó su botella contra la de Gavin—. ¿Sabes? Casi espero que hayas envenenado esto.

Y tras eso, siguió bebiendo.

Gavin fingió beber con él, pero cayó en la cuenta de algo.

Siempre había sabido que Alistair era peligroso. Pero nunca había tenido la oportunidad de ver lo triste que se encontraba. Era innegable por las líneas de expresión de su perfil, por la forma en la que agarraba con desesperación la botella.

¿Qué derecho tenía él a estar triste?

—Durante mi investigación —dijo Gavin, sin ser capaz de reprimir el tono mordaz—, descubrí que los Lowe suelen reclamar el Castillo. Pero tú ni siquiera lo intentaste.

Briony había dicho algo sobre patrones. Gavin estaba de acuerdo con ella. Los campeones de determinadas familias solían tener predilección hacia Reliquias y Refugios específicos. Había estudiado con detenimiento la historia de las familias. Si existía un modo de romper la maldición, a aquellas alturas él habría encontrado alguna pista.

—No necesito ningún Refugio pijo para que la gente me considere una amenaza —dijo Alistair, sonriendo—. Los monstruos más peligrosos son aquellos que te atacan por la espalda. ¿No has escuchado las historias?

—Mi familia no cuenta historias. No tenemos ninguna buena.

Las palabras sonaron con claridad por la estancia. No pretendía haber sido tan franco, pero, cuando miró a Alistair, este había enarcado una ceja mientras meditaba.

Gavin agradeció aquel momento. El odio o la apatía eran algo con lo que podía lidiar.

La lástima hubiera sido demasiado insoportable para él.

—Mi madre solía contarme una historia para dormir sobre cambiaformas —dijo con voz ronca—. Intercambian un bebé humano por uno de los suyos. El niño es casi humano, pero no del todo. Así son más peligrosos. Salvajes. Extraños. Y luego, un buen día, los monstruos regresan para reclamar a los suyos, para llevárselos consigo a sus cavernas bajo tierra.

Alistair cambiaba al contar historias. Su voz adquiría una cualidad reverente y entusiasta, y su rostro se parecía más al de un chico de mirada triste y sonrisa irónica y dulce. Daba igual si lo que contaba era aterrador, Gavin podría haberse quedado escuchándolo hablar así durante horas.

—¿Y qué sucede con el bebé humano? —preguntó, mientras intentaba no mostrar la fascinación que sentía—. ¿Qué pasa con él?

Alistair sonrió de forma macabra.

—Los cambiaformas le cortan la garganta y se alimentan de la magia en su interior.

—¿Qué clase de historia es esa? —Se estremeció, pensando en el trato que había hecho, en la forma en la que había mutilado la magia de su propio cuerpo.

—No todas las historias para dormir tienen finales felices.

—Pero en tu familia hay ganadores. ¿No deberían todas tus historias tener finales felices?

—Los Lowe ganan porque son monstruos —dijo Alistair con amargura, mientras introducía la magia pura en un anillo sortilegio—. Y jugamos muy bien nuestro papel. Sabemos cuál es nuestro lugar.

El chico que tenía a su lado no era lo que esperaba, no era la amenaza que casi había matado a un anciano artífice de hechizos, no era el temerario campeón de La Urraca. Intentó recordar que Alistair siempre sería un Lowe y que él no podía ni debía sentir por él algo distinto al odio. No cuando era tan fácil cuestionarse si de verdad lo había odiado alguna vez.

—No, ser un monstruo es una elección. —Las palabras sonaron más rotundas de lo que pretendía—. Podríais tener a la ciudad comiendo de vuestra mano si quisierais. Tu familia es la que ha decidido hacer que os teman. Ojalá yo tuviera también esa opción.

—Tengo menos opciones de las que crees —dijo Alistair con voz queda y en un tono amenazante—. Y tu familia ha escogido la reputación que tiene. Decidieron rendirse hace muchos siglos.

Gavin se enfureció.

—No soy como mi familia. Yo no me he rendido.

—Ya me he dado cuenta. —Le dedicó una mirada apreciativa.

Gavin sintió un repentino orgullo y luego un gran fastidio por ansiar la aprobación de Alistair. Le gustaba pensar que se le daba bien estar solo. Al menos, a eso es a lo que estaba acostumbrado. Pero tras solo una conversación con su presunto enemigo mortal ya bajaba la guardia. ¿De verdad estaba tan desesperado como para buscar aprobación?

¿O se trataba de que quien le estaba prestando atención era Alistair Lowe?

Intentó imaginarse a sí mismo cerniéndose sobre el cadáver de Alistair, contemplando cómo la vida abandonaba sus ojos. Intentó creer que aquello era lo que quería. Pero, estando allí sentado, junto al hidromiel que se negaba a beber, no podía ignorar su nuevo descubrimiento sobre Alistair, que era más un chico que un monstruo, a pesar de lo mucho que ambos fingieran lo contrario.

ALISTAIR LOWE

«Según antiguas supersticiones, el cadáver de un campeón siempre debe ser enterrado bocabajo. Así, si intentan cavar con las uñas para salir de sus tumbas en busca de venganza, solo conseguirán acabar más enterrados bajo tierra».

Una trágica tradición

Alistair se encontraba dividido entre dos angustiosas opciones: irse a la cama o seguir bebiendo. Isobel y Briony habían desaparecido por el Castillo. Lo más probable es que se hubieran quedado dormidas. Le seguía sorprendiendo que Isobel hubiera alimentado las fantasías de Briony sobre acabar con el torneo. No era típico de ella, pero no conocía el pasado que ambas tenían en común.

«Fantasías» era una buena palabra para describirlo. Cuando sus ancestros habían concebido la maldición del torneo, no lo habían hecho para que pudiera romperse.

Aun así, una ridícula e inútil esperanza se despertaba en su interior. Esperaba que el alcohol la sofocara. Tanto la esperanza como cualquier otra cosa que pudiera sentir. Pero, en su lugar, avivó más esa llama.

Grieve estaba sentado junto a él, todavía terriblemente sobrio. Le había dedicado miradas severas durante toda la noche mientras este se inclinaba sobre su tablero de hechizos, como si le preocupara que fuera a matarlo… o como si estuviera planeando matar a Alistair él mismo.

Pensó que le gustaría verle intentándolo.

Estiró el brazo hacia la botella de Grieve y la agitó para darle énfasis.

—¿Qué estás haciendo? —le preguntó.

—He tomado una decisión —declaró—. Voy a emborracharte.

Grieve sonrió.

—Me gustaría verte intentarlo.

Alistair frunció el ceño al oír en voz alta sus propios pensamientos. Su mirada se centró en su muñeca, buscando la marca de un Beso Divinatorio, pero no encontró ninguna. Simplemente Grieve y él eran igual de combativos.

Agarró un montón de piedras sortilegio recién cargadas de su pila y las esparció por la mesa.

Grieve le lanzó una mirada de sospecha.

—¿Para qué son?

Alistair agarró un cuarzo rosa y lo sostuvo bajo la luz.

—Para jugar a un juego, por supuesto.

—¿Es ahora cuando el Lowe juega con su víctima antes de matarla?

—Relájate, Grieve. Solo es una apuesta.

Este se reclinó en su silla y cruzó los brazos, marcando así su corpulenta figura. Sonrió con aire de suficiencia.

—En lugar de apostar, podríamos pelear con los puños. Un trago por cada golpe encajado.

—Más quisieras. —A Alistair ya le habían pegado lo suficiente aquella noche—. ¿Y si hacemos algo en lo que estemos en igualdad de condiciones? No te conozco. Tú no me conoces a mí. Si ambos nos comprometemos a ser francos, cuando uno adivine algo sobre el otro, damos un trago. Y nos apostamos nuestras piedras.

—Parece una forma fácil de emborracharse. Y que pierdas tus hechizos.

—Entonces das por hecho que me conoces.

—Vale. —Se encogió de hombros y levantó una de sus piedras sortilegio—. Esta es de nivel cinco.

Alistair apostó un Piel de Tiburón de nivel cinco, que puso sobre la mesa.

—Eres retorcido e infantil —comenzó Grieve—, y tu familia seguramente te haya estado preparando para ser campeón desde antes de que tuvieras memoria. Siempre has sido fuerte. Es algo que das por hecho.

Alistair no pestañeó mientras se llevaba la copa a los labios y le extendía a Grieve su piedra sortilegio como premio.

—Muy bien.

Y jugaron.

Suponía una buena distracción de todo lo que inundaba la mente de Alistair. Como la idea de que Isobel dormía en alguna estancia del Castillo, de que le había dado de lado desde el momento en que habían abandonado la guarida, de que estaba claro que él la quería a ella mucho más que ella a él. Se preguntaba a qué nivel de patetismo le llevaba eso.

También intentaba evitar pensar en su hermano, sobre todo tras tener una alucinación en la que lo había visto en el bosque. Pero no funcionaba. Recordó su partida de *pinball* en La Urraca; la de veces que Hendry había robado pastas para Alistair y las había dejado entre sus libros; la noche en la que se habían escapado a la ciudad para acudir a la feria; cómo Alistair se había derramado sidra por toda la ropa; cómo Hendry se había comido tres churros y había vomitado en el tanque de inmersión; cómo Alistair se había encontrado un gusano en su manzana caramelizada; cómo Hendry había encandilado tanto a una de las voluntarias en el puesto de besos, que le había devuelto el dinero.

Ahora todos los recuerdos felices eran como una herida. Debería saberlo. Ya le habían herido de muerte una vez aquella noche.

Alistair había apostado un Aliento de Dragón de nivel seis que había cargado en una alianza dorada.

—Se te da de pena el instituto, pero tus padres siguen insistiendo en que eres brillante —intentó adivinar Alistair—. Pero no tiene nada que ver con eso, con que seas o no brillante. Simplemente dejó de importarte hace mucho tiempo.

—Soy el mejor de mi clase —contestó con indiferencia—. Y me sorprendería que mis padres estuvieran al corriente.

—Otro campeón que odia a sus padres. Está volviéndose un cliché. Odiar a tu familia no hace que seas mejor que ellos.

Aunque no había razón para hacerlo, Alistair dio otro trago.

La mirada de Grieve era penetrante, como si intentara pelar a Alistair, capa a capa. Sonrió mientras tragaba. Se había dado cuenta de que favorecía más un brazo que otro, puede que le hubieran lanzado un maleficio durante la pelea de aquella noche.

—Puedes quedarte con tu piedra y lo dejamos en empate. Sí que odio a mis padres. Pero sé que no te estabas refiriendo a mí.

Siguieron jugando. Se le daba mejora aquel juego de lo que Alistair había esperado. Eso le irritaba.

Alistair cogió la botella.

—Creo que voy a necesitar más, visto lo visto.

Grieve añadió otra de las piedras sortilegio de Alistair a su propia colección que, a pesar de todo el rato que llevaban ahí sentados, no había cargado con magia. Probablemente porque estaba absolutamente concentrado en superar a Alistair en ese juego. Había adivinado una increíble cantidad de información sobre él y, además de un maleficio de nivel ocho llamado Venganza de los Olvidados, por el que Grieve casi había llorado cuando se lo había arrebatado, Alistair había ganado muy pocas y sus provisiones recién elaboradas disminuían con rapidez. Con la mayoría de sus pertenencias en la Cueva, necesitaba suficientes hechizos y maleficios como para defenderse, pero le empezaba a dar bastante igual. Al fin y al cabo, cada una de las respuestas que daba el otro chico le proporcionaban una excusa para apurar su copa.

—Crees que la teoría de Briony es una idiotez —dijo Alistair.

Esperaba que Grieve picara el anzuelo y hablaran sobre ello, se estaba muriendo por comentarlo con alguien, pero, en lugar de eso, el chico se limitó a sonreír y a dar un trago.

—La última campeona de los Lowe ganó en tan solo cuatro días —siguió Grieve— y eso te reconcome.

—Igual que a ti la idea de que un Grieve gane.

—Si Isobel no te protegiera, habrías muerto esta noche. —Grieve arrastraba las palabras—. Puede que seas un Lowe, pero no eres especial. Finley podría haberte destrozado. —Una vez más, lanzó una mirada hacia las armaduras—. O podría haberlo hecho yo.

«Siempre he querido ser yo quien te matase», le había dicho Elionor después de lanzarle el maleficio. Y no era la única. Todo Ilvernath habría contemplado cómo se aclaraba el Velo de Sangre, deseando que el que hubiera muerto fuese Alistair.

—¿Es eso lo que quieres? ¿Enfrentarte a mí? —le preguntó en voz baja. Se puso en pie y se tambaleó levemente—. Aun así, podrías perder el torneo, pero al menos… Al menos habrías conseguido eso, ¿no? Al menos habrías matado al Lowe.

Grieve apartó la botella a un lado, sorprendido de que se hubiera vaciado tanto.

—Sí, al menos habría conseguido eso.

—Entonces, ¿debo tenerte miedo?

—Creía que no íbamos a hacernos preguntas.

—No estoy seguro de que sigamos jugando.

—Pues tengo una pregunta y, si la contestas, te prometo no matarte antes de que salga el sol. —La amenaza parecía real, como si creyera que de verdad podía matarlo. Y puede que así fuera. Si Alistair era lo bastante débil como para dejar morir a Hendry, entonces puede que también lo fuera para perder ante un Grieve.

Demasiado cabreado como para considerar un enfrentamiento, gruñó:

—Muy bien, haz tu pregunta.

Grieve se inclinó hacia delante y, cuando miró a Alistair, se fijó en su garganta.

—El anillo que llevas en el cuarto dedo… Ese es el único que llevabas puesto antes, además del anillo de campeón. Es un maleficio, ¿verdad? Uno poderoso. —Alistair se irguió. La rabia le salía por los poros. Podría haberle preguntado cualquier cosa… Cualquier cosa menos eso. Cuando cerró con fuerza los ojos, se vio en la linde de la propiedad de su familia. Con el bosque delante, en una calma inquietante, y la casa detrás de él, todavía más en calma—. Debe de ser poderoso. Sin duda es la piedra más preciada que tienes. ¿Qué sacrificio tuviste que hacer para conseguirla?

Alistair se quedó contemplando el fondo de su botella, aunque ya estaba vacía.

Podía insultarlo, luchar contra él, pero no podía obligarlo a contárselo.

Pero necesitaba decirlo en voz alta. Necesitaba quitarse aquel peso de encima, aunque el único que lo estuviera escuchando fuera un Grieve.

—Mi hermano —dijo con voz queda. Las palabras sabían a ceniza en su boca.

El gesto del otro chico se endureció, justo como Alistair sabía que pasaría. Los Lowe siempre habían sido los indiscutibles villanos de la antigua historia manchada de sangre de su ciudad y, ahora, se lo había confirmado a Grieve. Su reputación era bien merecida.

—Es despreciable. —Grieve se puso en pie, haciendo que la silla chirriara contra el suelo de piedra—. Así que así es como ganan los Lowe, ¿no? Se aíslan en su propiedad y sacrifican en secreto al que consideren más débil de entre ellos para asegurar su victoria.

Alistair no respondió. Una parte de él sabía que su familia no se merecía que los defendiera. Otra parte sabía que debía defenderlos. Durante toda su vida, había tenido ese secreto delante de sus narices. En los retratos. En el panteón. Y no lo había visto.

La sangre de Hendry también manchaba sus manos.

—¿Para qué sirve ese maleficio? —le preguntó.

—Evade encantamientos defensivos y drena la magia vital de cualquiera en un radio de quince metros. —Pensar en la magia vital de Hendry mutilada de ese modo le dejó un mal sabor de boca.

Con un par de zancadas, Grieve se acercó y le agarró del cuello del jersey. Lo sujetó en el aire, lo bastante cerca como para que Alistair pudiera olerle el licor en su aliento. Incluso destrozado como estaba, sintió una oleada de terror.

—¿Y por qué te escondes en este Castillo? ¿Por qué proteges a Isobel? Al final, nos matarás a todos.

Abrió la boca para corregirle, pero se detuvo. Los ojos verdes de Grieve ardieron con una ferviente intensidad que mostraba cuántas ganas tenía de matarlo. Y aunque aquello significase que lo iba a intentar en ese mismo momento, Alistair prefería que este lo considerase un villano y no un ser patético.

Grieve lo sujetó con más fuerza, provocando que se tropezara y solo consiguiera guardar el equilibrio agarrándose a la esquina de la mesa.

—Me prometí a mí mismo que no lo usaría —dijo Alistair. No sabía por qué se tomaba la molestia, no es que fuera a parecer menos un monstruo por ello. Pero no podía soportar la idea de que alguien creyese que había tenido algo que ver en el asesinato de Hendry.

—No te creo —le espetó Grieve.

—Lo digo en serio —dijo Alistair—. No ganaré haciendo uso de la muerte de mi hermano.

—Pues entonces, demuéstralo.

Alistair frunció el ceño.

—¿Cómo?

—Entiérralo.

Su postura se tensó. Si enterraba el anillo, el encantamiento que albergaba en su interior desaparecería. Enterrarlo supondría el acto de rebeldía definitivo contra su familia.

Era una idea que debería habérsele ocurrido hace tiempo. Desde el momento en que su familia se lo había entregado, tendría que haberlo enterrado en el lugar favorito de Hendry en el panteón, debería haberle llorado como es debido. Podía intentar convencerse de que no había tenido tiempo entre la conmoción y el torneo. Pero, en realidad, no había querido despedirse de él.

—De acuerdo —susurró. El gesto del otro chico se suavizó. Era evidente que no esperaba que Alistair accediera. Pero tampoco se iba a echar para atrás ahora. Condujo a Alistair hacia una zona aislada del patio en el centro del Castillo.

Sin usar nada de magia, Alistair se agachó en el suelo y, de forma torpe, cavó en la tierra con las manos. Enseguida se manchó los dedos de mugre, acumulándose esta bajo sus uñas. Arrancó hierba y raíces y apartó los gusanos y escarabajos que se retorcían allí abajo mientras hacía un agujero.

Se quitó el anillo del dedo.

Pasó casi un minuto en silencio. Una parte de él quería llorar, pero era demasiado orgulloso y estaba demasiado borracho y avergonzado como para hacerlo delante de Grieve. En su lugar, se imaginó los rostros de su familia, de todos aquellos que habían tenido que ver con la muerte de Hendry.

Y los maldijo a todos mientras dejaba caer el anillo grisáceo en la tierra.

Lo cubrió y aplanó la tierra, preparándose para que la magia se liberase. Pero no sucedió nada, solo percibió un leve aroma a pastas en el aire. Pensó que tal vez el maleficio era tan potente que tardase más en deshacerse.

—Lo has hecho —dijo Grieve con incredulidad.

Alistair se quedó quieto, con la cabeza gacha.

—Me voy a la cama. —Se dirigió hacia la salida del patio, de vuelta al Castillo, con el pecho encogido, pero no se arrepentía. Había tomado la decisión acertada. Solo deseaba que se le hubiera ocurrido a él.

—Alistair —le llamó Grieve—. Espera.

Este se giró.

—¿Qué? —espetó—. ¿Tienes alguna otra exigencia para mí? ¿O vas a matarme y cumplir tu ansiado sueño?

Incluso ante la frialdad en la voz de Alistair, Grieve no apartó la mirada.

—Lo siento —dijo con voz queda.

—Los ganadores no piden perdón, Grieve —le respondió y dio media vuelta. Antes de desaparecer por el pasillo, vio por el rabillo del ojo que algo brillaba: motas carmesíes de alta magia flotando en el aire del patio, como volutas de humo en el ambiente. Pensó que el hechizo por fin estaría disipándose. Pero la magia pura en el aire debería haber sido blanca, no roja. Cuando se giró para echarle un buen vistazo, la magia ya había desaparecido.

ISOBEL MACASLAN

«Supuestamente, el Velo de Sangre protege el torneo
de la injerencia externa, pero tengo la sensación de que
simplemente nos permite no tener que ver de cerca lo
que sucede en el interior».

Una trágica tradición

Temprano, bajo el cielo rojo de la mañana, Isobel se hallaba tirada en la cama estudiando el maleficio que llevaba
colgado del cuello al lado de su medallón.

Reid le había advertido que el Abrazo de la Parca no era
apropiado para el torneo. Este maldecía a una persona con la
muerte en lugar de matarla al instante, asegurándose así de que
con cada mala acción que cometiera esta se encontraría un paso
más cerca de la tumba. Si Isobel lo hubiera sabido antes, nunca
habría arriesgado su vida para elaborarla.

Pero ahora que ya estaba hecho, solo podía contemplar
la piedra maravillada. Esta contenía el maleficio más poderoso
que jamás había tenido entre sus manos.

Había llegado la hora de cargarla.

En cuanto se hubo vestido y colocado el anillo en el centro de su tablero, alguien llamó a su puerta.

—Pasa —dijo Isobel.

Era Alistair.

—Bien. Estás despierta. —Parecía más pálido que de costumbre, puede que hasta traslúcido. Lanzó miradas nerviosas al pasillo que tenía detrás, antes de entrar y cerrar la puerta—. Tenemos que hablar sobre la teoría de tu amiga de acabar con el torneo. ¿Ya has elaborado el Verdad o Traición?

—No somos amigas —respondió de forma brusca.

—Vale, pero ¿lo has elaborado ya?

En su tono detectaba una cierta tirantez que no lograba comprender.

—Aún no —replicó con cautela—. ¿Por qué?

Alistair no respondió. En su lugar, se sentó a su lado mientras ella trabajaba. Isobel vació todos los frascos de magia pura que había recolectado la noche anterior sobre el tablero de hechizos. Como el Abrazo de la Parca era de nivel diez, requería una enorme cantidad de magia, casi toda la que tenía. Las partículas brillantes se arremolinaron formando una nube sobre el septagrama y se introdujeron en el anillo.

—Sé que Briony dijo que podíamos quedarnos aquí —respondió al fin Alistair—, pero no me fío de Grieve y este es su Refugio.

Isobel intentó imaginarse qué había pasado la noche anterior cuando ella se había ido a dormir. Briony también se había retirado a uno de los dormitorios, dejando a los chicos a su aire. Puede que algo hubiera sucedido entre Gavin y Alistair. Una amenaza, una discusión. Si Alistair estaba decidido a no confiar en él, Isobel tampoco lo haría. De todas formas, prefería la alianza formada por tan solo ellos dos.

—¿Qué deberíamos hacer? —preguntó.

Alistair la miró fijamente y algo revoloteó en su estómago, de un modo que suponía tanto una terrible distracción como un terrible placer. La noche anterior, Isobel se había propuesto ser una verdadera campeona. Y una verdadera campeona no sentía eso por otros campeones…, aunque estos fueran aliados. Era una estupidez. Era peligroso. Y por muy dura que hubiera sido con Briony por perseguir cuentos de hadas, una parte de ella seguía queriendo desesperadamente volver a la Cueva con Alistair. Comprobar lo lejos que les llevaban sus sentimientos. Fingir que su historia era algo más que una tragedia.

Alistair apoyó la mano sobre la de Isobel, entrelazando sus dedos con los de ella. Y antes de que pudiera hablar, un «sí» ya se había formado en sus labios.

—¿Y si Briony tiene razón? —preguntó Alistair. Isobel se tensó. No era lo que esperaba que dijera—. Si la tiene, sería… Nosotros podríamos… —La sombra de un gesto cruzó su rostro. Isobel nunca le había visto poner esa cara y le llevó unos minutos reconocer la expresión. Era esperanza.

Apretó su mano con la fuerza suficiente como para hacer que él se estremeciera.

—Al, solo es una fantasía. —Cuánto más reflexionaba sobre ello, más se daba cuenta de que no debería sorprenderle que Briony contemplara esas ideas. Para ella no era suficiente con ser una campeona, tenía que ser mejor que todos ellos. La heroína que siempre había soñado.

—¿No hemos estado siempre viviendo una fantasía? —murmuró Alistair.

Casi se había sacrificado por ella en el bosque. Isobel había besado el tablero de hechizos manchado con su sangre. Había usado todas las piedras sortilegio curativas que tenía para devolverlo a la vida.

Pero no podía seguir negando la verdad. Dentro del torneo, nada de eso importaba.

No tendrían un final feliz.

—Prometimos enfrentarnos cuando recuperara mis poderes —le recordó. Presionó con el pulgar la zona en la que antes estaba la cicatriz blanca del hechizo que le había lanzado una vez. Ya no quedaba rastro de ella. Isobel también debía desaparecer.

—No me enfrentaré a ti —dijo él con voz seria—. Mis planes han cambiado.

—Entonces, ¿cuál es tu plan? —Alistair apartó la mano y miró hacia abajo. Isobel sintió una opresión en el pecho—. Tu plan es esperar hasta que solo quedemos nosotros dos. Hacer que te mate porque tú no eres capaz de matarme, ¿verdad? —La voz de Isobel era mordaz, pero ella le había salvado. Había sostenido su cuerpo entre sus brazos. Había suplicado que volviese con ella.

¿Y él esperaba que lo matara sin oponer resistencia?

No tendrían por qué sentir eso el uno por el otro. Debían ser rivales. Pero Alistair no era el mismo que había conocido aquella noche en La Urraca. Y ella tampoco era la misma.

—Si Briony está en lo cierto, entonces acabaremos con el torneo —dijo Alistair con voz queda—. Ambos podríamos...

—Estás engañándote a ti mismo —soltó—. Briony y tú os engañáis. Tú y yo también.

Alistair apartó la mirada y apretó la mandíbula.

—¿No es mejor albergar esperanzas?

No, para ella no. Isobel no podía llamar hogar a la propiedad de los Macaslan, pero aun así la habían criado bajo un legado de cadáveres, inmundicia y podredumbre, rebuscando magia en los lugares más desagradables para que su familia pudiera prosperar. Y a la hora de escoger entre la cruda realidad y una bonita ilusión, siempre escogería la verdad.

—Pero es una falsa esperanza —dijo—. ¿No lo entiendes?

Alistair volvió a extender la mano.

—Has recuperado tus poderes. Halla tú las respuestas.

A regañadientes, Isobel estiró la mano y agarró la suya. Una de sus piedras sortilegio brilló y la familiar marca de los labios del Beso Divinatorio apareció en la muñeca de Alistair.

Sus pensamientos más recientes se colaron en su mente. Vio el rostro que había reconocido en La Urraca, el hermano de Alistair. Le transmitió su rabia y su dolor como si se tratara de una corriente y contempló cientos de escenas: los sombríos rostros de su familia, las pastas y el *pinball,* un terrible maleficio dentro de un anillo. La fuerza de todas ellas amenazaba con ahogarla. Casi sentía la tierra bajo las uñas mientras enterraba el anillo y todo lo que eso significaba.

Y luego se vio a ella misma. Aunque su conversación le había dejado hecho un lío y sumido en la incertidumbre, había abierto su mente a su hechizo de tan buena gana que Isobel no estaba preparada para todo lo que iba a descubrir. Vio su plan autodestructivo y la enfureció. Conoció sus deseos y estos la hicieron enrojecer. Todo estaba tan entremezclado, sus ganas de vivir y su disposición a morir… hasta el momento en que Briony le había dado esperanzas.

Delante de ellos, el último reguero de magia se introdujo en el Abrazo de la Parca. La piedra vibró levemente, como el latido de un corazón justo antes de morir.

—Quiero vivir —afirmó Alistair con rotundidad—. Quiero que ambos vivamos. Si quieres marcharte, adelante. Pero yo voy a quedarme. Y creo que tú también.

—Siento lo de tu hermano —murmuró. Después todos los funerales a los que había acudido, debería haber detectado su duelo mucho antes, identificar lo que era—. Pero no puedo arriesgar todo en lo que he trabajado solo por un plan desesperado.

—Entonces, ¿de qué sirve todo esto si ya has perdido toda la esperanza? —Alistair escupió las últimas palabras en un tono cruel y amenazador, aunque Isobel no creía que fuera intencionado—. ¿Por qué pospones lo inevitable? Enfrentémonos ahora.

Esta vez, cuando se acercó a ella, estaba demasiado impactada como para apartarse. Alistair agarró una piedra maleficio del centro del tablero y la apretó contra su propia garganta. El Abrazo de la Parca era pálido y brillante contra su piel.

Isobel abrió los ojos como platos y le arrebató el anillo. Hacía tan solo unos minutos, contemplaba maravillada el poder del maleficio, pero no lo usaría contra él. No contra el chico que se había sacrificado para que ella sobreviviese.

Al no lanzar el encantamiento, Alistair le dijo:

—No sé a qué estás esperando.

Isobel pensó que tal vez debería marcharse. Podía dar caza a Elionor y a Finley sola, mientras el resto se sumergía en su fantasía.

Pero aunque aquello fuese inevitable, no podía hacerle daño a Alistair. Sabía lo que él sentía por ella y no quería que la viese como a una villana.

Volvió a introducir el Abrazo de la Parca en su cadena y en el centro del tablero, colocó una nueva piedra, una para el Verdad o Traición.

—Me quedaré por el momento —murmuró.

Pero su fantasía ya se había desvanecido.

BRIONY THORBURN

«El gesto más común en el rostro de un campeón muerto, al menos los que siguen conservando la cara, es de sorpresa».

Una trágica tradición

Briony sabía ahora lo que se sentía al sustentar su vida solo en magia e historias.

Lo que se sentía al derrumbarse.

La noche anterior había permanecido despierta durante mucho tiempo, contemplando el cielo rojo esclarecido por la ventana, imaginándose un camino de huellas sangrientas que conducía hacia el cadáver de Carbry. Era fácil pensar en ello en términos absolutos: su vida o la de él. No había otra opción ni otro camino.

Pero Briony podía imaginarse muchísimos derroteros distintos que podría haber tomado la noche, unos que podrían haber conducido a la paz y otros que podrían haber acabado con ella muerta en lugar de Carbry. Había creído que ocupar el lugar de Innes por un bien mayor merecía la pena. En cambio, había terminado aterrada y sola, agazapada como un ratón en la oscuridad.

En algún momento se quedó dormida y se despertó con la luz silenciosa del día entrando por la ventana. El dormitorio que había escogido era una oda al interiorismo más ostentoso. El color dorado cubría las pardes y adornaba cada pieza de mobiliario. Se aguantó la risa cuando vio un retrato de Gavin colgado en la pared a su lado en el que llevaba una corona. No estaba segura de si era algo que había conjurado el castillo o el propio Gavin.

—Sutil —murmuró, y se cubrió los hombros con una manta para salir de la cama.

La ropa que había llevado la noche anterior estaba cubierta de sangre y, de todas formas, era de Elionor. No quería seguir teniendo nada que ver con ellos. Registró el armario en busca de un conjunto que no fuera absolutamente ridículo y acabó con un par de pantalones de chándal que se ceñían en los tobillos y una camiseta gris que claramente se adaptaba al cuerpo de Gavin, no al suyo. Se tendría que conformar con aquello.

Encontró a Isobel en el comedor, con el ceño fruncido contemplando una piedra sortilegio que sostenía en la mano. Llevaba la Capa sobre los hombros, con los tres broches refulgiendo con alta magia

—Menos mal que estás aquí —dijo con brusquedad—. Acabo de terminar el Verdad o Traición.

Briony parpadeó.

—Ya. Eso. —Le dolía saber que no confiaba en ella a no ser que arriesgara su vida para demostrar que decía la verdad. Como si no la hubiera arriesgado ya al quitarle su plaza a Innes—. ¿Quieres esperar a los demás?

—Los chicos me dan igual —dijo Isobel con voz cansada.

Briony enarcó una ceja.

—Me cuesta mucho creer eso. Me he fijado en el modo en el que te mira Alistair.

Isobel se encogió. Aunque Briony solo pretendía tomarle el pelo, la voz de su vieja amiga sonó sorprendentemente dura.

—No es lo que crees.

—Me dio la sensación de que está aquí por ti.

—Puede que viniera hasta aquí por mí, pero se quedó por ti. Por tu… idea. La de acabar con el torneo de una vez por todas.

Su tono desprendía cierto desdén. Era evidente que no creía nada de lo que Briony les había contado. No después de lo que había pasado entre ambas.

Las intenciones de Briony habían sido buenas cuando había llamado a aquellos periodistas. Cuando les proporcionó información sobre Isobel. Solo quería darle a su amiga una ventaja que los anteriores campeones Macaslan no habían tenido.

Deseaba poder decirle a Isobel que a ella también le había salido caro. Su propia familia había sido muy dura con ella cuando descubrieron que había creado una sensación en los medios que no era un Thorburn. La habían obligado a cambiarse de instituto y a cortar lazos con Isobel…, como si esta tuviera algún interés en volver a dirigirle la palabra.

Pero estaba claro que para Isobel no bastaba con palabras. Aquel hechizo parecía la única oportunidad que tenía para ganarse su confianza.

—Venga —dijo Briony—, lánzalo.

Isobel agarró el Verdad o Traición. Vibraba tan rápido como el latido del corazón de Briony y esta aguantó la respiración cuando Isobel le cogió de la mano, igual que había hecho Finley con el Lengua Plateada. Pero esta vez la sensación era distinta. La mirada de Isobel era de hostilidad a medida que le apretaba la mano. Los anillos de campeona de ambas chocaron dolorosamente e Isobel se detuvo durante unos minutos, con la mirada fija en el meñique de Briony.

De pronto, supo que Isobel no solo iba a preguntarle por sus teorías sobre acabar con el torneo.

Iba a preguntarle por Innes. Y una vez que lanzara el hechizo, Briony no sería capaz de mentir.

Esta apartó la mano.

—Espera.

—¿Qué? —preguntó Isobel con recelo.

—Tengo... Tengo que decirte algo y no quiero hacerlo solo por encontrarme bajo la influencia del hechizo.

Isobel habló de forma lenta y fría.

—¿Qué has hecho?

Briony se encogió por la completa ausencia de sorpresa de su amiga, por lo doloroso que era aquello que estaba a punto de confesar. Pero algo en su interior se había roto desde el momento en el que había visto el cadáver de Carbry. No, desde el momento en el que había obtenido ese anillo y se lo había puesto en el dedo. Había aparecido una grieta en su interior, igual que la del Pilar de los Campeones. Y aunque sabía que una confesión no la absolvería de lo que había hecho, necesitaba quitarse ese peso de encima antes de que otra cosa lo hiciera por ella.

—Innes no me cedió el título de campeona —susurró—. Se lo robé.

Una vez más, Isobel no parecía sorprendida.

—¿Cómo? Vi a Innes grabar su nombre en el pilar.

—Le quité el anillo. —No tenía que explicarle que también le había cortado el dedo. Isobel sabía que esos anillos no podían quitarse sin más. Y mientras el horror hacía acto de presencia en el rostro de su antigua amiga, Briony gimoteó—: Innes hubiera muerto si no se lo hubiera quitado. Solo intentaba salvarla.

—¿Igual que me salvaste a mí cuando me forzaste a convertirme en campeona? —Se acercó más a ella, agarrando la piedra sortilegio del Verdad o Traición—. Afróntalo, Briony. Solo te preocupas por ti misma.

—Eso no es cierto. Si solo me preocupara por mí, a esos periodistas les hubiera proporcionado información sobre mí.

Habría hecho que fuese imposible que mi familia escogiese a otra persona que no fuera yo.

—Ojalá hubieras hecho eso. ¿Por qué coño no lo hiciste?

Briony vaciló. Había reflexionado muchísimo al respecto desde que habían escogido a Innes y no a ella.

—No creía que pudiesen escoger a otra persona —dijo al fin.

—Claro que no —se mofó Isobel.

Briony reprimió su enfado. Se tragó su orgullo. Después de todo lo que había pasado, no quería perder también esa endeble alianza. Aunque parte de ella temía haberla perdido ya. La Isobel que conocía no era la chica que tenía delante, endurecida tras un año de entrenamiento y atención por parte de los medios. Era más mordaz. Atrevida. Cruel.

—Lo siento, Iso —dijo. Al pronunciar su apodo, hizo que su vieja amiga se tensara—. De verdad que lo siento. Creía que tú también querías esto. Y me arrepiento de haberte hecho eso. Todos los días.

Por un momento, Isobel pareció flaquear.

—No... No sé cómo podré perdonártelo.

—No te pido que me perdones —dijo Briony—. Solo quiero que me ayudes a detener esto. Lánzame tu hechizo. Estoy lista. Comprobarás que no estoy mintiendo sobre acabar con el torneo. Luego, podremos enmendarlo todo. Ambas podremos salir de aquí. Y nada de eso seguirá importando.

Por un momento, Isobel se quedó mirando la amatista que tenía en la mano, todavía emitiendo un fulgor blanco. Luego, negó con la cabeza y se la guardó en el bolsillo.

—Me da igual que creas estar diciendo la verdad —dijo—. Sigues siendo tú la que me hizo campeona. Sigues siendo tú quien ha matado a Carbry.

—No quería matar a Carbry —dijo sin dirigirse a ella. Sus palabras rebotaron en las paredes de piedra y los techos altos. «No era mi intención. No era mi intención. No era mi intención». Cuanto más lo repetía, menos convincente sonaba—. Cuando me atacó, su encantamiento rebotó en su dirección. No sabía que era un maleficio mortal.

—Aun así —dijo Isobel—. Eso no cambia lo que has hecho. No puedes borrar el impacto de tus decisiones justificándolas con la excusa de que cabe una mínima posibilidad de cambiar las cosas a mejor.

—No intento borrar nada. Voy a ser una heroína. Voy a salvaros a todos...

—Eres la única campeona con un asesinato a sus espaldas. Estás decidida a hacer que el torneo gire en torno a ti. Tanto que te has metido por la fuerza en un sitio que no es tu lugar. Tanto que te da igual quién se entrometa en tu camino o lo que les pueda suceder si lo hacen. Aquí dentro nadie es un héroe... y mucho menos tú.

No era habitual que Briony se quedara sin palabras, pero en aquel momento no tenía nada que decir. Porque no podía rebatir nada de lo que le había dicho. Y porque una nueva idea se estaba formando en su mente, o puede que fuera una antigua reflexión que no podía seguir obviando.

En el torneo los héroes no tenían cabida. Nunca había sido así. Todas las grandiosas hazañas que su familia había celebrado no eran sino un derramamiento de sangre como ese. Y ellos podrían considerarse lo que quisiesen, pero ella sabía lo que eran realmente.

Villanos. Todos ellos.

Un sonido se extendió por la estancia y Briony se giró para encontrarse la puerta abierta. Gavin Grieve estaba allí de pie, con aspecto satisfecho.

—Vaya, hola —dijo, humedeciéndose los labios—. ¿Ya nos estamos volviendo unos contra otros?

GAVIN GRIEVE

«Cuando había abundancia de alta magia y el mundo
se basaba en gestos grandilocuentes y violentos, este
torneo no hubiera parecido tan horripilante».

Una trágica tradición

Cuando Gavin se topó con la discusión entre Briony e
Isobel, se sintió aliviado. Aquello, la traición, las amenazas, los secretos, era un lenguaje que él entendía. Y
marcaba el fin de los extraños sucesos de las últimas doce horas, en los que había dejado que otros tres campeones lo con-
vencieran para entrar en una alianza que iba en contra de sus
instintos de supervivencia.

—¡Estabas espiándonos! —dijo Briony con gesto de in-
dignación.

—Es lo justo —respondió con calma—. Si queríais mantener una conversación privada, deberíais haber lanzado un hechizo de insonorización.

Gavin había esperado que aquella alianza se volviera
en su contra en cualquier momento. Había dado por hecho
que el único motivo por el que eso aún no había sucedido
era porque se hallaban en su propio Refugio. Pero después
de beber con Alistair la noche anterior, las cosas se habían
vuelto confusas.

Podría haber intentado matar a Alistair Lowe infinidad de veces. Cuando estaba borracho, cuando enterró el anillo, cuando Gavin se despertó aquella mañana y se lo encontró acurrucado en el sofá de piel del estudio, con una manta por encima y una almohada bordada debajo de la cabeza. Su expresión era incluso más cruel mientras dormía.

Pero no lo había hecho. Se había dicho a sí mismo que solo estaba siendo práctico, que no tenía nada que ver con la conversación que habían mantenido. No podía creer que los Lowe se mataran entre ellos, pero, al mismo tiempo, sí que podía. La evidencia la tenía justo delante, en los rumores, en los pocos miembros que eran, en la forma en la que mantenían sus secretos tan bien guardados.

Saber la verdad sobre Alistair debería haberle hecho creer que era un monstruo mayor de lo que sospechaba.

Pero los había visto a su hermano y a él aquella noche en La Urraca. Lo había estado observando detenidamente cuando enterró el anillo. Y creía que su dolor era genuino. Aquella mañana, Gavin se había despertado con la sensación de que la magia vital emanaba del suelo, del lugar en el que habían enterrado lo que quedaba de Hendry Lowe. Había sido un sombrío recordatorio de lo sucedido la noche anterior.

Tras descubrir la verdad sobre los Lowe, había decidido dejar vivir a Alistair mientras durase la alianza. Pero ya que Isobel y Briony habían comenzado a discutir, tenía la sensación de que no iba a durar mucho tiempo.

—¿Qué has oído? —le espetó Briony.

—Da igual lo que haya oído —le dijo Isobel—. A estas alturas, ya toda la ciudad sabrá lo que hiciste.

—Dejará de importarles cuando lo arregle todo.

—No creo que lo consigas. —Isobel se giró hacia Gavin, examinándolo como si, por primera vez, lo estuviera viendo de verdad—. ¿Tú la crees, Gavin? ¿Realmente crees que puede ponerle fin al torneo?

Gavin vio la oportunidad que le ofrecía la pregunta de Isobel. Briony había roto el patrón de su alianza. Había demostrado ser la más débil del grupo. Y con esa clase de desestabilización surgía la oportunidad de asumir el control de la situación.

—El torneo existe desde antes de que naciéramos —dijo Gavin—. Si de verdad existiera un modo de detenerlo, ya se habría hecho.

Briony lo miró con el ceño fruncido, pero Isobel parecía satisfecha.

—¿Es que no quieres acabar con esto? —preguntó Briony.

La idea en sí misma era, sin duda, atractiva. Pero, incluso si la posibilidad de acabar con el torneo no le pareciese completamente ridícula, no sería él quien se llevara la gloria. Sabía que Isobel también era consciente de ello, de que Briony no quería trabajar con ellos como aliados. Intentaba usarlos para garantizar su victoria, tal y como había hecho en la boda de Callista.

—Pues no, y menos cuando todo el mérito te lo vas a llevar tú —contestó—. No seré tu compinche en esta historia.

—¿Prefieres morir antes que ayudarme? —le tembló la voz—. ¿No entiendes que es cuestión de vida o muerte?

—Oh, sí que lo entiendo. —Repasó mentalmente los anillos sortilegio que con tanto cuidado había seleccionado—. Creo que la única aquí que no lo entiende eres tú.

Briony abrió los ojos como platos y un encantamiento refulgió en sus dedos estirados.

—¿De verdad quieres luchar aquí?

—Es mi refugio. —Gavin agitó una mano y la protección de la estancia se reforzó. Todo el espacio, desde las vigas del techo hasta las puertas, se volvió hermético. Si quería abandonar el lugar, tendría que pasar por encima de él—. Me gustan las posibilidades que tengo.

Briony lanzó un maleficio hacia él. Gavin lo bloqueó y sintió una punzada en el brazo mientras se recargaba el Piel de Tiburón. Pero siguió adelante. Aquel no era el momento de mostrar debilidad. Tenía nuevos encantamientos gracias al juego de Alistair de la noche anterior y estaba preparado para usarlos.

Isobel se interpuso entre ambos, con la Capa sobre los hombros.

—Parad. No tiene ningún sentido que os hagáis daño.

Gavin titubeó. Isobel contaba con la alta magia defensiva de la Capa. Si se posicionaba con Briony, no podría vencerlas a las dos.

Briony parecía compartir su opinión y relajó los hombros.

—Bien. Podemos hablar de esto.

Isobel miró de Briony hacia Gavin y este aguantó la respiración, expectante. Les había pedido que dejaran de pelearse, pero su expresión no recordaba a la de una mediadora. Era calculadora. Estaba tomando una decisión, y Gavin se preparó, sabiendo que no lo elegiría a él.

Pero, entonces, Isobel murmuró tan bajo que estuvo a punto de no escucharla.

—Lo siento.

Se giró hacia Briony y le lanzó un maleficio.

Las vigas de madera que tenían encima se hundieron, corroyéndose repentinamente. Las paredes y el suelo comenzaron a chirriar y crujir. Gavin trastabilló hacia atrás, buscando algo a lo que agarrarse, pero la mesa también se había deteriorado, quedando tan solo una podredumbre marrón oscura en su lugar. Unas lianas de mugre salieron del suelo, enredándose en las piernas de Briony y tirando de ella hacia abajo.

Briony aulló de dolor cuando el suelo se desplomó bajo sus pies. Pero no llegó a hundirse por completo, solo lo suficiente para que su cuerpo se cubriera de una porquería horrible y podrida, como si Isobel hubiese destripado su Refugio. Cuando aquella mugre le cubrió el rostro, Briony guardó silencio y puso los ojos en blanco. Todo su cuerpo quedó inerte.

Gavin se preguntó con recelo si a continuación Isobel iría a por él. Después de aquel desagradable maleficio, no era algo que pudiera descartar. Pero esta no invocó más magia, solo miró con tristeza a Briony.

—Se acabará despertando —dijo con voz queda—. Y estará cabreadísima.

—¿No la has matado?

—No quería hacerlo.

Gavin frunció el ceño, considerando la escena que tenía delante. Deseaba que hubiera encontrado un modo de hacer aquello sin destruir su comedor, pero el desastre en aquella estancia no era el mayor de sus problemas.

Isobel había traicionado a su amiga, pero eso no quería decir que lo hubiese escogido a él, simplemente había evitado que se enfrentasen. Si aprovechaba ese momento y mataba a Briony, perdería cualquier oportunidad que pudiera tener dentro de esa extraña y nueva alianza. Y lo cierto era que comenzaba a ser consciente de que no ganaría el torneo solo. No con esa tara, con magia mutilada que se venía abajo cuando más la necesitaba.

Tenía que saber abordar bien aquella situación.

Para hacerlo todo más confuso, Alistair Lowe irrumpió en la estancia. Observó la escena que tenía delante con detenimiento, centrando la mirada en Gavin.

—¿Qué has hecho, Grieve? —preguntó en un tono acusatorio, pero Isobel ya estaba respondiéndole.

—Soy yo la que le he lanzado el maleficio —dijo con cautela—. No está muerta, pero… no puedo confiar en ella como para que trabaje con nosotros.

—Mierda. —Alistair se pasó la mano por el pelo con aspecto nervioso—. Creía que estabas dispuesta a escucharla. Me pareció que habías accedido a quedarte…

—Así fue —dijo Isobel—. Y lo haría si fuéramos lo que pactamos anoche, una alianza. Pero me he hartado de fingir que existe un modo de acabar con el torneo y paso de seguir escuchando a Briony decir que sus intenciones son nobles. O luchamos juntos o luchamos entre nosotros, pero no existe la opción de dejar de luchar.

Gavin lo comprendió. Alistair iría adondequiera que fuese Isobel. Y puede que esta no estuviera dispuesta a matar a Briony de primeras, pero seguía considerándola un lastre.

Aquella mañana, Gavin había considerado que aquella alianza era una estupidez, pero ahora veía de qué podía servirle. Tanto Isobel como Alistair eran fuertes y a Gavin le interesaba permanecer dentro de la alianza todo el tiempo posible. Pero si Briony quedaba a su merced y Alistair e Isobel estaban juntos, era él quien sobraba. Tenía que encontrar el modo de cambiar eso.

—Pues dejad a Briony aquí —dijo. Ambos se giraron hacia él, como si les sorprendiera que permaneciera allí—. Nosotros tres podemos ir juntos a por Finley y Elionor.

Alistair comenzó a quedarse blanco. No quería hacer eso. Pero miró a Isobel, esperando su respuesta.

Isobel asintió y Gavin casi no pudo creerse su éxito. Un Grieve en igualdad de condiciones con una Macaslan y un Lowe.

—Muy bien —dijo Isobel—. Comencemos a prepararnos.

Les hizo señas para que la siguieran, y eso hicieron. Alistair con el rostro sombrío y Gavin intentando no sonreír. Porque ya estaba urdiendo los siguientes pasos de su plan.

Una vez que Isobel y Alistair dejaran de serle útiles, po-dría matar a Briony y cargarle su muerte a Alistair. Eso pondría a Isobel en su contra y haría que se matasen entre ellos.

Permitiéndole a Gavin reclamar su corona.

ALISTAIR LOWE

«Hasta la alta magia tiene sus límites: no puede resucitar a personas que han muerto a causa de ella».
Una trágica tradición

En muchos aspectos, el Refugio del Castillo le recordaba a Alistair a la propiedad de los Lowe. Cada vez que doblaba una esquina, juraba que veía a Hendry desapareciendo por la arcada o que lo vislumbraba a través de la ventana gótica. Mientras se apresuraba discretamente pasillo abajo, las armaduras lo observaban con el mismo prejuicio cruel que los retratos de su familia.

«Menudo campeón Lowe de pacotilla», les oía susurrar.

Y tenían razón. Había enterrado lo que quedaba de Hendry aunque eso significara sacrificar el maleficio que podría haberle conducido a la victoria. Y, mientras Isobel y Grieve hacían planes en el piso de arriba, rodeados de anillos maleficio, él se escabulló para hacer algo que no representaba en absoluto a un Lowe.

El corazón le latía con fuerza mientras descendía a las entrañas del Castillo, recordando aquella vez que visitó la cámara acorazada de su casa. Varias historias de monstruos se adentraron en su mente y su propia imaginación le clavó las garras en la oscuridad. Lo peor de todo era el olor a pastas, un toque dulce entre la penumbra. Por el rabillo del ojo veía brillar una alta magia fantasmal. Casi podía escuchar la risa de Hendry en el silencio del hueco de la escalera.

Puede que no hubiera vuelta de hoja. Tal vez estaba perdiendo la cabeza.

Cuando llegó al calabozo, todo su cuerpo tembló. Pese a estar sudando, se estremeció.

Un sencillo hechizo Llave Esqueleto abrió la cerradura con un clic. La puerta de hierro se quedó de par en par, revelando la presencia de Briony Thorburn en una esquina de la celda, despierta y con las rodillas pegadas al pecho. Al menos habían dejado que se asease un poco. El maleficio había sido pestilente.

—¿Te han enviado a matarme? —le preguntó.

—No exactamente.

—Entonces es que van a ir a matar a Finley y a Elionor, y esta es mi última oportunidad para entrar en razón. —Su tono era impasible, cuando lo que Alistair necesitaba, más que nada, era tener fe. Había pasado tanto tiempo evitando ser bueno que no estaba seguro de cómo se hacía.

—Voy a liberarte, Briony —dijo, quebrándosele la voz.

Briony lo miró con sospecha.

—No soy tonta.

—No, el tonto seguramente soy yo. —Suspiró y dio un paso atrás, dejándole libre el camino hacia la puerta. Luego, le lanzó una bolsita de cuero. Briony la abrió y, con sorpresa, sacó uno de sus propios anillos sortilegio—. Márchate, porque no voy a enfrentarme a ellos, aunque te ayude a escapar.

Se quedó mirándolo con la boca abierta, como si no lograra entender que actuara de ese modo dada su reputación.

—Pero irán a por ti en cuanto descubran lo que has hecho.

Alistair se encogió de hombros con una falsa seguridad. Puede que Isobel no le hubiera matado aquella mañana cuando se había puesto el anillo maleficio sobre el cuello, pero en aquel momento solo había sido una decepción para ella, no un lastre o una amenaza. Esperaba que, al dejar que le lanzara el Beso Divinatorio, esta entendiera sus verdaderos sentimientos. Que no había sido lo suficientemente fuerte como para salvar a Hendry. Que no quería vivir en un mundo en el que hubiera que sacrificar a un hermano, donde dos personas que se apreciaban eran forzadas a ser enemigos. Quería que viera que haría lo que fuera necesario por aferrarse a aquella posibilidad, por improbable que fuera.

En cambio, Isobel ni siquiera había estado dispuesta a intentarlo.

—Puede que me esté condenando a mí mismo —murmuró—, pero creo que también me estoy salvando.

—Entonces, ¿me crees? —Alistair no la conocía, pero era reconfortante ver que la expresión de una completa desconocida reflejaba sus propios sentimientos. Quizá lo que Briony también necesitase, más que cualquier otra cosa, fuera fe.

—Tengo la costumbre de dejar que las historias calen en mi interior —le dijo con sinceridad—. Las buenas y las malas.

—¿Y la mía qué es?

Alistair no se engañaba, sabía que las teorías de Briony no les garantizaban un final feliz. Pero sabía con certeza que aquella no sería una de esas historias que contaban los Lowe.

—Buena —dijo con firmeza.

Briony suspiró.

—A mí no me lo parece.

Pero Alistair estaba seguro. Incluso con la larga melena enredada y las uñas llenas de porquería, Briony seguía teniendo aspecto de heroína.

—Bueno —dijo él—, de todos modos, voy a dejar que te vayas.

—No me lo merezco. —Aun así, Briony se puso en pie y se colocó uno de sus anillos sortilegio—. ¿Vienes conmigo?

Alistair también tenía las uñas marrones llenas de porquería, el pelo grasiento y el jersey rasgado y manchado allí donde Elionor le había lanzado el maleficio, en la barriga. Hasta él sabía que, sin importar todo el bien que hiciera, siempre tendría aspecto de villano. Siempre sería un Lowe. Isobel era muestra de que no era capaz de convencer a nadie de nada.

—Tengo que quedarme —le contestó—. El Castillo suele ser el Refugio predilecto de los Lowe. Sé que los escudos solo se activarán si alguien entra, no si sale. Y como ellos siguen creyendo que estás aquí, eso te dará ventaja para acudir en busca de tus aliados. Ambos han reclamado una Reliquia, ¿no?

—Aliados —murmuró—. No... No estoy segura de que me siga quedando alguno.

—Aquí tienes uno —dijo en voz baja.

Retorció los labios en algo que se asemejaba a una sonrisa.

—Haré todo lo posible por convencerles. Bueno, por convencer a Finley. No creo que pueda disuadir a Elionor.

Alistair recordó la noche anterior... Al menos, lo que podía recordar. Sin duda, Payne no parecía ser de las que se dejaban convencer con facilidad.

—¿Puedes probar tu teoría antes de que estalle la batalla? —le preguntó.

Isobel y Grieve se estaban preparando para partir en unas horas y Alistair no sabía cómo detenerlos.

—Probablemente no —respondió Briony de un modo sombrío—. Pero lo intentaré.

El único modo en que Alistair podía proteger a Isobel y a Grieve era estando en el campo de batalla a su lado. Pero, en cuanto descubrieran lo que había hecho, él también se convertiría en su enemigo.

—Pues entonces date prisa —dijo con la voz entrecortada.

Briony se dirigió hacia la escalera, pero se dio la vuelta.

—Gracias —le dijo, antes de salir pitando escaleras arriba.

Solo en el calabozo volvió a recordar sus historias de monstruos. Vio por el rabillo del ojo cómo bailaban las sombras y vislumbró una silueta familiar y fantasmal.

—¿De verdad se puede acabar con el torneo? —le susurró a Hendry. Sabía que era producto de su imaginación, de su dolor, pero aun así le reconfortaba pedirle consejo a su hermano. Cada vez que Alistair se había dejado llevar demasiado por una historia, había sido Hendry la voz de la razón.

Pero las sombras no le dieron respuesta y, mientras Alistair regresaba al Castillo, lo único que escuchó fue la risa de su hermano.

BRIONY THORBURN

«Los Blair que han ganado el torneo casi siempre
lo han hecho gracias a una alianza».
Una trágica tradición

L a luz del sol en el páramo brillaba con más fuerza de la que Briony se había acostumbrado durante las últimas semanas. Hacía un rato que había lanzado el Rosa de los Vientos, un hechizo de rastreo que había tomado prestado en el Monasterio y que requería alguna pertenencia de la persona a la que se estaba buscando. Finley le había dejado su anillo sortilegio y con eso bastaba para que funcionase. Una línea de color blanco plateado se le había enredado alrededor de la muñeca y se extendía hacia la distancia. La siguió a través del accidentado terreno, con el estómago revuelto.

Isobel la había traicionado. Alistair la había liberado. Y, aunque hubiera recuperado sus anillos sortilegio y se hubiera marchado, no podía olvidarse de las palabras que le había dedicado Isobel en el Castillo. Pero Alistair contaba con ella y no quería que el riesgo que él había asumido fuese en vano. Así que continuó hacia delante, intentando dejar sus miedos atrás.

Se encendieron todas sus alarmas y un escalofrío le recorrió la espalda. El hechizo cambió un momento después y una segunda línea de magia se enroscó en su muñeca.

Finley Blair apareció en la cima de una colina en la distancia. Entre ellos, había un fulgor plateado que los unía por medio de un cordón mágico. Briony observó cómo se acercaba. Algo en su interior se marchitó cuando él enrolló su dedo al final de la línea del hechizo y la partió en dos. Su rostro no reflejaba ningún tipo de emoción.

Briony esperaba que él pudiera ver franqueza reflejada en el suyo.

—No quiero enfrentarme a ti —dijo con voz débil.

La mano de Finley estaba posada sobre la empuñadura de su espada envainada. La desenfundó, con la cabeza ligeramente inclinada mientras acortaba la distancia entre ambos. Se detuvieron cuando se hallaban a menos de un metro de distancia. Briony se sintió expuesta en un espacio tan amplio y abierto. No había hacia dónde correr, aunque ella solita se había buscado aquella confrontación.

—Así que todo era un truco —dijo él, impasible, como si ya hubiera tomado una decisión—. Solo te aliaste con nosotros hasta que cayera la Reliquia que querías.

—Eso no es lo que ha pasado —respondió—. Te dije la verdad. Quiero acabar con el torneo. Elionor me manipuló e hizo que pareciera que os había traicionado.

—¿Cómo voy a creerte?

—Tu hechizo confesor...

—Me da igual lo que pretendieras hacer. —El gesto neutral de Finley se tambaleó—. Lo que me importa es lo que pasó en realidad. Me dijiste que cabía la posibilidad de que Carbry no tuviese que morir, y luego vas y lo matas tú misma.

—Su maleficio mortal rebotó contra mi escudo. —Sus palabras evocaron la imagen de aquellas flechas. El modo en que su mano se había quedado inerte mientras se la sostenía. Se estremeció—. No es lo mismo.

Finley titubeó, pero luego negó con la cabeza.

—Sigue estando muerto por tu culpa

Alistair había dicho que la historia de Briony era de las buenas. Quería creerle, del mismo modo en que creía que la muerte de Carbry fue a causa de la traición de Elionor.

Pero Alistair no la conocía. Y la gente que sí la conocía la juzgaba de otro modo.

Briony recordó la rabia en el rostro de Isobel. «Me forzaste a convertirme en campeona».

Recordó a Innes cayendo al suelo. «Briony… No…».

A Carbry. «De verdad creí que podía confiar en ti».

Finley agarró con más fuerza la empuñadura de la Espada y le preguntó:

—¿Para esto querías que nos encontráramos? ¿Para ver quién era el siguiente en caer?

—No. No. —Su voz era tan baja que sonaba como un gemido—. Nada ha cambiado. Sigo siendo…

Pero aquello era mentira. Todo había cambiado. Habían pasado dos semanas desde el arranque del torneo y lo único que había conseguido era provocar una muerte sin quererlo. Una amiga que siempre la odiaría, una hermana que nunca la perdonaría. Una teoría que no se sostenía, basada únicamente en lo mucho que quería que fuese cierta.

«Aquí dentro nadie es un héroe», le había espetado Isobel. «Y mucho menos tú».

—Aún estoy preparado para ganar este torneo, cueste lo que cueste —afirmó Finley, y Briony no pudo evitar pensar en lo lejos que habían llevado ambos esas palabras. Ese torneo había provocado que lo inimaginable se convirtiera en su realidad—. Estaba listo para matar… o morir. Pero ahora tengo metido en la cabeza lo que me contaste y no puedo dejarlo pasar. No puedo dejarte… —Tragó saliva con fuerza—. Solo quiero saber si hay posibilidades de detener esto. Necesito saber qué es lo que debo hacer.

A Briony le desconcertó la vulnerabilidad de sus palabras. Finley siempre había seguido el código de su familia, unas normas claras sobre lo que estaba bien y lo que estaba mal. Ser campeón era algo noble, igual que salir victorioso sin importar la violencia o la traición que hubiese que emplear para conseguirlo. Su teoría no le había dado esperanza... Le había creado dudas.

En el torneo, la forma más segura de acabar muerto era perder la convicción.

—Ojalá tuviera una respuesta para ti, pero no la tengo. —Le tembló la voz a causa de la culpa—. Creía... Creía que podía cambiar el torneo. Salvarnos a todos. Pero lo que realmente he hecho es destrozar a las personas que me importan. Innes debería haber sido campeona y yo se lo arrebaté. Yo... la ataqué y le corté el dedo. A mi propia hermana. Y estaba convencida de que merecería la pena si podía arreglar la cosas. Pero una parte de mí no lo hacía por ella, o por ninguno de vosotros. Lo hacía por mí misma. Creía que mi sitio era este, pero nunca fue así. Así que, quizá, es hora de quitarme de en medio.

Pidiéndole a Alistair disculpas en silencio por la esperanza que erróneamente había depositado en ella, se quitó sus anillos sortilegio uno a uno, dejándolos caer al suelo. El Rosa de los Vientos. El Esquirla de Cristal. El Toque Sanador. El Sueño Mortífero. Finley no dijo ni una palabra, solo la observó, con el gesto solemne. Cuando solo le quedaba puesto el anillo de campeona robado, se arrodilló en el suelo ante él y alzó la cabeza para mirarlo a los ojos.

—Me rindo —murmuró—. Necesitas una respuesta, pero no tengo ninguna. Así que te ofrezco una salida. Me dijiste que habías cambiado de parecer sobre si eras o no capaz de matarme. Bueno, pues esta es tu oportunidad.

Inclinó la cabeza y cerró los ojos.

Lo único que se oía era su propia respiración, profunda y agitada como la de un conejo, y el silbido de la espada de Finley al desenfundarla. Ahora ya sabía toda la verdad sobre ella. Las partes más horribles y vergonzosas.

El filo de la Espada le rozó el cuello desnudo, el frío acero contra su piel. Se mantuvo ahí durante un momento muy muy largo y Briony esperaba a que la levantase y la bajase en una gran estocada. Intentó no pensar en lo mucho que dolería.

Pero, cuando el acero se separó de su cuello, también lo hizo Finley.

—Mírame. —Su voz era ronca.

Abrió los ojos y lo vio observándola fijamente, con la claridad del sol rojizo sombreándole el rostro. Había vuelto a enfundar la Espada.

El aire entre ellos se hizo más denso, no a causa de la magia, sino por otra cosa. Algo que parecía tanto peligroso como importante. Briony nunca antes le había visto observarla con tanta emoción, no desde que rompieron. Como si estuviese frustrado. Como si estuviese furioso.

Por fin, habló:

—¿Sabes cómo escogen los Blair a su campeón? —Briony negó con la cabeza, sin tener claro a qué venía aquello—. Todos los candidatos elegibles entrenan durante toda su vida y en su infancia les dicen que existe una prueba para escoger al campeón —le explicó—. Así que mis primos y yo esperamos, y seguimos esperando. Hasta que quedaron dos días para el torneo y los adultos todavía no habían dicho nada.

»Ahí es cuando me di cuenta. No eligen a nuestro campeón… Nuestro campeón se presenta voluntario. Que sea o no el más fuerte no importa. Lo que importa es que esté preparado mentalmente y dispuesto, sin importar el desenlace.

Nuestro código es simple: honor, valor, integridad. Un campeón que escoge esto está preparado para representar los tres valores vitales de nuestra familia en la vida... y también en el torneo.

—Así que te presentaste voluntario para proteger a tu familia —susurró Briony.

—Sí. Y no. Me presenté voluntario porque quería que mi familia se sintiese orgullosa. Pero no me habría presentado si los Thorburn te hubieran nombrado campeona a ti en lugar de a Innes.

Briony recordó el modo en que la había mirado cuando los Refugios seguían siendo unas simples ruinas. Cuando todavía era la hermana de una campeona.

—No querías enfrentarte a mí.

—Claro que no. Nunca cambié de parecer. Y cuando te vi aquí la primera noche... —Ahora era su voz la que temblaba—. No te mataré. ¿Por qué ibas a pedirme una cosa así? —Briony no concebía que pudiese llegar a sentirse peor, pero así era—. Así que has hecho cosas cuestionables para llegar hasta aquí. No fingiré que mi estrategia fuera noble. Pero he caído en la cuenta de que nada en este torneo es bueno y el código de honor de mi familia nunca lo compensará. Creo que ha llegado el momento de establecer mis propias reglas. De encontrar un modo de arreglar las cosas. —Entonces, le ofreció una mano—. Ven —le dijo—. Levántate.

Ella la aceptó y se puso en pie con vacilación. Ahora se encontraban muy cerca el uno del otro. Briony podía ver algunas marcas de maleficio emborronadas en su piel, con la sangre seca aún pegada al cuello de su polo.

—Yo también quiero arreglar las cosas.

—Pues entonces no me vengas con lamentos. Tienes que aceptar tu responsabilidad, por ti y por la gente a la que has herido. —Finley hizo una pausa y no tuvo que añadir que él se encontraba en ese grupo—. Si hablas en serio, entonces no te rendirás. No abandonarás.

No iba a dejar que aquel fuese su final. Pero tampoco iba a proporcionarle un nuevo comienzo.

—¿Y ahora qué? —preguntó Briony.

—Ahora los dos terminaremos lo que tú has comenzado. Sin importar en qué nos convierta eso a ojos de nuestras familias: héroes, villanos. Me da igual. Y creo que a ti tampoco te importa ya.

Briony sintió una gratitud inconmensurable. Ya no seguiría a la deriva. Encontraría un modo de seguir adelante y no tendría que hacerlo sola.

—Entonces..., ¿quieres regresar al Monasterio? —le preguntó.

Pero Finley negó con la cabeza.

—Elionor me contó lo que le dijiste sobre el septagrama y dijo que le daba igual. No creo que los demás vayan a creerte. No sin tener pruebas irrefutables.

Briony le echó un vistazo a la espada que llevaba Finley a la espalda. Hacía tan solo unos minutos, había estado sobre su cuello. Y ahora podría ser el primer paso hacia su salvación.

—Bueno, sé cómo podemos conseguir pruebas —dijo Briony—. Alistair ha dejado la Cueva sin vigilancia. Está en el Castillo. Y tú tienes la Espada.

Algo iluminó los ojos de Finley. Determinación. Su mirada pasó de ella hasta las montañas que tenían detrás, donde se encontraba oculta la Cueva. Y entonces, volvió a girarse hacia ella.

—Pues vamos entonces —le dijo.

Briony asintió y se agachó para recoger sus anillos sortilegio. Ahora conocía la verdad sobre sí misma. Había causado mucho dolor, mucho daño. Y había estado intentado acabar con el torneo por las razones equivocadas. Pero si Finley y ella lograban demostrar que todo aquello era real, quizá, y solo quizá, podría encontrar las razones adecuadas.

ISOBEL MACASLAN

«Nuestras familias han guardado este secreto durante siglos.
Me parece a mí que eso quiere decir que, en cierto modo,
todos sabemos que lo que hemos estado haciendo está mal».

Una trágica tradición

Durante unos instantes, después de que el puente levadizo tocase tierra, ninguno se movió.

Isobel se ajustó la Capa sobre los hombros.

Gavin hizo crujir su cuello.

Alistair permaneció detrás de ellos, sombrío y sin hacer ruido, como una sombra.

Gavin fue el primero cruzar el puente. Aunque la muerte de Carbry había aclarado el efecto del Velo de Sangre, la diferencia era mínima y en especial a Gavin no le favorecía aquella luz escarlata diurna. Cada sombra en sus mejillas y mandíbula le hacía parecer más duro, eliminando cualquier ápice de dulzura. Su pelo rubio parecía casi incoloro.

—Ya he estado antes en el Monasterio —alardeó—. Conozco sus puntos débiles.

—¿Crees que se esconderán? —preguntó Isobel.

—Si lo hacen, será más divertido.

Isobel se encogió. Hacían lo que debían hacer, pero no tenía nada de divertido.

—El único problema es que tienen dos Reliquias —prosiguió Gavin—. Tendremos que ser rápidos en la ofensiva. No podemos darle a Finley la oportunidad de contraatacar.

Sus palabras provocaron que a Isobel se le encogiera el pecho. Desde que había sido nombrada campeona, se había imaginado cómo sería, qué sentiría al atacar a sus amigos. Porque con amigos como Briony, la niña bonita de los Thorburn, y Finley, el claro favorito de los Blair, siempre había sabido que era lo que tendría que hacer.

Pero incluso aquellos meses de anticipación no la habían preparado para lo que sentiría al perder a alguien que le importaba en cuestión de horas. Finley no sospechaba de su ataque. Alistair anhelaba una versión de ella que nunca había sido real. Briony se creía una especie de heroína cuando era la que tenía las manos más manchadas de sangre.

Todo ello provocaba que sintiera una rabia y amargura tan intensas que, aun sin la presencia del Velo de Sangre, seguiría viéndolo todo rojo.

Aunque el Monasterio se hallaba en el páramo, el camino era largo. Más largo aún debido al silencio en el que se había sumido el grupo. Solo se oían sus pasos y el sonido del bajo de la Capa arrastrándose por la hojarasca quebradiza. Isobel repasó sus maleficios y hechizos mentalmente, intentando pensar si alguno de sus encantamientos podría perder fuerza a causa de la magia de la Capa, que le dificultaba lanzar hechizos defensivos potentes. Planear su estrategia logró distraerla. De la presencia fría de Alistair detrás de ella, en lugar de a su lado.

—Ahí está. —Gavin señaló hacia una estructura gótica de piedra envuelta en enredaderas. Sus chapiteles se extendían como dagas hacia el sol carmesí—. Deben haber arreglado las puertas. Pero la última vez las tiré abajo sin problema.

Isobel se echó a un lado para que Gavin pudiera lanzar su hechizo. Juntó las cejas con un gesto concentrado y la puerta tembló en sus bisagras de hierro. Isobel y Alistair se apartaron aún más, aguardando una explosión. Pero, tras varios minutos de forcejeo, Gavin bajó las manos, acalorado.

—Han cambiado los escudos desde la última vez. —Le lanzó una mirada furiosa a Alistair—. Vas a quedarte ahí parado, ¿no?

Sin decir palabra, Alistair lanzó un hechizo. Una cuchilla blanca hecha de viento cortó el aire y embistió contra la cerradura de la puerta. En lugar de abrirla, la cuchilla se partió. No era lo suficientemente fuerte.

Después de eso, los tres estuvieron intentándolo durante varios minutos, sin éxito. Gavin maldijo y bajó lo brazos.

—¡Es imposible! —exclamó—. ¿Es cosa tuya? —gritó a Alistair.

Isobel apretó los dientes. Su hechizo Llave Esqueleto era de un nivel superior al Caída de Guadaña que había empleado Alistair. Al contrario de lo que creía Gavin, allí el campeón formidable no era un Lowe.

—¿Cómo va a ser cosa mía? —respondió Alistair sin inmutarse.

—No quieres hacer esto. Se te nota.

—Si no hubiera querido venir, no lo hubiera hecho.

Gavin se acercó a Alistair. Era mucho más grande, alto y ancho que él. Puede que Alistair fuera un Lowe, pero la sombra de Gavin era el doble de larga y sombría. Aunque Grieve estaba de su parte, al menos por ahora, Isobel se preguntaba si había sido un error que los acompañara.

—No malgastes tu magia —le advirtió, sabiendo que este no atendería a una razón tan simple. Sus palabras le merecieron una mirada mordaz de Alistair. Hasta ella sabía cómo sonaban... Ásperas y frías, como las de su padre.

—Entonces, demuéstralo —le soltó Gavin a Alistair, ignorándola—. Hazlo tú.

—¿Cómo esperas que lo haga yo solo cuando ni los dos juntos hemos podido abrirla? —preguntó.

—No he dicho que la abras. Solo necesitamos que Elionor y Finley salgan. —Gavin dio un paso adelante para posicionarse pecho contra pecho, como si estuviera decidido a intimidarlo. Pero, a juzgar por el frío desdén que desprendía la mirada de Alistair, no estaba funcionando—. Elionor casi te mata. ¿No quieres vengarte?

Isobel se planteó lanzar un maleficio para detener a Gavin y hasta fue a coger el Abrazo de la Parca que colgaba en su collar. Pero se detuvo. Gavin era la otra única persona entre ellos que no soltaba disparates sobre romper la maldición. Daba igual lo resentida o furiosa que estuviera, no sabía si podría afrontar el resto del torneo si ella era la única que seguía queriendo luchar.

Pero ¿en qué la convertía eso? Sin duda, en una superviviente. Puede que en una ganadora. Pero también en algo peor. Y eso la asustaba.

—¿Sabes lo que creo, Grieve? —replicó Alistair—. Solo estás cabreado porque no soy el villano que habías imaginado. Matarme iba a ser tu acto de victoria definitiva. Pero no soy tu monstruo. Ni tu trofeo.

—Sigues siendo mi enemigo —gruñó Gavin.

Alistair sonrió con desdén.

—Pues entonces, atácame.

Los anillos sortilegio de Gavin brillaron e Isobel se interpuso entre ambos.

—Lo haré yo —se apresuró a decir—. Haré que salgan.

Aunque sus palabras tenían como objetivo conseguir una tregua, su postura decía lo contrario. Había reaccionado por instinto, sin pensar, lanzándole a Gavin una advertencia con la mirada y protegiendo a Alistair, dejándolo detrás de ella. Parecía que si tenía que elegir entre cabeza y corazón, de algún modo, el corazón seguía ganando.

Eso también la asustó.

Gavin la miró desde arriba.

—¿Cómo?

—Obligándolos a abrirnos la puerta —respondió.

Extendió la mano. Había aprendido aquel maleficio de Alistair durante su estancia en la Cueva. Se llamaba Aliento de Dragón, un nombre muy del estilo de los Lowe. Si funcionaba, a Elionor y Finley no les quedaría otra que salir de allí, como termitas cuando fumigan su nido.

Isobel invocó el maleficio y la magia giró en espiral alrededor de la punta de sus dedos. Una llama apareció de repente en el aire. Lo que comenzó siendo poco menos que la llama de una vela, se avivó más y más hasta que adquirió vida propia. El fuego se extendía a su alrededor, tan brillante que tuvo que entrecerrar los ojos, tan abrasador que dolía al respirar.

Mientras las llamas se extendían delante de ella, las fauces del dragón se abrieron por completo y escupió fuego hacia la puerta del Monasterio. Este se extendió por todo el Refugio y, en cuestión de segundos, todos los chapiteles se vieron envueltos en él.

Durante los siguientes minutos, ninguno habló. Ninguno cargó contra la puerta e Isobel se preguntó con una mezcla entre horror y alivio si habría abrasado a los otros campeones en el interior, si habría sido tan fácil. Pero seguían sin producirse cambios en el Velo de Sangre, así que esperaron.

—¿Un maleficio de nivel ocho? ¿Nueve? —preguntó Gavin a regañadientes, sorprendido—. Supongo que la prensa no mentía sobre ti.

—Ese maleficio es de los preferidos de mi familia —le dijo Alistar sombríamente—. Lo lanzas mejor que yo.

Isobel se había adentrado lo suficiente en su mente como para saber que sus palabras no eran un cumplido.

Por fin, la puerta del Monasterio se abrió de par en par. Elionor se desplomó en el umbral, con la piel cubierta de una capa de ceniza. Tosió y se tiró sobre la hierba. Luego se arrastró de forma patética hasta ponerse en pie.

Gavin la agarró de la camiseta y la levantó del suelo.

—Supongo que haré los honores —dijo, y lanzó un maleficio.

Elionor sonrió con malicia mientras interponía algo brillante en su trayectoria... El Espejo. El maleficio rebotó contra el cristal y salió disparado hacia el cielo, rozándole la mejilla a Gavin en su ascenso.

Gavin chilló... y luego cayó inconsciente en el suelo, con sangre manándole del rostro.

BRIONY THORBURN

«Al menos en teoría esta maldición puede romperse. Pero los sacrificios hacen más fuerte a cualquier maldición y muy pocas a lo largo de la historia han obtenido tanta sangre».

Una trágica tradición

La Cueva se hallaba en las montañas en la frontera de Ilvernath. Era una hendidura abrupta sobre la piedra, simple y modesta, rodeada por unos escudos que la camuflaban aún más. Briony no entendía por qué un Lowe se sentiría atraído hacia algo tan humilde, tan oculto. También era cierto que había muchas cosas que no comprendía sobre Alistair.

Echó un vistazo hacia el Velo de Sangre mientras se acercaban a él, pero este no se había debilitado. Eso quería decir que el resto de los campeones seguían vivos… de momento.

—Son unos hechizos defensivos potentes —comentó.

Finley contempló la oscuridad.

—Nada que no podamos solucionar.

Se adentraron juntos en la Cueva, con las tres piedras sortilegio de la Espada refulgiendo en un tono rojo mientras la oscuridad los engullía. Un par de hechizos se activaron en la entrada, pero la espada de Finley los atravesó sin dificultad, con la alta magia disipando las cuerdas del encantamiento destinado a bloquearles el paso a los intrusos.

La Cueva solo respondía ante Alistair y, como él no se encontraba allí, la única iluminación con la que contaban era el brillo deslustrado de la Espada. Hasta que, tras un minuto caminando, Briony se topó con un candelabro al chocarse con la formación rocosa sobre la que estaba apoyado.

Lo encendió con un rápido hechizo Destello y Llamarada. Lo alzó en el aire, sintiéndose algo ridícula, para examinar el espacio que Alistair Lowe había descrito como su guarida. Al parecer, había sido muy literal. La estancia principal de la Cueva era una gran habitación: una cama con dosel se encontraba en la pared del fondo, con piedras sortilegio desperdigadas por las mantas y el suelo como si fuera el tesoro escondido de un dragón. Había ropa apilada en el borde de la cama y arrugada en el suelo. Todo estaba cubierto por una capa de polvo y las telas de araña colgaban de los muros húmedos como si fueran tapices.

—Qué sucio está esto —dijo Briony.

—No debería estarlo según la leyenda de los Blair. Pero los Refugios se personalizan según el gusto de su campeón.

Briony resopló. Isobel había tenido suerte de no poder percibir la magia mientras se había quedado allí, pero cuestionaba el buen juicio de Alistair. Nada como unas cucarachas muertas decorativas para levantar los ánimos.

Briony miró a Finley a los ojos, esperando sacarle una sonrisa. Pero este se limitó a echar un vistazo con aspecto sombrío a la Cueva. Había sido civilizado con ella por el camino, pero estaba claro que no la había perdonado.

—Hay un pasillo al fondo de la caverna que debería llevar al lago… ¡Ahí! —Finley señaló con la Espada hacia un estrecho corredor que se adentraba en las entrañas de la montaña—. Debe ser eso.

La leyenda de la familia de Finley tenía razón. El corredor se abría para revelar un lago con una roca escarpada sobresaliendo del agua: el pilar.

Briony dejó el candelabro en el suelo y lanzó de nuevo su hechizo Destello y Llamarada, vaciando por completo su anillo para crear orbes de luz que revolotearan alrededor de los muros de la caverna. Ahora que estaba iluminada, podía ver que el pilar se hallaba sobre una pequeña isla en el centro del lago.

Se dirigió hacia la orilla del agua y miró hacia abajo para ver el inconfundible reflejo de ambos. La figura de Finley se giró para observarla, expectante hasta en las turbias ondulaciones de la orilla.

—¿Y ahora qué?

Aquello tenía que funcionar. Había sacrificado demasiado para que no lo hiciera. Pero lo cierto era... que no estaba segura de qué hacer a continuación. No bastaba con tener la Reliquia y estar en el Refugio al mismo tiempo. Si solo se tratase de eso, ya haría años que la maldición se habría venido abajo.

Tenían que hacer algo para cancelar la magia que existía dentro de ambas cosas. Anular la maldición.

—Si una Reliquia representa un ingrediente —comenzó— y el pilar representa una punta del septagrama, que es el centro del Refugio, entonces tenemos que ponernos en esa isla.

—Al menos eso lo tenía claro.

—¿Y luego qué hacemos?

—No lo sé, pero lo averiguaremos.

—Muy bien. —Finley miró con el ceño fruncido hacia el lago—. Si el campeón Lowe estuvo viviendo aquí, debía contar con algún acceso hasta el pilar. Espera. —Se dirigió hasta la pared, donde una de las luces de Briony iluminaba algo incrustado en la roca. Esta vio que era una piedra sortilegio justo antes de que Finley la tocara.

La magia carmesí salió de ella, moviéndose en espiral hacia fuera formando un puente fino y tambaleante que conducía directamente a la isla.

—Lo sabía —dijo, con una sonrisa de alivio—. Vamos.

Se desplazaron en fila de uno, con la Espada colgando sobre la espalda de Finley. Briony dejó que fuera él delante porque, como el idiota caballeroso que era, había insistido. En cuanto puso un pie en la isla, el puente emitió un destello, como burlándose de ellos, y desapareció.

A su lado, Finley contempló el pilar con una expresión extraña.

—¿Te encuentras bien? —le preguntó Briony.

Él negó con la cabeza, como si intentara despejar la niebla de su mente.

—Es solo… que es extraño estar tan cerca de la historia de mi familia.

Briony entendía aquella sensación. Había sentido lo mismo cuando visitó la Torre, aunque por aquel entonces todavía seguía en ruinas.

—De acuerdo —dijo—. En la historia de tu familia, el campeón se sitúa en esta isla, ¿no? Y luego… ¿una mano emerge del agua y le entrega la Espada?

—Sí. —Finley desenvainó la Espada y se arrodilló en el borde del lago, con la hoja plana sobre las palmas de sus manos—. Me parece a mí que lo que más sentido tiene es… ¿devolverla?

—Pero ¿y el pilar? Es el anclaje de todo esto, ¿no? Meter la Espada en el agua no servirá para derribarlo.

—No sé. Hemos venido hasta aquí. Tenemos que intentar algo… —Finley se interrumpió y se giró para examinar el pilar. Alzó la Espada y tocó la piedra con la punta de la hoja. El aire a su alrededor pareció cambiar, lanzando una ráfaga de viento hacia fuera desde el punto en el que el acero había tocado la piedra. Luego, un hechizo salió disparado del pilar y tiró a Finley hacia atrás. Se le escapó la Espada de las manos y resbaló hasta el borde del lago.

—¡Finley! —Briony corrió hacia donde había caído, medio metido en el agua, aturdido—. ¿Estás bien?

Asintió, con la respiración agitada mientras se incorporaba hasta sentarse. Por encima de ellos, el techo comenzó a temblar.

—El pilar está defendiéndose —afirmó Finley—. Eso debe significar que podemos destruirlo con la Reliquia, ¿no?

Briony asintió, sintiendo de nuevo esperanza.

—Claro.

Pero, cuando se dio la vuelta para coger la Espada, el techo volvió a retumbar. Algo plateado hizo un ruido al caer sobre el suelo cerca de sus pies. Logró apartarse de su trayectoria y vio que era una espada idéntica a la que había tirada a unos pocos pasos de ellos.

Briony alzó la mirada, con el pavor apoderándose de ella. Donde antes había un montón de estalactitas, ahora brillaban cientos de copias de la Espada. Se abalanzó a por la verdadera, pero Finley la empujó para apartarla. Los dos se arrastraron hacia atrás por el suelo mientras caía una lluvia de espadas donde había estado Briony parada hacía apenas un momento.

—¡Mierda! —Briony siguió retrocediendo—. Igual si nos tiramos al agua para cubrirnos…

—Briony. —La voz de Finley denotaba terror—. Mira.

Briony se giró, confundida, solo para comprobar que Finley había sumergido un dedo en el lago. Cuando lo sacó, estaba manchado de rojo. Un olor a cobre emanaba del rastro carmesí que se extendía por el agua… Un color que no solo era alta magia, sino…

—Sangre —dijo Briony con voz ronca. Lianas de color carmesí se formaban y salían del lago, con el hedor fuerte y metálico acrecentándose a su alrededor. Se echó hacia atrás, intentando no vomitar.

—Tenemos que detener esto —prosiguió con voz ahogada—. Hay que destruir ese pilar.

Por encima de ellos, otra espada cayó del techo, apuntando directamente a la cabeza de Finley.

Esta vez le tocó a Briony apartarlo a él. Chocó contra su costado, empujándolos a ambos hacia el lago de sangre. La copia de la Espada cayó sobre la isla, detrás de ellos.

La sensación al hundirse fue la cosa más espantosa que Briony había vivido, mucho peor que el maleficio alucinatorio que Alistair les había lanzado en la cantera. La sangre era cálida y viscosa, y se coagulaba alrededor de sus manos, que no paraba de agitar, tirando de ella hacia abajo. Tenía los ojos bien cerrados, pero había abierto la boca mientras caía. Cuando la cerró…, ya era demasiado tarde. El sabor a metal le inundó las fosas nasales y la garganta, y la textura pegajosa le cubrió la lengua. Dio zarpazos para ascender, desesperada por respirar, hasta que consiguió salir a la superficie.

Cuando abrió los ojos, la sangre le emborronaba la visión. La tenía en los orificios de la nariz, en las orejas, apelmazándole el pelo. Intentó respirar, pero lo único que consiguió fue toser y expulsar algo de un tono carmesí. Al igual que Carbry cuando…

—Briony. —Oyó la voz de Finley detrás de ella, cargada de pánico. Un momento después, le agarró la cintura por debajo de la superficie y la empujó hacia él. Le temblaron las piernas del alivio… Finley estaba bien. Tenía el rostro y el pelo manchados de rojo y la sangre se le amontonaba en el hueco del cuello—. Estás viva.

Detrás de él, las espadas seguían cayendo del techo, algunas zambulléndose en el lago que tenían detrás y otras amontonándose alrededor del pilar. No había forma de saber cuál era la verdadera Reliquia.

Briony asintió y se agarró a su cuello. Había tanta sangre, tantísima, que por un momento se vio transportada de nuevo al bosque, contemplando el cadáver de Carbry. Observó las flechas saliéndole de los ojos, escuchó el quejido de sus últimas palabras. Y luego se encontró con el dedo de Innes en la mano, la astilla del hueso todavía asomándose por donde había cortado.

—No —dijo con la voz ahogada. Sentía una culpa tan fuerte y viscosa en la garganta como el sabor a cobre. Con la mano que le quedaba libre, apartaba de forma desesperada la sangre, intentando mantenerlos a ambos a flote—. Este lago... Me...

—Es una ilusión —murmuró Finley—. No es real, Bri. No es sangre de verdad.

Por encima de ellos, el techo volvió a retumbar y un montón de espadas más comenzaron a caer al lago. Sintió pánico, pero recordó lo que le había dicho Finley. «Si hablas en serio, entonces no te rendirás».

Podía emplear esa culpa, ese miedo, y usarlos como combustible para hacerlo mejor en lugar de hundirse todavía más.

Respiró hondo mientras temblaba. Soltó a Finley y se acercó nadando hasta el pilar. De su interior emanaba una luz roja, con la piedra externa volviéndose traslúcida. El Refugio no estaba lanzando ese encantamiento..., era cosa del pilar. Se sintió esperanzada, pues si lo destruía con la Reliquia podría, en teoría, detener el hechizo.

—Tienes razón —admitió. Ambos apartaban la sangre de un lado y de otro—. Tenemos que centrarnos en encontrar la verdadera Espada y clavarla en el pilar. ¿Llevas encima algún hechizo que pueda hacer eso?

—El Espada de la Verdad debería disipar las ilusiones.

—Pues te cubriré con un Reflejo Espejo —dijo Briony, maquinando un plan sobre la marcha—. Eso debería darte suficiente tiempo como para destruirlo.

—Parece buena idea.

—Perfecto. Pues acabemos de una maldita vez con este maleficio.

Él sonrió en respuesta. Briony se sorprendió al descubrir que a Finley aún le divertía su fanfarronería. Sabía que todavía no la había perdonado..., pero, algún día, quizá lo hiciera.

Quería que supiera que había tomado una buena decisión. Que haría todo lo que estuviese en su mano para ayudarlo a acabar con todo aquello antes de que alguien más saliese herido. Pero las palabras que pronunció no fueron las de esa promesa..., sino otras igual de adecuadas.

—Nunca habría sido capaz de matarte —susurró.

—Lo sé. —Su voz parecía un hechizo, un Rosa de los Vientos extendiéndose entre ellos como un salvavidas—. Siempre lo he sabido. Solo que no estaba seguro de que tú lo supieras.

La isla era mucho más pequeña de lo que Briony recordaba cuando se arrastró de vuelta a la orilla rocosa. La sangre, agua o lo que quiera que fuera en realidad, comenzó a subir. Si no se daban prisa, toda la caverna se inundaría. Se arrastró hasta el pilar, apartando espadas del camino. Luego localizó su anillo sortilegio Reflejo Espejo, el mismo hechizo con el que había herido a Carbry y a Innes. Suspiró hondo, con el hedor a cobre casi provocándole arcadas, y lo lanzó.

Un momento después, una cúpula de luz blanca apareció sobre sus cabezas. Las espadas caían del techo, pero al tocar la luz, rebotaban y salían volando por la caverna. Briony sentía la fuerza del golpe de cada una de las espadas, pero mantuvo el escudo, de rodillas en la orilla, con los brazos estirados y los ojos llorosos producto del esfuerzo.

—La veo. —Finley profirió un grito ahogado, con su propio hechizo brillando a su alrededor—. Sé cuál es la verdadera.

—¡Ve! —exclamó Briony—. Yo te cubro.

Se abrió camino por la isla, tropezando con una pila de espadas y poniéndose en pie un momento después con una de ellas, parecida a las demás. El techo tembló una vez más, pero en esa ocasión, en lugar de espadas, comenzaron a caer piedras.

—¡Date prisa! —gritó Briony.

Finley asintió, jadeante. Se dio la vuelta y hundió la Espada profundamente en una de las vetas del pilar que emitían un fulgor rojo.

De inmediato, las espadas en el suelo se desvanecieron. El olor a sangre desapareció. Briony contempló el agua, sorprendida cuando perdió aquel color y volvió a ser un lago corriente. Finley tenía razón. Todo había sido una ilusión. Pero el alivio duró poco, ya que el techo de la caverna volvió a temblar, con rocas que se desprendían mientras se desvanecía la magia.

—¡Vamos! —le gritó a Finley—. ¡Todo esto se viene abajo!

La alta magia zumbaba a través de la caverna, con la luz roja rebotando contra las paredes. Briony se lanzó al agua y nadó a contracorriente hacia la orilla más cercana. Finley se encontraba dos pasos detrás de ella mientras nadaban hacia el borde del lago. Jadeando y empapados, se abrieron paso hasta la orilla, pero no era momento de detenerse. Briony se puso en pie mientras oía un profundo estruendo que procedía de la Cueva a su alrededor, de las paredes, el suelo, el techo.

En lo que quedaba de la isla, el agua rompía contra el pilar a media altura. La Espada brillaba por completo en el mismo tono rojo profundo que la hendidura que Finley le había hecho al clavarla. Briony echó un último vistazo a aquellas tres piedras sortilegio titilando en la oscuridad y luego se dio la vuelta para seguir a Finley mientras este salía disparado hacia el corredor.

Dio gracias por todo el tiempo que había pasado en el campo de *rugby* y en la pista de voleibol mientras las paredes del corredor temblaron a su alrededor. Pudo centrarse, se mantuvo en pie, pensando únicamente en salir de allí lo más rápido posible. Corrió hasta la estancia principal de la Cueva un minuto antes de que el corredor colapsara, pasando por delante de la cama con dosel. Apareció una luz en la boca del túnel que conducía al exterior, pero el suelo tembló bajo sus pies. Entonces un seísmo hizo que cayera al suelo.

—¡Mierda! —Briony rodó sobre sí misma y apoyó las manos en el suelo, con dificultades para orientarse. Podía oír las piedras estrellándose contra el suelo de la caverna a sus espaldas.

—¡Briony! —Finley la agarró de la mano y tiró de ella hacia arriba—. Vamos. Tenemos que salir de aquí.

Medio corriendo y medio tambaleándose, salieron juntos de la Cueva, hasta que los recibió la última luz del día y se encontraron en la cima de la montaña.

Detrás de ellos, la boca de la caverna se estremeció, para luego derrumbarse con una pequeña avalancha de piedras que quedaron apiladas delante de la entrada.

Ambos se sentaron en el suelo, empapados en sudor y completamente exhaustos.

—El Refugio —logró decir Briony al final—. Se ha destruido. ¿Sigues sintiendo una conexión con la Reliquia?

—No. El poder de la Espada se ha desvanecido —le confirmó Finley—. Se han anulado el uno a la otra. Como tú habías dicho que pasaría.

Se giró hacia él y sintió adrenalina al ver su expresión esperanzada. No había sabido qué sucedería cuando juntaran el Refugio y la Reliquia. Ahora sí sabía a ciencia cierta que podían romper cada pieza del septagrama, una por una, hasta destruir el torneo, igual que acababan de hacer con la Cueva y la Espada.

Aquello no borraba el dolor que había causado. Pero, al menos, había hecho algo bien.

A su lado, Finley lanzó un hechizo rápido de calor que les secó la ropa y el pelo. La sangre había sido una ilusión, pero Briony seguía sintiendo su olor en la garganta.

—Gracias —murmuró mientras Finley se guardaba la piedra sortilegio—. Me has creído, aunque no tenías ningún motivo para hacerlo.

—No habría podido vivir conmigo mismo sabiendo que existía un modo de detener esto, aunque fuese hipotético, y que yo ni siquiera lo intenté.

—Bueno, pues ya ha dejado de ser hipotético.

Briony le dedicó una sonrisa vacilante. Se sintió muy agradecida cuando se la devolvió. No podía evitar que la sensación de que el corazón se le fuera a salir del pecho cuando él la miraba, cómo su tacto había sido tan reconfortante incluso en medio de todo aquel inconmensurable horror.

Pero aquel momento en el interior de la Cueva solo había sido eso. Un momento.

Dejando a un lado sus sentimientos, le dijo:

—Vamos a terminar con esto. —Se imaginó un mundo en el que dentro de veinte años no apareciera una Luna de Sangre. Donde, por primera vez desde hacía siglos, las siete familias de Ilvernath pudieran escoger una historia sin matanzas.

ALISTAIR LOWE

«Dejan allí tirados los cadáveres de las víctimas durante todo el tiempo que dure el torneo, pudriéndose».
Una trágica tradición

Gavin soñó que se pudría en el fondo de un pozo. Hebras de color morado y verde le envolvían las muñecas, las pantorrillas, el abdomen, apoderándose de su cuerpo igual que habían hecho con su brazo. Aulló de dolor mientras lo inmovilizaban contra el suelo. Se golpeaba la cabeza de lado a lado mientras las venas se le extendían por el rostro. Aunque aún no había consumido toda su magia vital, su cuerpo no podía impedir que la magia lo consumiera a él.

Y entonces, algo le rozó la mejilla. No estaba acostumbrado al contacto físico y aquella caricia pareció una descarga eléctrica contra su piel. Como una cuerda que le lanzaban para ayudarlo a subir hasta un lugar en el que no tenía que seguir agonizando. Intentó mover el brazo y descubrió que no podía. Luego, la pierna y, de pronto, la magia disminuyó.

—¿Gavin? —le preguntó una voz, en un tono que le dio la impresión que era de genuina preocupación. Nunca la había oído antes.

Abrió los ojos. Tenía un rostro sobre el suyo, una mano posada sobre su mejilla. El pico de viuda y los profundos ojos grises de Alistair Lowe. La palma de su mano era sorprendentemente suave. Que a Gavin eso le hubiera parecido momentáneamente reconfortante era casi peor que el hecho de que hubiera estado al borde de la muerte.

—¡No me toques! —Se alejó de Alistair, intentando que no se notara lo avergonzado que estaba. Su camiseta y sus pantalones estaban manchados allí donde había tocado el suelo, las sienes le palpitaban a causa del dolor. Fuera cual fuera el hechizo sanador que Alistair le había lanzado, no había terminado. Pero Gavin no podía permitir que se le volviera a acercar tanto.

No si eso significaba que cabía la posibilidad de que Alistair viera lo que se había hecho a sí mismo. A su magia.

—De nada —musitó Alistair y, después de lo que había pasado la noche anterior entre ellos, Gavin casi sintió lástima.

—Creía que no te sabías mi nombre —le acusó.

Alistair puso los ojos en blanco.

—Sí, me sé tu nombre, maldito gremlin. —Entonces, abrió mucho los ojos, fijándose en algo que había detrás de Gavin. En tan solo un instante, se vieron envueltos en un hechizo escudo y, sin pedirle permiso, Alistair lo agarró de la mano y lo puso en pie.

Un maleficio chocó contra el escudo. Mareado y todavía sujetándose el brazo tatuado, Gavin se dio la vuelta. Alistair y su magia le habían distraído tanto que se había olvidado de que Elionor había provocado que su propio hechizo rebotase contra él y lo derribase.

A varios pasos de distancia, Isobel había acorralado a Elionor contra los restos de un muro de piedra del Monasterio, mientras que las llamas continuaban causando estragos en el Refugio. Elionor respiraba agitadamente. Llevaba la ropa negra cubierta de hollín y mugre, con las bolsas debajo de los ojos de un tono morado e hinchadas. Pero el Espejo, que todavía

413

agarraba con la mano derecha, hacía rebotar los maleficios que Isobel lanzaba contra ella.

—¿Dónde está Finley? —preguntó Gavin. Esperaban encontrarlos a los dos allí.

Isobel apretó los dientes, concentrándose en la batalla.

—No está.

Gavin maldijo en voz baja. Al menos habían acabado con un campeón esa mañana. Lanzó el Mordisco de la Quimera, otra de las piedras maleficio de Alistair, hacia Elionor mientras esta intentaba defenderse de Isobel. Lo bloqueó, pero no lo suficientemente rápido, y le hizo un corte en el brazo, alrededor del cual apareció una marca del maleficio. Sintió una oleada de satisfacción al ser consciente de que él, un Grieve, había conseguido hacer sangrar a todos y cada uno de los campeones. Recordó a Carbry, presa del pánico cuando Gavin se coló en el Monasterio; a Briony e Isobel huyendo de su maleficio de fuego en el páramo; la copa de Alistair rompiéndosele en la mano; y a Finley luchando por alcanzar su Espada.

El suelo se estremeció bajo sus pies y, por accidente, chocó contra el costado de Alistair, rompiendo su concentración y provocando que el escudo cayera.

—¿Qué sucede? —preguntó Isobel.

—No lo... —comenzó a decir Alistair mientras el cielo parpadeaba sobre sus cabezas, pasando de un tono rojo al blanco y de vuelta al rojo. Fue tan rápido que si hubiera parpadeado, se lo hubiera perdido.

El temblor se detuvo y, durante varios minutos, los cuatro se quedaron inmóviles. Elionor había caído de rodillas. Isobel estaba en guardia, como si esperara que la tierra volviera a temblar. Alistair miraba boquiabierto al cielo.

Aprovechando la distracción, Gavin empujó a Alistair fuera de su camino. Ya no contaba con el Venganza de los Olvidados, pero había obtenido otro maleficio mortal de Alistair, el Corte Guillotina. Apuntó hacia Elionor. El encantamiento atravesó el aire en forma de una cuchilla blanca. Elionor se apartó de su trayectoria. Le hizo un corte en el cuello, pero evitó la peor parte del maleficio. Jadeó mientras temblaba y aflojó el agarre del Espejo a la vez que se tambaleaba.

Gavin avanzó hacia delante, ignorando el dolor de su brazo, y forcejeó con Elionor para quitarle el Espejo de las manos. Se lo arrebató sin problema y luego dio marcha atrás, sosteniéndolo por el mango. No le servía para nada, pero si era él quien mataba a Elionor, pasaría a ser de su propiedad.

Elionor, que seguía sangrando sobre el suelo, se irguió cuando Gavin se preparó para lanzar otro maleficio, apuntando esta vez a su garganta.

Pero antes de poder hacerlo, Alistair lo agarró por el hombro y se lo retorció. Gavin sofocó un grito cuando el tatuaje comenzó a palpitarle bajo su agarre.

—Para —le dijo Alistair—. Parad los dos… No podéis seguir con esto. No si cabe la posibilidad de que Briony esté en lo cierto.

—¿Qué estás haciendo? —le preguntó Isobel, como si no le hubiera oído bien. Gavin tampoco estaba seguro de haberlo hecho.

Alistair señaló hacia el cielo.

—Ya habéis visto lo que le ha pasado al Velo de Sangre. Habéis sentido temblar el suelo. ¿Qué creéis que ha sido eso?

—¿Cómo va a ser cosa de Briony? —cuestionó Gavin—. Si sigue encerrada en…

—Porque yo… —Alistair tragó saliva—. Yo la liberé.

—¿Qué has hecho qué? —le espetó Isobel.

—Solo porque esto siempre haya sido así no significa que no haya esperanza. Las cosas podrían cambiar. Podríamos cambiarlas nosotros.

La angustia de Alistair era visible y real, y la idea de que no quisiera derramar sangre enfurecía a Gavin. Durante toda su vida, se había limitado a cumplir el papel que le habían asignado. El de un Grieve. Un perdedor. Un cadáver andante. Y puede que quisiera cambiar aquella historia, pero el campeón de los Lowe, el enemigo, no tenía motivos para querer hacerlo. No tenía derecho. Matar a Alistair siempre había sido su objetivo final y no se había pasado la vida manteniendo a raya su conciencia y su temor para que Alistair le arrebatara todo lo que representaba para él ese premio.

—Alistair —murmuró Isobel—. No puedes escapar del torneo.

—¿Soy el único que ha visto lo que le ha pasado al cielo? —gruñó—. ¿Alguno de vosotros ha oído hablar de algo parecido?

Por encima de su voz, a Elionor le dio un ataque de tos y escupió un poco de sangre en la hierba.

—No me digáis que Briony también os ha ido con esas. Patético.

Una expresión sombría cruzó el rostro de Alistair. Aquello le gustaba más a Gavin.

—Quítate de en medio, Lowe —lo amenazó—. O lanzaré tu propio maleficio contra ti.

—No lo hagas —dijo Isobel, y a Gavin le costó discernir a quién se refería, si a Alistair o a él.

Gavin sabía que era una mala idea lanzarle un maleficio a Alistair, sobre todo si así se convertía también en enemigo de Isobel. Su magia ya había estado a punto de consumirlo en una ocasión. Y no sobreviviría en el torneo estando solo.

—Si no vas a luchar con nosotros —le espetó a Alistair—, entonces no formas parte de esta alianza.

Alistair le lanzó una mirada a Isobel, intentando estudiar su reacción.

—Por favor, no me obligues —dijo ella en voz baja—. No quiero enfrentarme a ti. Pero con lo que estás haciendo... no me dejas otra opción.

Alistair se tambaleó por un momento, como si estuviera mareado.

—Muy bien —dijo sin más—. Pero siempre hay otra opción.

Y entonces se dio la vuelta y se alejó, sin lugar a dudas retándolos a que lo atacaran.

Isobel se quedó algo pálida, pero Gavin se negó a perder de vista su objetivo. Dio un amenazante paso hacia delante, acercándose a Elionor, que estaba hecha un ovillo en el suelo delante del Monasterio. Era hora de demostrarle a Ilvernath, al mundo entero, de lo que era capaz.

Pero antes de poder hacerlo, Elionor se estiró y se lanzó contra Gavin con una expresión feroz para intentar alcanzar el Espejo. No lo logró, pero mientras Gavin se apartaba de su camino, esta le agarró del brazo. Aulló como un animal herido cuando el dolor agonizante le atravesó los nervios desde el hombro hasta la punta de los dedos. Se desplomó y el Espejo cayó a su lado. Mientras gemía, se giró e intentó alcanzarlo.

Pero Elionor se hizo con él antes. Agarró el Espejo y se cernió sobre él.

—Ahora solo sois dos contra una. O más bien uno y medio —ronroneó, dedicándole una sonrisa maliciosa—. Me gustan mis probabilidades.

ALISTAIR LOWE

«Victorioso o no, un Lowe nunca ha abandonado el
torneo sin matar a alguien».

Una trágica tradición

Tras abandonar la batalla, Alistair se dirigió hacia donde le llevaban sus pies. Ya que su conocimiento de Ilvernath empezaba y terminaba en el distrito de las tabernas, estuvo perdido hasta que el camino del bosque se aproximó al límite de la ciudad. En la distancia, un muro traslúcido de una luz carmesí separaba el terreno del torneo del centro de la ciudad, evitando la entrada de los campeones y la salida de sus residentes.

Un callejón sin salida.

Suspiró y se apoyó contra un árbol, sin tener claro a dónde ir ni si de verdad quería dejar atrás a Isobel. Sin tener claro quién era él.

A través del escudo rojo, divisó el Pilar de los Campeones en la plaza enfrente del salón de banquetes. Qué irónico era que acabara allí al huir del torneo, en el lugar donde había empezado todo.

Pensó en el nombre de Carbry Darrow tachado en comparación con la docena de nombres pertenecientes a los Lowe. Algo ardió en su interior al saber que él se encontraba entre ellos. Ya no quería seguir con aquello. Ni con su familia ni con esa historia. El plan de Briony parecía ser la única vía de salida, pero nadie más la creía. Nadie parecía querer creerla.

Nunca se había sentido tan desesperanzado.

Su mirada detectó algo raro en el pilar: otra grieta. Ya no solo se encontraban la que había junto al nombre de Briony y en la base, que ya había visto en los pilares de la Cueva y el Castillo. Había una tercera. Recorría la piedra de arriba abajo, como si fuera una vena, y palpitaba a causa de la luz.

«Puede que se esté rompiendo», pensó Alistair. Tras el parpadeo del Velo de Sangre de antes, aquella era la única explicación que tenía sentido, aunque diese la casualidad de ser justo lo que él quería.

Como en señal de respuesta, un viento frío sopló desde el oeste, acariciándole el vello por detrás del cuello.

«Alistair», susurró una voz que procedía de la nada. Sintió escalofríos por la espalda y se clavó las uñas en los muslos, sintiendo un verdadero pavor en la boca del estómago. La voz era ronca, tan perturbadora como cuando los árboles arañan el cristal de una ventana o cuando un lobo aúlla en la distancia.

«Se te está yendo la pinza», pensó. Igual que a su tía Alphina.

—¡Alistair! —Otra voz distinta lo llamó desde entre los árboles que quedaban a su espalda. Reconoció a Isobel. Había corrido tras él, pero ¿para qué? ¿Para besarlo? ¿Para matarlo? La esperanza y el pavor se entremezclaron y le resutó imposible distinguir un sentimiento de otro—. ¡Alistair! ¡Corre, Alistair!

Un maleficio mortal atravesó el patio en su dirección y, por un instante, vio una cabellera rubia entre los árboles. Se apresuró a apartarse de la trayectoria del maleficio, bordeando el muro de alta magia. Entonces, tropezó y cayó. Lanzó los brazos hacia delante, esperando chocarse contra el campo de fuerza mágico de la ciudad, pero, en lugar de eso, lo atravesó y cayó directamente sobre la plaza.

Detrás de él, un roble antiguo se partió por la mitad, su corteza abriéndose como si se tratara de piel desollada capa a capa.

La cabeza le dio vueltas provocándole un mareo. Alzó la mirada para comprobar quién había lanzado el maleficio, todavía sorprendido por haber atravesado el Velo de Sangre... cuando otro escalofrío se apoderó de él.

«Alistair», susurró de nuevo la voz que procedía de la nada.

Giró la cabeza, pero no se topó con ningún monstruo..., solo se trataba de Gavin. Estaba plantado delante del agujero que Alistair le había hecho al Velo de Sangre. Un desaguisado, era como si alguien hubiera partido un pedazo de papel. El otro chico lo cruzó y le dedicó una mirada salvaje.

—T-tú... —tartamudeó Alistair—. Yo he... ¿Cómo he...?

—Nos has dado la espalda —le dijo Gavin, furioso, aparentemente nada sorprendido por el hecho de que el Velo de Sangre se hubiera abierto—. No creía que fueses a hacerlo.

—Entonces, ¿vas a matarme? —le preguntó desde el suelo.

—No estaba apuntando hacia ti —gruñó.

Alistair se puso en pie y se giró para ver a Elionor a unos metros de ellos en el bosque, con el Espejo en la mano. Cuando abandonó el Monasterio, ya la daba por muerta. Payne debía ser más dura de lo que pensaba para haberse enfrentado a Gavin e Isobel a la vez.

Elionor contempló a ambos chicos a través del Velo con los ojos muy abiertos. Luego se asomó por el agujero, dejando caer el Espejo a su lado. Parecía tan conmocionada como Alistair.

—¿Cómo has hecho esto? —le preguntó.

—El Velo lleva un tiempo dando fallos —respondió Gavin, para luego indicarle a Elionor que se acercara más—. ¿Y bien? ¿A qué esperas? Ven a por nosotros.

Elionor se acercó y arrancó otro trozo de Velo con sus largas uñas. Lo cruzó con una sonrisa malévola en los labios. Pero antes de poder darles alcance o lanzarles un maleficio, Isobel apareció entre los árboles.

—Yo primera.

—No acepto peticiones —siseó Elionor.

Isobel posó la mirada durante un instante sobre la de Alistair, a través del escudo escarlata entre ellos, y por un momento se quedó de piedra. Alistair no sabía por qué la barrera que rodeaba la ciudad se había rasgado y les había permitido entrar, pero si algo iba mal con la maldición del torneo, aquello demostraba que no era indestructible, que Briony tenía razón y que podía romperse. Isobel por fin se daría cuenta.

Alistair tenía la boca seca.

—No deberíamos poder...

Pero Isobel se dio la vuelta de nuevo hacia Elionor.

Y Alistair fue entonces consciente de que lo que había sucedido entre ellos en la Cueva había sido tan solo una fantasía. Eran demasiado distintos. Él había pasado toda su vida moldeando su persona basándose en el glamur y el atractivo de las historias. Isobel ni siquiera era capaz de ver que su propia historia se estaba derrumbando. Y probablemente nunca lo haría.

—Acabemos con esto —le dijo Isobel a Elionor en un tono frío, atravesando el agujero que había hecho la otra campeona.

Los poderes defensivos del Espejo y la Capa las convertían en buenas adversarias. Un aluvión de maleficios atravesó el aire como fogonazos brillantes en blanco y rojo.

Mientras Alistair intentaba apartarse de ellas y se adentraba en la plaza, el aire vibró. Una fuerte ráfaga de viento le puso el pelo en los ojos, movió las hojas caídas esparcidas por las calles e hizo rechinar las contraventanas. Unas chispas que parecían copos de nieve pasaron por delante de ellos, solo que no se trataba de eso. Eran sombrías y sin vida, como la ceniza, como pedazos de papel quemado extendiéndose bajo la luz vespertina, y eran de un tono rojo como salpicaduras de sangre seca.

—¿Eso es alta magia pura? —preguntó Gavin, con los ojos muy abiertos.

Alistair sabía mucho sobre alta magia. Al igual que la magia común, se percibía como un brillo, como purpurina suspendida en la brisa. Puede que el color escarlata fuese el correcto, pero no tenía que parecer en descomposición.

Elionor e Isobel dejaron de lanzarse maleficios la una a la otra.

—¿Qué es esto? —inquirió Elionor en un tono agudo y temeroso—. ¿Es cosa tuya?

—No he sido yo —respondió Isobel, que jadeaba a causa de la pelea y había palidecido.

«Los monstruos no son reales», se dijo Alistair con desesperación. En ese momento, sintió que estaba encerrado en su dormitorio de la infancia con la ventana abierta y las advertencias de su madre rondándole por la cabeza. También se vio en el lago esperando a que el leviatán se acercase. Y atrapado en el bosque, enterrado vivo, encerrado en la oscuridad.

—Alistair —volvió a susurrar aquella voz, solo que esta vez más alto. Y más claro.

—¿Qué ha sido eso? —pregunto Gavïn. Los dos chicos dieron varios pasos nerviosos hacia atrás, chocando el uno contra el otro. Se pusieron en guardia, espalda contra espalda. Con el Pilar de los Campeones cerniéndose sobre ellos.

Alistair tragó saliva. No tenía respuesta.

Las puertas del salón de banquetes se abrieron de par en par. La luz del edificio estaba apagada y solo se apreciaba la oscuridad.

—Sonrisa de trasgo —murmuró la voz—. Pálidos como un muerto y silenciosos como un fantasma.

Alistair se quedó rígido. Conocía esa voz.

Una silueta salió de entre las sombras.

—Te rajarán el cuello y se beberán tu alma.

La figura dio un paso hacia la luz roja diurna. Inclinó la cabeza hacia un lado, con los rizos cayéndole de manera perezosa sobre los ojos. Su piel lisa estaba bronceada y plagada de pecas por pasarse las tardes echando la siesta en el exterior, con las mejillas hundidas pero sonrosadas de vida. En el rostro tenía una sonrisa, como siempre, pero no era tan radiante como lo había sido antes.

Una cicatriz le atravesaba el cuello. Profunda. Roja. Mortal.

—Al —dijo Hendry Lowe con voz ronca—, soy yo.

Alistair sintió que un estremecimiento le recorría el cuerpo, oprimiéndole el pecho.

Exceptuando la cicatriz, su hermano tenía el mismo aspecto que la última vez que lo había visto, hacía tan solo dos semanas. Incluso llevaba puesta la misma ropa que el día que los visitaron los artífices: un jersey gris y unos vaqueros oscuros desgastados.

—Pero si estás... —Se le cortó la voz y se le secó la boca.

—Eres el otro Lowe, ¿no? No deberías poder interferir —le dijo Elionor, echándole un vistazo nervioso a su cicatriz—. Esto no debería ser posible.

Pero a Alistair le daba igual lo que fuera posible o no. Sentía que la otra mitad de su corazón, de su alma, había vuelto a su lado. Volvía a tener cuatro años y su hermano le pasaba los brazos por sus temblorosos hombros durante una turbulenta tormenta. Volvía a tener ocho años y fingía que era un dragón luchando contra un caballero, riéndose mientras esquivaba los golpes flojos de su hermano. Volvía a tener dieciséis años y ambos estaban tambaleándose borrachos al salir de su taberna preferida, cogidos del brazo.

Hendry parecía igual de conmocionado y aliviado de verlo. Pero cuando giró la cabeza para examinar a los demás, sucedió algo extraño. Una estela de alta magia roja le seguía al moverse, como si su imagen sufriese un desfase. Como si fuera producto de la magia y la ilusión, y nada más.

Alistair sintió una mano que le apretaba el hombro. Gavin. Lo apartó y se acercó a Hendry. Tenía que tocar a su hermano, tenía que saber si era real.

—Está muerto, Al —dijo Isobel a unos metros de distancia—. Primero falla el Velo de Sangre y ahora esto. No es...

—¿Qué quieres decir con que está muerto? —preguntó Elionor.

—Pues que fue brutalmente asesinado —soltó Gavin—. Que no se despertaba, así de muerto estaba.

Alistair se estremeció al oír aquello, sintiéndose más inseguro que nunca.

—¿Esto es cosa de alguno de vosotros entonces? —gruñó—. ¿Se trata de un hechizo? —Subió los escalones de piedra mohosos del salón de banquetes hasta que estuvo delante de su hermano. La estela de luz roja volvió a aparecer cuando Hendry lo envolvió en sus brazos.

Su tacto era sólido. Su tacto era de lo más real.

De pronto se vio embargado por todo lo sucedido en las últimas dos semanas. El juego con Gavin mientras bebían. Las noches que había pasado junto a Isobel en la Cueva. Aquella horrible mañana en la que su familia se reunió para nombrarlo campeón.

—Estoy aquí —dijo Hendry en voz baja—. Soy yo.

—¿Recuerdas...? —Alistair tragó saliva—. ¿Recuerdas lo que pasó?

Hendry se llevó la mano al cuello, provocando de nuevo que una estela de magia roja siguiera su movimiento.

—Lo recuerdo todo.

—Lo siento muchísimo —dijo Alistair, quedándose sin voz—. ¿Estás...? ¿Estás bien? —Era una pregunta ridícula. Por supuesto que nada de aquello estaba bien. Tras pasar su infancia escuchando historias trágicas, ninguna le había marcado tanto como aquella. Se quedó mirando la marca que tenía su hermano en el cuello, el lugar en el que su abuela le había rajado y extraído su magia vital.

—Ahora sí lo estoy —respondió Hendry y, poco a poco, su rostro se iluminó al dedicarle otra sonrisa.

Por el rabillo del ojo percibió un maleficio tan blanco como el hueso. Alistair reaccionó de inmediato, colocándose delante de Hendry de forma protectora y lanzando un Exoesqueleto para desviarlo de su trayectoria. El pecho le latía con un miedo tan grande que amenazaba con consumirle. Ya había perdido a Hendry una vez. No podía volver a perderlo.

Buscó con afán quién lo había lanzado y vio que fue Elionor, preparada otra vez para luchar en el borde de la plaza. Tenía el blanco de los ojos inyectado el sangre. Su larga melena negra estaba apelmazada contra su piel a causa del sudor, tenía los hombros caídos por el agotamiento de lanzar un maleficio tan potente. Uno que Alistair daba por hecho que tenía como objetivo matar.

—¿Qué estás haciendo? —gruñó—. Hendry no es un campeón.

—Entonces, no debería poder interferir. Y, por lo que oigo, ni siquiera debería estar vivo —respondió—. No sé cómo lo has hecho, pero no me sorprende que los Lowe hagan trampas. ¿Es que no cuentas ya con suficiente ventaja?

Elionor tenía razón a medias. Puede que los Lowe no pretendieran romper las reglas, pero estas se estaban rompiendo.

425

La mirada de Alistair se posó brevemente sobre el Pilar de los Campeones, sobre sus tres grietas.

—Enterraste el anillo —dijo Gavin al pie de los escalones—. Enterraste el anillo que contenía el maleficio producto del sacrificio de Hendry. En una zona plagada de alta magia. Y míralo, una estela roja lo rodea cuando se mueve.

Alistair sabía que la magia había abandonado a su hermano durante el entierro, pero entonces había un cuerpo. Aquello no podía ser lo mismo. Seguro que no podía ser... algún truco.

A su lado, Hendry suspiró profunda y temblorosamente.

—Me siento muy real —jadeó sin sonar muy convencido.

Pero Alistair sí que lo estaba. Debía estar convencido. Nunca antes había necesitado tanto algo como necesitaba aquello.

—Si vuelves a atacarle —le advirtió a Elionor—, contraatacaré.

—Al... —intervino Hendry con cautela. Alistair no tardó en rebuscar en sus bolsillos y sacar un montón de piedras sortilegio de más. Hendry nunca había sido un luchador, pero le puso unas cuantas en las manos. Estaba a punto de decirle que las cogiera y huyera, pero, en su lugar, Hendry las apretó con fuerza—. No voy a dejarte. No quiero que tengas que luchar solo... Nunca he querido eso.

Elionor dio un paso atrás, nerviosa y con los ojos muy abiertos, evaluándolos a ambos. El viento de la plaza seguía soplando y el cielo oscuro y cubierto se oscureció más aún. Tanto Isobel como Gavin parecían haberse quedado de piedra.

Entonces, Elionor levantó la mano, con el puño cerrado para la batalla, y lanzó otro maleficio.

GAVIN GRIEVE

«El único lugar en el que los campeones Grieve acaban
inmortalizados es en las canciones de taberna».

Una trágica tradición

T odo se había torcido y se había vuelto un sinsentido tan
rápido que Gavin no tenía ni idea de cómo procesarlo.
Le costaba asimilar lo que tenía delante: a Hendry Lowe
de vuelta de entre los muertos, pero cambiado. Era un negativo
fotográfico de Alistair, como si los hermanos se hubieran cambiado los papeles. Alistair era ahora el sol y Hendry, la sombra.

Junto a él, Elionor Payne lanzaba un aluvión de maleficios, pero estos ya no iban dirigidos a Gavin. En cambio, se
dirigían en espiral hacia los hermanos que se hallaban sobre
los escalones mohosos, aquella magia blanca y brillante. Con
desesperación, Alistair conjuraba escudos, pero era demasiado
lento... Un maleficio logró abrirse paso y Hendry se encogió
cuando le dio en el pecho. En lugar de hacerle daño, el maleficio se deshizo en volutas de humo rojo. El rostro de Elionor
palideció por el miedo.

Hendry temblaba mientras se llevaba la mano al cuello, a
la cicatriz, como si hubiera sentido un dolor fantasma en la zona.

—Supongo que, como ya estoy muerto, no se me puede
lanzar un maleficio mortal.

Aunque Hendry sonaba abatido mientras miraba escaleras abajo, Gavin dio un paso atrás de manera automática.

—Eso... no es... posible. —Elionor se tiró al suelo, visiblemente afectada.

El gesto de Hendry era sombrío y lúgubre.

—No debería serlo, ¿verdad?

Aunque Hendry había temblado antes, nadie temblaba más en ese momento que Alistair. Tenía los ojos teñidos de rojo a causa de la luz del Velo de Sangre, haciendo que su gesto pareciera salvaje. El pecho se le encogía a cada respiración mientras fijaba su despiadada mirada en Elionor. El tipo de mirada que aterraba a Gavin.

Este no estaba seguro de a quién debía atacar él. Elionor creía que los Lowe habían hecho trampas, pero Gavin había visto cómo Alistair enterraba el anillo. Había presenciado la conmoción en su rostro al ver a su hermano. Lo que fuera que hubiese ocurrido, no creía que fuese intencionado. Pero eso no cambiaba el hecho de que el torneo seguía exigiendo sangre.

Aun así, Gavin no atacó. Si dos de sus enemigos querían matarse entre ellos, él no sería quien los detendría.

—Si vuelves a intentar hacerle daño a Hendry —le advirtió Alistair a Elionor, casi sin voz—, te mataré. Lo juro. —Gavin le creía.

—Esto no tiene sentido. —Isobel se interpuso entre Elionor y Alistair, con la Capa sobre los hombros protegiéndola de cualquier maleficio que pudieran lanzarle—. Al, sé que esto no es un truco. Pero tu hermano no puede estar aquí.

—No le dejaré —intervino Hendry.

—Ni yo a él —añadió Alistair.

—No es posible que esto te parezca bien —le reprochó Elionor a Isobel—. ¿Por qué los Lowe tienen que contar con dos campeones?

Fuese como fuese que Hendry había llegado hasta allí, Gavin no lo consideraba un campeón. Todos y cada uno de los espantosos rumores habían sido siempre sobre Alistair: su maldad, su talento. No sabía en qué convertía eso a Hendry, pero Elionor los amenazaba como si fueran iguales cuando estaba claro que uno suponía una mayor amenaza.

—Esto no es lo que…

Pero Elionor no dejó que Isobel terminara de hablar. Lanzó un maleficio, con el humo siseando y lanzándose en espiral en todas direcciones. Chocó contra la Capa de Isobel y se desvió, rebotando hacia el salón de banquetes, abriéndose paso por el exterior de piedra. Isobel y los hermanos se apartaron de un salto de la trayectoria de los escombros que caían, mientras Gavin lanzó con rapidez un Piel de Tiburón para protegerse. Cuando la nube de polvo y gravilla se desvaneció, Gavin vio a Alistair levantarse a duras penas, con la muñeca izquierda inerte. En su rostro no había ni rastro de piedad.

Inclinó la cabeza a un lado, con el pico de viuda dividiendo su rostro en dos, y sacó la otra mano del bolsillo. Dentro del puño estaba la piedra maleficio que le había ganado a Gavin la noche anterior.

—Gracias por esto, Grieve —dijo jadeando, para luego lanzar el Venganza de los Olvidados antes de que Gavin tuviese la oportunidad de entender a qué se refería.

El torso de Elionor se partió por la mitad en un estallido de huesos astillados y carne despedazada. La sangre salpicó por todas partes cuando su cuerpo se hundió sobre sí mismo y se desplomó sobre la piedra. Gavin dio un grito ahogado y trastabilló hacia atrás, manchándose los ojos de rojo. Cuando logró limpiarse la peor parte, se encontró con la visión del tórax destrozado de Elionor. Los intestinos estaban hechos trizas. Un tono carmesí emanaba de los restos de su ropa negra, formando un charco a sus pies.

Había muerto en cuanto el maleficio la había tocado. Antes de caer al suelo. Y, como era la piedra de Gavin, sabía exactamente lo que entrañaba esa muerte, lo complicado que era lanzarlo tan bien, de forma tan efectiva. Era algo que él nunca podría haber hecho.

Se produjo un ruido espantoso a la izquierda de Gavin. Giró la cabeza hacia él. El Pilar de los Campeones brillaba con más fuerza que hacía un momento, con una línea carmesí tachando el nombre de Elionor.

Gavin se estremeció y volvió a centrar la vista en los demás. Isobel guardaba silencio, blanca como el papel.

El brazo de Elionor había salido volando, con los dedos a unos centímetros de las botas manchadas de sangre de Gavin. Tenía los ojos apagados y vidriosos, con la boca abierta en una expresión entre el horror y la sorpresa. Podía apreciar un leve brillo blanco rodeándole la boca, la nariz y las orejas. Era su magia vital disipándose en el aire.

Sintió un tirón hacia ella. Un empujón físico. Y en lugar de flotar sin rumbo fijo por el aire, la magia se desvió hacia él. Como si quisiera que se hiciera con ella.

Gavin se echó hacia delante, sorprendido cuando una liana se le enrolló en la mano y se le hundió en la piel. El constante dolor en su brazo disminuyó levemente, pero no era capaz de procesar qué significaba aquello. No mientras estuviera contemplando el horror de lo que Alistair había hecho. Toda la plaza olía a cobre y bilis.

Levantó la vista del cadáver de Elionor Payne hacia el rostro cruel de Alistair Lowe, acentuado ahora por la sangre salpicada.

—No tenías por qué matarla de ese modo —dijo Gavin con voz áspera.

Alistair examinó el cuerpo con una mirada de horror, como si aquello le hubiera sorprendido incluso a él, sin importar que hubiese sido en defensa de su hermano.

Gavin se había convencido de que Alistair Lowe era insensible. Brutal. Malvado. Se había equivocado en todo. Pero su mayor error no residía en lo que había aprendido de él, sino lo que había olvidado: Alistair Lowe era, ante todo, peligroso.

Por encima de ellos, el cielo emitió un gran gemido y luego, como si fuera un milagro, la luz del día los iluminó por un momento, como si un ojo se abriera. Todos se quedaron boquiabiertos, mirando con los ojos entrecerrados hacia la luz.

Con la misma rapidez con la que había desaparecido, el rojo que teñía en cielo regresó. Pero la alta magia a su alrededor parecía… distinta. El Pilar de los Campeones emitió un crac y Gavin giró la cabeza, preguntándose quién más habría muerto. Pero, en lugar de tachar un nombre, apareció una grieta por el otro lateral, sobre el grabado de la luna y la línea de las siete estrellas. La luz carmesí se derramó sobre las grietas, idéntica a la luz que flotaba alrededor de Hendry.

—¿Qué acaba de pasar? —preguntó Gavin. El cielo no había hecho aquello cuando Carbry había fallecido, pero eso ya había pasado dos veces en una misma mañana.

Los demás parecían tan confusos como él.

—Esto no me gusta —dijo Isobel, alejándose del cadáver—. Nunca he oído decir que el pilar comience a rajarse cuando mueren los campeones.

—Es la cuarta grieta —señaló Gavin—, pero solo hay dos campeones muertos.

—O el torneo de verdad llega a su fin —dijo Alistar.

Por instinto, Gavin abrió la boca para llevarle la contraria, pero no supo qué decir. Después de todo, habían salido del terreno del torneo. Rodeó el pilar y examinó sus grietas, tres por la parte delantera y una en la trasera. No sabía qué significaba aquello. No sabía el significado de la inexplicable resurrección de Hendry. Tras tantos años estudiando las historias del torneo, nada en sus archivos o en *Una trágica tradición* le había preparado para que la historia cambiara su curso.

Antes de que Isobel o él pudieran contestar, escucharon unos pasos detrás de ellos.

Gavin se dio la vuelta.

El pelo oscuro de Briony se arremolinaba a su espalda mientras se dirigía hacia ellos acompañada por Finley Blair.

Gavin había visto a Briony Thorburn matar a otro campeón hacía menos de doce horas. La expresión de su rostro no era ni de lejos tan aterradora como la que tenía en ese momento. Porque no parecía sentirse derrotada. Parecía triunfante.

—¿Qué estáis haciendo aquí? —preguntó con cautela. Ya casi no sabía quiénes eran sus aliados, pero dudaba que Briony y Finley estuvieran entre ellos.

Briony mostró sus dientes en una sonrisa victoriosa.

—Lo hemos averiguado. Sabemos cómo romper la maldición.

BRIONY THORBURN

«La única parte del torneo digna de un cuento
de hadas es que dura para siempre».
Una trágica tradición

B riony se tambaleó cuando vio el cuerpo mutilado de Elionor, una pila de tiras hechas jirones de tela negra y carne. Finley y ella habían ido hasta allí para salvarla… Para salvarlos a todos. Pero habían llegado muy tarde. La plaza se hallaba en ruinas. Uno de ellos estaba muerto. Y Gavin estaba empapado de sangre.

De un modo improbable, el hechizo rastreador que Finley le había lanzado a Elionor les había conducido hasta la ciudad, más allá de la cara interna del Velo de Sangre. Y, lo que era aún más imposible, un chico estaba al lado de Alistair en lo alto de los escalones del salón de banquetes. Un chico que no debía estar allí.

—¿Tú quién eres? —A Briony le falló la voz a causa de la confusión y el horror. No deberían estar allí. Y tampoco deberían poder interactuar con nadie que no fuera un campeón.

—Soy Hendry —respondió el chico. Al moverse, su imagen parecía quedarse rezagada. Emitía un fulgor rojo de alta magia a su alrededor, solo visible cuando se movía, como una proyección que no podía seguir el ritmo—. Soy el hermano de Alistair.

—Pero... ¿cómo es posible? —preguntó ella.

Antes de que Hendry pudiera responder, Finley corrió a arrodillarse al lado de la figura destrozada de Elionor. El modo en el que mudó su expresión de angustia a neutralidad, hizo que a Briony se le encogiera el corazón. No era el primer cadáver sangriento de uno de sus aliados que había visto.

—¿Quién le ha hecho esto? —exigió Briony.

Durante un largo rato, nadie respondió. Luego, Alistair, sin devolverle la mirada, dijo casi sin voz:

—Culpable.

Briony dio un paso atrás, incapaz de comprenderlo. Alistair la había liberado. Él la creía.

—¿Por qué la has matado? —preguntó—. Creía que estábamos de acuerdo. Hemos demostrado que se puede romper esta maldición. Finley y yo hemos juntado la Espada y la Cueva. Ambas ya han desaparecido... y el torneo está cambiando.

—Venga ya —dijo Gavin, haciendo una pausa para apartarse el pelo empapado en sangre de la cara—. No veo ninguna prueba...

—Seguro que habéis visto cómo ha parpadeado el Velo de Sangre. Eso ha sido cosa nuestra.

—¿Fuisteis vosotros? —El tono duro de Isobel denotaba que no la creía.

—Sí —dijo Finley, apartándose del cadáver de Elionor para contemplarlos a todos—. Briony dice la verdad. La maldición puede romperse si podemos hacer lo mismo con el resto de los Refugios. Y así no tendría que morir nadie más de este modo. Nunca más.

Briony observó cómo asimilaban todos aquella información. Isobel parecía atribulada, con la mirada fija en el charco de sangre de Elionor que se extendía por las grietas de los adoquines. Alistair parecía aliviado. Gavin tenía los hombros tensos, con su musculoso cuerpo encorvado, como si no pudiera dejar de pensar en la batalla.

Pero fue Hendry el que habló:

—¿Por eso estoy aquí?

—Puede —respondió Briony—. Tal vez, al mismo tiempo que el torneo se viene abajo, también lo hagan algunas de sus reglas. Puede que, si lo intentamos, todos podamos interactuar ahora con nuestras familias.

La idea hizo que tragara saliva. Mucha.

—Creo que nos preocupa más averiguar por qué él no está muerto —dijo Gavin.

—¿Muerto? —repitió Briony.

Hendry alzó la cabeza hacia arriba y se bajó el cuello del jersey, revelando un horrible corte rojo que le atravesaba la garganta. Briony retrocedió de inmediato, perturbada.

—Vi cómo enterrabas el anillo anoche en el Castillo —dijo Gavin.

—Lo enterré para liberar su magia —replicó Alistair—. ¿Cómo iba eso a revertir...?

—No creo que fuera eso lo que hicieras —intervino Briony, intentando encontrarle sentido a todo aquello—. Si la magia de la maldición se está desmoronando, entonces puede... puede que cuando la magia del anillo se dispersó dentro del Castillo, fuera absorbida por la magia del torneo. Y cuando esa magia se desmoronó un poco más, creó a Hendry. Como un efecto secundario.

Alistair se restregó un ojo inyectado en sangre y luego observó el Pilar de los Campeones. Parecía sentirse completamente desgraciado.

—Cuando enterré el anillo, solo había dos grietas. Ambas en la parte delantera, donde están los nombres. Y ahora hay cuatro... Tres delante y una detrás.

El pilar se había agrietado cuando Briony le había quitado el anillo a Innes. No se había dado cuenta de que había sucedido tres veces más.

—La última se acaba de formar —siguió Alistair—. Por detrás. En el lado de las estrellas. Esa será producto de lo que habéis hecho vosotros, ¿no?

—¿Así que ya se estaba rompiendo? —preguntó Finley, frunciendo el ceño—. Eso no... no es posible. Juntamos la Espada con la Cueva. ¿Qué otra cosa podría estar ocasionando esto?

Briony recordó de golpe el resto de las cosas que le había dicho Reid la noche en la que comenzó el torneo. Palabras que, dichas con prisa y presa del pánico, había ignorado.

—Debe haber dos formas de acabar con el torneo, igual que hay dos formas de vaciar un encantamiento de una piedra maleficio —pronunció Briony, con la bilis abriéndose paso hacia su garganta—. Puedes destruirla poco a poco de forma segura, juntando cada Reliquia con su Refugio, uno a uno. O puede hacerse de otro modo.

—Romper la piedra maleficio —jadeó Isobel—. Y destruyendo todo lo que contiene en su interior.

—¿Y morir todos? —La voz de Finley sonó ligeramente más aguda—. ¿Todos los que quedamos?

—Eso... eso creo. —Briony se estremeció—. No sabía que nada de esto era real hasta hace una hora.

Finley parecía alterado, pero asintió.

—Supongo que es evidente que esto iba a ser peligroso. Pero necesitamos hacer todo lo posible para asegurarnos de que eso no sucede.

—Lo haremos —dijo Briony con firmeza.

Isobel se acercó al Pilar de los Campeones y lo examinó con la mirada experta de una artífice.

—El lado de las estrellas representa el modo seguro de desmantelar la maldición, lo que Finley y Briony comenzaron... al juntar la Espada con la Cueva.

Aunque Isobel no miró hacia ella mientras hablaba, Briony sintió una oleada de alivio y orgullo al escucharla. Por fin la creía.

Isobel acarició con la mano el lado donde se encontraban los nombres de cada campeón, pasado y presente.

—Creo que este lado representa el modo peligroso de romper la maldición. Es la parte que se ha estado rompiendo desde que arrancó el torneo. Este lado es el que ha traído de vuelta a Hendry.

—Fantástico —dijo Gavin con sarcasmo—. Ese es el que tiene tres grietas.

—Pero no tenemos ni idea de qué las causa —señaló Finley.

A Briony le dio un vuelco el estómago debido a la inquietud que le producía contemplar uno a uno sus rostros. Recordó el aspecto refinado que habían tenido todos la última vez que estuvieron allí, con sus mejores galas para el banquete. Ahora estaban cubiertos de sangre y moratones, con marcas de maleficios refulgiendo sobre sus extremidades y rostros, con el cadáver de Elionor tirado a tan solo un metro de distancia.

—No importa qué los esté causando —dijo— porque tenemos un plan que dará resultado. Solo tenemos que repetir lo que acabamos de hacer Finley y yo, emparejar los Refugios con las Reliquias antes de que el encantamiento se venga abajo por completo.

—Espera un momento —murmuró Alistair. Su tono frío nada tenía que ver con el chico nervioso que la había liberado hacía tan solo unas horas—. Has dicho que Hendry es producto de la alta magia del torneo. Entonces, si le ponemos fin, ¿qué pasará con él?

Hendry apoyó una mano sobre el brazo de Alistair. Briony observó con tristeza la estela de alta magia brillante que se movía al mismo tiempo que él. Si el torneo desaparecía, probablemente Hendry también lo haría.

Pero antes de poder encontrar las palabras para decírselo, su mirada volvió al cadáver de Elionor. Alistair nunca le había explicado por qué la había matado, pero ahora podía ver la respuesta. Se encontraba en las salpicaduras de sangre de Elionor que le cubría el rostro. En su mirada amenazante mientras adoptaba una postura defensiva delante de Hendry.

Gavin fue el único que respondió, después de un silencio largo e incómodo.

—Hendry volverá a estar muerto, eso es lo que pasará.

—Debe haber otro modo —replicó Alistair—. Descubriremos otra forma de hacerlo.

—No hay tiempo —intervino Briony—. El torneo se está colapsando en este mismo momento.

—Ambos habéis dicho que no sabéis qué provoca esas grietas. No deberíamos...

—No quiero que mueras, Al —le dijo Hendry—. No quiero que mueras por intentar salvarme.

Alistair no parecía siquiera haberlo oído. Había centrado su mirada en Briony y Finley, a modo de advertencia y de súplica.

—Solo pido que me deis más tiempo.

—¿El mismo tiempo que tú le diste a Elionor? —Finley señaló el cadáver para luego pasar a los agujeros en el Velo de Sangre y las grietas en el pilar—. No tenemos tiempo. Debemos actuar lo más rápido posible si de verdad la magia se está viniendo abajo.

Briony sintió una punzada de culpabilidad al contemplar el rostro angustiado de Alistair. Pero él había decidido matar a Elionor. Y también estaba escogiendo la vida de su hermano por encima de la de ellos.

—Tienes razón —dijo Briony—. Deberíamos ponernos manos a la obra. Llevaremos la Capa a su Refugio y...

—¡Las Reliquias caen al azar durante el trascurso de todo el torneo! —gritó Alistair—. ¡Todavía quedan diez semanas! ¿Cómo podéis decir que no tenemos tiempo?

—Si el torneo no se colapsa, acabará de forma natural. Siempre termina después de tres meses si no hay un vencedor —dijo Isobel en voz baja—. Eso quiere decir que Hendry también desaparecerá entonces. Sea como sea, se desvanecerá junto al torneo.

—Eso no lo sabes —gruñó Alistair—. Hay miles de motivos por los que eso puede no ser verdad. Las reglas se están rompiendo. Hay alta magia en Ilvernath, incluso si el torneo termina...

—Lo que quieres decir es que no nos ayudarás a romperla —dijo Briony—, porque eso provocaría que tu hermano desapareciera.

—Pues... —Alistair no sabía que decir.

—Y si no tienes intención de sobrevivir al torneo rompiendo la maldición, la única forma de hacerlo es ganando —afirmó Finley, con una señal de advertencia en la voz.

Alistair ya no miraba a ninguno de ellos, solo a su hermano.

—He tomado mi decisión. Si acabar con el torneo significa perder a Hendry, prefiero luchar.

El viento aulló mientras soplaba por la plaza, moviendo las hojas manchadas de sangre por el aire y esparciéndolas.

Ninguno de los campeones se movió. Se limitaron a lanzarse miradas unos a otros, evaluando quién era un amigo y quién un enemigo.

Alistair fue el primero en atacar.

No se contuvo. Lanzó uno, dos, y hasta tres maleficios a través de la plaza, obligando a Briony y a Finley a lanzar hechizos defensivos en un santiamén. La potencia de sus maleficios chocó enseguida contra el Reflejo Espejo de Briony, pero eran demasiado poderosos como para que su hechizo los absorbiera. En lugar de eso, destrozó su magia protectora y dejó unos cráteres profundos a sus pies. A Briony no le quedaba otra opción que contraatacar.

Otro hechizo golpeó a Briony con fuerza en un costado. Jadeó. El hielo se filtró por los huecos de sus dedos y su respiración soltó un vaho en el aire a su alrededor. Por un momento, no pudo moverse. Después, el hielo se quebró, el hechizo falló, y se giró hacia la derecha donde se encontraba Isobel.

—¿Por qué me lanzas maleficios a mí? —espetó Briony.

—No os haré daño. A ninguno de vosotros —le espetó Isobel—. Pero ambos debéis parar antes de que muera alguien más.

—Dile eso a tu novio.

En ese instante, otro hechizo de color azul hielo fue en dirección a Briony, pero antes de que pudiera darle, chisporroteó y cayó sobre los adoquines. Isobel soltó un taco y se quitó la Capa. Lanzó de nuevo el mismo hechizo, esta vez hacia Alistair. Este alcanzaba más potencia al no llevar la Capa puesta, dejando así de restarle magia ofensiva. Pero Alistair lo esquivó.

Hendry, armado con las piedras sortilegio que le había dado su hermano, lanzó una torpe ráfaga de barreras defensivas, que tanto Briony como Finley tiraron abajo con cada nuevo maleficio que lanzaban. Solo Gavin se mantuvo lejos del alcance de la batalla, sujetándose el brazo como si estuviera herido, con una mirada que transmitía que ni él mismo sabía con qué bando luchar.

Briony vio un destello por el rabillo del ojo y se giró, lista para lanzar un escudo. Pero no era un maleficio.

Era una cámara.

El horror se apoderó de ella cuando descubrió a un grupo de paparazis agazapados con entusiasmo en el borde de la plaza. Con las prisas, Briony se había olvidado de la parte más peligrosa de romper las reglas del torneo: aquello ya no era un asunto privado. El parpadeo del Velo de Sangre habría llamado la atención y ahora aquella lucha aparecería publicada en la portada de todos los tabloides a la mañana siguiente.

—Ey —dijo Briony con voz ronca, intentando hacer señas a los otros campeones—. Tenemos público...

Un maleficio chocó contra el suelo y emergieron raíces de la tierra hacia los pies de Finley. Este se quitó de en medio antes de que pudieran darle alcance y corrió junto a Briony.

—Mira —jadeó Briony, señalando hacia las cámaras.

—Mierda —murmuró Finley—. Tenemos que llevar esta pelea de vuelta al interior del Velo de Sangre.

Otro maleficio pasó siseando a su lado, tan cerca que a Briony le cortó un mechón de pelo.

Briony puso una mueca.

—No estoy segura de que sea una opción.

Así que aquella era la célebre fuerza de Alistair. Este era a quien Briony se había ganado como enemigo y perdido como aliado potencial, amigo potencial.

Pero había tomado la decisión correcta, de eso estaba segura. Estaba luchando por la verdadera causa, no por una perdida. Se giró para observar a Isobel, que estaba bloqueando el último ataque de fuego de Alistair con una refinada precisión.

—¡Aún puedes detener esto! —gritó Isobel—. Puedes...

—¡Isobel Macaslan! —la llamó uno de los paparazis. Ahora se habían acercado más, envalentonados a pesar del maleficio de fuego—. ¡Mira aquí! ¡Deja que saquemos tu perfil bueno!

Isobel se dio la vuelta, con la sorpresa reflejada en el rostro mientras contemplaba la fila de cámaras.

—No —gimió con aspecto atormentado—. Ahora no.

Sus escudos fallaron solo por un momento. Pero no hizo falta más.

Un maleficio le dio en el centro del pecho, justo por encima del tórax. La magia se filtró a través de la tela de su vestido, más fina y siniestra que la sangre.

Briony la miró, horrorizada, mientras Isobel jadeaba y se llevaba una temblorosa mano a la herida... para luego desplomarse sobre el suelo mohoso. Seguía con los ojos abiertos. Con la mano agarró un puñado de tierra.

Frente a ella, Alistair parecía totalmente conmocionado.

—No —gimió—. No apuntaba a...

Pero Briony no tenía tiempo para escucharle.

Las cámaras seguían sacando fotos, los paparazis avanzaban lentamente hacia ellos como un enjambre de gusanos. Lo único en lo que Briony podía pensar era en el cuerpo de Isobel apareciendo en los titulares de las noticias del día siguiente. Ya había obligado a su amiga a ponerse delante de las cámaras una vez. No iba a dejar que se repitiera.

—Alejaos de ella —les gruñó a los paparazis y a Alistair, preparando todos los anillos sortilegio que pudo. Dos hechizos, tres hechizos..., no importaba. Era lo suficientemente fuerte como para lanzarlos todos.

La magia se extendió por sus manos, lianas de color blanco la rodearon. El Esquirla de Cristal. El Sueño Mortífero. Y el hechizo que Elionor había preparado para ella, el que la había ayudado a darse cuenta de que el torneo tenía forma de septagrama..., el Sobrecarga.

—¿Queréis una historia? —gritó Briony, interponiéndose entre el cuerpo de Isobel y los fogonazos de las cámaras. Miró a los ojos al periodista que tenía más cerca, un joven que tendría tan solo un par de años más que ella. Le devolvió la mirada completamente aterrorizado—. ¿Queréis saber lo que esta maldición nos obliga a hacer? Os lo demostraré.

Briony dejó a la magia correr, lanzando un estallido de poder en todas direcciones. Esquirlas de cristal salieron disparadas hacia los paparazis, arrasando con los objetivos de las cámaras y rasgándoles la piel. Aquellos que no fueron golpeados cayeron al suelo, durmiéndose de inmediato. Pero Briony no había acabado.

Sonrió y dejó salir el Sobrecarga.

La electricidad crepitante la envolvió, enrollándose para luego salir disparada hacia fuera en un círculo perfecto. Cada una de las cámaras que tenía delante chisporrotearon y crepitaron, lanzando chispas al aire de un modo patético.

No habría fotos de este momento.

Se quedó mirando a los paparazis, que estaban o bien desmayados en el suelo, o bien huyendo despavoridos. También miró a Gavin y Finley, que la observaban con una expresión que no podía discernir.

Y luego se giró para contemplar a los hermanos Lowe, que todavía estaban en los escalones.

—Isobel tenía razón. Se acabó el luchar —dijo Briony con su mejor voz de capitana—. Hoy no.

Para su sorpresa, Alistair asintió antes de que hubiera terminado de hablar.

—Por favor —dijo, dirigiéndose hacia delante—. No pretendía… No… Por favor, deja que intente sanarla.

Briony vaciló. Pero luego miró a Alistair a la cara y vio en ella reflejados el dolor, el miedo y… el amor. O al menos algo que se le asemejaba.

—¿Puedes ayudarla? —le preguntó.

—No lo sé —susurró Alistair—, pero tengo que intentarlo.

De pronto, Briony entendió que ambos solo buscaban salvar a la gente que querían de la única forma que sabían.

—De acuerdo —dijo. Y se echó a un lado.

ISOBEL MACASLAN

«No juzguéis a los campeones con demasiada dureza. La supervivencia puede hacer un villano de cualquiera».

Una trágica tradición

L a última vez que un maleficio mortal la había tocado, había sido solo un roce. Tenía un rastro de color blanco sobre la mejilla, como si le hubieran pintado la cara con tiza. Y solo eso, aunque fuese casi imperceptible, era increíblemente letal. Si Briony no la hubiera sanado, el cadáver de Isobel estaría tirado ahora en el páramo.

Se quedó sin aire cuando este la golpeó, llevándose la mano al pecho. Por un breve momento, el mundo a su alrededor se detuvo. El dolor... El dolor era insoportable. Era agonía. La dejaba sin aire en los pulmones y le perforaba la piel, miles de agujas cortándole la carne y el hueso hasta la médula. Buscando el corazón que había debajo para acabar del todo con ella.

El mundo se enfrió. Isobel tembló mientras se desplomaba en el suelo, con la mejilla contra los adoquines húmedos y mohosos. No le quedaba suficiente vida dentro como para soltar un grito.

Intentó estirar un brazo hacia fuera, pero no se movió ni un ápice. Se le encogió el corazón. Tenía tanto frío que le dolía, como cuando pones la piel demasiado rato contra el hielo, desde dentro hacia fuera. Una película de hielo se cerraba alrededor de su corazón, estrechándose y apretando.

Hasta que sus dedos por fin lo encontraron.

El medallón.

Durante semanas, Isobel se había centrado tanto en otro encantamiento que colgaba de su collar que se había olvidado del primero de todos: el mayor regalo que le había hecho su familia el mismo día que su padre y ella habían ido a visitar a Reid MacTavish.

«Vida».

Casi no contaba con fuerzas para lanzar el hechizo, pero mientras el mundo a su alrededor se adormecía, se centró todo lo posible en la magia.

El Armazón de Cucaracha salió del medallón, una nube de magia se deslizó por su piel. La sintió por todas partes. En los pliegues entre los dedos de las manos y los pies. Detrás de las orejas, como patas y antenas de escarabajo picoteándole los ojos.

Arrastrándose y bajándole por la garganta.

Durante unos instantes, no pudo moverse. No pudo respirar. Solo pudo entrar en pánico.

Pero entonces, de repente, la sensación se detuvo. Isobel abrió los ojos mientras tosía una sustancia pegajosa y violeta, y jadeaba al entrarle aire limpio en los pulmones, con el maleficio abandonando lentamente su cuerpo.

Alistair Lowe estaba arrodillado a su lado, sujetándola de los hombros y sosteniéndola entre sus brazos. Detrás de él, se cernía el resto. Y más allá, decenas de paparazis o cazadores de maldiciones inconscientes esparcidos por el patio. Una visión agradable.

—¿Está viva? —preguntó Briony, acercándose. Finley colocó una mano firme en su hombro y le susurró algo que Isobel no logró escuchar.

Gavin hizo una mueca.

—Parece que está…

—Estoy bien. —Isobel tosió sin tener claro si era verdad o mentira. Sentía frío…, mucho frío.

Alistair abrió los ojos como platos y la apretó aún más fuerte. Una parte de ella se sentía reconfortada por su tacto. Pero otra parte no podía obviar la imagen de Hendry Lowe observándolos a tan solo unos pasos de distancia con un gesto serio.

—¿La has curado? —preguntó Briony.

Alistair negó con la cabeza.

—Se ha salvado a sí misma.

Isobel frunció el ceño y buscó la expresión suplicante de Alistair. Se acordó del día anterior, cuando lo había encontrado tirado en el bosque, medio muerto. Y aun así había empleado su vida para salvar la suya. Aunque su hermano había vuelto de entre los muertos, lo que a Isobel le costaba creer es que Alistair hubiera intentado matarla, aunque fuera por error.

La culpa solo era suya. Durante casi un año, había sentido tanto rencor hacia Briony, sus padres y el mundo, que había dejado que la amargura anidara en su interior. Había dejado que ahuyentara cualquier esperanza que hubiera tenido. Había dejado que arruinara todo aquello que tocara. Y todo por la supervivencia.

Aunque el Armazón de Cucaracha hubiera frenado el maleficio, no tenía ni idea de si estaba curada. El latido de su corazón era tan débil y lento que casi no podía sentirlo. Estaba claro que ningún tipo de frialdad o crueldad había merecido nunca la pena.

Alzó la mano y acarició la mejilla de Alistair.

—Ni siquiera eras el monstruo de esta historia, Al —dijo en voz baja.

—Entonces, ¿quién soy?

No hacía mucho, Alistair le había dicho que siempre había tenido elección.

Isobel agarró la mano de Alistair y le lanzó un Beso Divinatorio. Los pensamientos de él se introdujeron en la mente de Isobel. Contempló el pánico que había sentido Alistair cuando el maleficio la había golpeado. Vio los acontecimientos de las últimas horas, cómo había liberado a Briony.

Y entonces se topó con algo mucho más grande, envolviendo el resto de sus pensamientos como una mortaja. Su dolor. Lo único que había querido desde el inicio del torneo era recuperar a su hermano. Lo que había sentido por ella era como una luz en la oscuridad al lado de aquella añoranza, incertidumbre y desesperación. Daba igual si el torneo llegaba o no a su fin, si Isobel lo quería o no. Nadie podía arrebatarle a su hermano por segunda vez. Preferiría morir con Hendry antes que volver a perderlo.

Y Briony no cedería, no después de haber demostrado que tenía razón.

Aquellas eran sus opciones:

Una amiga que la había traicionado cuando más la necesitaba… o un chico que le importaba y que no quería ser el villano de aquella historia.

Alistair tenía razón. Isobel siempre tuvo elección y, sin importar lo descorazonador que fuera, la decisión seguía estando clara.

Hendry apoyó una mano firme sobre el hombro de su hermano. Isobel no sabía si para reconfortarlo o persuadirlo. Pero Alistair no la soltó. Todavía no.

Habían pasado demasiadas cosas demasiado rápido para que Isobel tuviera claro si se estaba muriendo de verdad. Lo único que sabía es que cabía la posibilidad de que muchos de ellos sobreviviesen, una posibilidad real.

Y puede que Isobel Macaslan se odiara por ello, pero era una superviviente.

—No lo sé —le susurró—, pero la historia termina aquí.

Soltó un sollozo mientras agarraba a Alistair por el cuello y lo empujaba hacia ella. Puso sus labios contra los de él y sintió cómo este se erguía producto de la sorpresa. Por un momento, ambos se quedaron inmóviles. La respiración de Alistair era cálida contra su piel y saboreaba sus lágrimas. Entonces, su brazo se enrolló con más fuerza a su alrededor, acercándola a él como si fueran a quitársela como el resto de las cosas en su vida. Isobel sintió que el cáliz del Beso Divinatorio pasaba a ella y miles de sus propios pensamientos de las últimas dos semanas se volcaban sobre él. Todos aquellos deseos correspondidos. Mientras el maleficio de Reid reptaba por su garganta desde el anillo, Alistair estaba demasiado distraído con las emociones entremezcladas de Isobel como para darse cuenta de lo que esta había hecho.

De pronto, el beso les supo a putrefacción.

Alistair abrió bien los ojos, pero antes de poder reaccionar, se alejó deprisa de ella mientras el blanco y fantasmal Abrazo de la Parca se filtraba por la punta de sus dedos. Respiró varias veces de forma temblorosa, como si cada bocanada de aire pudiese ser la última.

Isobel se golpeó dolorosamente contra el suelo mientras Hendry soltaba un susurro ronco.

—¿Qué has hecho?

En esta historia, la princesa mataba al dragón.

—¡Isobel! —gritó Briony. De pronto, los otros tres estaban a su lado, agarrándola y apartándola de allí.

Lo último que vio antes de que el hechizo Desplazamiento brillara, fue la furia en los ojos de Alistair y supo que había tomado la decisión correcta. La historia de ambos nunca había estado destinada a tener un final feliz.

GAVIN GRIEVE

«Todo campeón muerto merece algo más que su
nombre tachado en un pilar».
Una trágica tradición

Con dos campeones muertos, el Velo de Sangre escarlata se había vuelto a esclarecer, y el tono azul del cielo de la tarde había cubierto Ilvernath de un profundo púrpura rojizo.

E Ilvernath se había dado cuenta. Los peatones inundaron las calles. Residentes, cazadores de maldiciones y periodistas por igual. Señalaban por encima de sus cabezas y susurraban, con los rumores sobre la muerte de Elionor Payne extendiéndose ya sin control por la red de cotilleos de la ciudad.

Ninguno de aquellos mirones vio a Gavin Grieve, cubierto de sangre, recorriendo las calles a su lado. Puso una mueca mientras se esforzaba por mantener su hechizo Protección contra Miradas a pesar del insoportable dolor que sentía en el brazo derecho. Hasta a través del fino algodón de su camiseta, podía sentir las venas sobresaliendo de su piel, latiendo con magia.

El resto había intentado que Gavin los acompañara, pero este se había negado. No quería tener nada que ver con las manipulaciones de Reid MacTavish o con los delirios de grandeza de Briony y Finley. A partir de ese momento, volvía a los orígenes.

Volvía a confiar en la única persona de la que se podía fiar: de sí mismo.

Recorrió varios escaparates brillantes, todas las tiendas de hechizos que lo habían rechazado hacía tan solo unas semanas. Se detuvo delante del reluciente escaparate de Emporio de Hechizos Walsh. Seguía teniendo el rostro salpicado con la sangre de Elionor.

Ella era parte del motivo por el que había acudido allí. Carbry Darrow y ella. Cuando habían muerto, su magia vital había entrado en su interior y, desde entonces, le había estado dando vueltas a una idea. Podría rellenar su reloj de arena, no con su propia magia vital, sino con la de otra persona.

Y ahora que todas las reglas del torneo se estaban rompiendo..., sus opciones para adquirir magia vital eran mucho más interesantes.

La campanilla de la tienda tintineó alegremente cuando Gavin entró y la cajera miró hacia la puerta. Frunció el ceño cuando se dio cuenta de que allí no había nadie.

—Qué raro —murmuró.

—¿Quién es? —preguntó una voz fina y aflautada. Un momento después, Osmand Walsh emergió de la trastienda, con las mejillas ligeramente encendidas, alisándose las solapas del mismo traje morado que había llevado puesto cuando se burló de Gavin en la boda de su hermana.

Agitó una mano, revelando su presencia solo ante Osmand Walsh y sonriendo a causa de la cara de pánico que había puesto del artífice.

—¿Sorprendido de verme? —le preguntó con aire de suficiencia.

Antes de que el hombre pudiera siquiera parpadear, lo agarró de las solapas y lanzó un hechizo Desplazamiento. Otro regalo de Alistair Lowe.

Aterrizaron en el calabozo del Castillo.

Este lugar nada tenía que ver con el resto del Refugio. Las paredes húmedas de piedra estaban cubiertas de mugre y podredumbre, con el suelo sucio lleno de huesos de animales y trozos de grilletes y cadenas.

Osmand era un hombre poderoso, un artífice de hechizos respetado. Pero estaba tan sorprendido por su espantoso nuevo entorno y la vil sonrisa de Gavin que solo logró pronunciar un seco y aterrorizado:

—¿C-cómo?

Una oleada de satisfacción embargó a Gavin. Osmand le había dejado como a un idiota delante de medio Ilvernath. Era justo que su único propósito ahora fuera asegurarse de que nunca más se rieran de él.

Por un momento, los pensamientos de Gavin se desviaron hacia Alistair. ¿Era eso lo que él había sentido cuando les había dado la espalda? ¿Cuándo había demostrado ser el monstruo que Gavin siempre había sospechado que era? ¿Aquella euforia producto de saber que no había marcha atrás y, aun así, tener un ápice de duda?

No. Alistair no dudaba nunca, y tampoco lo haría Gavin.

Antes de que Osmand Walsh pudiera recuperar la compostura, le lanzó un Caminar en Trance. Los ojos se le pusieron vidriosos y se quedó pegado contra el muro, inmóvil, al lado de un charco de agua turbia que se había formado desde el techo. Su traje morado se manchó de mugre.

El artífice de hechizos estaba tan catatónico que no se movió cuando Gavin buscó por el suelo algo afilado. Dio con un trozo de hierro y lo apretó a conciencia sobre la garganta de Osmand Walsh.

Nunca había matado a nadie.

Estaba muy seguro de que no tendría que hacerlo. Todavía no.

Bajó el arma improvisada hacia la clavícula de Osmand y la presionó levemente contra su piel, sonriendo cuando una línea de sangre apareció en su carne. Esperó y observó con impaciencia la herida hasta que una línea blanca salió de ella. Magia vital. Gavin acercó una mano, dejando que aquella magia se introdujera en su interior. De inmediato, el dolor que sentía cuando drenaba su magia comenzó a disiparse. Suspiró de alivio.

Lo complicado era no pasarse de la raya. No quería matar a aquel hombre, y menos aun cuando tenía tanta vida que ofrecerle. Así que se obligó a detenerse en esos preciados segundos, echándose hacia atrás con rapidez. El artífice cayó al suelo, inconsciente.

Cuando Gavin se miró el brazo, refulgía en tonos morados y verdes desde dentro hacia fuera.

La piel le resplandeció por un momento, y se vio a sí mismo reflejado en el agua turbia: cubierto de escamas, la lengua bífida y vacilante como la de una serpiente. «Ahora soy un monstruo», pensó, «un cambiaformas». Pero solo era producto de su imaginación. Una imagen salida de una de las historias de Alistair. En un segundo, su piel volvió a tener un aspecto normal. Lo único que le quedaba era el original tatuaje en el brazo. La arena había comenzado a desplazarse en dirección contraria, desde el fondo hacia arriba.

Todas las reglas se estaban rompiendo, pero Gavin no había perdido de vista su objetivo original.

La victoria en el torneo, fuera como fuera, debía conseguirla.

Y ya sabía a por qué campeón iría primero, ahora que el maleficio de Isobel le había dado la oportunidad perfecta.

Gavin metió la mano en el bolsillo y sacó el Espejo que le había arrebatado al cadáver de Elionor. Cuando se miró en él, el rostro que reflejó no fue el suyo, sino uno pálido y afilado, con el pelo oscuro hacia atrás formando un pico de viuda.

Al ser el asesino de Elionor, el Espejo le pertenecía a Alistair Lowe y solo mostraba su imagen. Pero ahora estaba en manos de Gavin.

Contempló a su rival durante varios minutos, imaginándose lo dulce que sería drenar todo rastro de vida de aquel rostro cruel.

BRIONY THORBURN

«La próxima vez que la Luna de Sangre aparezca y el torneo comience, I!vernath no será el único espectador».
Una trágica tradición

Reid MacTavish no parecía especialmente sorprendido cuando los tres campeones se presentaron en su puerta. Se encargó de ellos con una eficiencia que casi parecía ensayada… Los invitó a entrar, acomodó a una mareada Isobel en la trastienda y lanzó unos escudos extra en el escaparate en caso de que merodeasen por allí los paparazis. Isobel cayó enseguida en un profundo sueño. Reid había dicho que se despertaría pronto, que su cuerpo necesitaba tiempo para procesar a lo que había sido sometido, pero Briony sabía que tendría un nudo en el estómago hasta que eso pasara.

Gavin Grieve se había negado a acompañarlos. Les había dicho que se había hartado de alianzas, para luego desaparecer como si nada. Briony estaba demasiado agotada como para ir tras él. Esperaba que entrara en razón, pero ya no iba a intentar obligar a nadie a ponerse de su parte.

Su objetivo y el de Finley al acudir allí era doble. Seguro que el mejor artífice de maleficios de la ciudad podía ayudar a Isobel y, ahora que habían atravesado el Velo de Sangre, ambos tenían la oportunidad de sacarle más información a Reid sobre el torneo.

—Así que... —dijo Finley dirigiéndose a Reid—. ¿Ayudaste a Briony a desarrollar esta teoría?

—Así es. —Se encontraban en la estancia principal de la tienda, hacinados entre estanterías con maleficios caros y armarios repletos de baratijas e ingredientes. Todo allí olía a incienso y hierbas—. ¿Y de verdad vosotros dos conseguisteis emparejar una Reliquia con su Refugio?

—La Espada y la Cueva —respondió Finley—. Así que si podemos hacer lo mismo seis veces más, conseguiremos drenar el encantamiento. Pero nos preocupa que... eso no sea lo que esté pasando.

—¿Ah? —Reid se inclinó hacia delante, con un brillo de interés en los ojos.

—¿Recuerdas lo que me dijiste en el banquete? —preguntó Briony—. Aquello de que hay dos formas de acabar con el torneo. ¿Cómo sabemos que la segunda manera...? Es decir... —Tragó saliva y luego levantó la mano. El anillo de campeona en su meñique refulgía en un tono rojo y dorado bajo las luces cubiertas de telarañas—. Cuando le quité esto a Innes, el Pilar de los Campeones se agrietó. Cuando Finley y yo provocamos el colapso de la Cueva, volvió a agrietarse..., pero por otro lado, por el de la estrella. Creemos que el lateral de la estrella es el bueno. Y que el lateral donde se encuentran los nombres...

Guardó silencio, encontrándose mal.

Reid envolvió con la mano una de las piedras sortilegio rotas que llevaba en el cuello. No tenían brillo y estaban agrietadas. Muertas.

—Os preocupa que vaya a implosionar por completo.

—Sí —dijo Briony casi sin voz.

—Ya hay tres grietas en el lateral de los nombres —indicó Finley en un tono solemne—. Necesitamos averiguar cómo prevenir que se aparezcan más.

—Mmm —dijo Reid—. La maldición del torneo se retroalimenta. No solo de sangre o alta magia, sino de la historia que se repite. Durante siglos, ha acabado acostumbrándose a un patrón. Pero vosotros lo habéis estado cambiando, como Briony cuando ocupó el lugar de Innes. Esas dos otras grietas se deben haber producido porque hay campeones que se están comportando de una forma que difiere mucho del modo en que siempre se ha contado esta historia.

Briony pensó en los paparazis acudiendo en manada a su pelea. En Hendry de pie al lado de Alistair, rodeado por un parpadeo rojo. Se habían descontrolado tantas cosas que era imposible señalar qué acciones habían sido lo suficientemente notorias como para crear grietas en los pilares.

Briony se apoyó contra un armario cercano, cruzando los brazos en señal de frustración.

—Es como si nos castigara por intentar romperla.

La mirada de Reid era de una gran concentración. La luz cayó sobre un cardo colocado en una estantería por encima de él, lanzando una sombra extraña y con muchas púas sobre su mejilla, como si fuese una grotesca marca de un maleficio.

—Creo que eso es exactamente lo que está haciendo.

—¿Cuántas grietas harán falta para destruirlo? —preguntó Briony.

—Seguramente siete. El mismo número que los Refugios y Reliquias.

—Muy bien —murmuró Finley. Seguía girando una piedra sortilegio que tenía en la mano, una y otra vez. Briony la identificó como una de las de Elionor—. Así que tenemos que emparejar el resto de las Reliquias y los Refugios lo más rápido posible. Debemos averiguar qué ha pasado con el Espejo. Y tenemos que descubrir las historias del resto de familias, empezando con la de Isobel, claro...

Estaba estableciendo sus propias reglas. Un nuevo plan. Como había dicho que haría. Briony respiró hondo y de forma temblorosa. Solo llevaban dos semanas en el torneo, todavía les quedaban dos meses y medio más para que cayeran el resto de las Reliquias. Pero al paso que el torneo se estaba colapsando, no tendrían tanto tiempo.

Aun así, no podía permitir que las probabilidades la hundiesen. Estaban más cerca de lo que ningún campeón había estado jamás.

—Debemos averiguar las combinaciones correctas —pronunció con firmeza—. Así podremos hacerlo lo más rápido posible cuando caigan. Reid, ¿estarías dispuesto a ayudarnos con eso?

—Por supuesto —contestó este—. Me necesitaréis. Sé más de maleficios que ninguno de vosotros.

Briony sintió una punzada de inquietud por el entusiasmo que destilaba su voz. Después de todo ese tiempo, todas sus dudas, nunca le había preguntado por qué quería formar parte de todo aquello, si existía alguna otra razón aparte de su fascinación como artífice. Pero antes de poder decir nada, se oyó algo procedente del exterior de la tienda. Briony levantó la cabeza. Unos paparazis atestaban el escaparate, echando un vistazo por entre las sombras, cuchicheando entre ellos. Y estos no tenían las cámaras rotas.

—Mierda —murmuró Briony—. Ya nos han encontrado.

Finley cuadró los hombros, listo para otra batalla.

—¿Ya se han desvanecido los escudos?

—Los paparazis deben ser más fuertes de lo que pensaba —dijo Reid, agitando la mano para quitarle importancia. Luego, señaló hacia las cortinas de terciopelo que tenía detrás de él—. Tranquilos. Salid por detrás. Yo me encargo. Hay una salida de incendios detrás de uno de los armarios por la que podréis evitarlos.

Caminó con paso seguro hacia la puerta. Briony y Finley se retiraron apresuradamente detrás de las cortinas negras de terciopelo hasta la trastienda.

Para sorpresa de Briony, Isobel volvía a estar despierta. Estaba sentada en el catre, temblando un poco y mirando con los ojos abiertos de par en par lo abarrotado que estaba todo a su alrededor. Al ver a Briony, suspiró aliviada.

—¿Dónde estamos? —preguntó.

Al mismo tiempo, Briony exclamó:

—Estás viva.

—Estamos en la tienda de Reid MacTavish —le informó Finley—. Supusimos que necesitarías ayuda.

Isobel respiró tan profundamente que Briony pudo escuchar prácticamente cómo le crujían los huesos.

—La verdad es que me encuentro bien. Solo un poco rara. Pero... supongo que era de esperar. He sobrevivido a un maleficio mortal.

—Que te lanzó Alistair —señaló Briony. Luego, incapaz de aguantar su curiosidad, añadió—: Justo antes de que tú... lo besaras.

A Isobel le tembló la voz.

—No fue un simple beso, Briony. Le lancé un maleficio.

Su amiga se sobresaltó a causa de la sorpresa. No tenía ni que preguntar de qué tipo de maleficio se trataba. Recordaba el modo en que Alistair se había alejado de Isobel. El horror reflejado en su rostro.

—Pero si vamos a acabar con el torneo. No tenías por qué...

—Viste el estado en el que se encontraba cuando apareció su hermano. Sabes lo poderoso que es. Hará todo lo posible para detenernos y que no pongamos fin al torneo. Así que... tuve que tomar una decisión.

Isobel había escogido ponerse de su parte. Incluso después de las traiciones, las peleas y un año separadas. Briony tragó saliva, intentando disimular lo agradecida que se sentía. No había tiempo para llorar.

—Entonces, ¿ya está muerto? —susurró.

—Todavía no. Es una muerte muy lenta, pero no podrá detenerla. Y no me arrepiento. Era lo que tenía que hacer.

Aunque las palabras de Isobel sonaban decididas, la expresión de su rostro indicaba lo contrario. Se mordió el labio y unas manchas rojas aparecieron en sus mejillas. Lanzarle aquel maleficio a Alistair debió ser devastador.

—Lo siento —le dijo Briony. Ya se había disculpado antes, en el Castillo, pero esta vez la sensación era distinta—. Por todo lo que has tenido que hacer. Si no te hubiera forzado a convertirte en campeona, no tendrías que lidiar con nada de esto.

—Lo sé —dijo Isobel, tan bajo que casi no la escuchó—. Yo también lo siento. Siento no haberte creído sobre lo de acabar con el torneo de una vez por todas.

Briony quería preguntarle si ya estaba todo bien entre ellas. Si quizá podían volver a ser amigas. Pero Isobel acababa de escapar de la muerte por muy poco. Había traicionado a un chico que, claramente, significaba mucho para ella. Su amistad hecha trizas podía esperar.

—¿Vendrás con nosotros? —le preguntó Briony.

Isobel intentó levantarse del catre, pero palideció aún más y se desplomó de nuevo.

—Pues no creo que pueda. Aún no.

—Entonces te esperaremos —dijo rápidamente Briony. Pero Finley tosió y esta se dio la vuelta para ver que había movido a un lado el armario. Ahora había una puerta abierta que daba hacia un callejón.

—Los periodistas —la urgió él—. Reid nos ha conseguido algo más de tiempo para que podamos marcharnos, ¿recuerdas?

Tenía razón. Pero no quería abandonar a Isobel, incluso aunque Reid pudiera mantener a los paparazis a raya.

—Marchaos —les dijo Isobel—. Iré a buscaros luego.

Briony sacó su piedra sortilegio con el Rosa de los Vientos y la colocó en la palma de la mano de Isobel.

—Para que puedas encontrarnos.

—Gracias. —Isobel sonrió débilmente—. Ahora marchaos. Estaré bien.

En el exterior, el cielo era visiblemente más claro tras la muerte de Elionor. El color azul y rojo se entremezclaban formando un púrpura sombrío que caía sobre los adoquines y los edificios con un extraño brillo violeta. Briony y Finley salieron a toda prisa por las callejuelas del centro de Ilvernath, haciendo uso de los pocos hechizos que llevaban encima para camuflarse hasta que atravesaran de nuevo el Velo de Sangre. Seguía pareciéndoles algo extraño atravesar sin más aquella capa roja traslúcida.

—Si el Velo de Sangre está roto, solo es cuestión de tiempo antes de que el terreno del torneo acabe plagado de periodistas y cazadores de maldiciones —dijo Finley mientras se abrían paso a través de la maleza. Ninguno de los dos tenía intención de regresar al Monasterio en ruinas, así que se dirigían hacia las montañas. Hacia la Torre.

—Y la agente Yoo —dijo Briony en un tono serio—. No creo que al Gobierno le vaya a gustar nada de esto. —No podía contarle a Finley que el Gobierno quería estudiar su alta magia a causa del Juramento Secreto que le habían lanzado. Pero él ya estaba asintiendo con la cabeza.

—Yo tampoco lo creo —coincidió Finley—. Quieren ser capaces de controlar la maldición. Pero eso no cambia lo que tenemos que hacer.

Se acercaban a las montañas, cerca del lugar donde habían emparejado la Espada y la Cueva. Habían pasado tan solo unas horas, pero parecían días. Briony estaba deseando ver aparecer el glorioso chapitel de la Torre por encima de los árboles, poder recargar sus anillos sortilegio y, por fin, dormir algo. Finley caminaba delante de ella, sosteniendo todavía la piedra sortilegio de Elionor. Sabía que él también necesitaba descansar. Había sido un día largo y espantoso.

Y entonces, una voz sonó detrás de ella.

—Briony.

Una voz que durante los últimos diecisiete años la había reconfortado, pero que ahora hacía que se sintiera completamente culpable.

Briony se dio la vuelta, aguantando la respiración, y se encontró con la mirada acusadora de Innes. Tan solo se trataba de una ilusión, la magia refulgía en los bordes de la silueta de su hermana. Pero su visión seguía siendo visceral.

En cierto modo, Briony había sabido que ese momento llegaría pronto desde el instante en que Finley y ella pusieron un pie en la plaza y cayó en la cuenta de lo mucho que se había torcido todo.

Pero eso no quería decir que estuviese preparada.

—Mañana estaré en la Torre. —La voz de Innes era fría. Parecía mayor, más seria. Llevaba el cabello oscuro cortado justo por debajo de la barbilla. Tenía la mano izquierda tapada con un guante, mientras que la derecha estaba cargada de anillos sortilegio—. Si te sigo importando lo más mínimo, te reunirás allí conmigo. Tenemos que hablar.

Un momento después, el hechizo alucinatorio parpadeó y se desvaneció.

Solo era magia, nada más. Pero eso no importaba, el mensaje de Innes había sido claro.

Su familia, y puede que todas las demás, sabía lo que había hecho para convertirse en campeona. Gracias al pilar, sabían lo que ella y el resto habían hecho en el torneo desde entonces.

Y el ajuste de cuentas estaba al caer.

ISOBEL MACASLAN

«No escribí este libro por diversión. Lo hice para contar
la verdad. Alguien tiene que hacerlo».

Una trágica tradición

sobel tenía frío. El corazón no le latía. No respiraba. El cansancio le cerraba los párpados, pero, a pesar de haberse despertado hacía media hora, la idea de volverse a dormir la asustaba. Nunca se había sentido tan débil, tan cansada. Y le preocupaba que, si volvía a cerrar los ojos, nunca más volviera a despertarse.

Se estremeció bajo de la manta de franela de Reid MacTavish y se la pegó más a su cuerpo. Briony y Finley se habían ido, así que estaba sola con el artífice en su trastienda.

—¿Qué me está pasando? —susurró—. ¿Voy a morir igualmente?

—No exactamente —le dijo Reid. Se inclinó hacia delante y entrelazó sus dedos en la cadena que Isobel llevaba al cuello. Los dos amuletos que tenía colgados, el medallón y el anillo maleficio, chocaron entre sí—. El Armazón de Cucaracha logra eludir a la muerte, pero no es un hechizo… Si no, tu familia se lo habría encargado a un artífice de hechizos, no a mí.

—Es un maleficio —dijo Isobel, sintiéndose una tonta por no haberse dado cuenta antes. Siempre había pensado que su padre había tratado con condescendencia a Reid aquel día como excusa para que Isobel le pidiera su patrocinio y no porque el Armazón de Cucaracha requiriera de un artífice de maleficios—. Pero te vi elaborarlo. No hiciste ningún sacrificio.

—No. El sacrificio lo pagaste tú al lanzarlo.

Isobel se llevó por instinto la mano al pecho, al corazón. No había querido preocupar a Briony antes, pero la quietud…, el frío… Fuera lo que fuera lo que le ocurría, la asustaba.

—¿Y qué es entonces? —preguntó con voz débil.

—El Armazón de Cucaracha afecta de un modo distinto a cada persona. ¿Cómo te sientes tú?

—Horrible. Como un… —Tragó saliva—. Como un cadáver. —Respiró hondo, pero solo por costumbre. Su cuerpo no necesitaba el aire—. ¿Por qué no me lo dijiste cuando lo elaboraste?

—Supuse que lo sabías. Al fin y al cabo, es el encantamiento de tu familia, ¿no?

Isobel se dio la vuelta, apoyando la mejilla contra la almohada. Puede que hubiera pasado más tiempo con los Macaslan desde que la nombraron campeona, pero antes de eso, no es que tuvieran mucha relación. Sin embargo, le daba vergüenza admitirlo. Cuando el mundo le dio la espalda, había querido encajar en algún lugar, y la familia de su padre la había acogido. Por ese motivo su padre podía usarlos como excusa para manipularla tan fácilmente…, porque Isobel siempre había sabido que si les daba la espalda, ellos harían lo mismo sin dudarlo.

En lugar de responder, solo pudo preguntar:

—¿Es algo permanente?

—No lo sé. Podría mejorar. Pero también podría empeorar.

Isobel no quería ni planteárselo, así que le preguntó sobre otro maleficio.

—¿Cuánto tiempo le queda a Alistair?

—Por cada mala acción que cometes, el Abrazo de la Parca te mata un poco más. Así que en el caso de Alistair Lowe... —Reid se encogió de hombros—. Yo diría que le quedan unos días. —No era justo. Daba igual lo que el mundo pensara de Alistair, él no era un monstruo—. Anda, no pongas esa cara. Su maleficio casi te mata, después de todo —dijo Reid—. Pero debo admitir... que estoy impresionado con que hayas resuelto tu problemilla. El Abrazo de la Parca requiere un gran sacrificio para poder elaborarlo. ¿Cómo lo lograste?

Isobel se estremeció al rememorarlo. No había pasado ni un día. Lo había salvado solo para matarlo después.

—Alistair —dijo con voz ronca.

Extrañamente, apareció una sonrisa en el rostro de Reid.

—Seguro que fue por eso. La segunda grieta. Cuando Alistair se sacrificó por la magia de otra campeona, alteró parte del patrón.

Isobel había escuchado a Briony mencionar algo sobre los patrones y la maldición del torneo, pero seguía sin entender las palabras de Reid. Y, sobre todo, no entendía el brillo de entusiasmo en su mirada. Este acercó su silla a la cama.

—Cuéntame cómo sucedió —le instó, con la voz aguda y plagada de emoción.

Pero Isobel no quería revivir aquella escena.

—Preferiría no hacerlo.

—Estoy ayudando a Briony y a Finley a resolver esto —le dijo con un tono de frustración—. Eso significa que necesito toda la información. Y sé más sobre esta maldición que nadie.

Isobel entrecerró los ojos. Había cometido un error, un terrible error, al no creer a Briony. Pero, aunque su amiga confiara en Reid, Isobel no estaba segura de que ella también lo hiciera. Su gesto era hostil y codicioso. Era la misma cara que ponía su padre cuando se refería a ella como a una campeona.

Isobel echó un vistazo rápido hacia la puerta, nerviosa. De pronto, deseó que Briony y Finley no la hubieran dejado allí sola.

—Aunque seas un artífice de maleficios —se limitó a decir—, no entiendo cómo puedes saber más del torneo que nosotros o nuestras familias. ¿Cómo es posible? Somos nosotros los que estamos dentro.

Reid se acercó más a ella. Tan cerca que Isobel pudo oler la salvia de su colonia y detectar una débil cicatriz que tenía debajo del ojo, muy fina y antigua. No se sentía amenazada por alguien solo porque llevara lápiz de ojos barato y ropa negra, pero contuvo el aliento igualmente.

—Sí que he estado dentro. ¿Quién te crees que le sugirió a Briony que podía ponerse fin al torneo? —le preguntó con un tono que hizo que se le pusiera la piel de gallina—. ¿Quién crees que hizo que Grieve fuera tan poderoso? ¿Quién te dio la idea de buscar a Alistair Lowe? El hechizo Anulación nunca habría funcionado, princesita.

A Isobel se le heló aún más la sangre. ¿La había engañado? ¿La había conducido hasta Alistair?

Echó un vistazo a los anillos sortilegio que tenía en la mano. Pero los pocos encantamientos que le quedaban no servirían contra el arsenal de un artífice experto. No en un verdadero enfrentamiento.

Por eso, con destreza, estiró la mano y cogió la de Reid. Este se sobresaltó, sorprendido por el gesto, pero antes de que pudiera apartar la mano, la magia del Beso Divinatorio ya había abandonado el anillo sortilegio. Era la última carga que le quedaba antes de tener que recargarlo. La piedra sortilegio parpadeó y luego se atenuó. Reid se quedó rígido mientras unos labios blancos, los de Isobel, aparecían en la cara interna de su muñeca.

Un puñado de los pensamientos de Reid, aquellos de los últimos minutos, se introdujeron en la mente de Isobel, uno detrás de otro. Y con ellos, los secretos que ocultaba.

Entonces, el corazón parado de Isobel dio un vuelco de terror. Apartó la mano y se alejó del artífice todo lo que pudo. Tenía que huir. Tenía que advertírselo a Briony y a Finley. Todos los campeones corrían peligro, y la amenaza no eran ellos mismos.

—Tú escribiste el libro —siseó—. No fue cosa de un Grieve. Fuiste tú. ¿Por qué?

La expresión de Reid se transformó en furia. La agarró por el antebrazo y la empujó hacia él, clavándole las uñas en la piel. Isobel se planteó pedir ayuda a gritos, pero sintió que un hechizo escudo caía sobre la habitación, encerrándolos a ambos allí dentro, detrás de las cortinas negras de terciopelo. Tenía la horrible sensación de que solo uno de ellos saldría de allí con vida.

—Porque cuando el torneo se colapse y el resto de vosotros muráis —gruñó Reid—, la alta magia que vuestras familias han acaparado durante tanto tiempo será visible para todos. Y yo seré el que la controle.

ALISTAIR LOWE

«Creo que, en el fondo, algunos no quieren que sus
historias tengan un final feliz».

Una trágica tradición

Según se aproximaban los chicos, aquella mañana de octubre comenzó a soplar una brisa helada y las puertas de hierro forjado de la propiedad de los Lowe chirriaron al abrirse para darles la bienvenida a casa.

El primero respiró hondo y entrecerró los ojos al mirar hacia el sol, como si llevara mucho tiempo sin verlo. En una mañana como aquella le habían traicionado y, después de eso, no le había quedado nada más que la oscuridad.

El segundo se estremeció al recordar los días que había pasado en aquel lugar, las horas recluido en sus tenebrosas alcobas. Cada ardua lección, cada historia encantada tenía el propósito de moldearlo para que se convirtiera en un arma mortal.

Cuando los dos hermanos, el desechado y el destrozado, volvieron a casa, lo hicieron con piedras sortilegio en los bolsillos y furia en sus corazones.

Pero, al cruzar la puerta, Alistair Lowe vaciló.

—¿Estás seguro? —exhaló Hendry.

Alistair nunca había estado más seguro. Había pasado toda su infancia sumido en el terror por las pesadillas que amenazaban con torturarlo, devorarlo o llevárselo lejos, y no se había dado cuenta de que el mayor mal se encontraba en el interior de esa propiedad, no fuera.

Las pesadillas no le habían enseñado a temer a la oscuridad.

Las pesadillas le habían enseñado a convertirse en oscuridad.

La magia del torneo era antigua y vinculante. Aun así, Alistair, un campeón, había entrado sin problemas en las tierras de su familia. Toda la estructura de la maldición se venía abajo.

Pero si el torneo llegaba a su fin, entonces Hendry también lo haría.

—Lo estoy —respondió Alistair—. Pero es tu decisión. No tienes por qué hacerlo.

Hendry contempló con frialdad la lúgubre propiedad.

—Tengo que verlos. Necesito que me expliquen por qué.

—Pero ya sabes el porqué.

Hendry suspiró.

—Supongo que necesito oírselo decir de todas formas.

Incluso en la entrada de su hogar, Alistair tampoco podía imaginarse un enfrentamiento con su familia. Cuando se había resignado a morir en el torneo, había pensado que jamás volvería a verlos.

En una mano sostenía la portada del *Ilvernath Eclipse.* Pero no parecía una mano normal. La punta de los dedos se había vuelto tan blanca como la escarcha, síntoma de un maleficio que mataba a sus víctimas lentamente y no de un plumazo. Y, sin duda, acabaría matándolo... Había sido él quien había ayudado a Isobel a estudiar el maleficio lo suficiente como para comprender su poder.

Una fotografía enorme ocupaba la mayor parte de la portada. Alistair de rodillas, Isobel inerte y medio muerta entre sus brazos, sus labios juntos en un beso. El hechizo de Briony había dejado escapar una cámara. Habrían sentido un gran placer cuando al revelar el carrete vieron allí su próximo titular.

Arrugó el periódico y una oleada de emociones lo embargó: pérdida, miedo... y, la más fuerte de todas, traición. Alistair casi había dado su vida por Isobel para que perfeccionara aquel maleficio, para salvarla. Nunca habría sospechado que él sería su víctima.

Alistair lanzó el papel a un lado y se obligó a no fijarse en la sentencia de muerte que invadía su cuerpo.

—Has vuelto... —Tragó saliva—. Pero pronto yo ya no estaré aquí.

—No dejaré que mueras. —Hendry apoyó una mano en el hombro de Alistair y le dio un apretón.

«Pero yo te dejé morir a ti», pensó Alistair, sintiéndose culpable.

«No», se corrigió a sí mismo. Él no era el culpable de lo que le había pasado a Hendry. Los culpables los aguardaban desprevenidos en el interior.

—¿Estás seguro de que eso es lo que quieres hacer? —le preguntó Alistair—. ¿Hablar?

Hendry tardó demasiado en responder. Cuando Alistair se giró hacia él, tenía las mejillas húmedas. Y al moverse para secarse las lágrimas, una estela roja de alta magia siguió el desplazamiento de su brazo.

—No —susurró Hendry.

—Pues no lo hagamos entonces.

Alistair irrumpió en la casa, delante de su hermano, recorriendo los pasillos que tan bien conocían ambos. Cantaba en voz baja mientras caminaba.

«Sonrisa de trasgo».

Se acercaban a la puerta principal. Era el doble de su tamaño, de madera nudosa, como las raíces retorcidas de un roble, con rostros tallados en cada uno de los nudos. Todas las bocas estaban abiertas en un grito silencioso.

«Pálidos como un muerto y silenciosos como un fantasma».

Entraron en silencio al vestíbulo. Los retratos de los Lowe se encontraban alineados en las paredes. Hendry conjuró un cuchillo y con él rajó al que le quedaba más cerca, apuñalando justo el rostro pintado de su abuela. Deslizó hacia abajo el cuchillo encantado como si fuera una garra, despedazando las imágenes de su madre, sus tíos y su querida y fallecida tía Alphina.

«Te rajarán el cuello y se beberán tu alma».

Los hermanos se toparon con una figura lúgubre y solitaria en la sala de estar, en el mismo lugar en el que le habían hecho entrega a Alistair del regalo de la familia. Gritó tan alto que la bandada de cuervos que había en el exterior graznaron y alzaron el vuelo.

Alistair Lowe sonrió y la sombra blanca del Abrazo de la Parca ascendió un poco más por su piel. Al acabar la mañana, tendría la mano manchada de blanco por sus pecados y de rojo por la sangre.

Todas las historias sobre la familia Lowe eran bien merecidas.

AGRADECIMIENTOS

Todos somos villanos comenzó como un apasionante proyecto entre dos mejores amigas en el verano de 2017. Pero, desde entonces, muchas otras personas nos han ayudado a crear la novela sobre un torneo a muerte tan dramático y retorcido que es a día de hoy.

En primer lugar, nuestras agentes, Kelly Sonnack y Whitney Ross: muchísimas gracias por todo el entusiasmo, la dirección y el trabajo duro que habéis invertido en este libro. En los últimos años pasamos a ser un equipo de cuatro personas y no podemos estar más contentas de colaborar con vosotras dos.

También gracias al maravilloso equipo de Tor Teen, incluida Ali Fisher, nuestra editora, cuyos excelentes apuntes, llamadas e ideas llegaron hasta el mismísimo corazón sangriento de esta historia y la trajo a la vida; a Devi Pillai, nuestra defensora y animadora desde el principio; a Melissa Frain, que fue la primera que vio el potencial de Ilvernath (y de su vil elenco de personajes); y a Kristin Temple, cuyo perspicaz apoyo nos mantiene a raya. También le estamos muy agradecidas a Saraciea Fennell y Giselle Gonzalez, de la mejores publicistas que hay, y Anthony Parisi, cuya creatividad e ideas innovadoras nos han sorprendido constantemente. Gracias también a Fritz Froy, Tom Doherty, Isa Caban, Andrew King, Eileen Lawrence, Sarah Reidy, Lucille Rettino, Melanie Sanders, Jim Kapp y Heather Saunders.

Gracias a Gillian Redfearn y a todos en Gollancz por llevar este libro al otro lado del charco.

Gracias a Amanda, Melody, Grace y Margaux, nuestras primeras lectoras que nos han proporcionado unas valiosas observaciones para que nuestros viles personajes y su mundo cobraran vida. A The Cult, incluidas Kat, Janella, Mara, Axie, Meg, Akshaya, Maddy, Erin, Tara, Katy, Ashley, Claribel y Alex: gracias por darnos ánimos desde el principio. Y a Rory, gracias por ser de esas amistades que siempre lo entienden.

Gracias a Will Staehle y Lesley Worrell por diseñar una preciosa portada y sobrecubierta.

A Ben y Trevor, gracias por escucharnos durante cuatro años no parar de hablar de esta historia.

Y por último, y más importante, gracias a cada uno de nuestros lectores. Vuestro entusiasmo y apoyo hicieron que este libro, y todos los demás, fuera posible. Estamos deseando que leáis la secuela…, pero ya deberíais saber que los villanos tienden a recibir su merecido. ☺